À PROPOS DE L'AUTRICE

Née en Louisiane, **Joanna Wayne** est une autrice américaine.
Dès son plus jeune âge, elle dévore les livres et adore passer du
temps dans les bibliothèques. C'est en 1994 qu'elle écrit son
premier roman, le début d'une aventure littéraire. Connue pour
ses romances à suspense, elle a conquis au fil des années des
lectrices de plus en plus nombreuses...

Une étonnante invitation

*

La crainte dans ton regard

Collection : SAGAS

Titre original :
FEARLESS GUNFIGHTER

Ce roman a déjà été publié en 2019

HARPERCOLLINS FRANCE
83-85, boulevard Vincent-Auriol, 75646 PARIS CEDEX 13
Service Clients — www.harlequin.fr
ISBN 978-2-2805-0777-6 — ISSN 2426-993X

Édité par HarperCollins France.
Composition et mise en pages Nord Compo.
Imprimé en août 2024 par CPI Black Print (Barcelone)
en utilisant 100% d'électricité renouvelable.
Dépôt légal : septembre 2024.

Pour limiter l'empreinte environnementale de ses livres, HarperCollins France s'engage à n'utiliser que du papier fabriqué à partir de bois provenant de forêts gérées durablement et de manière responsable.

JOANNA WAYNE

Une étonnante invitation

LE SECRET DES KAVANAUGH
VOLUME 2

Traduction française de
KAREN DEGRAVE

1

Samedi 9 septembre

Rachel Maxwell ouvrit les yeux. Le monde resta noir. Elle essaya de lever un bras et en fut punie par une douleur fulgurante. Elle était en vie. Elle était au moins sûre de cela. La mort ne pouvait pas faire autant souffrir.

Ses yeux s'habituèrent progressivement à l'obscurité, mais elle avait une migraine si violente que son cerveau était incapable de comprendre où elle était. Des pensées incohérentes se succédaient dans son esprit.

Il y avait un mince filet de lumière à l'autre bout de la pièce — qui passait sans doute sous une porte. Aucune fenêtre ne lui permettait de savoir s'il faisait jour ou nuit. Elle n'entendait que sa respiration laborieuse.

Elle était couchée sur le dos, peut-être sur un lit — peut-être pas. Elle porta sa main à son visage. Ses joues étaient enflées et engourdies. C'était la seule partie de son corps qui ne la faisait pas souffrir. Elle essaya de se concentrer.

La terreur la gagna quand des images cauchemardesques jaillirent dans son esprit. L'homme qui la traînait jusqu'à son fourgon... Ses mains sur elle...

Et puis les coups.

Ces images lui donnèrent la nausée en devenant plus précises. Ce n'était pas un cauchemar : c'était l'horrible réalité.

Elle se força à bouger. Elle glissa sur le côté jusqu'à ce que ses doigts effleurent du bois rugueux. Alors elle descendit de ce qui ne devait être qu'un lit de camp pour tomber sur un sol dur. Elle se mit à quatre pattes et rampa vers la lumière en essayant d'ignorer les protestations de ses muscles et de ses articulations.

Quand elle atteignit la porte, elle s'y appuya pour se redresser péniblement. Elle finit par réussir à attraper la poignée.

Elle hésita. Que trouverait-elle de l'autre côté ? Mais son maigre espoir de s'évader l'emporta. Elle tourna la poignée et poussa. La porte était verrouillée.

Elle tambourina dessus jusqu'à ce que le désespoir la fasse glisser par terre. Ses yeux s'emplirent de larmes, puis des sanglots secouèrent son corps endolori. Elle avait été capturée par un monstre. Il ne faisait aucun doute que le pire était à venir.

2

Tucker Lawrence gara sa camionnette couverte de boue devant une petite maison en plâtre et en bois dans une banlieue tranquille de Lubbock, au Texas.

La maison était plongée dans l'obscurité et le silence — ce qui signifiait que Lauren Hernandez n'avait pas encore appris la nouvelle qui allait plonger sa vie dans le chaos et lui briser le cœur.

Il avait fait des excès de vitesse pour arriver le premier, ce qui n'était pas facile dans l'ouest du Texas, où les routes étaient limitées à cent trente kilomètres à l'heure, avec quelques portions à cent quarante. Il ne voulait pas que Lauren entende la nouvelle tragique de la bouche d'un inconnu.

Il aurait eu le sentiment de trahir Rod.

C'était donc lui qui gravirait ce perron et sonnerait à cette porte pour dire à Lauren que l'homme qu'elle aimait de tout son cœur, le père de leurs trois enfants, ne rentrerait plus jamais.

Il posa la main sur la poignée de la portière, mais il ne trouva pas la force de l'ouvrir. À la place, il laissa tomber sa tête sur le volant. Des images déchirantes défilèrent dans son esprit.

Cela s'était produit alors que Rod avait déjà tenu six secondes sur le dos du taureau le plus féroce du rodéo de la veille. Tout allait bien. Sa technique était parfaite. Il était en grande forme. Il contrôlait tous les mouvements du monstre enragé.

Il n'avait plus que deux secondes à tenir quand le taureau avait fait un bond qui l'avait fait tomber dans le vortex. De là où il était, derrière le portail, Tucker n'avait vu qu'un chaos de mouvements noyés dans la poussière.

Quand le taureau s'était enfin écarté, Rod ne bougeait plus. Il était mort deux heures plus tard d'un traumatisme crânien.

Rod. Qui plaisantait et riait quelques heures plus tôt. Il était mort, à présent, parce qu'il avait perdu un duel de volonté contre une bête stupide qui n'agissait que par instinct.

Il ne s'agissait pas que d'argent, ni de gloire, ni de camaraderie — même si tout cela comptait dans la vie du rodéo. C'était le plaisir de la compétition, le frisson de regarder la mort en face en croyant qu'on s'en sortirait toujours, meurtri mais vivant.

Tucker ouvrit la portière et sortit de sa camionnette. Le poids qui lui écrasait la poitrine s'alourdit à chaque pas. Il ferait ce qu'il s'était juré de faire : il annoncerait la nouvelle à Lauren aussi gentiment qu'il le pourrait.

Il n'essaierait pas de la convaincre que c'était un risque qui valait d'être couru. Il n'était plus certain de le croire lui-même. Le rodéo avait perdu sa magie à ses yeux quand il avait vu mourir son ami.

Mais où donc pouvait aller un homme quand il tournait le dos à la seule vie qu'il connaissait ?

3

Lundi 18 septembre

Sydney Maxwell, profiler du FBI, entra dans le bureau de son supérieur, les nerfs à vif, prête à se lancer dans une bataille qu'elle perdrait sûrement. Mais cela valait la peine d'essayer. Si ses craintes étaient justifiées, elle avait besoin d'un maximum d'informations.

Roland Farmer se leva quand elle entra et l'invita à s'asseoir en face de son bureau. Il lui offrit un sourire qu'elle ne lui rendit pas. Elle aimait bien Roland et elle respectait son jugement, mais cela n'avait aucune importance à cet instant.

Roland s'assit après elle et joignit les mains. Il la fixa plusieurs secondes avant de parler, comme s'il cherchait à deviner son humeur.

Cela lui serait sûrement facile : elle était inquiète et elle avait le sentiment que chaque seconde comptait. Roland comprendrait aussi sa détermination et il entendrait le désespoir dans sa voix.

— Ça va ? demanda-t-il.

Elle acquiesça. Non, cela n'allait pas du tout, mais elle ne pouvait pas commencer l'entretien par cet aveu si elle voulait avoir une chance de faire entendre raison à Roland.

— De quoi veux-tu me parler ? demanda-t-il. Ce doit être important, si cela ne pouvait pas attendre.

— Je ne sais pas si vous êtes au courant, mais trois jeunes femmes ont disparu au Texas dans des circonstances étranges

11

au cours des six derniers mois. Le corps d'une autre femme a été retrouvé avant-hier dans les bois, près de la petite ville de Winding Creek.

— Winding Creek, au Texas…, répéta Roland. Pourquoi ce nom me dit-il quelque chose ?

— Parce que la télévision en a parlé pendant des mois l'année dernière. Un jeune enfant y est mort d'un traumatisme crânien alors que sa mère était sous héroïne.

— C'est vrai, répondit Roland. Ça me revient. Nous ne nous sommes pas chargés de l'enquête, mais la mère a prétendu que son fils avait été enlevé. Tout le monde l'a cherché pendant des jours. C'était une famille aisée, si je me souviens bien… Mais revenons à tes disparitions. Tu estimes que c'est au FBI de se charger de cette enquête, je suppose ?

— Oui. L'une des femmes disparues habitait Shreveport, en Louisiane. Puisque l'affaire déborde des frontières du Texas, elle relève de notre juridiction.

Roland se gratta le menton.

— Tu seras sans doute contente d'apprendre que les autorités locales sont d'accord avec toi, répondit-il. Le shérif nous a appelés hier soir. Il a peur d'avoir un tueur en série sur les bras, même s'il n'a retrouvé qu'un corps pour le moment.

— Il est déjà prévu qu'on envoie une équipe sur place, alors ?

— Oui. Elle devrait arriver sur les lieux dans quarante-huit heures — peut-être plus tôt. Elle sera dirigée par Jackson Clark, du bureau de Dallas.

Elle en éprouva un léger soulagement.

— Ils auront besoin d'un profiler.

— Te portes-tu volontaire ?

Elle hocha la tête.

— J'ai fait mes études à l'université d'Austin, dit-elle. Je connais bien la région.

— Je transmettrai ta requête à Jackson, promit Roland. Il sait quel rôle tu as joué dans l'enquête sur l'Étrangleur des Marais. Je suis sûr qu'il est assez impressionné pour avoir envie de travailler avec toi.

Elle n'avait rencontré Jackson Clark qu'une seule fois, quand elle avait suivi un séminaire d'une semaine qu'il avait dirigé à Quantico. C'était un homme imposant et exigeant, un enquêteur brillant. On ne l'impressionnait pas facilement.

Si elle avait eu le pouvoir d'attribuer cette enquête à quelqu'un, c'était lui qu'elle aurait choisi.

Roland rapprocha son fauteuil du bureau et se mit à marteler un dossier avec le bout d'un crayon.

— Le problème, c'est que j'ai l'impression que tu prends cette affaire de manière trop personnelle, Sydney. Si ça a un rapport avec la femme que tu n'as pas réussi à sauver de l'Étrangleur des Marais, il faut que tu passes à autre chose.

— Ce n'est pas ça, répondit-elle.

Elle ne pouvait pas mentir. Roland finirait par découvrir la vérité et elle risquait de perdre son travail si elle ne jouait pas franc-jeu.

— C'est encore plus personnel que ça, avoua-t-elle.

Roland posa ses mains sur le bureau.

— Je t'écoute.

— Ma sœur Rachel a disparu.

Prononcer ces mots faillit la faire craquer. Elle baissa les yeux et ravala ses larmes.

— Je suis désolé de l'apprendre. C'est elle qui est avocate à Houston, c'est ça ?

— Oui. Je n'ai qu'une sœur.

Rachel était sa seule famille.

— Quand as-tu découvert qu'elle avait disparu ?

— Ce matin, un peu après 9 heures. Connie Ledger — sa collègue et meilleure amie — m'a appelée parce que Rachel n'était pas allée travailler et qu'elle était injoignable. Connie l'a appelée plusieurs fois avant de me prévenir. Sa ligne est en dérangement.

Roland haussa les sourcils.

— Alors tout ce que tu sais, c'est qu'elle n'est pas allée travailler ce matin ? Il peut y avoir plusieurs explications à cela.

— Je ne serais pas là s'il ne s'agissait que de ça, répliqua-t-elle. Rachel a pris des vacances. Elle est partie il y a dix jours, vendredi après-midi. Personne n'a eu de ses nouvelles depuis.

Roland se redressa comme s'il commençait à comprendre la gravité de la situation.

— Sais-tu où elle est partie et avec qui ? demanda-t-il.

— Je sais où elle était *censée* partir en vacances. Elle m'a appelée vendredi pour me dire qu'elle allait se détendre dans une station thermale près d'Austin.

— Seule ?

— Oui — ce qui n'a rien d'extraordinaire pour Rachel. Elle est très indépendante. Elle venait de gagner un gros procès, sur lequel elle avait travaillé dur pendant des mois. Elle semblait folle de joie, mais épuisée.

— Tu as appelé la station thermale, j'imagine ?

— Oui. Rachel n'y a pas mis les pieds et elle n'a pas annulé sa réservation. Ils ont essayé de la joindre sans succès.

Roland pinça les lèvres.

— A-t-elle un petit ami ?

— Pas en ce moment. Elle est restée avec quelqu'un pendant quatre ans, mais elle a rompu le mois dernier. Elle n'a pas eu d'autre relation depuis, à ma connaissance.

— Je présume que tu as interrogé son ex.

— Je suis tombée sur son répondeur. Il ne m'a pas encore rappelée. Mais Connie lui a parlé ce matin. Il n'était au courant de rien. Il lui a proposé de l'accompagner dans l'appartement de Rachel pour voir si tout était en ordre.

— Y sont-ils allés ?

— Pas ensemble. Connie a préféré appeler la police. Le gérant de l'immeuble leur a ouvert la porte. Ils n'ont rien remarqué de suspect.

Roland posa ses coudes sur le bureau et attendit qu'elle soutienne son regard avant de poursuivre.

— Je comprends que tu t'inquiètes, mais tu ne devrais pas tirer de conclusions hâtives avant d'avoir tous les éléments en main.

— Je ne tire aucune conclusion, mais je n'exclus aucune hypothèse non plus, répliqua-t-elle. Le fait que Rachel parte seule en vacances n'a rien d'inhabituel. Qu'elle ne revienne pas au bureau, en revanche... Ça ne lui ressemble pas. Elle prend son travail très au sérieux. Elle prend tout très au sérieux.

Roland hocha la tête.

— Soit. Tu as raison de t'inquiéter. Mais il faut que j'en parle à Jackson. Il ne voudra peut-être pas d'un agent personnellement impliqué dans l'enquête.

— Je le comprendrais, mais j'irai au Texas qu'il m'accepte dans son équipe ou non. Je prendrai un congé s'il le faut. J'ai acheté un billet pour Houston. Mon avion décolle à 13 heures.

— C'est bien normal, répondit Roland avant de se lever et de contourner son bureau. Tiens-moi informé de tes progrès même si tu ne fais pas officiellement partie de l'enquête, s'il te plaît. Et n'hésite pas à faire appel à moi si je peux t'aider.

— Je n'hésiterai pas, promit-elle.

Elle comptait aussi appeler Lane Foster, le meilleur informaticien du Bureau, avec ou sans la permission de Roland. S'il existait une piste dans le cyberespace, Lane la trouverait. Elle avait déjà dressé une liste des services qu'elle comptait lui demander. Elle aurait pu accomplir certaines de ces tâches elle-même, mais elle avait d'autres choses à faire et le temps pressait.

Roland la serra dans ses bras quand elle se leva. Elle apprécia ce geste, même s'il était un peu maladroit. Roland était un supérieur distant et professionnel, d'habitude.

Elle le remercia d'un signe de tête avant de quitter son bureau. Il était temps qu'elle se mette au travail. Si sa sœur était en danger, chaque seconde comptait.

4

Sydney arriva à l'appartement de Rachel un peu après 7 heures du soir. Elle avait passé l'essentiel des trois heures qui s'étaient écoulées depuis son atterrissage à louer une voiture et à remplir une déclaration de disparition au commissariat local. Les embouteillages avaient occupé le reste de son temps.

Le policier auquel elle avait eu affaire n'était pas très énergique, mais il semblait efficace. Il lui avait promis de donner la priorité à cette enquête. Elle avait eu l'impression qu'il ne le ferait pas — pas encore, du moins. Heureusement, elle pouvait compter sur Lane.

Les nerfs à vif, elle chercha la clé de l'appartement de Rachel dans son sac à main. Sa sœur avait emménagé dans cet immeuble luxueux avec son ex-petit ami, Carl Upton, l'année précédente.

Rachel adorait cet appartement. Elle voulait y rester, même si sa relation avec Carl s'était dégradée, puis terminée. Il était parti le mois précédent. Ils s'étaient séparés d'un commun accord, d'après ce que Rachel avait dit à Sydney. Pourquoi Carl ne l'avait-il pas encore rappelée ?

La clé en main, Sydney hésita. Elle n'avait pas peur de ce qu'elle risquait de découvrir. Connie lui avait assuré qu'elle avait fouillé l'appartement dans ses moindres recoins avec le policier qui l'accompagnait.

C'étaient l'épuisement et la crainte de percevoir l'absence de Rachel de manière trop aiguë qui la retenaient. Elle se força à tourner la clé dans la serrure et à ouvrir la porte.

Elle fit rouler sa valise contre le mur et posa son sac à main sur le guéridon placé près de la porte. Contrairement à ce qu'elle craignait, elle ne ressentit pas l'absence de Rachel avec violence.

À la place, elle perçut l'aura bienveillante et chaleureuse de sa sœur. Le parfum de ses bougies parfumées préférées flottait encore dans l'air.

Tout était parfaitement en ordre, comme toujours. Rachel avait hérité du gène maniaque de leur père, contrairement à elle.

Sydney traversa le salon et entra dans la cuisine bien rangée. Elle ouvrit le réfrigérateur et n'y trouva que quelques bocaux de condiments sur les étagères de la porte.

Elle devait avoir jeté tout ce qui se serait périmé pendant ses vacances. La poubelle était vide, elle aussi. Rachel ne négligeait aucun détail. C'était la personne la plus fiable que Sydney connaissait.

Elle n'aurait jamais manqué son travail sans prévenir personne.

Alors où était-elle ?

Comme elle l'avait fait toute la journée, Sydney chercha désespérément une explication qui ne soit pas horrible. Mais l'hypothèse que Rachel ait été enlevée par un tueur en série la hantait et la glaçait jusqu'aux os.

C'était le pire des scénarios, mais ce n'était sans doute pas le seul. Elle devait surmonter sa terreur pour ne pas risquer de passer à côté d'un indice qui aurait pu la mener à Rachel.

Sa sœur était-elle tombée en dépression parce qu'elle en avait trop fait pour devenir la plus jeune avocate du cabinet Fitch, Fitch et Baumer ?

Non, elle était trop raisonnable pour cela. Si elle avait senti qu'elle ne pouvait pas supporter la pression, elle aurait simplement démissionné.

Avait-elle eu un accident de voiture qui l'avait plongée dans le coma ou rendue amnésique ?

Mais Sydney s'était renseignée — avec l'aide de Lane — auprès de tous les hôpitaux des environs. Aucune patiente ne correspondait à sa description. Et sa voiture n'avait pas encore été retrouvée.

Son téléphone sonna. C'était Lane. Son appel lui inspira

autant d'inquiétude que d'espoir. Elle avait tellement besoin d'une bonne nouvelle !

— Qu'as-tu trouvé ? demanda-t-elle après l'avoir salué.

— Rachel s'est servie de deux cartes de crédit depuis qu'elle a quitté son travail, répondit-il.

— Quand, où et combien ?

— Elle s'est servie d'une American Express samedi matin dans un hôtel de La Grange, au Texas.

— Est-ce sur la route d'Austin ?

— Oui. Je t'ai envoyé les détails par mail : l'heure, le nom de l'hôtel, son adresse et son numéro de téléphone.

— Merci. Quoi d'autre ?

— Toujours samedi, elle a retiré trois cents dollars avec cette même carte, un peu après midi, dans la ville voisine de Winding Creek.

Winding Creek, où l'on venait de découvrir le corps d'une jeune femme. Sydney en eut un vertige et dut prendre appui sur le dossier d'une chaise.

— As-tu une photo pour prouver que c'est bien elle qui a effectué ce retrait ?

— Je l'aurai bientôt, répondit Lane.

— Et ce sont les seules dépenses de Rachel ?

— Non. Elle a aussi fait un achat de soixante-cinq dollars et quatre-vingt-neuf cents à Dani's Delights, à Winding Creek, à 14 h 18 le même jour.

— De quel genre de magasin s'agit-il ?

— C'est un café et une pâtisserie.

— Rachel ne mange presque rien. Elle n'achèterait jamais des gâteaux pour une telle somme. Je n'ai pas de carte sous les yeux. Est-ce que Winding Creek est près d'Austin ?

— C'est au sud d'Austin — plus près de San Antonio. Mais ça ne fait pas un grand détour en partant de La Grange.

— Qu'est-elle allée faire à Winding Creek ? Pourquoi a-t-elle fait un détour pour visiter cette ville ?

— Je n'en ai aucune idée.

— Nous savons que Rachel s'y trouvait samedi en début

d'après-midi et qu'elle n'a jamais atteint sa destination. Il lui est arrivé quelque chose entre Winding Creek et la station thermale.

— Oui. Nous n'en savons pas plus pour le moment, répondit Lane.

Sydney essaya de rester concentrée malgré la terreur qui la gagnait.

— As-tu localisé son téléphone ? demanda-t-elle.

— Pas encore. Il n'émet aucun signal.

— Il pouvait être au fond d'une rivière, ou quelqu'un pouvait l'avoir détruit comme l'Étrangleur des Marais détruisait ceux de ses victimes.

— Merci pour ton aide, Lane. Tu m'as au moins fourni un point de départ.

Si elle partait maintenant, elle pourrait atteindre Winding Creek dans la soirée. Si cette localité ressemblait aux autres petites villes du Texas, tout serait fermé depuis longtemps, mais elle serait sur place pour commencer son enquête dès le lever du jour.

Rachel n'était peut-être plus à Winding Creek, mais il fallait bien qu'elle commence quelque part.

Hank's Hangout était le seul bar encore ouvert à des kilomètres à la ronde un lundi après 11 heures du soir. Sans une recherche sur Internet, elle ne l'aurait sûrement jamais trouvé.

Elle ne tenait pas particulièrement à boire un verre, ni à rencontrer des gens, mais c'était un point de départ.

Sydney se gara sur le parking presque désert et sortit de sa voiture. Une enseigne au néon annonçait des concerts tous les week-ends et des réductions le lundi soir.

Elle fut accueillie par la voix de Merle Haggard. Les affiches dont les murs étaient couverts dataient de l'époque de Patsy Cline, Johnny Cash et Willie Nelson. Une plaque en métal, près de l'entrée, exigeait que l'on retire ses éperons avant de danser sur le comptoir et qu'on laisse son cheval à l'extérieur s'il n'avait pas l'intention de consommer.

C'était sûrement une plaisanterie — même si les rayures qui

zébraient le comptoir prouvaient qu'il avait dû servir de piste de danse.

Elle songea à s'installer sur un tabouret, puis elle y renonça parce que cela lui aurait fait tourner le dos à la salle. Elle ne savait pas vraiment ce qu'elle cherchait, mais tout valait mieux que de fixer le plafond de sa chambre d'hôtel sans réussir à trouver le sommeil.

Elle s'assit à la table la plus éloignée des enceintes et balaya la salle du regard. Elle rencontra celui de la plupart des clients — ce qui n'était pas très surprenant, puisque aucune autre femme n'était venue seule.

À un autre moment, attirer ainsi l'attention l'aurait mise mal à l'aise. Ce soir, elle avait des problèmes bien plus importants.

Elle tira son téléphone de son sac et appela Rachel, comme elle l'avait fait toutes les heures depuis le matin. Cette fois, elle entendit un nouveau message :

« Le numéro que vous demandez n'est pas attribué. »

Elle luttait une nouvelle fois contre la panique quand une jeune serveuse qui portait un minishort en jean et un T-shirt largement décolleté s'approcha de sa table. D'après son badge, elle s'appelait Betts.

Betts lui sourit.

— La cuisine a fermé, mais le bar reste ouvert jusqu'à 1 heure, lui dit-elle. Que puis-je vous servir ?

— Une bière légère, s'il vous plaît, répondit Sydney en songeant qu'elle n'en boirait sans doute que quelques gorgées.

— Nous en avons une à la pression. Vous voulez l'essayer ?

— Oui. C'est parfait.

— Je vous l'apporte tout de suite. Attendez-vous quelqu'un ?

Sydney secoua la tête et recommença à observer la clientèle. Cinq ou six couples dansaient au milieu de la salle. D'autres bavardaient en sirotant un verre.

La plupart des clients portaient des shorts ou des jeans. Les hommes étaient presque tous chaussés de bottes et les femmes de sandales. Personne n'éveillait la méfiance — hormis elle-même, dans son pantalon noir et son chemisier blanc.

Un cow-boy mignon en jean délavé s'approcha de sa table avec un sourire engageant.

— Je peux vous offrir un verre ? demanda-t-il.

— Désolée, mais non merci. J'étais censée rejoindre une amie, mais elle doit être déjà partie.

Elle ouvrit son sac et en sortit une photo récente de Rachel, qu'elle tendit au cow-boy.

— L'avez-vous vue ?

Le cow-boy regarda la photo.

— Non, je ne l'ai pas vue. C'est un beau brin de fille... Je l'aurais remarquée si elle était venue — et je suis souvent là.

Il recula et la fixa avec méfiance.

— Vous n'êtes pas un flic ou quelque chose comme ça, dites-moi ?

Agent du FBI entrait sans doute dans sa définition du « quelque chose comme ça », mais Sydney ne voulait pas révéler si vite ce qu'elle faisait aux habitants de Winding Creek.

— Je ne suis pas une policière, répondit-elle.

Le cow-boy posa la photo sur la table.

— Si vous changez d'avis à propos de ce verre, vous savez où me trouver, conclut-il. Je vous promets que vous passerez un bon moment.

— Je n'oublierai pas votre proposition.

Betts revint avec une pinte de bière. Elle la posa à côté de la photo, à laquelle elle n'accorda pas un coup d'œil.

Sydney décida de l'interroger plus tard. Quelques clients étaient partis depuis son arrivée. Elle emploierait sans doute mieux son temps en observant ceux qui restaient.

Elle n'espérait pas vraiment tomber par hasard sur quelqu'un qui serait impliqué dans la disparition de Rachel. Elle se rendait bien compte que sa démarche était irrationnelle. Elle ne pouvait pas s'empêcher de chercher quelque chose qui éveillerait sa méfiance ou son intérêt.

Un quart d'heure plus tard, son vœu fut exaucé. Elle regardait la porte quand un grand cow-boy entra dans le bar. Il était mince, mais musclé, et il ne s'était pas rasé depuis au moins deux jours.

Contrairement aux autres clients, qui semblaient tous se

connaître, il ne salua personne. Il traversa la salle et choisit une table très éloignée de celle de Sydney.

Il retira son chapeau blanc et passa sa main dans ses cheveux coupés court. En prenant sa commande, Betts se pencha en avant, lui offrant une vue plongeante sur ses seins.

Il ne parut pas s'en apercevoir.

Sydney n'entendit pas leur échange. Deux minutes plus tard, Betts lui apporta un verre de whisky qu'il avala cul sec.

Alors il tourna la tête vers Sydney. Ses yeux, de la couleur du bronze, étaient fascinants.

Sydney détourna les siens et s'efforça de comprendre ce qu'elle ressentait. Son instinct de profiler s'était brusquement réveillé. Cet homme l'affectait d'une manière étrange.

Elle appela Betts.

— Vous voulez une autre bière ? demanda la serveuse.

— Je n'ai pas encore commencé celle-ci. Je veux juste vous poser une question.

— D'accord, laquelle ?

— Vous voyez l'homme qui est tout seul, là-bas ? demanda Sydney en indiquant le nouveau venu du menton.

— Oui. Il est agréable à regarder, n'est-ce pas ? Mais il n'est pas très chaleureux.

— On dirait... Est-ce un habitué ?

— Non. Je m'en souviendrais si c'était le cas. Mais sa tête me dit vaguement quelque chose.

— Êtes-vous sûre qu'il n'était pas là samedi soir, il y a dix jours ?

— Je n'en sais rien. J'étais en congé. Je suis allée au mariage de ma sœur, à New Braunfels. Mais je ne crois pas qu'il soit de la région. À mon avis, il a loué une cabane de pêcheur, près de la rivière. Il a l'air d'être en vacances.

— Il y a beaucoup de poissons dans la rivière ?

— Oh oui ! Et il y a plusieurs lacs, dans le coin. On a un grand concours de pêche au printemps. C'est une bonne période... Les pêcheurs laissent de gros pourboires.

— Une dernière question, ajouta Sydney en ramassant la photo de Rachel pour la tendre à Betts. Avez-vous vu cette femme ?

Elle mesure dans les un mètre soixante-dix, elle est mince, elle a trente-deux ans...

Betts observa la photo pendant quelques secondes.

— Non. Pourquoi ?

— C'est une vieille amie qui a emménagé dans la région, il y a quelques années. Je pensais profiter de mon passage pour lui rendre visite, mais je ne sais pas exactement où elle habite.

— Essayez les réseaux sociaux. C'est là qu'on trouve tout le monde, de nos jours — même les gens qu'on n'a pas envie de trouver.

— Merci du conseil.

Il ne restait plus que deux couples de danseurs et le bar se vidait. Apparemment, la soirée finissait tôt le lundi. Sydney but une gorgée, se leva et s'approcha de la table du mystérieux cow-boy avant qu'il ne décide de partir, lui aussi.

— Je peux me joindre à vous ? lui demanda-t-elle d'une voix qu'elle voulut aguicheuse mais qui ne la convainquit pas elle-même.

— Vous pouvez toujours vous asseoir, mais vous perdrez votre temps, répondit le cow-boy. Quoi que vous cherchiez, vous ne le trouverez pas en moi.

— Si je voulais passer un bon moment ?

— Alors vous auriez vraiment intérêt à chercher ailleurs.

— Si je voulais parler à quelqu'un ?

— Vous auriez une conversation plus enrichissante en parlant toute seule.

— Vous êtes vraiment déprimé, on dirait. Habitez-vous à Winding Creek ?

— Non.

— Moi non plus. Où vivez-vous ?

— Là où je retire mes bottes.

Cette réponse évasive éveilla la méfiance de Sydney.

— Vous avez un nom, cow-boy ?

— Pourquoi voulez-vous savoir comment je m'appelle ?

— Je pourrais avoir envie de vous retrouver s'il nous arrivait de retirer nos bottes dans la même ville...

— Je m'appelle Tucker. Tucker Lawrence. Mais ne vous donnez pas la peine d'essayer de me retrouver. Je n'ai rien à vous offrir. Absolument rien.

Il sortit un billet de dix dollars de son portefeuille et le glissa sous son verre vide.

— J'espère que vous apprécierez votre séjour à Winding Creek, conclut-il.

Il se leva, remit son chapeau et quitta le bar comme il y était entré, sans saluer personne.

Sydney regagna sa table, régla sa consommation et suivit Tucker Lawrence. Il quittait déjà le parking. Elle se précipita dans sa voiture et le prit en filature. Il ne vivait peut-être pas à Winding Creek, mais il devait séjourner quelque part dans les environs.

Il y avait 99 % de chances que ce soit une fausse piste, bien sûr, mais il restait le 1 %... Au moins, elle saurait où le trouver si elle en avait besoin et si elle connaissait bien son nom — s'il ne lui avait pas menti.

Après quelques kilomètres de nationale, il s'engagea sur une route de campagne mal éclairée. Comme il ralentit à peine, Sydney eut du mal à le suivre sur cette route qui ne lui était pas familière.

Elle le vit quand même tourner sur une autre route, encore plus étroite et sinueuse que la première. Elle l'avait presque rattrapé quand elle aperçut la biche du coin de l'œil.

Elle écrasa la pédale de frein. Son cœur faillit bondir hors de sa poitrine lorsque le choc se produisit, un instant avant que sa voiture s'arrête.

Elle en sortit précipitamment sans songer qu'un animal blessé pouvait être dangereux. La biche étourdie jeta un regard accusateur à ses phares pendant quelques secondes avant de disparaître dans les bois, de l'autre côté de la route.

Elle ne boitait pas. Sydney soupira de soulagement avant d'inspecter sa voiture. Il y avait quelques poils coincés sous le pare-chocs, mais la carrosserie était intacte. Par chance, elle avait freiné à temps. Lorsqu'elle se remit au volant, Tucker Lawrence avait disparu depuis longtemps.

Elle regagna le bar de Hank pour interroger le patron lui-même, mais il était déjà parti. Visiblement, il n'estimait pas nécessaire de rester jusqu'à la fermeture quand il n'y avait pas beaucoup de monde.

Il ne lui restait plus qu'à rentrer à l'hôtel et essayer de dormir.

Mais comment pouvait-elle fermer les yeux alors qu'elle n'avait pas la moindre idée de ce qui était arrivé à Rachel ?

Cela faisait déjà dix jours qu'elle avait disparu. Le sentiment d'urgence oppressait Sydney.

La femme qu'il avait croisée chez Hank avait raison : il était terriblement déprimé s'il ne trouvait pas la force de réagir quand une telle beauté faisait le premier pas.

Cela faisait presque une semaine qu'il broyait du noir dans des hôtels miteux entre Lubbock et Winding Creek.

Il aurait pu s'offrir des chambres d'hôtel bien plus confortables, mais le confort ne lui semblait pas en accord avec son moral, aussi bas que le ventre d'un serpent. Il était resté à Lubbock le temps que les parents de Lauren arrivent de Baton Rouge, en Louisiane, pour s'occuper de leur fille dévastée.

Lauren avait pris la nouvelle encore plus mal que Tucker s'y attendait. Quand il la lui avait annoncée, il avait dû la prendre dans ses bras pour l'empêcher de s'effondrer. Si elle ne s'était pas complètement abandonnée au désespoir avant l'arrivée de ses parents, c'était parce que ses enfants avaient besoin d'elle.

La mort de son mari l'avait brisée, au point qu'elle semblait aussi vulnérable que sa fille de deux ans.

Tucker n'était pas en bien meilleur état et le désespoir de Lauren avait amplifié le sien.

Rod, qui vivait, respirait et riait à un instant, était mort six secondes plus tard, même si son corps s'était accroché à la vie pendant encore deux heures.

Et tout ça pour quoi ?

C'était la question qui le hantait.

Il aurait dû être dans l'Oklahoma, en train de se préparer pour le rodéo du prochain week-end, l'un des mieux payés du circuit. Il avait pris cette direction deux fois. Une fois, il avait même atteint la banlieue de Tulsa avant de faire demi-tour pour rentrer au Texas.

Le rodéo était toute sa vie — la seule qu'il connaissait et la seule qu'il voulait connaître. Mais ce taureau aurait pu écraser son crâne aussi bien que celui de Rod.

Était-il devenu lâche en voyant son ami pousser son dernier soupir ? Ou s'était-il mis un peu de plomb dans la cervelle pour compenser la testostérone qui le gouvernait habituellement ?

Il s'arrêta devant le portail du ranch Double K et laissa tourner le moteur, le temps de l'ouvrir.

Quelques minutes plus tard, il se gara à une cinquantaine de mètres de l'immense ranch d'Esther Kavanaugh. Il avait l'impression d'avoir vieilli de plusieurs années depuis qu'il y était venu pour le mariage de son frère Riley, quelques mois plus tôt.

La maison n'avait pas changé depuis le jour où il y avait atterri, presque aussi dévasté qu'il l'était à présent. À ce moment-là, c'étaient ses parents qui étaient morts dans un accident.

Il ouvrit sa portière, puis il changea d'avis en s'apercevant qu'il n'y avait aucune lumière dans la maison. Les éleveurs se levaient à l'aube. Il n'avait aucune raison de réveiller tout le monde aussi tard.

Et on lui poserait des questions auxquelles il n'avait pas envie de répondre. Il pouvait bien attendre le lendemain pour exposer ses problèmes à Esther et à ses deux frères.

Seuls Riley et Pierce pouvaient l'aider à gérer ses émotions. Et si quelqu'un pouvait le remettre en état de fonctionner en lui bottant les fesses — au sens figuré du terme —, c'était Esther Kavanaugh.

À la réflexion, elle les lui botterait peut-être aussi au sens propre si cela lui semblait utile.

Il recula son siège le plus possible et étendit ses jambes sous le tableau de bord.

La fatigue lui fit vite fermer les yeux. Ses pensées prirent un tour absurde. Il s'endormit en se demandant ce qu'il aurait ressenti en tenant la femme de chez Hank dans ses bras s'il l'avait invitée à danser.

Mardi 19 septembre

Rachel était accroupie à l'angle de deux murs comme une enfant mise au coin. La pièce était toujours plongée dans le noir, mais sa vision s'était adaptée au filet de lumière qui se glissait sous la porte et elle parvenait à se déplacer dans son environnement ténébreux. De toute façon, davantage de lumière n'aurait fait que souligner l'exiguïté de son misérable espace.

Elle avait perdu le compte des jours. Ils se mélangeaient comme des gouttes de café renversé. Une tasse de ce breuvage noir et fort lui était apportée chaque matin, en général avec des toasts secs, froids et presque toujours brûlés.

C'était son seul moyen de savoir qu'une nouvelle journée commençait. Le café était son unique soutien dans une existence faite de terreur et de désir de s'échapper.

Malgré le réconfort que lui procurait le café, elle ne finissait jamais sa tasse. Si elle montrait au monstre à quel point elle l'appréciait, il cesserait de lui en apporter.

Elle ne savait jamais ce qu'elle devait attendre de ses visites. Des insultes. Des menaces. Il lui arrivait de la gifler ou de la projeter brutalement contre un mur.

Étrangement, il y avait aussi des fois où il semblait capable de compassion, comme la deuxième fois où il lui avait rendu visite dans ce trou à rats.

Elle mourait de faim. Il lui avait apporté un bol de bouillon de poule. Elle avait mal partout. Ses muscles étaient si endoloris et ses articulations si enflammées qu'elle était incapable de porter la cuillère à sa bouche.

Il l'avait nourrie patiemment, en l'encourageant à avaler. Après cela, il lui avait nettoyé le visage avec un linge humide et mis plusieurs pilules dans sa bouche. C'était pour la douleur, avait-il dit. Elle n'avait pas confiance en lui, mais elle avait quand même avalé les cachets.

Elle s'était endormie presque aussitôt. Quand elle s'était réveillée, ses draps avaient été changés, et ses vêtements, lavés, étaient posés sur le dossier de l'unique chaise — inconfortable — de la pièce.

Il y avait aussi un morceau de savon posé sur le bord du lavabo qui n'était séparé du reste de la pièce que par un morceau de tissu sale cloué au plafond.

Qui aurait cru que des attentions aussi dérisoires la raviraient ? Ses yeux s'emplirent de larmes. Échapperait-elle jamais à ce monstre ?

Un claquement de porte déchira le silence. Le cœur de Rachel s'affola.

Il arrivait.

Elle se tassa dans son coin, les bras enroulés autour des genoux. La porte de son cachot s'ouvrit en grinçant. Une odeur âcre d'ail et de sueur entra dans la pièce avec le monstre.

Elle observa son visage avant qu'il la prive de toute lumière en refermant la porte. Il souriait — comme toujours. Son sourire témoignait du plaisir que cette captivité lui procurait.

Il posa un plateau par terre.

— Je t'ai manqué ? demanda-t-il sur un ton badin, comme s'ils étaient amis ou amants.

Cette idée la fit frémir. Heureusement, il ne l'avait touchée que pour la frapper — pour le moment.

— Pourquoi faites-vous ça ? demanda-t-elle. Pourquoi me gardez-vous ici ?

— Parce que je déteste rentrer dans une maison vide après une dure journée de travail.

Sa mauvaise plaisanterie le fit pouffer.

— J'ai de l'argent, lui dit-elle. Beaucoup d'argent. Je vous paierai ce que vous voulez si vous me laissez partir.

— Si je te rends ta liberté, je perdrai la mienne. Et puis j'ai déjà une femme qui me donne tout l'argent que je veux.

— Je peux vous en donner plus. Et je n'irai pas voir la police, je vous le jure. Je n'en parlerai jamais à personne.

Il éclata de rire.

— Pourquoi est-ce que je te laisserais partir ? Tes vilains bleus ont presque disparu. Ça ne me dégoûte plus de te regarder.

— Vous ne vous en tirerez pas.

— Tu te trompes, ma jolie. Les gens se tirent de situations bien pires que ça. Tout le monde se fiche de ce que les autres font tant que ça ne les touche pas. Même les meurtres finissent par être oubliés.

Elle était certaine qu'il la tuerait, au bout du compte, mais il le ferait lentement, après s'être délecté de sa terreur comme si c'était une aventure sexuelle.

À quel point fallait-il être fou pour se comporter comme cela ?

Si Sydney était là, elle le comprendrait. Elle s'insinuerait dans sa tête et découvrirait les démons qui le gouvernaient. Elle trouverait ses faiblesses et s'en servirait contre lui.

Sydney n'était pas là, mis elle devait déjà savoir que Rachel n'avait pas repris le travail. Elle en avait forcément déduit que quelque chose de terrible s'était produit.

Elle avait trouvé l'Étrangleur des Marais, qui avait échappé à tous ses collègues. Elle trouverait aussi le Monstre du Texas.

Tout ce que Rachel avait à faire était de rester en vie et saine d'esprit d'ici là.

5

Esther Kavanaugh s'étira et repoussa sa couverture légère. La chaleur humide et oppressante de l'été n'avait pas encore cédé la place à l'automne. C'était rarement le cas en septembre, mais elle ne se plaignait pas.

La climatisation que Pierce avait installée lui permettait de jouir d'une fraîcheur confortable dans la maison, quelle que soit la température extérieure. Il avait aussi fait des dizaines de réparations.

Son frère Riley donnait un coup de main, même s'il venait de se marier et s'il construisait son propre ranch à quelques kilomètres de là.

Voilà le genre d'hommes qu'étaient devenus les frères Lawrence. Elle était reconnaissante pour les services qu'ils lui rendaient quotidiennement et elle les aimait tous les trois depuis le jour où elle les avait rencontrés. À présent, c'étaient eux qui lui fournissaient une raison de continuer à respirer et de se lever chaque matin pour affronter une nouvelle journée.

Pierce était le premier à être venu à son secours après la mort de son mari. Il avait débarqué un matin et était resté au ranch avec son adorable fille de cinq ans, Jaci.

Comme elle n'était plus en mesure de payer ses factures ni d'entretenir le ranch Double K, il avait proposé de le lui racheter — la maison, les granges, le bétail et tout le matériel. Il avait fait cette offre providentielle quelques jours avant que les huissiers mettent leurs sales pattes sur tout ce que Charlie et elle avaient mis des années à bâtir.

Elle n'avait même pas perdu le ranch en le vendant à Pierce. Elle le lui aurait sans doute légué, de toute manière, puisqu'il était l'aîné des trois frères qu'elle considérait comme sa seule famille.

Elle avait vendu le ranch au prix qui lui permettait d'échapper à sa saisie pour qu'il puisse employer le reste de ses économies à l'exploiter efficacement.

Elle ne lui avait rien demandé en échange, mais il lui avait promis qu'elle garderait sa maison, son potager et sa basse-cour jusqu'à ce que le Seigneur la rappelle à Lui.

Il n'y avait aucune raison de signer un contrat quand on avait affaire à un homme de parole.

La meilleure partie de cet arrangement était que Pierce, sa femme Grace et Jaci s'étaient installés au ranch. Ils avaient emménagé dans leur propre maison deux semaines plus tôt, mais ils vivaient assez près d'elle pour lui rendre visite tous les jours. Et Riley, sa femme Dani et la nièce de celle-ci, Constance, n'habitaient qu'à quelques kilomètres du ranch.

Elle n'avait plus à s'inquiéter que pour Tucker, leur frère cadet.

Il menait la vie dangereuse et excitante des professionnels du rodéo. Il allait de compétition en compétition. Comment allait-il rencontrer la femme de sa vie en ne fréquentant que des fans de rodéo qui voulaient prendre du bon temps ?

Il croyait mener la belle vie, mais Esther lui consacrait une bonne partie de ses prières, tant elle avait peur qu'il se fasse blesser par un taureau.

Malgré l'inquiétude que Tucker lui causait, donner refuge aux frères Lawrence était l'une des meilleures choses que Charlie et elle aient jamais faites.

Elle posa instinctivement sa main là où son mari avait dormi pendant presque toute sa vie d'adulte. Comme à chaque fois, son cœur se serra. Il lui manquait tant ! Il lui manquerait toujours.

Mais rester là à s'apitoyer sur son sort ne lui rendrait pas Charlie. Elle glissa ses pieds dans ses pantoufles et alla dans la cuisine.

Quand le café eut fini de couler, le soleil apparaissait à l'horizon et les coqs chantaient pour accueillir le nouveau jour. Elle remplit de café sa tasse préférée, celle que Jaci, la fille de Pierce, lui avait offerte, sur laquelle était écrit :

J'AIME MAMIE.

Cette fillette faisait fondre son cœur.

Elle mit un quart de cuillère de sucre dans son café. Elle aurait aimé en mettre bien plus, mais le Dr Carter lui serinait qu'elle devait y aller doucement sur les sucreries.

Bien sûr, si elle prenait au sérieux tout ce que ce vieux fou lui disait, elle ne mangerait plus que de la paille et du trèfle.

Pierce et Riley devaient déjà travailler dur — les éleveurs étaient des lève-tôt. Mais ils passeraient sûrement un peu plus tard en sachant qu'un petit déjeuner copieux les attendrait. Cela faisait plus d'un demi-siècle qu'elle préparait des petits déjeuners pour des hommes affamés et elle continuerait à le faire tant qu'elle en serait capable.

Elle traversa le salon, sa tasse à la main. Il n'y avait rien de meilleur que de boire son café sur la nouvelle balancelle que Pierce avait installée sur le porche, pour partager le lever du jour avec les oiseaux qui voletaient autour de la mangeoire.

En tournant la clé dans la serrure, elle s'aperçut qu'elle avait encore oublié de verrouiller la veille au soir. Pierce lui répétait que les temps changeaient, mais une habitude vieille de plusieurs décennies était dure à perdre. Et les temps changeaient bien plus lentement à Winding Creek que dans les grandes villes.

Elle ouvrit la porte et sortit.

— Qu'est-ce que c'est que ça ? s'écria-t-elle.

Il y avait une camionnette couverte de boue à un jet de pierre de sa maison. Elle était sur le point d'aller chercher son fusil quand un homme mal rasé en sortit et s'étira.

Mon Dieu !

C'était Tucker Lawrence. Elle posa sa tasse sur la balustrade et courut se jeter dans ses bras ouverts.

— Je suis désolé si je sens aussi mauvais que je le crois, lui dit-il.

Elle recula d'un pas et l'observa de la tête aux pieds.

— Tu as l'air d'avoir dormi dans une étable, répondit-elle. Depuis combien de temps es-tu dans cette voiture ?

— Un jour ou deux.

— Sans dormir ? C'est dangereux, Tucker ! Tu pourrais…

Il glissa un bras autour de sa taille.

— Calme-toi. J'ai dormi tout mon soûl, même si ce n'était pas dans un lit. Il n'y avait aucune lumière dans la maison quand je suis arrivé. Je n'ai pas voulu réveiller tout le monde.

— Tu n'aurais réveillé que moi.

— Où sont Pierce et sa famille ?

— Ils se sont installés dans leur propre maison, il y a deux semaines.

— Ça a été rapide ! Ils n'avaient que les fondations quand je suis venu pour le mariage de Riley. J'étais sûr que l'endroit ne serait pas habitable avant Noël.

— Riley et nos voisins lui ont donné un bon coup de main — ce que tu saurais si tu venais plus souvent. Je n'en reviens pas que tes frères aient oublié de me prévenir de ton arrivée !

— Ils ne sont pas au courant. J'ai décidé de venir sur un coup de tête. Comme j'ai quelques jours de libres avant le prochain rodéo, j'ai eu envie de m'offrir l'un de tes célèbres petits déjeuners. Des œufs frais, d'épaisses tranches de bacon, des biscuits tout juste sortis du four, de la confiture de mûres maison… J'en salive d'avance.

— Tu es venu au bon endroit, mais tu dois commencer par trouver un rasoir. Et une bonne douche ne te ferait pas de mal.

Tucker gratta son menton hirsute.

— Tu as raison, répondit-il avant de sortir un sac de sa voiture.

Son arrivée la remplissait de joie, mais elle n'avait pas cru un instant qu'il avait décidé de venir « sur un coup de tête ». Quelque chose le préoccupait. Ce qu'il disait sonnait faux. L'impression d'Esther ne tenait pas qu'à l'apparence pitoyable de Tucker. Elle lisait des ennuis dans ses yeux et les entendait dans sa voix.

Elle lui tirerait les vers du nez un peu plus tard. Pour le moment, elle allait faire ce qui les réconforterait l'un et l'autre : le nourrir.

Tucker retira ses bottes, se déshabilla et entra dans la douche. Les tuyaux de la vieille maison étaient bruyants, mais l'eau était chaude et ses muscles apprécièrent de se faire masser par le jet puissant.

Il était bizarre qu'il se sente chez lui dans cette maison alors qu'il n'y avait vécu que dix mois — des mois de chagrin passés à essayer d'admettre qu'il n'y aurait plus jamais ses parents dans sa vie.

Il était terrifié et furieux à cette époque. Surtout, il avait le cœur brisé. Les Kavanaugh l'avaient aidé à surmonter son traumatisme. Esther, en particulier. Sa foi, son amour et sa compassion l'avaient sauvé.

Il n'espérait pas que ce miracle se reproduise. Cette fois, la réponse à son problème ne pouvait venir que de lui.

Il se doucha, se rasa et enfila son jean le plus confortable. Les odeurs du café et du bacon faisaient gargouiller son estomac.

Il remit ses bottes et quitta la salle de bains. Des voix et des rires familiers résonnaient dans la cuisine. Esther n'avait pas perdu de temps pour annoncer son arrivée à tout le monde.

— Qu'est-ce que vous faites là, bande de parasites ? lança-t-il à ses frères en entrant dans la cuisine.

— On voulait savoir pourquoi tu furetais dans le coin au milieu de la nuit comme un voleur de chevaux, répondit Pierce.

— Pas moi, dit Riley en passant le bras autour de ses épaules. J'imagine que tu es venu te vanter des fortunes que tu gagnes en ne travaillant que huit secondes par soir.

— Sûrement pas ! se défendit Tucker. Je suis juste venu déguster la cuisine d'Esther.

— C'est une raison suffisante, lui accorda Pierce. Attaquons-nous au petit déjeuner avant que les biscuits refroidissent.

Le petit déjeuner fut l'occasion de retrouvailles bruyantes et décontractées. Ses frères n'imaginaient pas à quel point il avait besoin d'être plongé dans cette atmosphère.

Sydney s'observa dans le miroir de la salle de bains. Son visage reflétait l'angoisse qui l'avait tenue éveillée presque toute la nuit.

34

Le peu de sommeil qu'elle avait réussi à glaner avait été agité et interrompu par des cauchemars dans lesquels Rachel l'appelait au secours ou se défendait contre un tueur.

Les bruits de l'autoroute voisine n'avaient pas aidé. Elle avait eu l'impression que les poids lourds qui y passaient traversaient sa chambre. Son épuisement l'handicaperait. Elle avait besoin d'avoir l'esprit alerte pour ne pas passer à côté d'un indice, même s'il était minuscule ou bien caché.

L'expérience lui avait appris que c'étaient souvent les détails apparemment insignifiants qui faisaient la différence.

Sa sœur avait dépensé presque soixante-dix dollars dans une pâtisserie. Avec un peu de chance, c'était une somme assez importante pour que la personne qui l'avait servie se souvienne d'elle. Cette personne saurait peut-être lui dire si Rachel était seule ou accompagnée, si elle semblait inquiète ou si quelqu'un l'avait ennuyée.

Sydney prit sa brosse et essaya de discipliner ses boucles blondes avec un succès mitigé.

Elle se maquilla avec des gestes d'automate : crème solaire, eye-liner, mascara, rouge à lèvres. Dani's Delights serait sa première étape de la journée.

Son téléphone sonna alors qu'elle s'approchait de sa voiture. Elle le tira de son sac et consulta l'écran. C'était le FBI.

Jackson Clark la voulait-il dans son équipe malgré son lien personnel avec l'une des victimes ?

Son élan d'optimisme fut rapidement suivi par une vague d'appréhension qui lui noua l'estomac.

Je vous en supplie, faites que ce ne soit pas une mauvaise nouvelle ! pria-t-elle en silence avant de décrocher.

— Agent Sydney Maxwell ? demanda une voix féminine.

— Oui.

— Pouvez-vous patienter un instant ? L'agent Jackson Clark, du bureau de Dallas, aimerait vous parler.

— Oui.

Elle retint son souffle pendant quelques secondes avant que la voix puissante de Jackson Clark prenne le relais.

— Bonjour, Sydney.

— Bonjour.

Il n'avait pas le ton qu'on employait pour annoncer une mauvaise nouvelle. Elle respira un peu plus facilement.

— Je crois qu'on ne s'est jamais rencontrés, mais je connais votre travail, en particulier le rôle que vous avez joué dans l'arrestation de l'Étrangleur des Marais, dit Jackson.

— Merci, répondit-elle. Nous ne nous sommes pas rencontrés officiellement, mais j'ai suivi l'un de vos cours à Quantico.

— Je suis désolé de ne pas m'en souvenir. J'ai souvent beaucoup d'élèves et je me concentre sur mon programme. J'essaie toujours de fournir plus d'informations que le temps qui m'est imparti me le permet.

— Je ne m'attendais pas à ce que vous vous souveniez de moi.

— J'espère que je ne vous appelle pas à un mauvais moment, mais je viens d'avoir Roland Farmer au téléphone, reprit Jackson. Il m'a appris que votre sœur avait disparu depuis une dizaine de jours. L'avez-vous retrouvée ?

— Malheureusement non et je suis très inquiète.

Plus précisément, elle était en proie à une panique qui tendait vers l'hystérie, mais un bon agent du FBI n'avouait jamais qu'il paniquait.

— J'en suis navré, répondit Jackson. J'imagine que vous avez parlé aux autorités locales ?

— Oui. J'ai aussi appelé tous les hôpitaux de la région et enquêté sur ses dépenses. La dernière fois qu'elle s'est servie de l'une de ses cartes bancaires, c'était dans une pâtisserie de Winding Creek, au Texas, du nom de Dani's Delights.

— Roland m'a fourni cette information. Votre sœur a-t-elle de la famille ou des amis dans les environs ?

— Pas de famille et pas d'amis à ma connaissance.

— Que savez-vous sur les autres femmes qui ont disparu dans les six derniers mois ?

— Seulement ce qui a été rendu public : leurs noms, les dates de leur disparition, leur description — ce genre de choses.

— Et vous pensez que Rachel pourrait être la quatrième victime du ravisseur, ou la cinquième, s'il a tué la fille dont nous avons trouvé le corps samedi.

— C'est possible, répondit-elle. Sa disparition a des points communs avec les autres. Dans tous les cas, je crois qu'elle est en danger.

— D'après les informations dont je dispose, je pense que vous avez raison de vous inquiéter. Je suis en train de monter une équipe pour prêter main-forte à la police locale.

— Quand arriverez-vous ?

— Demain.

— Tant mieux. Nous devons agir vite, avant que quelqu'un d'autre se fasse tuer. Je pense que toutes ces femmes sont en grand danger.

— Vous le savez peut-être déjà, mais la jeune femme dont nous avons retrouvé le corps a été identifiée. Elle s'appelle Sara Goodwin. C'était une fugueuse de seize ans qui vivait dans la rue, à San Antonio. Comme personne n'a signalé sa disparition, nous avons peu d'informations sur elle en dehors du rapport du médecin légiste.

— Que dit-il ?

— Qu'elle était morte depuis un mois quand nous l'avons trouvée. Son crâne a été fracassé avec un objet contondant.

— Le légiste a-t-il trouvé de l'ADN ou quoi que ce soit qui nous aiderait à identifier son meurtrier ?

— Rien de concluant, non. Si je vous appelle, c'est parce que Roland m'a dit que vous aimeriez participer à cette enquête.

— Absolument.

Plus elle serait proche de l'enquête, plus elle aurait de chances de retrouver Rachel.

— Dans ce cas, bienvenue à bord ! Quand pouvez-vous vous rendre à Winding Creek ?

— J'y suis déjà, sur le chemin de Dani's Delights.

— Parfait.

— Alors ça ne vous dérange pas que je sois proche de l'une des victimes ?

— Je me moque du protocole quand des vies sont en jeu, répondit Jackson. Vous êtes douée. Vous l'avez déjà prouvé.

— Merci.

— Je me mettrai en route dans une demi-heure. Une fois sur

place, je commencerai par m'entretenir avec le shérif Cavazos, mais je veux faire un briefing avec tous les membres de l'équipe le plus vite possible. Je vous rappellerai dès que j'aurai trouvé un lieu pour la réunion.

Il ne pouvait pas faire plus efficace. Jackson Clark lui plaisait de plus en plus.

— Une dernière chose, dit-il. Ne dites pas que vous êtes un agent du FBI ni la sœur de Rachel pour le moment, s'il n'est pas trop tard. J'aimerais que vous puissiez porter un regard extérieur sur la communauté de Winding Creek.

— J'ai montré la photo de Rachel à un cow-boy et à une serveuse dans un bar, hier soir. Je leur ai demandé s'ils l'avaient vue, mis je n'ai pas dit qu'elle était ma sœur, ni même qu'elle avait disparu.

— Ce qui est fait est fait. Si les gens découvrent que vous êtes la sœur de Rachel, tant pis, mais ne parlez plus d'elle, s'il vous plaît. J'aimerais que vous visitiez la ville et que vous discutiez avec les habitants pendant que nous enquêtons sur les victimes. Vous avez un don pour remarquer ce qui échappe aux autres. Servez-vous-en.

— J'aurai besoin d'une fausse identité.

— Lane y travaille. Il vous enverra le dossier et un permis de conduire dès que ce sera prêt. Vous serez Syd Cotton, une photographe de New York. Comme c'est la première fois que vous mettez les pieds dans cette partie du Texas, il est normal que vous posiez des questions et que vous fouiniez partout.

— Je m'en tiendrai à cette version jusqu'à nouvel ordre, promit-elle.

— Je vous rappellerai vers midi et je suis ravi de vous avoir dans l'équipe, Sydney. Je suis sûr que vous nous serez très utile.

Même si elle était heureuse de se retrouver au cœur de l'enquête, le fait d'endosser une fausse identité la mettait mal à l'aise. Elle avait l'intention d'interroger le personnel de la pâtisserie pour voir s'il se souvenait de Rachel.

À présent, elle ne pouvait plus que visiter les lieux. Que pouvait-elle en tirer ? Et elle avait du mal à imaginer un psychopathe choisissant ses victimes en les regardant prendre leur petit déjeuner...

Mais des choses plus étranges se produisaient.

La ville de Winding Creek ressemblait à un décor de western. Ses petites maisons en bois avaient sûrement été construites à l'époque où les joueurs de cartes et les tueurs à gages arpentaient ses rues étroites.

La seule différence était que les boutiques vendaient maintenant des bougies parfumées, des décorations de Noël en argent, des chemises brodées et des bottes de cow-boy. La rue principale, avec ses bancs de couleurs vives et ses bacs à fleurs, était si pittoresque qu'on imaginait facilement qu'il n'y avait rien derrière les façades. Il restait même quelques poteaux pour attacher des chevaux sur les trottoirs.

Une grosse camionnette noire qui tirait une remorque pour chevaux s'arrêta à un feu rouge.

Deux vieillards en salopettes en jean étaient assis sur un banc. Ils portaient leurs chapeaux de cow-boy bas sur le front pour se protéger du soleil et mangeaient d'énormes biscuits à la cannelle en faisant tomber des miettes sur leurs chemises.

Sydney fut surprise par le nombre de gens qui lui sourirent ou lui dirent bonjour. Elle n'avait aucun mal à comprendre pourquoi Rachel avait eu envie de faire un détour pour visiter cette ville. Il lui était plus difficile d'imaginer qu'un psychopathe se cachait au milieu de cette population bienveillante.

Mais quelque chose avait mal tourné pour Rachel quelque part entre la pâtisserie de Winding Creek et la station thermale. Sydney pressa le pas.

Sa nervosité s'accrut quand elle entra dans la pâtisserie. Elle fut immédiatement frappée par les odeurs alléchantes des gâteaux exposés dans la vitrine. La jolie rousse qui tenait le comptoir versait du café dans de grandes tasses blanches en bavardant et en riant avec ses clients.

Sydney contourna la file de clients qui attendaient d'être servis au comptoir. Ce devait être l'heure de pointe. Plus de la moitié des tables en métal étaient occupées. Le niveau sonore était élevé. En plus de bavarder avec ceux qui étaient assis à leur table, les gens s'interpellaient d'un bout à l'autre de la salle.

C'était une atmosphère de petite ville. Il semblait n'y avoir que quelques personnes qui n'étaient pas du coin dans le groupe. Bien sûr, comme c'était un lundi matin, la clientèle était peut-être très différente de celle du samedi après-midi, quand Rachel était venue.

Sydney balaya la salle du regard. Il y avait des souvenirs bon marché sur des étagères bleues le long du mur de gauche. Près d'un escalier, d'autres étagères plus élégantes en acajou supportaient un assortiment de poteries.

Celles-ci attirèrent l'attention de Sydney comme elles avaient sans doute attiré celle de sa sœur. Elle prit un beau vase d'une couleur chaude que Rachel aimait pour en regarder le prix.

Quatre-vingt-quinze dollars. C'était plus que ce que Rachel avait payé. Sydney regarda les prix d'autres articles et en trouva plusieurs entre soixante et soixante-dix dollars.

— Ces poteries sont faites par une artiste locale.

Sydney sursauta avant de se retourner pour faire face à la rousse qui servait des cafés quelques minutes plus tôt. Elle jeta un bref coup d'œil au comptoir. Plus personne n'attendait son tour.

— Elles sont magnifiques, répondit-elle. J'ai une sœur qui les adorerait.

— Vous devriez l'amener ici ou l'emmener visiter l'atelier de l'artiste, suggéra la rousse. Elle a beaucoup plus de choix. Je peux vous donner sa carte, si ça vous intéresse.

— Merci, répondit Sydney.

— Vivez-vous dans les environs ?

Sydney prit quelques secondes pour réfléchir à une réponse que Jackson approuverait.

— Non, je vis à New York, mais j'aime le charme de votre ville.

— Avez-vous de la famille à Winding Creek ?

— Non, je suis ici pour travailler.

— Vous éveillez ma curiosité. Quel genre de travail peut amener quelqu'un dans notre petite ville ?

— Je suis photographe. Je travaille pour différents journaux et magazines. L'article qu'on m'a commandé doit parler de Winding Creek et de sa région. Je suis aussi censée recueillir des anecdotes intéressantes sur ses habitants.

— Vous ne manquerez pas de gens intéressants dans le coin, c'est certain. Où vous êtes-vous installée ?

— À l'hôtel, mais j'espère trouver quelque chose d'un peu plus confortable et pittoresque.

— Nous avons plusieurs auberges qui correspondent à cette description.

La clochette de la porte tinta et deux femmes d'une cinquantaine d'années entrèrent.

— Il faut que je retourne travailler, dit la rousse. Passez me voir avant de partir. Je vous donnerai les adresses des auberges et de l'atelier de la potière.

— Merci, c'est très gentil. Et je veux goûter votre café et vos gâteaux avant de partir, bien sûr.

— Tant mieux. J'espère que vous viendrez régulièrement pendant votre séjour.

— J'en suis sûre. Ouvrez-vous tous les jours ?

— Sauf en de rares occasions. Je suis Dani, la propriétaire. C'est moi qui fais tout ce que vous mangerez ici — sauf le pain. Mon mari a décidé de s'en charger.

— C'est une bonne raison de le garder, plaisanta Sydney en lui souriant.

— Ça, c'est sûr !

Sydney jeta un dernier coup d'œil à la salle avant de prendre place dans la queue, derrière une femme qui choisissait un assortiment de cupcakes. La clochette tinta encore. Cette fois, ce furent deux cow-boys très séduisants qui entrèrent.

Ils se ressemblaient tant qu'ils devaient être frères. L'un d'eux lui était vaguement familier. Elle le fixa jusqu'à ce qu'elle comprenne pourquoi.

C'était l'homme du bar, celui qu'elle avait essayé de suivre la veille.

Il était rasé, ce qui le changeait beaucoup, mais elle était sûre que c'était bien lui. Elle n'avait pas réussi à faire sa connaissance chez Hank. Serait-il moins grossier accompagné ?

Elle lui offrit son sourire le plus séduisant et le regarda droit dans les yeux tandis qu'il s'approchait du comptoir.

— Vous vous souvenez de moi, Tucker Lawrence ?

6

Tucker la fixa deux secondes avant d'acquiescer.

— Vous êtes la femme que j'ai croisée chez Hank.

— C'est ça. J'étais sûre que nous retomberions l'un sur l'autre.

— Vous vous connaissez ? demanda l'autre cow-boy.

— On a échangé des politesses chez Hank, hier soir.

— Ça explique pourquoi tu es arrivé au ranch tellement tard que tu as dû dormir dans ta voiture.

Dani encaissa la cliente qu'elle servait, puis fit le tour du comptoir pour les rejoindre.

— Tucker Lawrence ! Il était temps que tu rendes visite aux pauvres travailleurs que nous sommes.

Elle le serra dans ses bras avant de se tourner vers Sydney.

— Alors vous avez déjà rencontré mon merveilleux beau-frère ? lui demanda-t-elle.

— On est tombés l'un sur l'autre hier soir, mais quant aux politesses...

Dani éclata de rire.

— Dans ce cas, nous devons faire des présentations officielles avant que le prochain client arrive.

Elle prit le bras de l'autre cow-boy.

— Voici mon mari, Riley Lawrence, et son frère Tucker, dit-elle.

— Et je m'appelle... Syd Cotton, répondit Sydney en n'hésitant que brièvement.

— C'est une photographe qui travaille à un article sur notre ville, expliqua Dani. Asseyez-vous donc ! Je vais vous servir un café.

— Je ne refuse jamais un café, en principe, répondit Sydney, mais je ne veux pas m'imposer.

— Nous ne serons pas vraiment entre nous de toute manière, dit Dani. Mais je ne m'en plains pas ! Je ne pourrais pas payer mes factures si je n'avais pas de clients. Ces deux-là ne peuvent rien avaler, puisqu'ils viennent de prendre le petit déjeuner chez Esther, mais puis-je vous apporter quelque chose, Syd ? Un croissant à l'œuf et au bacon, peut-être...

— Ils sont délicieux, intervint Riley. Et je sais de quoi je parle : je couche avec la cuisinière.

Sydney n'avait pas faim, mais elle avait si mal dormi qu'elle risquait d'avoir une migraine si elle restait l'estomac vide.

— Très bien. Va pour un croissant !

— Je vais chercher tout ça, dit Riley. Vous deux, essayez de convaincre Tucker de rester quelques jours. J'ai une écurie qui a besoin d'un nouveau toit. Il pourrait employer ses muscles à quelque chose d'utile, pour changer.

— Mes muscles sont en vacances, répliqua Tucker. Mais je veux bien louer mes talents de superviseur au meilleur offrant.

— Je suis marié, maintenant, riposta Riley. J'ai un superviseur qui m'offre ses services.

— Seulement quand c'est nécessaire ! lui lança Dani alors qu'il s'éloignait.

Tucker tira la chaise de Dani, puis celle de Sydney. Quand ils furent tous assis, Dani posa sa main sur le bras de Tucker.

— Tu as causé beaucoup d'excitation, ce matin, en débarquant sans prévenir personne. Esther était si contente de nous apprendre la nouvelle qu'elle en bégayait presque quand elle nous a appelés.

— Esther s'excite facilement, répondit Tucker.

— C'est vrai, reconnut Dani. Si vous avez le temps, Syd, j'aimerais vous la présenter. Elle a soixante-dix ans, mais c'est la quintessence de la femme d'éleveur du Texas. Elle a un cœur énorme, elle travaille dur et elle ferait n'importe quoi pour vous être utile.

— Je serai ravie de la rencontrer, répondit Sydney.

— Et Esther sera peut-être disposée à vous louer une pièce ou deux pendant quelques jours, ajouta Dani. Elle vit au ranch

44

Double K. Elle a une maison un peu délabrée, mais gigantesque, à quelques kilomètres de Winding Creek. Si vous vous installiez là-bas, vous auriez même Tucker pour vous servir de guide dans le ranch et vous expliquer le mode de vie des éleveurs.

— Je pars demain, dit Tucker sans laisser le temps à Sydney de répondre.

— Pourquoi si vite ? demanda Dani. Tu viens juste d'arriver.

— J'ai des obligations ailleurs.

— Esther sera désolée et Riley déçu. Je sais qu'il voulait te présenter personnellement à chaque Angus noir qu'il a acheté pour démarrer son troupeau.

— C'est notre prochaine étape, répondit Tucker. On est juste passés en ville pour t'apporter les ingrédients que tu voulais.

— Je sais. Riley est merveilleux, n'est-ce pas ?

— Si tu le dis, répondit Tucker en étendant ses jambes sous la table.

Alors que Riley revenait avec les cafés et le croissant sur un plateau, deux femmes d'âge mûr dont les coiffures élaborées étaient à la mode plusieurs décennies plus tôt entrèrent dans la pâtisserie.

— Les sœurs Simmons, dit Dani. Deux cafés latte au caramel, l'un avec de la crème chantilly, l'autre sans, et un croissant au chocolat coupé en deux et servi sur deux assiettes.

— Je m'en occupe, proposa Riley. Eleanor Simmons a le béguin pour moi. Ça lui fera plaisir.

— Qui n'a pas le béguin pour toi, mon chéri ? plaisanta Dani en posant sa main sur son épaule. Mais je sais exactement combien de chantilly elle veut. Je vais te donner un coup de main.

Le couple s'éloigna en la laissant seule avec Tucker. Sydney suspecta Dani de l'avoir fait exprès. La jeune femme semblait vouloir jouer les entremetteuses.

Elle le regretterait sans doute si elle savait que Sydney leur avait menti.

Sydney but une gorgée de café et se demanda ce qu'elle pouvait dire. Se taire ne la mènerait à rien, mais bombarder Tucker de questions grillerait sa couverture avant même que l'enquête ne commence.

— Avez-vous grandi dans la région ? demanda-t-elle.

— Jusqu'à treize ans.

— Et ensuite ?

— J'ai vécu au Kansas.

— Avez-vous encore de la famille par ici en dehors de votre frère ?

— J'ai deux frères, Pierce et Riley. Ils vivent tous les deux à Winding Creek. Je n'ai pas d'autre famille.

— Alors vous n'êtes pas un parent de la femme dont parlait Dani, Esther ?

— Posez-vous toujours autant de questions ?

— Désolée. Je suis très curieuse.

— Non, c'est moi qui suis désolé. Je ne suis pas aussi ronchon, d'habitude. Je suis préoccupé, en ce moment, mais ce n'est pas une raison pour manquer de politesse.

— J'accepte vos excuses, répondit-elle en décidant de changer d'approche. Je n'ai jamais vécu dans une communauté aussi soudée que celle de Winding Creek semble l'être. On doit se sentir en sécurité quand on peut autant compter les uns sur les autres.

— C'est vrai.

— Pourtant, j'ai entendu aux informations que trois femmes avaient disparu dans cette région du Texas.

— Je l'ignorais. Je ne m'intéresse pas beaucoup aux actualités.

— Pas même sur les réseaux sociaux ?

— Surtout pas sur les réseaux sociaux. Les cow-boys sont des hommes d'action. Nous ne pratiquons pas le chat, nous ne mangeons pas de quiches et nous ne buvons pas de smoothies verts.

— Je tâcherai de m'en souvenir, plaisanta-t-elle.

Quatre personnes faisaient déjà la queue quand les Simmons s'installèrent à une table avec leurs cafés. Dani était au téléphone. Riley emballait des pâtisseries.

Sydney et Tucker n'échangèrent plus un mot jusqu'à ce que Riley et Dani les rejoignent.

Ceux-ci échangèrent des regards de conspirateurs.

— Je viens d'avoir Esther Kavanaugh au téléphone, déclara Dani. Je lui ai dit que vous aviez besoin d'un endroit où dormir pour quelques jours. Elle dit qu'elle sera ravie de vous héberger si vous n'avez pas des goûts de luxe.

— Mais elle ne me connaît pas, s'étonna Sydney.

— Elle a confiance en moi et j'ai confiance en vous. Et les propriétaires des auberges ne vous connaissent pas non plus.

— C'est une proposition tentante, reconnut Sydney.

C'était exactement ce dont elle avait besoin : un moyen de s'infiltrer dans la communauté de Winding Creek.

— Mais j'aimerais voir ce ranch avant de prendre une décision, ajouta-t-elle.

— Naturellement, répondit Dani. Riley et Tucker peuvent vous y conduire tout de suite. Vous pourrez visiter la maison et rencontrer Esther.

— Je croyais que Tucker était censé faire la connaissance d'un troupeau de vaches noires, protesta Sydney.

— Nous irons les voir ensuite, répondit Riley.

— Je ne pourrai pas rester très longtemps au ranch, dit Sydney sans préciser pourquoi.

— Riley vous ramènera en ville quand vous voudrez, promit Dani.

Tucker n'avait pas dit un mot depuis qu'ils discutaient de la proposition d'Esther, mais il semblait contrarié.

Sydney se tourna vers Dani.

— Je comprends mal, lui dit-elle. Vous me connaissez à peine, alors pourquoi vous donnez-vous tant de mal pour que je sois bien logée ?

— J'ai un sixième sens en ce qui concerne les gens, répondit Dani. Je sais tout de suite s'ils me plaisent et si nous deviendrons amis. Faites-moi confiance : nous deviendrons amies.

Sydney la comprenait. Elle aussi avait une sorte de sixième sens. Ses intuitions étaient toujours justes. Or son intuition la rendait nerveuse en cet instant.

Parce qu'elle lui soufflait qu'elle mettrait ces trois personnes en danger si elle s'installait au ranch Double K.

Mais Jackson lui avait demandé de se mêler aux habitants. Elle pouvait au moins voir ce que cette Esther avait à lui proposer.

— Très bien, conclut-elle. Mais je suivrai Riley avec ma propre voiture. Comme ça, il n'aura pas besoin de me ramener en ville.

— Parfait, répondit Dani. J'appelle Esther pour la prévenir de votre arrivée.

Sydney n'était pas sûre que ce soit le meilleur moyen de trouver Rachel. Travailler avec Jackson n'était peut-être pas une si bonne idée, finalement.

Riley roula lentement pour lui permettre de le suivre. Ils traversèrent un quartier résidentiel dont les maisons semblaient avoir été construites plus d'un siècle auparavant, puis ils quittèrent Winding Creek.

À cette allure, Sydney put observer le paysage tout à loisir. La route était bordée de collines parsemées de bosquets de pins sur lesquelles paissaient des troupeaux. Les ranchs devant lesquels ils passaient avaient tous de grands portails en métal, qui avaient l'air plus décoratifs que destinés à empêcher les gens d'entrer.

C'était une région paisible, pastorale, conviviale.

Rachel avait-elle pris cette route ? Était-elle seule ou déjà captive ? Elle était peut-être en compagnie d'un cow-boy ténébreux qui lui avait semblé séduisant jusqu'au moment où il l'avait attaquée.

La veille, Sydney avait imaginé que Rachel avait peut-être fait la connaissance de quelqu'un comme Tucker, un cow-boy assis seul dans un bar bruyant, perdu dans ses pensées.

Tucker ne lui faisait plus la même impression aujourd'hui. Était-ce parce qu'il s'était changé et rasé ? Sa beauté virile altérait-elle le jugement qu'elle portait sur lui ?

Il était grand, musclé, brun, avec un regard pénétrant qui exprimait ce qu'il ne disait pas...

Elle avait du mal à l'imaginer enlever une femme alors qu'il semblait vouloir l'éviter. C'était peut-être parce qu'il était préoccupé, comme il le lui avait dit. Ou qu'elle n'était pas son genre.

La sonnerie de son téléphone brisa le fil de ses pensées. Une vague d'anxiété la submergea. L'identité de celui qui l'appelait apparut sur l'écran du tableau de bord.

Carl Upton.

Il avait enfin trouvé le temps de la rappeler.

— Bonjour, Carl.

— Je suis content d'arriver à te joindre, répondit-il. Je viens de voir un avis de recherche concernant Rachel à la télé. Le journaliste demandait à ceux qui l'auraient vue d'appeler la police immédiatement.

— Ont-ils montré une photo d'elle ?

— Oui, mais c'est celle qui était dans le journal la semaine dernière — celle sur laquelle elle sort du palais de justice avec ses collègues. Elle est prise de loin et un peu floue. Il est difficile de la reconnaître... Je ne suis pas sûr que ça aide beaucoup.

— J'en fournirai une autre à la presse.

— Je n'arrive pas à croire que j'aie appris la disparition de Rachel par la télévision !

— Ce n'est pas le cas. Je sais que Connie Ledger t'a appelé hier matin.

— Elle a juste dit que Rachel n'était pas venue au travail. J'ai pensé qu'elle devait être coincée dans les embouteillages.

— Je t'ai aussi laissé un message en te demandant de me rappeler. Tu ne l'as pas fait.

— J'étais en réunion toute la journée. Tu n'as pas dit que c'était une urgence.

— Pourquoi t'appellerais-je si ce n'était pas une urgence ? Qu'ont-ils dit d'autre aux informations ?

— Que sa disparition était peut-être liée à une série d'enlèvements.

Sydney déglutit avec peine. Elle ne s'attendait pas à ce que la police fournisse cette hypothèse à la presse sans avoir aucune preuve.

— Ont-ils dit ce qui les incitait à penser ça ?

— Non, mais je suis très inquiet. Tu ne crois pas qu'elle se soit fait enlever, dis-moi ?

— Je ne sais pas ce qui lui est arrivé, Carl.

— Allons, Sydney ! Tu travailles pour le FBI. Tout ce que je te demande, c'est de me rassurer. Tu ne crois quand même pas qu'elle ait été enlevée ou...

Il n'acheva pas sa phrase.

— Je te le répète : je n'ai aucune information, répondit Sydney.

— As-tu appelé les hôpitaux ? Stressée comme elle l'était, elle a très bien pu s'évanouir dans la rue.

— Comment sais-tu qu'elle était stressée ? Je croyais que vous ne communiquiez plus.

— Nous sommes restés ensemble quatre ans. On ne peut pas effacer quatre années de sa vie comme ça.

C'était pourtant ce qu'ils avaient fait, d'après Rachel. « Je suis passée à autre chose », lui avait dit sa sœur.

— Quand lui as-tu parlé pour la dernière fois ? demanda-t-elle.

— Le vendredi de son départ en vacances. Je l'ai appelée pour la féliciter. La victoire de son cabinet faisait la une des journaux. Son nom était mentionné — mais je suis sûr qu'on ne lui a pas accordé le crédit qu'elle méritait.

— Moi aussi, je lui ai parlé ce soir-là. Je l'ai sentie soulagée. Épuisée, mais soulagée.

— Tiens-moi au courant si tu apprends quoi que ce soit.

— C'est promis. Il faut que je te laisse. Au revoir, Carl.

Elle mit son clignotant et tourna à gauche comme Riley venait de le faire. Elle visiterait le ranch Double K, comme elle s'y était engagée, mais elle compterait les minutes jusqu'à son rendez-vous avec Jackson Clark.

Au moins, il avait identifié la femme dont on avait retrouvé le corps. Une pièce de puzzle valait mieux que rien du tout.

La terreur lui nouait l'estomac lorsqu'elle franchit le portail du ranch Double K.

Piégée dans le noir, privée de la vue, Rachel était forcée de compter sur ses autres sens pour rester concentrée et saine d'esprit. Elle connaissait les pas du monstre. Ils résonnaient comme s'il ne quittait jamais ses bottes de cow-boy.

Elle ne savait pas si c'était un vrai cow-boy ou s'il aimait s'en donner l'air. Elle n'était sûre de rien, en ce qui le concernait, en dehors du fait qu'il était mentalement instable.

Parfois, il s'asseyait à côté d'elle et lui parlait comme s'ils étaient de vieux amis. Presque toujours, il finissait par lui crier dessus sans qu'elle comprenne pourquoi. Il semblait y avoir deux personnes différentes dans sa tête.

Comme la pièce où elle était enfermée était sombre et humide, elle supposait qu'il devait s'agir d'une cave. À chaque fois que le monstre venait la voir, elle était prévenue par les craquements d'un escalier.

Il lui était arrivé d'entendre d'autres pas que les siens et d'autres voix. Elle craignait de ne pas être la seule prisonnière du monstre. Une fois, elle avait essayé d'appeler, mais le monstre l'avait entendue et il l'avait punie en la privant de nourriture jusqu'à ce qu'elle soit presque incapable de bouger.

Elle se leva péniblement. Elle ne souffrait plus autant que la première fois qu'elle avait repris conscience, mais chaque geste était encore douloureux. Au moins, elle était maintenant presque sûre qu'elle n'avait rien de cassé.

Elle s'appuya au mur et fit quelques pas. Elle devait se forcer à bouger, sinon ses muscles finiraient par s'atrophier.

Alors qu'elle n'était qu'à mi-chemin du mur opposé, l'escalier craqua. Elle se figea. Le monstre arrivait.

L'angoisse rendit sa respiration difficile. Elle ne savait jamais à quoi s'attendre et cette incertitude était une torture supplémentaire.

Parfois, il se contentait de poser le plateau par terre et s'en allait sans lui avoir accordé un regard. D'autres fois, il la fixait en silence comme si elle était un serpent répugnant qui s'était introduit chez lui.

Cette fois, il semblait traîner quelque chose dans l'escalier. Elle s'approcha de la porte sans faire de bruit et y colla son oreille.

Elle entendit une porte s'ouvrir.

Une porte qui n'était pas la sienne.

— Au secours ! Aidez-moi !

Ce cri fut suivi par un choc sourd, comme si on avait projeté quelque chose — ou quelqu'un — contre un mur.

Son enfer avait un nouveau résident, apparemment. Le monstre agrandissait sa ménagerie.

7

Si Sydney avait réellement voulu explorer les charmes de la campagne texane pour prendre des photos, elle aurait atterri au bon endroit. Elle se gara derrière Riley devant la maison d'Esther Kavanaugh.

Elle sortit de sa voiture et prit un moment pour observer les lieux. La grande maison blanche aux volets verts s'intégrait parfaitement au paysage. Elle n'était ni imposante ni sophistiquée, mais très accueillante.

Le grand porche était meublé d'une table en bois encadrée par deux fauteuils à bascule et d'une balancelle couverte de coussins aux motifs gais. Sydney eut immédiatement envie de s'y asseoir. Des pots remplis de géraniums, de soucis et de pervenches en fleurs ajoutaient toute une palette de couleurs à la façade.

Il y avait une mangeoire à oiseaux suspendue à une branche d'arbre et des papillons voletaient autour des buissons de lantana qui bordaient le porche.

Les deux hommes attendirent qu'elle les rejoigne pour grimper les marches du perron.

Tucker ouvrit la porte, qui n'était pas verrouillée, puis s'effaça pour la laisser entrer.

— Vous ne frappez pas ? s'étonna-t-elle.

— On fait partie de la famille, répondit Riley. Pas au sens biologique, mais dans tous les sens qui ont vraiment de l'importance.

À leur place, Sydney aurait quand même frappé avant d'entrer — mais elle ne connaissait personne qui laissait sa maison ouverte.

— Vous devriez lui conseiller de verrouiller sa porte, dit-elle.

Comme elle passait son temps à enquêter sur des crimes, cette vieille dame lui semblait très imprudente.

— Elle est avertie de notre visite, répondit Riley. À vrai dire, elle aime tellement la compagnie que je suis surpris qu'elle ne nous ait pas attendus sur le porche dès notre coup de téléphone.

— Je comprends qu'on puisse se sentir seul de temps à autre quand on vit aussi loin de tout, sans aucun voisin, admit Sydney.

— Elle a des voisins, intervint Tucker. Ils sont juste assez loin pour ne pas risquer de lui marcher dessus. Et ils sont toujours disponibles si elle a besoin d'eux.

— Elle a aussi des tas d'amis à Winding Creek, ajouta Riley. Elle sait tout sur tout le monde. Il n'y a aucun secret dans une ville de cette taille.

— Je tâcherai de m'en souvenir.

Tucker les entraîna à travers la maison en marchant trop vite pour qu'elle puisse en observer bien l'aménagement. Elle aima ce qu'elle vit.

Les meubles semblaient confortables. Il y avait des tapis mexicains et des photographies accrochés aux murs. Elle commençait à comprendre pourquoi Dani aimait tant cette femme.

— Tu as de la compagnie, Esther ! lança Tucker.

Personne ne répondit.

— Elle doit être dans le poulailler ou dans le potager, dit Riley. Restez à l'abri de la chaleur, tous les deux. Je vais la chercher.

Il sortit de la maison par la porte de derrière en la laissant seule avec Tucker. Celui-ci se planta devant une fenêtre qui surplombait un carré de citrouilles encore vertes. Elle ne fut pas surprise qu'il l'ignore.

Elle s'approcha de lui et fut troublée par son parfum boisé. Sa virilité l'impressionnait — ce qui était étrange, parce qu'elle était habituée à de hautes doses de testostérone dans son environnement professionnel.

Ce devait être à cause de la mythologie du cow-boy, ou bien de sa propre nervosité. Elle ne comprenait pas pourquoi il se montrait aussi distant.

— Si le fait que je séjourne ici vous dérange, je m'installerai ailleurs, lui dit-elle.

Il se tourna vers elle.

— Pourquoi pensez-vous que ça me dérange ?

— Parce que vous ne me parlez pas.

— Je ne suis pas d'humeur à faire la conversation, c'est tout. Ça n'a rien à voir avec vous, alors n'en faites pas une affaire personnelle.

— D'accord. Alors ça ne vous dérange pas que je reste ici ?

— Pas du tout. C'est ce que je ferais à votre place. Je vous garantis que vous ne voudrez plus vous installer ailleurs dès que vous aurez rencontré Esther.

— Pourtant, vous semblez impatient de repartir, lui fit-elle remarquer.

— J'ai des choses à faire.

Le téléphone de Tucker sonna.

— Veuillez m'excuser, dit-il avant de décrocher en s'éloignant. Bonjour, Lauren.

Ce fut tout ce qu'elle entendit, mais le ton de Tucker l'incita à penser que Lauren avait un rapport avec son problème. Il était peut-être en train de se séparer... Cela expliquerait beaucoup de choses.

Mais les relations de couple n'étaient pas son rayon. Elle ne s'était jamais vraiment engagée dans une relation. Elle avait plusieurs fois essayé de se convaincre qu'elle tenait à un homme, mais elle se mentait à elle-même.

Apparemment, Rachel avait fait la même chose avec Carl Upton. Elle s'était comportée comme si elle était amoureuse, longtemps après avoir compris qu'elle ne l'était pas. Sinon comment aurait-elle pu si vite tourner la page après quatre années de vie commune ?

Tucker revint en même temps que Riley et Esther entraient dans la cuisine. Le sourire d'Esther illumina la pièce.

— Je suis désolée de ne pas vous avoir accueillis convenablement, dit-elle en posant un panier de légumes sur le comptoir. Il fait si chaud dehors que j'ai eu peur que tout ça ne cuise dans le potager plutôt que dans la marmite.

— Ne vous excusez pas, s'empressa de répondre Sydney. C'est moi qui suis désolée de perturber votre journée.

— J'ai tellement de temps libre que je ne sais plus quoi en faire, chérie ! s'écria Esther. Même les poulets en ont assez de me voir.

— Je suis sûre que c'est faux.

Esther s'essuya les mains sur son jean avant de tendre la droite à Sydney.

— Je suis Esther Kavanaugh, la reine du jardin, la cuisinière en chef et la plongeuse.

— Syd Cotton, répondit Sydney. Photographe en free-lance provisoirement sans abri.

— C'est ce que Dani m'a expliqué. Vous lui avez plu. Elle tient à ce que votre séjour à Winding Creek soit le plus agréable possible.

— Une chose est sûre : je repartirai avec plusieurs kilos en plus si je fréquente trop sa pâtisserie.

— Ou si vous passez trop de temps ici, intervint Riley. Attendez d'avoir goûté les biscuits d'Esther. Et sa tarte aux pêches a gagné le concours de tartes le mois dernier.

— C'est vrai, mais ma meringue à la noix de coco n'est arrivée que deuxième, répondit Esther.

— Les juges ont été achetés, plaisanta Tucker.

— Ma maison n'a rien d'extraordinaire, mais les lits sont confortables et l'eau est chaude, dit Esther. Il y a de la place pour être tranquille et pour s'étaler. Certaines pièces sont inoccupées depuis si longtemps que les fleurs du papier peint commencent à faner.

— J'ai l'impression que ça devrait bien se passer entre vous, reprit Riley. Tu devrais lui faire visiter la maison, Esther. Je crois que Syd est pressée. Je vais voir Pierce. Il a encore besoin d'un coup de main avec son tracteur. Je me ferai un plaisir de regarder Tucker se salir les mains.

— Une dernière chose, Syd, dit Tucker. Puisque personne ne vous connaît dans la région, Esther aura besoin de références si vous décidez de vous installer ici.

— Bien entendu, répondit-elle.

Syd Cotton aurait bientôt les meilleures références. Lane y veillerait.

Esther secoua la tête.

— Je ne lui vends pas la maison, Tucker. Si j'ai envie de l'héberger, c'est mon affaire.

Et voilà qu'elle provoquait un désaccord entre Esther et Tucker... S'installer là n'était peut-être pas une bonne idée, finalement.

— Tu as raison, répondit Tucker. C'est ta maison. C'est toi qui fixes les règles.

Mais cela ne voulait pas dire que ses frères et lui ne viendraient pas fourrer le nez dans ses affaires pour s'assurer qu'elle était une locataire acceptable. Elle aurait une intimité limitée et ce serait un problème.

Une fois l'enquête commencée, elle aurait besoin d'accrocher des cartes et des schémas aux murs pour les étudier. C'était le meilleur moyen de trouver des pistes.

Il y aurait toutes sortes d'informations sur ses murs : les endroits où Rachel et les autres victimes avaient été vues pour la dernière fois, les endroits où elles pouvaient avoir croisé leur ravisseur avant leur enlèvement, ce qu'elles avaient en commun, ce qu'elles avaient posté sur les réseaux sociaux.

Comme elle n'avait que cela pour le moment, elle commencerait par étudier le mode de vie des victimes.

— Allons d'abord voir les chambres, proposa Esther. J'en ai plusieurs de libres, certaines avec une salle de bains attenante. Et j'ai le wi-fi, maintenant. Pierce m'a même acheté une tablette.

— Qu'elle déteste, précisa Riley.

— Je ne la déteste pas, protesta Esther. C'est juste que je n'en ai pas besoin. Ça n'a pas de sens d'étendre son linge sur l'étendoir de quelqu'un d'autre et c'est exactement l'impression que les réseaux sociaux me font. Maintenant, si vous voulez bien nous excuser, messieurs, nous avons une maison à visiter.

La maison était exactement ce dont Sydney aurait eu besoin si elle avait réellement été une photographe en reportage. Les chambres étaient parfaitement propres et certaines étaient assez luxueuses, même si Esther prétendait le contraire. L'une d'elles avait même une porte-fenêtre qui donnait sur un patio — l'endroit parfait pour prendre son premier café.

— C'est ma chambre préférée, lui dit Esther. Vous n'auriez pas beaucoup de place pour travailler, mais la pièce voisine a un bureau. Vous pourriez utiliser les deux.

— Ce serait très confortable, reconnut Sydney.

Malheureusement, cela ne résolvait pas son problème d'intimité. D'un autre côté, les portes des deux chambres avaient des clés dans leurs serrures...

Et Esther lui était très sympathique. Elle était franche, honnête, joviale et spirituelle. Surtout, c'était une mine d'informations sur Winding Creek et ses environs.

Après la visite de la maison, elles regagnèrent le salon. Les photos accrochées au mur, à gauche de la cheminée, attirèrent l'attention de Sydney. Pour la plupart, c'étaient des photos de Riley, de Pierce et de Tucker.

Sydney s'en approcha et observa l'une d'elles, sur laquelle les frères Lawrence étaient adolescents. Ils étaient à cheval et semblaient parfaitement à l'aise sur leurs montures.

— J'ai de merveilleux souvenirs de ces garçons, lui dit Esther. Ils ont apporté tant d'amour dans cette maison ! J'étais fière d'eux à l'époque, et je le suis encore plus aujourd'hui. Ils sont devenus des jeunes gens remarquables.

— Comment se fait-il qu'ils soient venus vivre chez vous ?

— Leurs parents sont morts dans un accident de voiture. Tucker n'avait que douze ans. Ce n'était encore qu'un enfant... Il essayait de cacher sa peur et son chagrin. J'avais envie de le prendre dans mes bras et de lui dire que c'était normal qu'il soit triste, mais j'ai attendu qu'il vienne vers moi. Quand il a fini par le faire, nous avons pleuré pendant des heures.

— Il a eu beaucoup de chance de vous avoir, dit Sydney. Ils ont eu beaucoup de chance tous les trois.

— Je suppose. Les services sociaux voulaient les séparer parce qu'ils ne trouvaient pas de famille d'accueil qui pouvait les prendre tous ensemble. Charlie en a entendu parler. Le lendemain, ils venaient vivre avec nous. Nous les avons eus pendant dix mois avant qu'un oncle qu'ils ne connaissaient pas se manifeste.

— Alors les garçons sont allés vivre avec lui ?

— Il avait le droit de garde, pas nous. Mais Charlie a engagé un détective privé pour qu'on soit sûrs que les garçons étaient bien traités. Leur oncle était quelqu'un de bien.

— Charlie était votre mari, c'est ça ?

— Pendant cinquante-trois ans. Je l'ai aimé de tout mon cœur. Je l'aime encore. J'imagine que je l'aimerai jusqu'au jour où on m'enterrera à côté de lui.

— Quand est-il mort ? Mais vous ne voulez peut-être pas en parler...

— Oh ! ça ne me dérange pas d'en parler ! Je l'ai tant fait que les gens en ont assez de m'entendre. Ils pensent que je ne sais pas ce que je raconte, mais ils se trompent.

— À propos de quoi ?

— Ils ne veulent pas croire que Charlie a été assassiné. Dans sa propre grange. De sang-froid. Ils croient que Charlie s'est suicidé, mais je sais ce que je sais.

Un frisson parcourut Sydney. Elle ne savait rien sur Charlie, mais Esther était absolument sûre qu'on l'avait tué.

Dans son propre ranch, dans la petite ville tranquille de Winding Creek, où Esther elle-même ne prenait pas la peine de verrouiller sa porte quand elle était seule chez elle.

Où Rachel avait été vue pour la dernière fois. Le mal était partout.

— Quand est-il mort ? demanda-t-elle.

— Il y a dix-huit mois. Je m'en souviens comme si c'était hier. J'étais sur le porche. J'attendais qu'il rentre déjeuner. J'avais une grosse marmite de haricots sur le feu. J'avais fait cuire des navets et des petits oignons pour aller avec et fait un pain de maïs. J'ai attendu. Il n'est jamais venu.

Une grosse larme roula sur la joue d'Esther, la première d'une avalanche.

Sydney enroula un bras autour des épaules d'Esther, qui pleura tant qu'elle détrempa son chemisier.

Quand ses larmes se tarirent, Esther s'écarta de Sydney et s'essuya les yeux.

— Je suis désolée, dit-elle. Je ne m'attendais pas à craquer comme ça, mais vous êtes la première qui ait l'air de me croire. Ça a rouvert la blessure.

— Y a-t-il eu une enquête ?

— Oui, mais on ne m'a pas interrogée. Mon cœur a lâché. Quand je me suis remise de ma crise cardiaque, le shérif Cavazos avait déjà décrété que Charlie s'était suicidé.

— Et il n'a pas rouvert l'enquête quand vous avez protesté ?

— Non. Pierce et Riley sont allés le voir, mais le shérif a maintenu que rien ne permettait de croire à un meurtre.

Ce qui ne prouvait rien, songea Sydney. Et voilà qu'une jeune femme avait été tuée et que quatre autres avaient disparu de cette communauté idyllique.

Était-ce une coïncidence ?

Peut-être, mais elle était assez troublante pour que cela vaille la peine d'y regarder de plus près.

Sydney promit à Esther de vite se décider à propos de la chambre et lui dit au revoir.

Elle tomba littéralement sur Tucker en sortant. Comme il rentrait à l'instant précis où elle franchissait la porte, ils se heurtèrent. Le cœur de Sydney en manqua un battement, ce qui la contraria. Elle ne comprenait décidément pas pourquoi il avait tant d'effet sur elle et il était temps qu'elle surmonte ce problème.

Tucker s'écarta pour la laisser passer.

— Je suis désolé, dit-il. On dirait que je m'excuse souvent en votre présence.

— Trop souvent, répondit-elle. Si on reprenait depuis le début ? On trouverait peut-être un terrain moins glissant.

— Je ne demande pas mieux. Je suis Tucker Lawrence, dit-il en lui tendant la main. Ravi de vous rencontrer, Syd Cotton.

Sa fausse identité. Ils reprenaient depuis le début sur la base d'un mensonge... Mais la situation était trop grave. Elle ne pouvait pas faire autrement.

Elle lui serra la main et fut impressionnée par la force de ses doigts.

— Alors ? Comptez-vous vous installer chez Esther ?

— Je n'ai pas encore pris de décision, mais je n'ai pas l'intention de quitter Winding Creek de sitôt.

— Dans ce cas, vous me laisserez peut-être vous inviter à dîner ce soir au Caffe Grill. Leurs steaks ne valent pas ceux que je pourrais vous faire avec du bœuf Kavanaugh, mais leurs hamburgers sont délicieux et leurs tacos au poisson passent très bien avec une bière.

Ainsi, il voulait réellement reprendre depuis le début. La mauvaise conscience la gagna. Si elle dînait avec lui, ce serait dans un intérêt purement professionnel. Tout serait purement professionnel pour elle jusqu'à ce qu'elle ait retrouvé Rachel.

Et Tucker avait peut-être des choses à lui apprendre. Par exemple, elle aurait aimé savoir ce qu'il pensait de la mort de Charlie.

— Je compte travailler cet après-midi, répondit-elle. Je finirai peut-être tard.

— Ce n'est pas un problème. Je suis un oiseau de nuit.

— Je croyais que les cow-boys se levaient à l'aube.

— Pas tous. Je vous donne mon numéro de téléphone. Vous n'aurez qu'à m'appeler si vous voulez dîner. Je ne me vexerai pas si vous ne le faites pas.

— Je vous appellerai à 19 heures dans tous les cas, promit-elle.

Elle enregistra son numéro dans son téléphone et s'éloigna. Le doute l'envahit alors qu'elle montait dans sa voiture. Était-elle parfaitement honnête envers elle-même concernant les raisons pour lesquelles elle voulait dîner avec Tucker ?

Oui, s'assura-t-elle. Tant qu'elle n'avait pas retrouvé Rachel et les autres femmes, tant qu'il était possible qu'un psychopathe les détienne, il ne pouvait s'agir que de travail.

Il était 13 h 15 quand Sydney rencontra enfin Jackson et les trois autres agents avec lesquels elle devait travailler. Elle était contrariée d'avoir perdu des heures précieuses pendant lesquelles elle aurait pu chercher des indices, mais ce n'était pas elle qui dirigeait l'enquête.

Ils s'étaient réunis dans une cabane de pêcheur au bord de la rivière, qui était large et profonde.

Jackson l'accueillit à la porte de la cabane. Il lui serra la main et se présenta.

— J'espère que vous avez trouvé facilement, lui dit-il. Cet endroit est très isolé.

— Oui, répondit-elle. Vos indications étaient excellentes — mais j'avoue que j'ai eu un peu peur quand je suis passée sur le pont en bois.

— Je vous comprends. Le shérif m'a assuré qu'il était solide.

— Cette cabane est à lui ?

— Non, elle appartient à l'un de ses amis, mais elle est à notre disposition aussi longtemps que nous en aurons besoin. Nous aurions pu nous installer au commissariat, mais il a été inondé au printemps dernier. Tout l'arrière du bâtiment est en travaux. Il y a un tel boucan que je ne m'entendais pas penser.

— Comment s'est passée votre réunion avec le shérif ? demanda-t-elle.

— Bien. Le shérif Cavazos semble avoir le dossier en main. Malheureusement, il craint qu'il y ait bientôt un nouvel enlèvement — comme moi.

— Au moins, il se rend compte de la gravité de la situation.

— Personne n'en a plus conscience que vous, répondit Jackson. J'imagine à quel point ce doit être difficile pour vous. Si vous voulez lever le pied à un moment, je le comprendrai.

— Nous verrons, répondit-elle.

Elle ne pouvait faire aucune promesse. Elle n'arrêterait sûrement pas d'enquêter, mais se contenter de boire le café avec Dani et les Lawrence ne la ferait pas beaucoup progresser.

Trois hommes étaient assis autour de la longue table de la cuisine quand ils entrèrent dans la pièce. Tous trois se levèrent tandis que Jackson les lui présentait.

Allan Cullen avait une quarantaine d'années. En lui serrant la main, il précisa qu'il travaillait pour le FBI depuis la fin de ses études.

Cela leur faisait un point commun. Elle n'avait que vingt-sept ans, mais elle était entrée au FBI, six ans plus tôt, dès qu'elle avait obtenu son diplôme.

Elle serra ensuite la main de Tim Adams. Elle l'avait déjà rencontré, mais c'était plusieurs années plus tôt et elle le connaissait surtout de réputation. Il avait participé à l'arrestation de plusieurs tueurs en série.

Le dernier agent, René Foster, était le plus âgé des trois. Il devait avoir une cinquantaine d'années. Il avait une calvitie bien avancée et ce qu'il lui restait de cheveux grisonnait, mais il était encore en bonne condition physique.

Alors ce fut le tour de Sydney de se présenter.

— Je suis Sydney Maxwell, dit-elle. Et je suis ravie de faire partie de cette équipe.

— Vous êtes la reine des psychologues du FBI, lui dit René. Vous nous avez impressionnés dans l'affaire de l'Étrangleur des Marais. Vous avez dressé un profil parfait alors que vous n'aviez qu'une poignée d'éléments entre les mains.

— Merci, répondit-elle.

— Sydney jouera un rôle un peu différent dans cette enquête, annonça Jackson. Elle sera officiellement officieuse.

— Je ne connais pas cette tactique, dit Allan. Que fera-t-elle ?

— Elle se mêlera à la population locale et elle essaiera de découvrir des indices grâce aux informations que vous lui fournirez, mais elle ne participera pas au travail de terrain.

— Pourquoi ? demanda René.

— Parce que sa sœur est l'une des femmes qui ont disparu.

Les trois hommes se tournèrent vers elle. Ce fut René qui brisa le long silence qui s'ensuivit.

— J'en suis désolé, dit-il. Vraiment désolé.

Les autres lui firent écho, mais les expressions des trois agents révélaient surtout leur propre inquiétude.

— Si vous avez des doutes ou des questions à poser, il vaudrait mieux le faire maintenant, dit Jackson.

— Cela ne risque-t-il pas de lui faire perdre son objectivité ? demanda René.

— Qu'avez-vous à répondre, Sydney ? l'encouragea Jackson.

— Je ne suis pas sûre d'être jamais tout à fait objective quand j'ai affaire à un psychopathe qui enlève et qui tue des femmes. Cette enquête ne sera pas différente des autres.

C'était ce qu'elle espérait, du moins. Elle ne pouvait pas le garantir.

— Et si le ravisseur le découvrait ? demanda Tim. Cela la mettrait sûrement en danger.

— Si j'avais un problème avec le danger, je ne travaillerais pas pour le FBI, répondit-elle.

Elle n'avait aucun doute sur ce point.

— Je me souviens d'une interview que vous avez donnée à propos de l'Étrangleur des Marais, reprit Tim. Vous expliquiez que c'étaient des commentaires apparemment anodins des familles des victimes qui vous avaient permis de comprendre la logique du tueur.

— Effectivement.

— Nous pourrons toujours changer de tactique en cours de route si ça paraît utile, intervint Jackson.

Cela semblait déjà nécessaire à Sydney, mais elle ne voulait pas contrarier Jackson, de peur de perdre l'accès qu'il lui offrait aux informations que glaneraient le FBI et la police.

Mais elle ne comprenait pas sa stratégie. Être officiellement officieuse lui donnait l'impression d'être à deux doigts de l'enquête sans y participer pour de bon.

— Il y a de l'eau et du soda dans le réfrigérateur, des chips et d'autres en-cas dans le placard, leur dit Jackson. J'ai aussi fait du café. Prenez ce que vous voulez. L'après-midi sera long.

Ses trois collègues se servirent du café. Sydney préféra ouvrir une bouteille d'eau. Elle se sentait assez nerveuse comme cela.

— Commençons par les questions logistiques, dit Jackson. Cette cabane, dans laquelle je dormirai, nous servira de quartier général pendant la durée de l'enquête. Néanmoins, nous travaillerons en proche collaboration avec le shérif Cavazos et ses hommes.

— Où en sont-ils ? demanda René.

— Ils ont le rapport du médecin légiste sur la femme que nous avons retrouvée et les avis de recherche des quatre qui ont disparu. Je laisse Tim vous exposer les détails.

Jackson s'assit et Tim se leva pour prendre la parole.

— La victime est une dénommée Sara Goodwin, commença-t-il. Elle était en fugue et elle avait seize ans. Aux dernières nouvelles, elle vivait dans la rue à San Antonio. D'après le médecin légiste, elle est morte d'un traumatisme crânien. Elle avait aussi de profondes lacérations sur le visage. Le médecin a déterminé qu'elle a été tuée ailleurs. Son corps a été déposé dans la forêt où nous l'avons trouvée. Elle était nue et sa tête avait été rasée.

Les femmes disparues avaient entre vingt-deux et trente-deux ans — Rachel était la plus âgée. Elles venaient de villes différentes, elles ne semblaient pas se connaître et elles avaient probablement été enlevées dans un rayon de soixante kilomètres autour de la cabane dans laquelle ils se trouvaient.

Sydney prit des notes même si elle savait qu'on lui fournirait un dossier contenant toutes ces informations. Cette réunion ne servait qu'à amorcer l'enquête. Celle-ci ne progresserait vraiment que lorsque le travail de terrain aurait commencé. Pour le moment, ils ne faisaient qu'envisager des hypothèses.

Sydney comprenait que c'était une étape nécessaire, mais parler de Rachel d'une manière aussi abstraite lui donnait la nausée. Ses collègues ne se montraient pas insensibles, loin de là. C'était juste qu'ils ne parlaient pas de quelqu'un à qui ils tenaient.

Ils consacrèrent les heures qui suivirent à établir des priorités et à se lancer des suggestions comme des balles en caoutchouc.

Elle n'avait rien à reprocher à Jackson, mais elle avait de plus en plus l'impression de ne pas être un membre de l'équipe à part entière.

Elle était mise à l'écart parce qu'elle était trop impliquée. Mais c'était précisément la raison pour laquelle elle ne pouvait pas se contenter de rester sur la touche et d'analyser les éléments que ses collègues lui fourniraient.

Dans son travail, il y avait 10 % de compétence et d'expérience, et 90 % d'intuition. C'était ainsi qu'elle le voyait, du moins. Ses premières impressions étaient essentielles. C'était en écoutant parler les témoins et les parents des victimes qu'elle devinait la voie à suivre.

Voilà pourquoi elle devait être au cœur de l'enquête.

Il était presque 19 heures quand elle put enfin s'entretenir seule avec Jackson.

Il se servit une nouvelle tasse de café avant de s'asseoir à la table de la cuisine, qu'elle n'avait pas quittée.

— Je pense que nous avons été efficaces, déclara-t-il. Je sais qu'il nous faudrait plus d'informations, mais ça viendra.

— Il nous les faut de toute urgence, grommela-t-elle.

— Avez-vous découvert des choses intéressantes de votre côté ? demanda Jackson.

Elle lui raconta sa discussion avec Dani Lawrence et sa visite du ranch d'Esther Kavanaugh.

— Intéressant, commenta Jackson. Le shérif Cavazos m'a parlé de cette Esther ce matin. Il m'a dit que c'était une excellente source d'information. Elle sait tout sur tout le monde dans la région.

— Vous a-t-il dit que son mari était mort il y a un an et demi ?

— Non.

— Esther est convaincue que son mari a été assassiné, même si sa mort a été classée comme un suicide.

— Les gens ont souvent du mal à accepter qu'un membre de leur famille se soit donné la mort.

Elle le savait, mais Esther semblait si sûre d'elle… Et elle n'avait pas l'air d'être le genre de femme à se mentir pour s'épargner, même quand la vérité était douloureuse.

— Esther m'a proposé de me louer une chambre. Ou plutôt : elle a proposé à Syd Cotton de lui louer une chambre.

— Cette chambre vous convient-elle ?

— Parfaitement.

— Alors vous devriez accepter sa proposition et en profiter pour passer du temps avec elle. Apprenez tout ce que vous pourrez sur les habitants de la région. Qui vit avec elle ?

— Personne, mais elle a un invité — un homme qu'elle a recueilli pendant quelques mois quand il était adolescent.

Elle expliqua le lien entre Esther et les frères Lawrence à Jackson.

— On dirait que vous serez entre de bonnes mains au ranch Double K, conclut Jackson.

Être entre de bonnes mains était la dernière chose dont Sydney avait besoin. Il fallait qu'elle joue cartes sur table avec Jackson.

— J'apprécie la chance que vous m'offrez de travailler avec votre équipe et les autorités locales, mais je dois la refuser.

Jackson haussa les sourcils.

— C'est vous qui avez demandé à entrer dans l'équipe, lui rappela-t-il.

— Je croyais que c'était ce que je voulais, mais je comprends maintenant que c'était une mauvaise idée.

— Comment ça ?

— Je dois pouvoir agir comme je l'entends, sans avoir les mains liées par ma collaboration avec qui que ce soit. C'est de ma sœur qu'il s'agit.

— Vous savez que vous ne pourrez plus jamais travailler pour le Bureau si vous violez la loi, l'avertit Jackson.

— S'il faut que j'en arrive là pour sauver ma sœur, tant pis, répondit-elle. Mais il me reste tous les droits d'un citoyen ordinaire.

— Vous avez plus que ça et vous êtes dure en affaires, répliqua Jackson. Je vous veux dans l'équipe. Nous avons *besoin* de vous. Et vous avez besoin de nos ressources.

— Je ne veux pas avoir l'impression d'être une invitée qui a juste le droit de regarder. Rachel est ma sœur. J'ai besoin d'autonomie.

— Très bien, vous l'avez. Maintenant, faites semblant de me prendre pour votre patron et aidez-moi à attraper ce psychopathe.

— Vous êtes mon patron, répondit-elle. Et merci pour votre compréhension.

— Si vous avez encore quelques minutes, j'aimerais que vous me parliez un peu de votre sœur et de son travail. Je crois qu'elle a été victime du même ravisseur que les autres femmes, mais je ne voudrais pas passer à côté d'une piste. Un avocat peut se faire des ennemis.

— Vous avez raison.

Elle lui expliqua en détail ce qu'elle savait des procès sur lesquels sa sœur avait travaillé ces derniers mois et Jackson prit des notes.

Quand ils eurent terminé, elle consulta sa montre. Il était 19 h 30. Elle avait dépassé l'heure du coup de fil qu'elle avait promis à Tucker. Cela valait sans doute mieux. Le seul fait qu'elle ait envie de le voir prouvait que c'était une mauvaise idée.

8

Tucker arriva au Caffe Grill quelques minutes après 18 heures. Il s'installa au bar et commanda une pression. Il ne s'attendait pas à ce que Syd l'appelle si tôt. À vrai dire, il ne s'attendait pas qu'elle l'appelle tout court.

Le pire était qu'il ne comprenait pas pourquoi il s'en souciait. Bien sûr, elle était belle et fascinante, mais il ne savait pas ce que son avenir immédiat lui réservait. C'était le pire moment possible pour s'engager dans une nouvelle relation.

Il se tourna vers la télévision accrochée au mur de gauche. Le son était coupé, mais il était évident qu'il s'agissait d'un bulletin d'information sur la jeune femme dont on avait retrouvé le corps dans le voisinage.

Quelques secondes plus tard, une photo de Rachel Maxwell, l'avocate de San Antonio qui avait disparu de Winding Creek la semaine précédente, apparut à l'écran.

La petite ville tranquille de Winding Creek faisait de nouveau les gros titres. Ce qui expliquait sans doute pourquoi il y avait autant de monde au Caffe Grill un mardi soir. Il balaya la salle du regard et songea que la moitié des clients devaient être des journalistes.

La serveuse posa sa bière devant lui. Il but une gorgée et affronta son dilemme une nouvelle fois. Soit il participait à la compétition à Tulsa le vendredi suivant, soit il réduisait ses chances d'atteindre le championnat de Las Vegas en décembre.

Des images du taureau qui piétinait la tête de Rod lui envahirent l'esprit. Rod avait connu un moment extraordinaire. La foule l'applaudissait et il avait failli gagner alors que personne ne s'y attendait.

Quelques secondes plus tard, tout était fini pour lui.

Tucker finit sa bière en essayant de chasser cette pensée de son esprit. À 19 heures, la partie restaurant de l'établissement commençait à se vider. Les habitants de la région dînaient tôt.

Il y avait plus de monde au bar que jamais.

Il consulta son téléphone pour s'assurer qu'il n'avait pas manqué l'appel de Syd. Non, elle n'avait pas cherché à le joindre. Il paya sa bière, laissa un pourboire généreux et abandonna son tabouret au prochain client assoiffé.

Il ne savait même pas pourquoi il était revenu à Winding Creek. Il n'avait pas parlé de la mort de Rod à ses frères et ils ne semblaient pas l'avoir apprise d'une autre manière.

Winding Creek était au cœur d'un autre ouragan d'actualités.

Il finit chez Hank, où il s'installa à la même table que la veille. Le bar était bondé. Il jeta un coup d'œil à la table que Syd avait occupée. Trois hommes qui portaient des pantalons sombres et des chemises blanches déboutonnées au col y sirotaient des martinis. Ce n'étaient sans doute pas des gens du coin.

La même serveuse que la veille vint prendre sa commande.

— Jack Daniel's, c'est ça ? demanda-t-elle. Avec des glaçons.

— Vous avez une bonne mémoire, répondit-il. Mettez-m'en un double.

— Vous vous souvenez de la femme qui vous a abordé hier soir ? demanda la serveuse. Une blonde qui est venue toute seule ? Très jolie...

— Oui, je m'en souviens. Et alors ?

— Alors je crois que c'est un flic. Elle m'a montré la photo d'une femme et m'a demandé si je l'avais vue ici.

— Et vous l'aviez déjà rencontrée ?

— Non, mais je sais qui c'est, maintenant : Rachel Maxwell, l'avocate de San Antonio dont la télé n'arrête pas de parler.

— Ah oui ?

— Ce qui est vraiment terrifiant, c'est que si Rachel Maxwell est venue ici avant de disparaître, l'homme qui l'a enlevée était peut-être là, lui aussi. Peut-être même qu'il l'a enlevée sur le parking... Dans ce cas, ç'aurait aussi bien pu être moi.

Il ne pouvait pas la rassurer puisque c'était une possibilité.

— Vous devriez demander au videur de vous raccompagner à votre voiture à la fermeture, lui conseilla-t-il.

La serveuse acquiesça.

— Je le ferai. Mais c'est vraiment terrifiant, répéta-t-elle.

Si elle avait raison, Syd avait menti à tout le monde.

Son téléphone sonna. Il le tira de sa poche et consulta l'écran. Numéro inconnu.

Il décrocha.

— Allô ?

— Bonsoir, c'est Syd Cotton. Je sais qu'il est tard, mais je n'ai pas oublié votre invitation. J'ai travaillé plus longtemps que prévu. Est-il encore temps de se retrouver pour dîner ?

— Bien sûr.

Il n'aurait raté la conversation qui les attendait pour rien au monde.

Sydney se rafraîchit comme elle put dans la salle de bains de la cabane de pêcheur avant de se rendre au Caffe Grill. Il y avait tant de monde dans les rues qu'elle dut se garer près de la pâtisserie de Dani et faire le reste du chemin à pied.

Elle repéra Tucker dès qu'elle entra. Il était seul à une table, au milieu de la salle. Il la vit une seconde plus tard et lui fit signe.

L'estomac de Sydney se noua. Elle devait lui dire la vérité après s'être présentée sous une fausse identité. Il se méfiait d'elle depuis le début. Elle s'apprêtait à lui prouver que c'était justifié. Il lui en voudrait, ce qui la contrariait bien plus que cela n'aurait dû.

Elle lui présenterait ses excuses, qu'il n'accepterait peut-être pas, puis ils se sépareraient pour ne plus jamais se revoir, probablement.

Tucker se leva et tira sa chaise pour qu'elle s'asseye. Chez les Texans — surtout chez les cow-boys —, les bonnes manières étaient indémodables.

La serveuse s'approcha immédiatement pour lui demander

ce qu'elle voulait boire. Elle commanda un verre de chardonnay. Tucker avait déjà bu la moitié de sa bière.

— Avez-vous faim ? demanda-t-il en ouvrant son menu.

— Pas trop, répondit-elle.

Depuis son croissant chez Dani, elle n'avait mangé qu'un paquet de chips accompagné d'un soda light, mais son estomac n'était pas pour autant disposé à digérer de la nourriture.

— Pouvons-nous discuter avant de passer la commande ? demanda-t-elle.

— Avec joie, répondit-il en la fixant si intensément qu'elle en eut les mains moites. Si vous commenciez par m'expliquer pourquoi vous avez caché la véritable raison de votre présence à Winding Creek ?

Il savait. Elle prit une grande inspiration et expira lentement.

— Je suis désolée d'avoir menti. Cela semblait nécessaire sur le coup.

— Bien sûr. Que sont quelques mensonges pour une journaliste en quête de scoop ?

Cette pique la blessa. La colère qui la gagna se mêla à sa peur et à ses doutes. Ses nerfs étaient à vif. Elle commençait à perdre le contrôle de ses émotions.

— Je suis un agent du FBI, Tucker, répondit-elle. Je fais mon travail, c'est tout. Je vous expliquerai ce qui se passe si vous voulez, mais je peux aussi m'en aller tout de suite, si vous préférez.

— J'aimerais entendre ce que vous avez à dire.

Son ton et son expression s'étaient adoucis. Il devait sentir qu'elle se contrôlait à peine. Elle chercha la réponse la plus claire et la plus concise.

— J'enquête sur le meurtre et les disparitions qui se sont produits dans la région. Mon supérieur m'avait demandé de cacher mon identité.

— Pourquoi me la révélez-vous, dans ce cas ? Pourquoi avez-vous accepté de dîner avec moi ? À moins que... Suspectez-vous un membre de ma famille ?

— Non, il ne s'agit pas de votre famille, Tucker. Il s'agit de la mienne, répondit-elle d'une voix tremblante.

Il posa l'une de ses grandes mains sur les siennes. Sa gentillesse lui fut plus difficile à gérer que sa dureté. Elle ne s'était jamais sentie aussi vulnérable.

— Ma sœur a disparu, balbutia-t-elle. Personne ne l'a vue depuis dix jours. On n'a pas retrouvé sa voiture. Je pense qu'on l'a enlevée. On l'a peut-être tuée...

Subitement, elle eut l'impression qu'on lui lacérait le cœur.

— Allons-nous-en ! dit Tucker.

Il prenait le contrôle de la situation parce qu'elle ne maîtrisait plus rien.

Elle acquiesça en retenant difficilement ses larmes. Tucker plaça un billet sous son verre, prit son bras et l'entraîna vers la sortie à travers le labyrinthe des tables.

Ses larmes commencèrent à couler quand il la guida vers sa camionnette. Il lui ouvrit la portière du passager avant de s'installer derrière le volant et de la prendre dans ses bras.

Ayant perdu tout espoir de se calmer, elle posa la tête sur son épaule et sanglota. Elle était sûre que son cœur aurait explosé dans sa poitrine si elle avait continué à résister à son chagrin.

Tucker la tenait toujours dans ses bras quand ses larmes finirent par se tarir. Terriblement embarrassée, elle s'écarta de lui.

— Merci de m'avoir réconfortée, murmura-t-elle. Je ne me souviens pas d'avoir jamais craqué comme ça.

— Ça se comprend et mon attitude n'a pas dû vous aider, répondit-il avant de démarrer.

— Que faites-vous ? Ma voiture est garée devant chez Dani. Je peux y aller à pied.

— Votre voiture est très bien là où elle est pour le moment. Nous allons récupérer vos affaires à votre hôtel, puis je vous emmènerai au ranch Double K. Vous avez besoin de bien manger et de boire quelque chose de fort.

— Je peux trouver ça au Caffe Grill, lui fit-elle remarquer.

— C'est trop bruyant. Vous avez aussi besoin d'un lit confortable dans un endroit calme. Avez-vous dormi profondément, ne serait-ce qu'une heure, depuis que vous avez appris la disparition de votre sœur ?

— Oui. Deux heures, peut-être. Et je ne suis pas sûre d'avoir la force d'expliquer la raison de ma présence à Winding Creek à Esther ce soir.

— Vous n'aurez pas à le faire. Je m'en chargerai.

— Elle ne voudra peut-être plus de moi quand elle saura que je recherche un dangereux criminel.

— Vous recherchez votre sœur et les autres femmes qui ont disparu. Esther a le plus grand cœur du monde. Elle ne se contentera pas de vous accueillir, elle fera tout ce qu'elle pourra pour vous aider.

Il pressa sa main.

— Moi aussi, si vous me le permettez, ajouta-t-il.

— Vous partez demain, lui rappela-t-elle.

— J'ai changé d'avis.

— Parce ce que vous pensez que je ne peux pas m'en sortir seule ?

— Non. Vous êtes bien plus courageuse que moi. J'en tirerai peut-être des leçons.

Elle n'en croyait pas un mot et cela n'aurait rien changé si elle l'avait cru. C'était un problème qu'elle devait résoudre seule. Sauf que ses nerfs venaient de lâcher. Elle avait besoin de dormir quelques heures si elle voulait retrouver un semblant d'efficacité.

Elle était trop fatiguée pour protester — et elle n'était pas sûre de vouloir le faire. Pour être honnête, elle était soulagée que Tucker ait pris une décision à sa place. Elle passerait donc la nuit au ranch Double K.

Sydney raconta tout à Tucker tandis qu'il l'emmenait au ranch. Elle lui dit que Rachel avait effectué son dernier paiement chez Dani et lui expliqua pourquoi elle l'avait abordé chez Hank la veille.

Tucker savait écouter et il comprenait vite. C'était quelqu'un de bien, qui avait une famille formidable. C'était précisément pour cela qu'elle ne pouvait mêler ni Esther ni les Lawrence à cette enquête.

Quand on cherchait un tueur, tous les gens qu'on impliquait couraient des risques.

Tucker raccrocha alors qu'ils approchaient du portail du ranch

Double K. Il avait appelé Esther pour l'informer que Syd passerait la nuit dans l'une de ses chambres d'amis.

Il s'était excusé de l'avoir réveillée et l'avait encouragée à se recoucher. Ils pourraient se parler le lendemain matin, lui avait-il dit.

Sydney n'avait pas entendu les réponses d'Esther, mais elle avait déduit des répliques de Tucker que celle-ci était ravie.

Tucker s'arrêta devant le portail.

— C'était facile, lui dit-il. Esther avait déjà fait le lit et mis des serviettes propres et du savon dans sa « suite au patio », comme elle l'appelle.

— Elle croit toujours que je prends des photos pour un magazine. Elle mérite de savoir pourquoi je me retrouve sous son toit.

— Ce n'est pas la peine de le lui expliquer ce soir. Elle m'a chargé de vous aider à vous installer.

— J'avoue que je suis soulagée de ne pas avoir à lui parler de Rachel tout de suite. Et je m'en serais voulu si elle s'était sentie obligée de se lever pour m'accueillir.

— Je pense qu'il y a un peu de calcul dans son choix de nous laisser nous débrouiller seuls.

— Esther ? Calcul ? Comment ça ?

— Vous verrez. Voulez-vous bien ouvrir le portail ? C'est la corvée du passager d'après le code des cow-boys.

— Oui, chef !

Sydney sortit de la camionnette et ouvrit le portail en enjambant prudemment le sillon creusé par le passage des vaches. Une brise légère lui plaqua quelques mèches sur le visage. L'air sentait l'herbe fraîchement coupée et le chèvrefeuille qui avait envahi la clôture en barbelés.

Elle inspira profondément et écouta les sons nocturnes de la campagne : le chant des sauterelles, des hurlements de coyotes, le hennissement d'un cheval...

Subitement, elle reprit confiance en elle. Elle était agent du FBI et elle avait une mission. La peur n'était qu'une perte de temps. Elle devait consacrer toute son énergie à l'enquête pour retrouver Rachel.

Son moment de faiblesse dans les bras de Tucker semblait

avoir agi comme une vanne. Il lui avait permis de relâcher un peu de pression avant l'explosion intérieure qui l'aurait rendue complètement inutile.

Elle mourait de faim, tout à coup.

Elle ferma le portail quand Tucker l'eut franchi et remonta dans la camionnette, animée d'une ferveur nouvelle.

Tucker se remit en route dans un nuage de poussière.

Tiens bon, Rachel, songea-t-elle. *Avec l'aide de Tucker Lawrence, je serai bientôt là.*

Sydney découpait une grosse tomate juteuse du potager d'Esther. Tucker retourna les épaisses tranches de bacon qu'il faisait cuire, puis regarda ce qu'il y avait comme condiments dans le réfrigérateur.

— Voulez-vous autre chose que de la mayonnaise avec le bacon et la salade ? demanda-t-il à Sydney.

— Juste du pain, répondit-elle.

— Du pain blanc ou du pain complet ?

— Du pain complet, s'il y en a.

Il ouvrit la boîte à pain et répondit :

— Vous avez de la chance.

Il avait bien fait de l'amener chez Esther. Elle ne pleurait plus. La manière dont elle s'était ressaisie, en quelques minutes à peine, l'impressionnait.

Elle était forte. C'était nécessaire dans son métier. Mais sa sœur était en danger. S'inquiéter pour un proche pouvait faire flancher n'importe qui. Il avait vu bien des fois, sur le circuit, les conséquences terribles que les problèmes personnels pouvaient avoir — un divorce, une maladie, un ami blessé...

Il suffisait d'une distraction pour perdre sa ferveur compétitive. Un champion de rodéo pouvait toucher le fond en quelques semaines.

Subitement, il se revit à l'hôpital en train de regarder la vie s'échapper du corps de Rod.

Comme Tucker, Rod savait que son métier comportait des

risques. Mais c'était le cas dans de nombreuses professions. Le seul fait d'être en vie comportait des risques.

Sydney se glissa derrière lui pour prendre une tranche de bacon dans la poêle et la mettre dans son assiette.

— Je manque à tous mes devoirs, balbutia-t-il. Désolé.

— Vous aviez l'air perdu dans vos pensées, répondit Sydney. Vous n'avez pas de regrets, j'espère ? Vous pouvez encore me ramener à l'hôtel — mais pas avant que j'aie dévoré mon sandwich.

— J'ai de nombreux regrets, mais aucun qui vous concerne, lui assura-t-il.

— Dans ce cas, empêchez le bacon de brûler pendant que je fais griller le pain.

— Marché conclu !

Il décapsula aussi deux bières, qu'il posa sur la table.

— Il y a peut-être du vin, si vous préférez, dit-il. Comme je n'aime le raisin qu'en confiture, je ne sais pas trop ce qu'Esther a dans sa cave.

— Je bois rarement, répondit Sydney. La bière m'ira très bien.

Sydney avait mangé la moitié de son sandwich et Tucker avait presque fini le sien quand ils recommencèrent à parler.

— Je crois que c'est le meilleur sandwich que j'aie jamais mangé ! dit-elle.

— Je pense plutôt que vous étiez affamée.

— C'est possible. C'est la première fois que je retrouve mon appétit depuis que j'ai appris la disparition de ma sœur.

— Pour ma part, je n'ai fait que manger depuis que je suis arrivé au ranch. Esther adore cuisiner — et c'est un génie aux fourneaux.

— Il est évident qu'elle vous considère comme des membres de sa famille.

— Mes frères et moi en faisons autant. Charlie et elle ne nous ont pas seulement donné un toit quand nos parents sont morts : ils nous ont donné un foyer.

— J'ai senti tout l'amour qu'il y avait dans cette maison dès que j'ai franchi la porte.

— Mes frères et moi étions fous de chagrin quand nous sommes arrivés, mais nous l'avons senti également. J'ai de merveilleux souvenirs des dix mois que nous avons passés ici.

— Vos frères se sont installés à Winding Creek et y ont fondé une famille. Envisagez-vous d'y revenir de manière permanente, vous aussi ?

— Je n'ai pas prévu de m'installer de manière permanente où que ce soit, répondit-il.

— Alors vous errez de ville en ville et de ranch en ranch ?

Il savait qu'elle n'avait engagé cette conversation que pour échapper à ce qui la terrifiait. Il n'avait aucune raison de lui mentir sur sa profession, mais il n'avait pas envie de lui confier ses soucis. Elle en avait assez de son côté.

— J'erre de rodéo en rodéo, répondit-il. Je suis un professionnel du circuit.

Elle avala une gorgée de bière de travers.

— Vous chevauchez des taureaux ? C'est ça, votre gagne-pain ?

— Oui.

Il lui était arrivé d'avoir du mal à payer les frais d'inscription aux compétitions, mais il n'avait pas à se plaindre cette année.

— Je suis tombée sur quelques images de rodéo sur Internet... Ça a l'air extrêmement dangereux.

— Ça veut dire que vous n'avez jamais assisté à un rodéo ?

— J'ai bien peur que non.

— Alors nous devons corriger ça.

Elle esquissa un sourire.

— Peut-être.

Il adorerait l'emmener voir un rodéo — même s'il ne savait pas s'il remonterait un jour sur un taureau.

— Est-ce Charlie Kavanaugh qui vous a initié au rodéo ?

— Charlie nous a initiés, mes frères et moi, à tous les aspects de la vie d'un cow-boy. Comment éviter les coups de sabots d'un cheval... Pourquoi il faut toujours boire en amont du troupeau..., plaisanta-t-il.

— Et comment est-il possible de chevaucher un taureau à douze ans ?

— Ses taureaux étaient moins méchants que ceux que je

rencontre sur le circuit, mais il faut commencer jeune pour devenir bon.

— Que vous a-t-il enseigné d'autre ?

— Comment tirer et comment entretenir une arme à feu. Comment marquer une bête. Comment prendre soin d'un cheval. La liste est interminable. Avant tout, il s'est assuré que nous respections le code d'honneur des cow-boys.

— Qu'est-ce que c'est ?

— Les règles de base que nous suivons dans la vie.

— Par exemple ?

— Ne jamais blesser un cheval avec ses éperons. Toujours respecter et protéger les femmes. Nourrir son cheval avant de dîner. Il y a beaucoup de règles, mais la principale, c'est qu'un cow-boy ne doit jamais trahir sa parole.

— Charlie semblait être quelqu'un de bien, commenta Sydney.

— Oui. Charlie était un homme extraordinaire. Il avait des amis parmi les plus riches éleveurs de la région et parmi les plus pauvres. Il les traitait tous de la même manière.

— Qui est le plus riche ? demanda-t-elle.

Il comprit à son air sérieux qu'elle songeait de nouveau à Rachel. Elle n'avait sans doute jamais cessé.

— C'est Dudley Miles qui a le plus de terres et le plus grand troupeau. Je ne sais pas à quoi ressemble son compte en banque, mais on raconte qu'il brûle des billets de banque dans ses cinq cheminées.

Sydney sourit et but une gorgée de bière.

— J'exagère peut-être en disant qu'il brûle des billets de banque, ajouta-t-il. Mais il a bien cinq cheminées.

— Est-ce bien le Dudley Miles qui est allé en prison à cause de la mort de son petit-fils ?

— Oui. Avez-vous participé à cette enquête ?

— Non. Le FBI n'est pas intervenu, mais les médias ont beaucoup parlé de cette affaire. Rafraîchissez-moi la mémoire, s'il vous plaît. Que s'est-il passé, au juste ?

— Angela, la fille irresponsable de Dudley et de Millie Miles, avait eu un bébé. Nous n'avons jamais su qui était le père. Comme

Angela n'est capable de s'occuper de rien, c'étaient Dudley et Millie qui élevaient leur petit-fils.

— Cette Angela est une enfant gâtée ?

— Oui. Et elle se drogue. Un jour, ses parents l'ont laissée seule avec son fils de deux ans pour le week-end. Elle a pris trop de cocaïne et elle s'est évanouie. Quand elle est revenue à elle, elle a trouvé son fils sur le carrelage de la cuisine. Il ne respirait plus.

— Je m'en souviens, maintenant, dit Sydney. Angela Miles a pris peur. Elle a caché le corps de l'enfant dans les bois et a dit à tout le monde qu'on l'avait enlevé.

— C'est ça. Quand la police a trouvé le corps et que l'hypothèse de l'enlèvement a perdu toute crédibilité, Dudley a déclaré qu'il était seul responsable pour protéger sa fille.

— Mais il est sorti de prison et Angela a finalement été arrêtée pour homicide involontaire et faux témoignage.

— Il était temps. Si j'en sais aussi long sur cette histoire tragique, c'est parce que Dani et Riley s'y sont involontairement retrouvés mêlés. C'est un peu grâce à eux qu'Angela a été arrêtée. Dani a failli se faire tuer. Vous devriez lui demander de vous raconter sa version des faits, un de ces jours.

— Je n'y manquerai pas, répondit Sydney en faisant rouler sa bouteille de bière entre ses mains.

Elle semblait avoir complètement oublié ce qu'il restait de son sandwich.

— Où a-t-on retrouvé le corps ? demanda-t-elle.

— À quelques kilomètres du ranch de Dudley — sans doute pas très loin de l'endroit où l'on vient de trouver celui de Sara Goodwin, d'après ce que j'ai compris.

— Cette forêt appartient-elle à quelqu'un ?

— À un investisseur de Los Angeles. Si j'ai entendu son nom, je l'ai oublié. Tout ce que je peux vous dire, c'est que Dudley essaie de lui acheter cette forêt depuis des années. Elle borde ses terres.

— Et à qui appartient l'endroit où l'on a retrouvé le corps de Sara Goodwin ?

— À l'un ou à l'autre. Je ne sais pas exactement jusqu'où s'étendent les terres de Dudley.

Sydney se leva et débarrassa leurs assiettes.

— J'aimerais voir ces deux endroits, dit-elle. Pouvez-vous m'y conduire ?

— Je peux vous emmener là où l'on a trouvé le petit-fils de Dudley. Je n'ai qu'une vague idée de l'autre endroit, mais il ne devrait pas être trop difficile de le localiser. Vos collègues ont dû l'entourer de ruban jaune.

Il nettoya la table pendant que Sydney rinçait les assiettes avant de les placer dans le lave-vaisselle.

— J'aimerais y aller à l'aube, avant qu'il y ait des journalistes partout, reprit-elle.

— C'est faisable.

— Je ne m'attends pas à ce que vous vous impliquiez dans l'enquête, Tucker, ajouta-t-elle. Vous n'aurez qu'à me ramener en ville pour que je récupère ma voiture et je vous suivrai. Vous pourrez rester dans votre camionnette pendant que j'inspecterai les sites.

— Qu'espérez-vous découvrir là-bas ?

— Ce qu'il y a à trouver, répondit-elle.

D'après lui, il n'y avait que des biches, des lapins et un ou deux serpents à sonnette à trouver. Mais les yeux de Sydney brillaient. Elle ne voulait négliger aucune piste.

— Vous avez besoin de dormir d'ici là, déclara-t-il. Le soleil se lève tôt. Venez ! Je vous accompagne à votre chambre.

Elle ne protesta pas.

Quand ils arrivèrent à la porte de sa chambre, elle s'arrêta et leva les yeux vers lui. Sa détermination les faisait étinceler dans la pénombre. Ses lèvres sensuelles s'incurvèrent.

— Merci de m'avoir soutenue quand mes nerfs ont lâché, murmura-t-elle.

— De rien.

Elle lui effleura le bras. La libido de Tucker s'éveilla sur-le-champ.

Il n'avait jamais eu autant envie de prendre une femme dans ses bras.

Mais il résista à la tentation. Elle avait trop de soucis. Ses avances seraient forcément malvenues.

— À demain, dit-elle avant de disparaître dans la chambre.

— Il devrait faire jour quand nous arriverons, dit Tucker. Sinon, j'ai une bonne lampe torche dans le coffre.

— Par quoi commençons-nous ?

— Par l'endroit où l'on a trouvé le petit-fils de Dudley, si ça vous va. C'est le plus près.

— Très bien.

Elle but une gorgée du café dont Tucker avait rempli un thermos.

— C'est peut-être une perte de temps, reconnut-elle. Je n'ai aucune raison valable de penser qu'il y a un lien entre Angela Miles et mon enquête.

— Je suis d'accord avec vous sur ce point.

— Mais le fait que les deux corps aient été retrouvés aussi près l'un de l'autre est une étrange coïncidence, ajouta-t-elle, surtout en périphérie d'une petite ville tranquille comme Winding Creek.

Fie-toi à ton instinct. Fais attention à tout ce qui te paraît bizarre.

Elle suivait cette règle depuis le début de sa carrière et cela lui avait souvent été utile.

— Je suppose que vous avez tout envisagé, mais n'y a-t-il pas une chance pour que la disparition de Rachel n'ait aucun rapport avec tout ça ? demanda Tucker. Et si elle n'avait pas été enlevée ? Je veux dire... Les livres sont pleins d'histoires de gens qui se cognent la tête et deviennent amnésiques.

— Tout est possible, répondit-elle, même si son cœur et son esprit étaient convaincus du contraire.

De toute façon, ses collègues du FBI continueraient à explorer les autres pistes pour chacune des quatre femmes qui avaient disparu.

Sydney était convaincue que Rachel et les autres étaient en danger. Elle continuerait à se fonder sur cette hypothèse jusqu'à ce qu'elles soient toutes retrouvées.

Tucker et elle n'échangèrent plus un mot pendant un long moment. Elle le connaissait à peine, mais elle se réjouissait qu'il ait insisté pour l'accompagner.

Après un virage en épingle à cheveux, la route se mit à descendre abruptement. Tucker ralentit et tourna à droite pour s'engager sur un chemin de terre qui s'enfonçait dans la forêt.

La végétation était si dense que la lumière de l'aube avait pris une teinte violacée.

Le chemin se désintégra peu à peu. Finalement, il disparut tout à fait devant une cheminée en ruine, dernier vestige d'une maison écroulée.

— C'est le terminus, annonça Tucker en coupant le moteur. Le corps du petit-fils de Dudley a été retrouvé entre ici et la cascade.

Sydney ne voyait pas la cascade, mais elle entendit un bruit d'eau vive à proximité dès qu'elle descendit de la camionnette.

Tucker sortit sa lampe torche et une machette du coffre. Il lui tendit la lampe torche.

— Je passe devant pour vous dégager un chemin au milieu des broussailles, annonça-t-il.

— La végétation est aussi dense jusqu'à la cascade? demanda-t-elle.

— Non. Ça s'éclaircit un peu plus loin. Par ailleurs, je vous conseille de ne pas trop attendre de la cascade. Il ne doit y avoir qu'un filet d'eau après un été aussi sec.

— Vous connaissez mieux le coin que je m'y attendais, lui fit-elle remarquer.

— Je me surprends moi-même, mais de vieux souvenirs me reviennent, répondit Tucker. Charlie nous a amenés chasser par ici deux ou trois fois. C'est près de la cascade que Pierce a abattu son premier cerf.

— Chasser et monter sur des taureaux à douze ans... Je commence à comprendre pourquoi vous avez choisi un métier aussi dangereux.

Elle pointa le faisceau de la lampe vers le sol et progressa prudemment entre les buissons, les cailloux et les racines. Sans les efforts de Tucker avec la machette, il aurait été presque impossible de se frayer un chemin dans ces sous-bois.

Elle sentit quelque chose lui courir sur le bras, baissa les yeux et découvrit la plus grosse araignée qu'elle ait jamais vue. Le cœur affolé, elle fit tomber le monstre velu dans un buisson.

Elle ne s'attendait pas à un environnement aussi inquiétant. Les hurlements des coyotes et les coassements des crapauds fournissaient une bande-son parfaitement adaptée à une scène qui lui semblait sortie d'un mauvais film d'horreur.

Pourtant, une jeune mère avait choisi cet endroit pour se débarrasser du corps de son fils avant de laisser son père aller en prison à sa place.

Quand elle aurait retrouvé Rachel, elle irait rendre visite à Angela Miles dans sa prison. Cela semblait être un cas intéressant.

Les arbres se raréfièrent tandis que le ciel virait au gris. Elle éteignit la lampe et allongea le pas.

— Soyez prudente ! lui lança Tucker. Il y a un ravin profond juste avant la cascade.

— D'accord, répondit-elle. Merci.

Elle atteignit la cascade avant Tucker. Surprise, elle jeta un coup d'œil par-dessus son épaule pour savoir ce qui l'avait retardé.

Il souleva un serpent à sonnette décapité du bout de sa machette.

— Faites aussi attention à eux, lui dit-il. J'ai eu de la chance : celui-ci a fait connaissance avec ma machette avant de me mordre.

Elle s'agrippa fermement au tronc d'un mûrier avant de se pencher pour observer le cours d'eau et l'endroit où le corps de l'enfant avait été retrouvé.

Deux biches sortirent de la forêt pour s'abreuver au bassin dans lequel tombait la cascade. Sydney vit quelque chose de rouge derrière elles, à l'orée des bois. C'était peut-être un vêtement.

— Venez voir, Tucker !

— J'arrive !

Elle lâcha le tronc et avança d'un pas. Le caillou sur lequel elle posa le pied roula et lui fit perdre l'équilibre. Elle s'agrippa à la branche la plus proche...

... qui cassa. Elle tomba sur les fesses et glissa le long de la pente caillouteuse jusqu'à atterrir dans la boue au bord du bassin.

Elle s'était écorché les deux coudes et son dos la brûlait autant que si elle avait passé la nuit sur des charbons ardents.

Mais à présent elle voyait bien mieux le morceau de tissu rouge.

Son sang se glaça dans ses veines.

9

Tucker se laissa glisser le long du ravin pour rejoindre Sydney. Il avait vu la grosse pierre basculer. Il avait lâché sa machette et s'était précipité vers elle pour la retenir, mais il n'avait pas été assez rapide.

Il avait raté son bras et n'avait fait qu'effleurer son chemisier.

Quand il la retrouva, elle avait les deux coudes et la main gauche ensanglantés.

Il prit celle-ci pour évaluer la gravité de sa blessure.

— Vous devez voir un médecin, déclara-t-il.

— C'est inutile. Aidez-moi à me relever ! ordonna-t-elle.

— Vous vous êtes peut-être cassé quelque chose, insista-t-il.

— Je ne crois pas. J'ai surtout mal aux fesses. Aidez-moi à me relever ou poussez-vous pour que je le fasse toute seule.

Il déchira un morceau de sa chemise, puis il tira une bouteille d'eau de son sac à dos pour le détremper.

— Redonnez-moi cette main, s'il vous plaît, dit-il. Je peux au moins essayer de nettoyer vos blessures. Et vos coudes saignent beaucoup, au cas où vous ne l'auriez pas remarqué.

Elle se résigna à coopérer.

Quand il eut fini de nettoyer les écorchures, il improvisa un bandage avec un autre morceau de sa chemise. Il l'enroula autour de la main blessée de Sydney en laissant le pouce dégagé.

— Merci, murmura-t-elle.

— Il serait quand même bon que vous voyiez un médecin, répondit-il.

— J'ai juste besoin d'un peu de pommade antiseptique. Je suis sûre qu'Esther a une trousse de secours quelque part dans son ranch.

— Vous avez peut-être besoin d'une injection contre le tétanos.

— J'ai eu un rappel il y a deux mois. Le FBI se soucie de ce genre de choses.

Elle essaya de se relever sans s'appuyer sur sa main gauche.

Comme elle peinait, il lui prit la main droite pour l'aider.

— Que vouliez-vous me montrer avant de tomber ? lui demanda-t-il.

Sydney s'essuya les fesses et lui montra un morceau de tissu rouge pris dans les branches basses d'un arbre à kaki.

— Restez ici, dit-il. Je vais voir ce que c'est.

Il ne fut pas surpris de l'entendre le suivre tandis qu'il traversait le bassin peu profond.

Elle décrocha le morceau de tissu et l'examina.

— C'est un chemisier, dit-elle. Il n'est pas resté là assez longtemps pour être abîmé par les intempéries.

— C'est l'été, lui rappela-t-il. Il peut avoir été perdu par des ados venus s'amuser près de la cascade.

— C'est possible, lui accorda-t-elle.

Elle plia le chemisier et le lui tendit.

— Pouvez-vous le ranger dans votre sac, s'il vous plaît ? demanda-t-elle. J'ai peur de saigner dessus.

— Êtes-vous prête à repartir ?

— Pas encore.

Elle balaya les environs du regard, puis elle partit dans la direction opposée à celle de la voiture. La pente était moins abrupte de ce côté, mais la végétation était particulièrement dense. Pire : il avait laissé sa machette là où Sydney était tombée.

Elle chassa un moustique qui tournait autour de sa tête.

— Nous croiserons encore plus de moustiques si nous nous enfonçons dans les bois, la prévint-il.

— Des moustiques, des araignées, des serpents..., grommela-t-elle. J'ai du mal à croire que qui que ce soit vienne ici par plaisir.

Elle fit quelques pas de plus. Il s'empressa de la suivre avant de la perdre de vue.

— Oh non ! s'écria-t-elle.

Il se précipita auprès d'elle.

— Qu'y a-t-il ?

— Qu'est-ce que c'est, à votre avis ?

— Les premiers rayons du soleil qui se reflètent sur des phares ? répondit-il avant de ravaler un juron. Comment cette voiture a-t-elle pu se retrouver là ?

— Et pourquoi ? ajouta Sydney.

Il y avait bien plus d'inquiétude que de curiosité dans sa voix.

Ils s'approchèrent. Comme la pente devenait plus raide, il prit le bras de Sydney pour l'aider à garder l'équilibre. Le reste de la voiture ne devint visible que lorsqu'ils furent assez près pour la toucher. Elle était presque entièrement enfouie sous les branches qu'elle avait emportées dans sa chute.

Tucker souleva la plus grosse.

— C'est un vieux modèle dit-il.

— C'est la voiture de Rachel, répondit Sydney d'une voix tremblante.

— Vous en êtes sûre ?

Au lieu de répondre, elle le poussa pour essayer d'ouvrir la portière du conducteur. Comme elle était coincée, Sydney colla son visage contre la vitre sale.

— J'ai lâché la lampe quand je suis tombée, murmura-t-elle. J'en ai besoin ! Je n'y vois rien.

— Laissez-moi essayer d'ouvrir.

Elle s'écarta. Il tira sur la portière arrière, qui s'ouvrit facilement.

— Essayez de ne toucher à rien ! s'écria Sydney. Il pourrait y avoir des empreintes à relever.

Malgré ses craintes, elle n'avait rien perdu de son professionnalisme. Il jeta un bref coup d'œil à l'intérieur.

Pas de corps. Pas de taches de sang visibles. Il s'écarta en respirant un peu mieux pour laisser Sydney prendre sa place. Quand elle ressortit la tête de l'habitacle, elle s'appuya sur la voiture de sa bonne main et inspira plusieurs fois avant de parler.

— Avez-vous votre téléphone ? demanda-t-elle.

Il le sortit de sa poche et le lui tendit.

Quelques secondes plus tard, elle expliquait, avec un calme admirable, la situation à Jackson Clark qui dirigeait l'enquête.

— Je veux rendre visite à Dudley Miles dès que j'aurai désinfecté et bandé mes blessures, déclara Sydney.

— Comme vous voudrez, répondit Tucker. Mais j'avoue que je ne vois pas ce que vous espérez en tirer.

— Je ne l'accuse de rien, mais je n'aime pas les coïncidences bizarres. Comment expliquez-vous que la voiture de Rachel ait atterri presque à l'endroit où l'on a retrouvé le corps de son petit-fils ?

— Dudley n'a rien à voir avec la mort de son petit-fils et ce n'est pas lui qui a déplacé son corps. La coupable est en prison.

C'était peut-être vrai. Mais si les enquêteurs étaient passés à côté de quelque chose ? Si quelqu'un d'autre était impliqué ? Et si le véritable coupable n'avait pas été arrêté, ni même jamais inquiété ?

Tucker et Sydney avaient parlé à Jackson, à René et au shérif Cavazos pendant près d'une heure à côté de la cascade. Jackson avait appelé Cavazos pour ne pas tenir la police locale à l'écart de l'enquête. Tout comme Tucker, Cavazos était convaincu que Dudley Miles était au-dessus de tout soupçon.

Mais elle ne pouvait pas se contenter de leur parole.

— Je veux aussi interroger Dani dès que possible, ajouta-t-elle. Elle est peut-être la dernière personne à avoir vu Rachel avant son enlèvement.

— Et si on faisait un crochet par la clinique ? suggéra Tucker. Il y en a une sur la route, près de la nouvelle quincaillerie.

— Je ne me précipiterai pas aux urgences pour quelques égratignures. Encore une fois, je suis sûre qu'Esther a une trousse de secours. C'est nécessaire quand on vit dans un ranch, non ?

— Oui, répondit Tucker. Et on peut appeler un vétérinaire en cas de besoin. Ils font des visites à domicile.

— Très drôle.

Elle changea de position pour se masser les reins.

— Vous avez dû vous faire très mal en tombant comme ça, commenta Tucker.

— Une ou deux aspirines et je ne sentirai plus rien, répondit-elle.

Et peut-être une semaine de corset. Mais elle avait déjà été blessée de nombreuses fois en plein travail alors que les enjeux étaient moins importants.

Sa prochaine tâche serait de tout expliquer à Esther. Non seulement elle n'était pas une photographe inoffensive, mais elle risquait de laisser du sang sur ses draps.

Esther se montrerait sûrement compréhensive. Tout ce qui comptait, c'était de retrouver Rachel et les autres femmes disparues. Elle avait déjà la main sur la poignée de la portière quand Tucker s'arrêta devant le portail du ranch Double K.

— Je m'en charge, dit-il. Un vrai cow-boy ne fait pas travailler les blessés.

— Encore une règle du code des cow-boys ?

— Si elle n'est pas dans la liste, il faudrait l'y mettre.

Elle le regarda ouvrir le portail — torse nu. Le mouvement fit jouer ses muscles développés par le rodéo, auquel il retournerait bientôt.

Mais il lui avait bien fait comprendre qu'il était entièrement à sa disposition pour le moment. Et elle lui en était profondément reconnaissante.

Tucker s'accouda à la barrière du corral. Il avait laissé Sydney au ranch, entre les mains d'Esther et de la femme de Pierce, Grace. Elle devait sûrement répondre à un interrogatoire semblable à celui que ses frères venaient de lui faire subir.

— Voilà. Vous en savez autant que moi sur l'enquête, conclut-il.

Pierce releva son chapeau de paille.

— Sydney a l'air d'être une femme courageuse et intelligente, mais ce doit être très dur pour elle. Je suis content qu'elle se soit confiée à toi.

— Je comprends mieux pourquoi Dani l'a appréciée

immédiatement, commenta Riley. Mais Sydney est-elle entrée dans la pâtisserie par hasard ?

— Non. C'est chez Dani que Rachel s'est servie de sa carte de crédit pour la dernière fois, répondit Tucker.

— Dani le sait-elle ?

— Pas encore. Nous irons la voir dès qu'Esther aura fini de soigner Sydney. Sydney espère que Dani se souvient de Rachel et qu'elle saura lui dire si elle était seule ou accompagnée. Le moindre indice peut être utile.

— Si Dani ne s'en souvient pas, vous pourrez toujours consulter l'enregistrement de la caméra de sécurité, dit Riley.

— Cette affaire commence à m'inquiéter, grommela Pierce. Je ne laisserai plus Grace sortir seule tant qu'on n'aura pas attrapé ce psychopathe.

— Et je ferai un tour à la pâtisserie tout à l'heure, dit Riley. Je tiendrai compagnie à Dani jusqu'à l'arrivée des clients.

Tucker s'écarta de la barrière.

— Malheureusement, je ne peux pas forcer Sydney à être prudente, soupira-t-il.

— C'est un agent du FBI, lui rappela Riley. Elle sait ce qu'elle fait.

— Qu'y a-t-il entre vous, au juste ? demanda Pierce.

— Ce que je vous ai déjà dit : je me suis incrusté dans sa vie et elle ne m'en a pas encore chassé.

— J'ai du mal à croire que ce soit tout, dit Pierce. Tu es arrivé dans un sale état.

— Ça se voyait à ce point-là ?

Riley lui décocha un petit coup de poing dans le bras.

— Tu plaisantes ? s'écria-t-il. Tu n'étais pas toi-même. On s'est dit que tu devais avoir un problème avec une femme pour être aussi déprimé.

Tucker était venu à Winding Creek pour avoir l'avis de ses frères sur le problème qui le tourmentait. Ce moment n'était sans doute pas plus mauvais qu'un autre pour leur en parler.

— Vous vous souvenez de mon ami Rod ? demanda-t-il. Je vous ai parlé de lui la dernière fois que je suis venu.

— Oui, répondit Pierce. Tu nous as dit que c'était un type très sympa et l'un de tes adversaires les plus coriaces.

— Il l'*était*, reconnut Tucker. Il est mort la semaine dernière.

Riley poussa le juron qu'il préférait quand aucune femme ne pouvait l'entendre.

— Pendant un rodéo ? demanda-t-il.

— Oui. Il avait déjà tenu six secondes sur le dos du taureau le plus féroce de la compétition. Il était en pleine forme. La foule l'acclamait. Il était à un cheveu de faire un score parfait.

— Ça a dû être pénible à voir, murmura Pierce.

— C'était horrible.

— Au moins, il est mort en faisant quelque chose qu'il aimait, dit Riley.

— Il est mort en laissant une veuve et trois orphelins, répondit Tucker. Après l'avoir regardé pousser son dernier soupir, je suis allé à Lubbock pour leur annoncer la tragique nouvelle.

— Ça explique l'état dans lequel tu es arrivé, dit Pierce.

— La mort de Rod m'a incité à réfléchir à mon mode de vie, avoua Tucker.

— Est-ce que ça veut dire que tu envisages d'abandonner le rodéo ? demanda Pierce.

— J'y songe. Je n'ai rien décidé pour le moment.

— C'est bien normal, répondit Riley. C'est une décision importante. J'avais peur de ne pas réussir à me stabiliser quand j'ai rencontré Dani, mais il ne lui a pas fallu longtemps pour me faire comprendre qu'elle était ce que je cherchais depuis toujours.

— Il me serait peut-être plus facile de changer de mode de vie si j'avais une femme comme Dani, dit Tucker.

Ou pas. Le rodéo était toute sa vie.

— Tu dois te laisser une chance de tomber amoureux, lui conseilla Pierce.

— Peut-être, admit Tucker.

Il ne pouvait pas nier que Sydney le séduisait, mais elle avait un métier très prenant. Il ne l'imaginait pas abandonner sa carrière pour le suivre de compétition en compétition.

— Je ferais bien d'y aller, dit-il. Sydney doit être prête à repartir. J'ai eu un mal fou à la convaincre de prendre le temps de se changer et de se faire soigner.

— C'est compréhensible et admirable, commenta Pierce avant de plaquer sa main entre ses omoplates.

Son frère se contentait d'une étreinte virile parce qu'il devait avoir aussi peur que lui que leurs émotions les débordent s'il le serrait réellement dans ses bras.

— Je suis à ta disposition si tu as besoin de parler, dit Riley. Mais je ne peux pas te donner de conseils. Ta décision doit venir de toi.

— Moi aussi, je suis là pour toi, reprit Pierce. Je te soutiendrai quoi que tu décides et je ne demande pas mieux que de te faire travailler pendant que tu réfléchis à ton avenir.

Ses deux frères se montraient aussi solidaires qu'il s'y était attendu. Il n'avait absolument pas progressé dans sa réflexion. Au moins, accompagner Sydney dans l'épreuve qu'elle traversait l'empêchait de s'abandonner à ses idées noires.

— On en reparlera plus tard, conclut-il.

— Ça t'ennuie si j'appelle Dani pour lui expliquer la véritable raison de la présence de Sydney ? demanda Riley.

— Non. Ça nous fera gagner du temps. Si tu oublies quelque chose, Sydney complétera quand on ira la voir.

— Sois prudent, frérot ! lui lança Pierce.

C'était en deuxième position dans la liste de ses priorités — juste après protéger Sydney.

Tucker et Sydney firent tinter la clochette de la porte en entrant dans la pâtisserie de Dani. Il y avait plus de monde que la veille. Des tables avaient été réunies pour un groupe d'une dizaine de personnes.

Il n'était constitué que de femmes d'une cinquantaine ou d'une soixantaine d'années. Elles bavardaient et riaient en sirotant des cafés à la crème fouettée. Le reste de la clientèle était varié. Il y avait des hommes et des femmes de différents âges. La plupart des gens portaient des shorts ou des jeans, quelques-uns des costumes.

Quand Dani les vit, elle retira son tablier et les invita à s'approcher du comptoir, où elle finissait de servir une cliente.

— Voici votre commande, madame Miles, dit-elle. J'ai ajouté un cookie aux raisins tout juste sorti du four pour votre mari.

— Merci. Dudley les adore.

— Je sais. Il passe au moins deux fois par semaine pour voir si j'en ai.

Sydney observa la femme d'une maigreur inquiétante à laquelle Dani parlait. Ce devait être la mère d'Angela Miles. Sa pâleur et ses rides la faisaient paraître plus âgée qu'elle devait l'être en réalité.

Elle prit le sac de pâtisseries que Dani lui tendait et quitta la boutique en regardant droit devant elle, comme si elle prenait bien soin de ne croiser le regard de personne.

Le cœur de Sydney se serra. Ce devait être terrible de perdre son petit-fils aussi tragiquement et de savoir sa fille derrière les barreaux.

Tucker s'approcha du comptoir.

— Je suis désolé de te déranger, Dani, mais pourrais-tu nous consacrer quelques minutes ? demanda-t-il. C'est important.

— Bien sûr. Tammy peut se débrouiller toute seule.

La jeune femme qui était en train d'emballer d'énormes rouleaux à la cannelle hocha la tête.

— Allons dans mon bureau, suggéra Dani. Il est petit, mais on y sera plus tranquilles qu'ici.

— C'est parfait, dit Sydney avant de contourner le comptoir pour la rejoindre.

Il était évident que Riley avait appelé Dani pour la mettre au courant. Sydney en fut soulagée. Elle n'aurait pas à expliquer une fois de plus que sa sœur avait disparu.

Ils suivirent Dani à travers sa cuisine spacieuse équipée de fours géants et de longs plans de travail. Tous les ustensiles visibles étaient d'une propreté irréprochable.

Dani les fit entrer dans une petite pièce, à l'autre bout de la cuisine, et s'assit sur un coin de son bureau. Sydney et Tucker s'installèrent sur deux chaises pliantes.

— Voulez-vous un café ou quelque chose à manger ? demanda Dani.

— On arrive de chez Esther, répondit Sydney.

Dani pouffa.

— Inutile d'ajouter quoi que ce soit, dit-elle. Personne ne sort de là avec un creux.

— Je suppose que Riley vous a dit que je m'appelais Sydney Maxwell, commença Sydney.

— Oui. Il m'a fait un bon résumé de la situation.

— Je m'excuse de vous voir menti quand on s'est rencontrées.

— C'est inutile. Vous aviez une bonne raison de le faire. Et la première impression que vous m'avez faite n'avait rien à voir avec votre nom. Je m'attends toujours à ce qu'on devienne amies.

— J'en suis ravie.

Dani baissa les yeux vers la main bandée de Sydney.

— Voulez-vous de la glace ou de la pommade antibiotique avant qu'on ne commence ? demanda-t-elle. Ou un cachet d'aspirine ? Riley m'a dit que vous aviez fait une mauvaise chute ce matin.

— C'est mon coude qui a le plus souffert. Voilà pourquoi je porte un chemisier à manches longues malgré la chaleur. Mais ce ne sont que des égratignures, et Esther et Grace les ont déjà désinfectées. Je vais bien.

— J'ai du Tylenol, si vous changez d'avis. Je suis désolée pour votre sœur. J'ai été horrifiée quand Riley m'a expliqué ce qui lui était arrivé.

— Ce n'est pas facile pour moi, reconnut Sydney. Il faut que je reste concentrée et optimiste. C'était pour mon enquête que je suis venue vous voir hier.

— Avez-vous une photo à me montrer ? demanda Dani.

— Oui.

Sydney tira de son sac la photographie de Rachel et la lui tendit.

— Vous rappelez-vous l'avoir vue ? Elle est passée le samedi 14 septembre, en début d'après-midi.

Dani examina longuement la photographie avant de répondre.

— Oui, je me souviens d'elle, parce qu'elle s'est intéressée aux poteries, comme vous. Elle a acheté l'une de mes préférées — un bol beige d'une forme bizarre.

— Était-elle avec quelqu'un ?

— Je crois que non, mais je n'en jurerais pas. Je ne me souviens même pas si elle s'est assise ou si elle a seulement acheté quelque chose à emporter. Il y avait beaucoup de monde, ce samedi-là. Plusieurs magasins de la rue organisaient des soldes pour se débarrasser de leur stock d'été.

— Vous souvenez-vous si Rachel a parlé d'un séjour dans une station thermale à Austin ?

Dani secoua la tête.

— Non.

La frustration gagna Sydney. Était-ce une nouvelle impasse ?

— Et tes caméras de sécurité ? demanda Tucker. Combien de temps gardes-tu les enregistrements ?

— Un mois ou deux.

— Alors tu dois encore avoir celui du 14 septembre.

— Je l'avais jusqu'à ce matin, mais j'ai tout donné au shérif Cavazos. Je ne savais pas que vous en auriez besoin.

— Ce n'est pas un problème, lui assura Sydney. Je suis sûre que nous pourrons les consulter.

Officiellement ou non, ajouta-t-elle pour elle-même.

— Et le shérif n'a pas réquisitionné que mes enregistrements, ajouta Dani. L'une des vendeuses de la boutique de bougies est venue m'acheter un croissant après le départ de Cavazos. Elle m'a dit qu'il avait aussi demandé les leurs.

— Tant mieux, répondit Sydney. Riley vous a-t-il dit que nous avions découvert la voiture de Rachel tout près de l'endroit où Angela Miles s'était débarrassée du corps de son fils ?

— Oui. C'est une coïncidence bizarre, mais j'ai du mal à croire qu'il y ait un lien entre les deux. Vous savez, je me suis installée ici pour élever ma nièce dans un endroit tranquille. Je commence à me demander si nous y sommes autant en sécurité que je l'avais cru.

— C'était la mère d'Angela Miles que vous serviez quand nous sommes arrivés, n'est-ce pas ? demanda Sydney.

— Oui. Pauvre femme… Elle n'est plus que l'ombre d'elle-même depuis la mort de son petit-fils. Elle parlait à tout le monde, avant. Maintenant, elle m'adresse à peine la parole.

— Cette histoire a dû lui briser le cœur, soupira Sydney.

— C'est certain. Sa fille a de gros problèmes. J'espère qu'elle a enfin eu le suivi psychiatrique dont elle a besoin.

Tucker et Sydney remercièrent Dani pour son aide. Ils sortaient à peine de la pâtisserie quand le téléphone de Sydney sonna.

— Bonjour, Jackson, dit-elle en décrochant.

— Êtes-vous seule ? lui demanda son supérieur.

— Non, je suis avec Tucker.

— Tant mieux. J'ai de mauvaises nouvelles à vous annoncer.

10

Les doigts de Sydney se crispèrent autour de l'appareil tandis qu'elle essayait de se préparer au pire.

— Qu'y a-t-il ?

— Nous n'avons trouvé aucune empreinte à l'extérieur de la voiture de Rachel, dit Jackson.

Alors qu'elle n'avait pas conscience d'avoir retenu son souffle, Sydney poussa un soupir de soulagement. Ce n'était pas la mauvaise nouvelle qu'elle redoutait mais elle devinait, d'après le ton de Jackson, que ce n'était pas tout.

— Et à l'intérieur ? demanda-t-elle.

— Nous avons trouvé plusieurs séries d'empreintes, répondit Jackson. Et nous en avons identifié certaines : elles appartiennent à l'une des autres femmes disparues.

Sydney avait conservé le maigre espoir que Rachel ne faisait pas partie des victimes. Son cœur se serra, mais elle n'était pas surprise. Une part d'elle savait depuis le début que Rachel était en danger.

— Laquelle ?

— Michelle Dickens.

Sydney avait une excellente mémoire. Elle passa en revue tout ce qu'elle avait appris sur Michelle à la réunion de la veille. Celle-ci avait vingt-cinq ans. Elle avait disparu après avoir passé un week-end dans la résidence secondaire de ses parents, près de Winding Creek, où elle avait retrouvé d'anciens camarades de classe. C'était une jolie brune, comme toutes les victimes.

Son casier judiciaire était vierge. Elle était ingénieure dans une raffinerie de pétrole.

— Ça va ? s'inquiéta Jackson.

— J'essaie juste de me rappeler ce que je sais sur Michelle.

— Nous en savons plus aujourd'hui qu'hier — sur Michelle et sur les autres. Pouvez-vous venir à ma cabane ?

— Bien sûr. À quelle heure ?

— Je suis disponible dès maintenant, mais on peut prendre rendez-vous pour plus tard si vous préférez.

— Maintenant me convient.

— Viendrez-vous avec Tucker Lawrence ?

— Ça poserait un problème ?

— Non. Il est le bienvenu.

Ce n'était pas la réponse à laquelle elle s'attendait, même si les deux hommes avaient paru bien s'entendre quand ils s'étaient rencontrés, dans la matinée.

— Avez-vous une raison de vouloir qu'il soit présent ? demanda-t-elle.

— Il connaît très bien la région et ses habitants. Ses deux frères vivent à Winding Creek, sa belle-sœur tient la pâtisserie locale et c'est un proche d'Esther Kavanaugh qui, d'après le shérif Cavazos, connaît tout le monde. Et c'est un citoyen modèle, si l'on fait abstraction des quelques excès de vitesse qu'il a commis. Je suppose qu'il vous a dit qu'il était un professionnel du rodéo ? On peut en déduire que c'est un dur à cuire.

Un dur à cuire attentionné… C'était une combinaison rare.

— Vous avez enquêté sur lui, apparemment.

— Bien sûr. Ne vous inquiétez pas. Il est blanc comme neige. Et rien de ce dont nous parlerons n'est classifié. Dani se souvient-elle du passage de Rachel ?

— Oui. Elle se rappelle même lui avoir vendu un bol. Par contre, elle n'a pas su dire si Rachel était seule ou accompagnée.

— Nous devrions bientôt obtenir cette information. Je vous en dirai plus quand vous serez là.

— Merci d'avoir appelé, conclut-elle. À tout de suite.

— Qui allons-nous voir ? demanda Tucker quand elle raccrocha.

— Jackson Clark, mais vous n'êtes pas obligé de m'accompagner, répondit-elle. Je peux me débrouiller toute seule et je suis sûre qu'Esther et vos frères apprécieraient de passer un peu de temps avec vous.

— Voilà que vous essayez encore de vous débarrasser de moi !

— Parce que vous voulez continuer à me rendre service sans contrepartie ? Je vais finir par croire que vous êtes masochiste.

— Je le suis. Tous les taureaux qui m'ont fait mordre la poussière peuvent en témoigner. Je vous ai entendue parler d'empreintes et d'une Michelle. De quoi s'agit-il ?

— Michelle Dickens est l'une des victimes. Elle a disparu huit semaines avant Rachel. La police vient de trouver ses empreintes dans la voiture de ma sœur.

— Merde, grommela Tucker en lui prenant le bras. Pardonnez ma vulgarité, mais nous sommes maintenant sûrs que Rachel a été enlevée. Cela dit, c'est en partie une bonne nouvelle. Ça signifie que le ravisseur a gardé cette Michelle en vie pendant deux mois.

— Oui, sauf qu'elle a passé ces deux mois à la merci d'un psychopathe.

Tucker passa un bras autour de sa taille et l'entraîna vers sa camionnette.

— Il faut que je prenne ma voiture, lui dit-elle. Si je la laisse garée au même endroit trop longtemps, on finira par l'emporter à la fourrière.

— Je ne suis pas sûr qu'il y ait une fourrière à Winding Creek, répondit Tucker. Mais vous n'avez pas à vous en inquiéter même si c'est le cas. D'ici ce soir, tout le monde saura que cette voiture est à vous.

— Comment ?

— Les petites villes adorent les potins. Ils s'y répandent à la vitesse de la lumière. Mais je peux laisser ma camionnette, si vous préférez qu'on prenne votre voiture.

— J'ai du mal à comprendre que vous ayez envie de vous impliquer davantage dans l'enquête, avoua-t-elle.

— Je le ferai tant que vous m'y autoriserez, répondit-il.

Elle aurait sans doute dû lui demander pourquoi, mais quelque chose la retint. Sa réponse serait peut-être aussi ambiguë que celle qu'elle donnerait s'il lui demandait pourquoi elle appréciait de l'avoir auprès d'elle. Sa présence lui semblait naturelle et elle n'avait pas envie de s'interroger davantage pour le moment.

— Prenons votre camionnette, décida-t-elle. La voiture que j'ai louée n'est pas un 4×4. Elle n'est pas faite pour le chemin qui mène à la cabane de Jackson, ni pour les raccourcis que vous risquez de prendre pour aller chez Dudley Miles.

— Vous êtes sûre de vouloir l'interroger ? demanda Tucker. Dudley est un chic type. Personne n'a jamais rien eu à lui reprocher.

— Ça ne veut pas dire pas que tous ses amis et tous ses employés sont des chics types, répliqua-t-elle. Il sait peut-être quelque chose sans en avoir conscience.

— Voulez-vous que je l'appelle pour m'assurer qu'il sera chez lui cet après-midi ?

— Non. Je préfère que notre visite soit une surprise.

— Comme vous voudrez.

— Alors allons-y !

Chaque minute comptait.

Jackson était seul dans sa cabane quand Sydney et Tucker y arrivèrent. Il les invita à s'asseoir à la table de la cuisine sans perdre de temps.

Il semblait avoir bien conscience que le fait d'avoir trouvé les empreintes de Michelle Dickens dans la voiture de Rachel leur avait fait franchir un palier dans l'urgence. Trouveraient-ils le coupable assez vite pour sauver toutes les femmes qui avaient disparu ? Il n'y avait pas une seconde à perdre.

— Je vois que votre main est bandée. Avez-vous aussi fait soigner votre coude ? demanda Jackson.

— Oui. Ce ne sont que des égratignures et Esther et Grace, la belle-sœur de Dani, se sont bien occupées de moi.

— C'est pratique d'avoir des infirmières improvisées sous la main, mais il ne faudrait pas que ça s'infecte, insista Jackson.

— Je n'ai pas le temps d'aller voir un médecin pour le moment.

— Je comprends. Il y a des sodas dans le frigo, des choses à grignoter dans le placard, et la cafetière est pleine. N'hésitez pas à vous servir.

Sydney alla chercher un soda light dans le réfrigérateur. Celui-ci ne contenait que des sodas, des bières et un pot de sauce salsa.

— Vous ne vous nourrissez que de ça ? s'étonna-t-elle.

— Pas tout à fait. René m'a apporté des hamburgers hier soir et j'ai mangé des tacos à midi.

Sydney s'assit entre les deux hommes. Des stylos, des carnets, des dossiers, un ordinateur portable et une petite imprimante avaient été poussés au bout de la table, sans doute pour laisser de la place pour Tucker et elle.

— J'ai aussi fait un saut à Dani's Delights, ajouta Jackson.

— C'est étrange, commenta-t-elle. Tucker et moi en arrivons et Dani ne nous en a pas parlé.

— Je ne me suis pas présenté. Je n'étais pas sûr que vous aviez eu le temps de lui dire qui vous étiez et de lui parler de Rachel. Et puis je voulais me faire une opinion sur l'endroit avant que les gens du coin sachent que j'appartiens au FBI.

— Alors ? Qu'en pensez-vous ?

— C'est un commerce florissant. La plupart des gens qui le fréquentent semblent se connaître. J'ai du mal à imaginer qu'un ravisseur puisse y repérer ses victimes, mais tout est possible. Certains des pires criminels passaient pour des princes charmants avant qu'on les démasque.

— Un ravisseur qui est peut-être aussi un meurtrier, dit Sydney.

— Peut-être..., répéta pensivement Jackson. Plus ça va, plus je doute que le meurtre de Sara Goodwin ait un rapport avec les enlèvements. Son profil diffère de celui des autres victimes.

— En quoi ? demanda Tucker.

— Elle avait seize ans et elle avait fugué de chez ses parents. Elle n'avait pas de voiture. La seule chose qui la relie à Winding Creek est le fait que son corps ait été retrouvé aux environs. Les femmes qui ont disparu ont entre vingt-cinq et trente-deux ans. Elles sont toutes venues à Winding Creek de leur plein gré et, pour le moment, elles ont seulement disparu.

— Avons-nous interrogé les parents et les amis de toutes les victimes ? demanda Sydney.

— Non, mais nous progressons. René est parti à Shreveport

pour rencontrer la colocataire d'Alice Baker. Il rentrera dans la nuit. Je vous enverrai son rapport dès qu'il me le remettra.

— Merci. La police de Shreveport a-t-elle du nouveau ?

— Non. Je viens d'avoir le shérif au téléphone. Il a interrogé la colocataire deux fois. Comme elle lui a dit exactement la même chose, il n'a rien de neuf à nous offrir.

— Alors le dossier que vous m'avez fourni hier sur Alice Baker est à jour ?

— C'est tout ce que j'ai jusqu'au retour de René. De son côté, Tim a interrogé les parents de Michelle Dickens ce matin, mais il vient de reprendre la route pour San Antonio pour les informer de notre dernière découverte.

— Et Karen Murphy ? demanda Sydney.

— C'est la prochaine sur la liste. Son mari routier rentrera chez eux cette nuit. Tim et moi irons l'interroger à New Braunfels demain matin. Votre découverte de la voiture de Rachel ce matin nous a incités à revoir nos priorités.

Jackson ramassa un dossier et le lui tendit. Sydney l'ouvrit et y trouva des liasses de petites feuilles arrachées à des carnets.

— Ce sont les notes que les autres membres de l'équipe ont prises pendant leurs recherches et leurs interrogatoires d'hier, expliqua Jackson. J'aimerais que vous en preniez aussi, dorénavant. Ça permettra de faire circuler les informations plus rapidement.

— Il arrive que des notes de ce genre soient plus utiles que des rapports bien rédigés, répondit-elle. On va à l'essentiel quand on griffonne.

Il y avait deux liasses soigneusement agrafées.

Elle prit la première. Celle-ci concernait Michelle Dickens, âgée de vingt-cinq ans, qui avait disparu le 20 août.

Michelle était institutrice. Elle vivait à Kerrville, au Texas, et elle avait prévu de se marier le premier samedi d'octobre. Elle s'entendait bien avec tout le monde. C'était une femme athlétique, qui aimait la randonnée, le vélo, l'escalade et le ski.

Ses parents étaient les derniers à l'avoir vue avant qu'elle reparte pour Kerrville. Elle avait passé le week-end chez eux parce qu'elle comptait acheter une robe de mariée avec l'aide de sa mère. Elle n'en avait trouvé aucune à son goût. Sa dernière dépense par carte de crédit avait été faite dans une station-service Exxon, à une quinzaine de kilomètres de Winding Creek. Ses parents étaient paralysés par la panique — ce que Sydney comprenait parfaitement.

La deuxième liasse concernait Alice Baker. Elle louait un appartement en colocation à Shreveport, en Louisiane. Ingénieur dans une raffinerie, elle devait se rendre à San Antonio le 9 mars pour un entretien d'embauche auquel elle ne s'était jamais présentée.

Ses dernières dépenses avaient été l'achat d'une paire de bottes à Winding Creek et un déjeuner au Caffe Grill.

D'après sa colocataire, elle était extrêmement prudente. Elle ne parlait pas aux inconnus et ne serait jamais montée dans la voiture de l'un d'eux. Alice possédait un permis de port d'arme et emportait toujours un petit revolver quand elle voyageait seule.

De toute évidence, elle n'avait pas compris assez vite qu'elle était en danger et n'avait pas dégainé son arme. Ou bien elle avait hésité à tirer et son agresseur l'avait désarmée... Cela se produisait souvent avec les tireurs inexpérimentés.

— Notre homme a clairement un terrain de jeu, dit Sydney. Il ne vit pas nécessairement à Winding Creek, mais il y passe beaucoup de temps.

— S'il y vit, il doit se croire trop malin pour se faire prendre.

— À moins qu'une part de lui ait envie qu'on l'attrape, répondit Sydney.

— Dans ce cas, je me ferai un plaisir de le satisfaire, grommela Jackson. Je ne comprends toujours pas comment ni pourquoi il a fait tomber la voiture de Rachel dans ce ravin. Je n'arrive pas à croire qu'il ait couru le risque de laisser Michelle conduire la voiture de Rachel en la suivant dans un autre véhicule. Elle aurait pu en profiter pour s'échapper.

— À moins qu'elle soit victime du syndrome de Stockholm. Si Michelle s'est liée au ravisseur, elle l'a peut-être aidé à enlever d'autres femmes.

Sydney était presque sûre que Rachel ne se laisserait pas laver le cerveau, mais rien n'était impossible quand on se retrouvait entre les mains d'un psychopathe.

— C'est le pays des cow-boys, intervint Tucker. La première

chose qui me vient à l'esprit, c'est qu'il a pu repartir à cheval. La deuxième, c'est qu'il doit conduire un 4×4, comme presque tout le monde dans la région.

— S'il était dans la voiture et si quelqu'un les a suivis avec des chevaux, c'est qu'il a un complice, dit Jackson.

— Pas nécessairement, répondit Tucker. Il peut avoir emporté des chevaux dans un van. J'ai remarqué que la voiture de Rachel avait une attache de remorque.

— Je ne l'avais pas vu, admit Sydney qui s'en voulut d'avoir laissé ce détail lui échapper. Mais il n'y avait pas de van sur les lieux.

— Il aurait pu revenir le chercher plus tard avec un autre véhicule, suggéra Tucker.

— Je ne comprends pas, dit Jackson. Pourquoi a-t-il pris la fille avec lui si elle ne conduisait pas la voiture ?

— Il a peut-être eu peur qu'elle s'échappe s'il la laissait seule, répondit Tucker.

— Ça m'étonnerait, intervint Sydney. Il doit avoir les moyens d'enfermer ses captives. Il a peut-être voulu lui faire peur en lui faisant croire qu'il allait la tuer et abandonner son corps dans les bois.

Il était aussi possible qu'il l'ait réellement fait et que la police n'ait pas encore retrouvé le corps de Michelle. L'estomac de Sydney se noua.

— Dani nous a dit que le shérif Cavazos avait pris les enregistrements de ses caméras de sécurité, reprit-elle. Le saviez-vous ?

— Oui. Il a aussi réquisitionné les enregistrements d'autres boutiques et il compte en récupérer d'autres aujourd'hui. Il nous en enverra des copies. Comme les habitants de Winding Creek ont confiance en lui, ils coopèrent volontiers. Ils ont aussi hâte qu'on arrête le coupable. Ils commencent à être très inquiets. À juste titre.

— Quand aurons-nous ces copies ? demanda-t-elle.

— En fin d'après-midi. Je les enverrai aussi à Lane pour qu'il les analyse.

— S'il découvre quoi que ce soit, tenez-moi informée immédiatement.

— C'est promis. De votre côté, faites-moi part de toutes les théories qui vous viennent et qui pourraient nous aider à identifier le coupable. Il n'est pas question que vous le traquiez seule, c'est bien compris ?

— Évidemment.

— Vous pouvez comprendre que je me méfie, puisque vous l'avez fait dans l'affaire de l'Étrangleur des Marais.

— C'est une erreur que je ne reproduirai pas, vous pouvez me faire confiance.

Elle finit sa canette de soda et se leva pour la jeter.

— Que faites-vous cet après-midi ? demanda Jackson.

— Nous allons rendre visite à Dudley et Millie Miles, répondit-elle. Vous m'accorderez qu'il est très étrange que la voiture de Rachel ait été retrouvée presque au même endroit que le corps de leur petit-fils.

— C'est vrai, mais j'ai interrogé le shérif et ses hommes sur ce Dudley Miles. Ils ne tarissaient pas d'éloges. La réputation de sa fille n'est pas aussi bonne — on la décrit comme une narcissique dépourvue de moralité — mais elle est en prison.

— Je lui ai dit la même chose ! s'écria Tucker.

— Et je vous crois, mais je veux quand même m'entretenir avec Dudley Miles, répliqua-t-elle. Il doit avoir beaucoup de personnel, si c'est l'éleveur le plus riche de la région. Il peut demander à ses cow-boys s'ils ont vu Rachel. Et le coupable peut être l'un d'entre eux. Nous n'avons aucune raison d'écarter cette possibilité.

— Vous avez raison, répondit Jackson. Suivez votre instinct. Tout ce que je vous demande, c'est de me fournir un profil qui nous permette d'arrêter le coupable avant qu'il enlève quelqu'un d'autre.

— C'est bien mon intention.

Avec un peu de chance, parler à Dudley Miles l'y aiderait.

11

Ils s'arrêtèrent chez Hank pour déjeuner. L'odeur d'oignons frits et d'épices qui flottait dans l'air donna la nausée à Sydney. Elle avait bien conscience que ses nerfs étaient plus coupables de son malaise que l'odeur elle-même, mais elle ne connaissait qu'un remède : continuer à travailler.

Elle passa l'essentiel du déjeuner à montrer la photo de Rachel aux serveuses qu'elle n'avait pas vues la fois précédente et aux clients que Hank lui présenta comme des habitués.

Les gens se montrèrent compatissants et regardèrent attentivement la photo, mais ils n'avaient aucune information à lui fournir.

Ils s'en allèrent dès que Tucker eut terminé son hamburger. Elle-même n'avait touché à sa salade au poulet que pour déplacer quelques feuilles dans l'assiette.

Elle se battait intérieurement pour tenir son angoisse à distance. Elle avait besoin de réserver toute son énergie à l'enquête. Ils roulaient depuis dix minutes quand elle se rendit compte que Tucker avait de nouveau l'air préoccupé.

La situation dans laquelle elle l'entraînait était déprimante, mais elle était certaine que ce n'était pas la seule chose qui le troublait. Elle avait compris qu'il avait un problème dès qu'elle avait posé les yeux sur lui, avant d'interrompre son tête-à-tête avec son whisky.

— Je sens que quelque chose d'autre que notre enquête vous préoccupe, lui dit-elle. Voulez-vous en parler ?

— Suis-je aussi transparent que ça ?

— Non, c'est moi qui suis perspicace.

— C'est sans doute ce qui fait de vous un bon profiler. J'ai une décision à prendre. Mais ce n'est ni aussi grave ni aussi urgent que ce que vous avez à gérer, alors ce n'est pas la peine d'aborder le sujet pour le moment.

Le téléphone de Tucker sonna avant qu'elle insiste. Il décrocha et mit le haut-parleur. Un instant plus tard, la voix d'Esther résonna dans la voiture.

— J'espère que je ne tombe pas trop mal, dit-elle. Es-tu toujours avec Sydney ?

— Oui. Nous sommes en voiture. J'ai mis le haut-parleur. Que se passe-t-il ?

— Je sais qu'il est important que tu restes avec Sydney, mais je viens de recevoir un appel de Dani. Constance aimerait savoir quand elle verra son oncle Tucker.

— Dis-lui que j'avais l'intention de passer du temps avec elle et Jaci. Ce soir, peut-être.

— C'est justement pour ça que j'appelle. Il est question qu'on organise une réunion de famille ce soir. Rien d'extraordinaire : du poulet rôti, des petits pois du jardin...

— Tu sais comment m'appâter, répondit Tucker. Si tu ajoutes un pudding à la banane, tu peux compter sur moi.

— Le pudding à la banane est toujours au menu quand tu es en ville.

— Comme je ne sais pas pour combien de temps on en a, ne m'attends pas avant 19 heures.

— Vous viendrez aussi, Sydney, n'est-ce pas ? demanda Esther.

— Je pense qu'il vaut mieux que je m'abstienne. Je plomberais l'ambiance.

— Sûrement pas. Tout le monde comprend ce que vous traversez. On n'attendra pas de vous que vous nous étourdissiez par des frivolités. Et vous pourrez rencontrer mes deux adorables petites-filles.

— J'en serais ravie dans ce cas.

— Et vous avez besoin de manger pour conserver vos forces, ajouta Esther. Alors, c'est d'accord ?

— D'accord, se rendit Sydney. J'aurai besoin de travailler ce soir, mais je prendrai le temps de dîner avec vous.

Une joyeuse réunion de famille n'était sans doute pas ce dont elle avait besoin. Mais ces gens avaient tant fait pour elle, et Esther semblait tant y tenir qu'elle pouvait difficilement refuser.

Après avoir raccroché, Tucker posa la main sur la sienne.

— Je ne les laisserai pas vous forcer à tenir votre promesse si vous changez d'avis, lui dit-il.

Elle n'avait pas cessé de penser que sa présence le dérangeait un peu. Elle gâchait ses retrouvailles avec sa famille, après tout. Comme il lui consacrait ses journées, il avait sans doute envie d'employer ses nuits comme bon lui semblait. Une fois de plus, elle se demanda ce qui le préoccupait. S'agissait-il d'une femme ?

— Par « travailler », vous n'entendiez pas traquer ce psychopathe toute seule, j'espère ? ajouta-t-il. Parce qu'il faut que je rappelle Esther pour lui dire que je ne dînerai pas chez elle, si c'est le cas.

— Non, je travaillerai au ranch, ce soir. Mais vous ne pouvez pas m'assister indéfiniment, Tucker... Des taureaux doivent vous attendre.

— Les taureaux et moi sommes un peu en froid.

Comme elle ne comprenait pas ce que cela signifiait, elle recommença à contempler le paysage de plus en plus vallonné. Elle était sûre de n'avoir jamais vu autant de vaches, de taureaux et de chevaux.

Ils passèrent devant une énorme grange rouge qu'elle était certaine d'avoir déjà vue. L'autre côté de la route était boisé, mais bordé d'une clôture barbelée.

— Nous sommes venus par ici, ce matin, n'est-ce pas ? demanda-t-elle.

— Si nous prenons le prochain chemin de terre à gauche, nous nous retrouverons au-dessus de la cascade, répondit Tucker. Les terres de Dudley commencent un kilomètre plus loin.

— Alors notre homme et Michelle ont très bien pu conduire la voiture de Rachel jusqu'au ravin, puis repartir à cheval ou en 4×4 sur les terres de Dudley Miles sans jamais passer par une route importante.

— C'est possible, admit Tucker. Mais ce chemin de terre a

aussi un embranchement qui mène à un groupe de petits ranchs et de cabanes. La plupart appartiennent à des citadins qui n'y vont que le week-end.

— Je suis sûre que le shérif Cavazos a enquêté sur tous ces gens avant de demander l'aide du FBI.

— Je suis sûr qu'il a aussi enquêté sur les employés de Dudley, répliqua Tucker.

— Je me sentirai quand même mieux quand j'aurai interrogé Dudley Miles moi-même.

Après la zone boisée s'étendaient d'immenses pâturages bordés par une clôture en bois peinte en blanc qui avait dû coûter une petite fortune.

Tucker s'arrêta devant un magnifique portail en fer forgé sur lequel étaient sculptés deux étalons cabrés. Leurs pattes avant se touchaient presque, comme s'ils étaient sur le point de se battre. Leurs têtes et leurs cous constituaient le haut du portail, que soutenaient deux colonnes en briques.

— C'est le portail le plus impressionnant que j'aie jamais vu, avoua-t-elle. C'est une véritable œuvre d'art.

— Une chose est sûre : il a dû coûter aussi cher qu'une œuvre d'art, répondit Tucker avant de baisser sa vitre pour appuyer sur un bouton.

Le portail s'ouvrit.

— Ce n'est pas verrouillé ? s'étonna Sydney.

— Peu de gens verrouillent leurs portes et leurs portails, par ici. Du moins, peu de gens le faisaient jusqu'à maintenant. Ça pourrait changer si vous ne mettez pas vite la main sur le coupable.

Tandis que le portail se fermait derrière eux, Tucker appela Dudley pour le prévenir de leur arrivée.

— Tucker Lawrence ! s'écria Dudley Miles. J'ai entendu dire que tu étais en ville. Je suis content que tu aies trouvé le temps de passer me voir. Je supervise la mise en balles de la paille. Il faut que tu me laisses quelques minutes pour rentrer à la maison.

— Bien sûr.

— Attendez-moi sur le perron, si vous voulez bien. Millie fait la sieste, à cette heure-ci. Je ne voudrais pas qu'on la réveille.

Tucker emprunta une route sinueuse pendant quelques minutes

avant que la maison apparaisse entre deux collines. Ce n'était pas du tout ce à quoi Sydney s'attendait.

— Ça alors ! s'écria-t-elle. Suis-je encore au Texas ? Qui aurait cru que les éleveurs vivaient dans un tel luxe ?

— Je peux vous assurer que ce n'est pas le cas pour la plupart d'entre eux, répondit Tucker.

Il sortit de la voiture et s'empressa d'aller ouvrir la portière de Sydney.

— Il paraît que Millie Miles est restée coincée entre les pages d'*Autant en emporte le vent* et n'a jamais réussi à s'en échapper, ajouta-t-il.

— Cette maison semble dater d'avant la guerre de Sécession : vérandas enveloppantes aux étages, grand perron circulaire, colonnes blanches, un jardin magnifique... Il ne manque que Rhett Butler.

— Millie n'a pas besoin de Rhett Butler : elle a un cow-boy, plaisanta-t-il. On ne fait pas mieux.

— Vous n'êtes peut-être pas objectif, répliqua Sydney. J'attends de l'avoir rencontré pour me faire une opinion.

Il plaça sa main dans le bas du dos de Sydney tandis qu'ils montaient les marches du perron pour attendre à l'ombre du porche. Sydney s'assit dans un fauteuil à bascule garni de coussins. Il s'adossa à une colonne.

Tucker n'était pas venu au ranch Eagle's Nest depuis plusieurs années. Il avait oublié à quel point cette maison était luxueuse. En un sens, elle n'avait rien à faire au milieu des collines de la campagne texane.

— J'ai découvert ce ranch plusieurs années avant d'être hébergé par Esther et Charlie, dit-il alors que de vieux souvenirs lui revenaient à l'esprit. J'étais en primaire. Notre instituteur nous a amenés ici pour nous initier à la vie dans un ranch.

— Est-ce cette sortie qui vous a donné envie de devenir un professionnel du rodéo ?

— Non, c'est venu bien des années plus tard, quand j'ai échoué à devenir footballeur professionnel et que j'ai eu peur de devoir trouver un vrai métier. Mais j'avais déjà participé à plusieurs rodéos en amateur.

— Ce ranch doit faire une forte impression sur un enfant.

— Vous pouvez le dire ! Quand je suis rentré chez moi, j'ai dit à ma mère que j'avais visité la Maison-Blanche et rencontré le Président. Elle en a pleuré de rire et il lui a fallu un bon moment pour me convaincre que je me trompais.

Sydney le surprit en éclatant de rire. C'était la première fois que ses badinages lui rapportaient plus qu'un sourire timide. Ce son l'émerveilla, mais il fut vite étouffé par la peur et le chagrin.

Tucker serra les poings. Jamais il n'avait ressenti autant de haine. S'il mettait la main sur le salaud qui faisait vivre cet enfer à Sydney, Rachel et les autres, il serait sûrement capable de le tuer à mains nues.

Il tourna la tête lorsqu'il entendit un cheval approcher et découvrit Dudley sur un magnifique étalon noir. Le cavalier mit pied à terre et attacha l'animal à une branche du chêne qui trônait au milieu de la pelouse devant la maison.

Dudley grimpa les marches du perron avec un grand sourire. Son dos était un peu voûté, et ses cheveux, encore noirs quelques années plus tôt, étaient presque entièrement gris. Sa peau ridée ressemblait à du cuir. Les années qui s'étaient écoulées depuis la mort tragique de son petit-fils n'avaient pas été tendres avec lui.

Dudley lui tendit la main.

— Ça fait plaisir de te voir, Tucker ! dit-il. Tu as l'air en forme, comme toujours.

— Bonjour, Dudley, répondit Tucker. Je te présente Sydney Maxwell. J'imagine que tu as entendu parler d'elle.

— Oui. Les nouvelles vont vite à Winding Creek.

Dudley et Sydney se serrèrent la main.

— Je suis ravie de vous rencontrer, monsieur Miles, dit Sydney.

— Appelez-moi Dudley, comme tout le monde.

— As-tu vu le shérif, ces derniers jours ? demanda Tucker.

— Oui, il est passé ce matin pour interroger mes employés. Il a perdu son temps — et je l'avais prévenu. Je connais mes hommes. Ils ne sont pas très civilisés, c'est vrai, mais ils travaillent dur et ils sont honnêtes. Si ce n'était pas le cas, je les aurais renvoyés.

— Certaines personnes sont douées pour cacher leurs vices et leurs défauts, lui fit remarquer Sydney.

— C'est vrai, admit Dudley. Mais je peux vous assurer qu'aucun pervers ni aucun meurtrier ne travaille pour moi. Cavazos m'a dit que l'un des agents du FBI qui participaient à l'enquête était la sœur d'une victime et qu'elle s'était installée chez Esther Kavanaugh. J'imagine que c'est vous ?

— Oui. J'espère finir par trouver quelqu'un qui a vu ma sœur, quelqu'un qui saura me dire si elle était seule ou accompagnée, si elle semblait avoir peur... Je n'ai pas eu de chance jusqu'ici.

— Une chose est sûre : vous avez de la chance que Tucker vous donne un coup de main. On ne le voit pas souvent. Il vous a dit qu'il était champion de rodéo, j'imagine ?

— Je ne l'ai pas tout à fait dit comme ça, intervint Tucker.

— Tes frères et toi êtes toujours trop modestes ! Mais revenons au problème qui nous occupe. Le FBI a-t-il un suspect ?

— Pas encore, répondit Sydney. J'espère que ça changera vite.

— J'aimerais vous donner un coup de main, dit Dudley. Je pourrais offrir une récompense pour toute information qui aiderait à attraper le coupable... Qu'en pensez-vous ?

Comme Sydney ne sautait pas sur sa proposition, Tucker se sentit obligé d'intervenir.

— C'est très généreux, Dudley. Merci.

— J'aime me rendre utile quand je peux, répondit Dudley. Réfléchissez-y, mademoiselle Maxwell. Vous n'aurez qu'à me dire quelle somme vous paraît appropriée et je vous ferai un chèque.

Dudley tira une clé de sa poche et ouvrit la porte.

— Entrez ! leur dit-il. Il fera moins chaud à l'intérieur.

Ils le suivirent jusqu'à une véranda qui donnait sur l'arrière de la maison. Elle surplombait une piscine ovale entourée de chaises longues et de grands pots de fleurs. Les chaises longues étaient toutes pliées et il n'y avait aucune serviette en vue.

À quand remontait la dernière fois que quelqu'un s'était baigné dans cette piscine ? se demanda Tucker. Même la véranda dans laquelle ils se trouvaient ne semblait pas fréquentée régulièrement. Sydney s'installa sur un divan en velours à dossier droit. Il s'assit à côté d'elle.

— Si vous voulez bien m'excuser une minute, il faut que j'appelle Becker pour lui demander de venir s'occuper de mon cheval, dit Dudley. Et je vais me servir un grand verre de thé glacé. Voulez-vous quelque chose ? Une bière ? Un cocktail ? C'est toujours l'heure de l'apéritif quelque part dans le monde.

— Un thé glacé sera parfait, dit Sydney.

— Rien pour moi, répondit Tucker.

— Était-il sérieux quand il a proposé une récompense ? demanda Sydney dès que Dudley eut quitté la pièce.

— J'en suis sûr. Charlie disait toujours que si votre mule tombait dans un fossé, son meilleur ami Dudley arriverait avec un tracteur pour l'en tirer et vous offrirait une autre mule pour tenir compagnie à celle qu'il avait sauvée.

— Charlie et lui devaient être très proches.

— Ils étaient amis depuis le lycée. Ils se sont toujours soutenus.

Sauf que Dudley n'avait pas sorti son chéquier quand Charlie avait failli perdre son ranch parce qu'il croulait sous les dettes… Bien sûr, Charlie avait tant de fierté qu'il n'avait sans doute pas expliqué la gravité de la situation à Dudley.

Ce dernier revint avec deux verres de thé glacé, qu'il posa sur un petit guéridon en acajou près de Sydney, puis il s'installa dans un fauteuil en face de leur divan.

— Alors, comment vont les affaires, Tucker ? demanda-t-il en croisant les jambes comme si Sydney et lui n'étaient venus que pour une visite de courtoisie.

— L'année a été bonne.

Assez bonne pour qu'il ait une chance de gagner une compétition nationale s'il réussissait à remettre de l'ordre dans ses idées.

— J'en suis ravi, déclara Dudley. Je t'ai vu une ou deux fois à la télé — pas plus, parce que j'ai tendance à m'endormir dès que je l'allume. Les présentateurs ne disaient que du bien de toi.

— J'ai eu de la chance, répondit Tucker.

— Peut-être, mais tu as surtout travaillé dur et tu as beaucoup de talent. Charlie était si fier de toi et de tes frères… Esther et lui étaient très heureux quand vous viviez chez eux. Il est bien triste qu'ils n'aient pas pu avoir d'enfants.

— Étiez-vous proche de Charlie ? demanda Sydney.

Pourquoi posait-elle cette question alors qu'il venait de lui fournir la réponse ? s'interrogea Tucker.

— On ne s'est pas beaucoup vus les dernières années, répondit Dudley. Et je le regrette… Mais il nous arrivait encore d'aller chasser ou pêcher ensemble. C'était quelqu'un de bien. Son suicide a brisé le cœur d'Esther. Heureusement que Riley et Pierce sont venus s'installer près d'elle. C'est ce qui lui a permis de tenir le coup.

— Esther croit que Charlie a été assassiné, dit Sydney.

Voilà donc où elle voulait en venir ! Mais elle ne pensait quand même pas qu'il y avait un lien entre la mort de Charlie et l'enlèvement de Rachel ?

— Quand j'ai appris la nouvelle, j'ai eu beaucoup de mal à croire que Charlie s'était suicidé, répondit Dudley. C'était un bon chrétien et je le croyais incapable d'abandonner Esther. Mais la balle qui l'a tué provenait de son propre fusil, sur lequel il n'y avait pas d'autres empreintes que les siennes. Rien ne permet de penser que quelqu'un s'est approché de sa grange ce jour-là. Le shérif Cavazos a dit que c'était un suicide et je n'ai aucune raison de douter de sa compétence.

— Cavazos a dit la même chose à Pierce et à Riley, intervint Tucker. Il leur a assuré qu'il avait bien examiné les lieux et que rien ne permettait de suspecter que Charlie ait été tué.

Dudley but une gorgée de thé et se lécha les lèvres.

— Je crois que je ne l'ai jamais dit à personne, mais Charlie est venu me voir quelques jours avant sa mort, reprit-il.

— T'a-t-il parlé de ses problèmes d'argent ? demanda Tucker.

— Non. J'aurais payé ses dettes s'il l'avait fait, tu le sais. Il devait être horrifié à l'idée de perdre son ranch, mais il est venu parce qu'il s'inquiétait pour moi.

Sydney décroisa les jambes et se pencha vers Dudley.

— Que vous a-t-il dit ? demanda-t-elle.

— Qu'il savait que je mentais pour protéger Angela. Qu'il ne pouvait pas croire que je me sois soûlé alors que j'étais censé m'occuper de mon petit-fils, ni que je me sois débarrassé de son corps dans les bois.

— Ça prouve qu'il te connaissait bien, commenta Tucker. Il a dit qu'il avait la preuve de ce qu'il avançait et qu'il la fournirait au shérif si je ne disais pas la vérité au tribunal. Je pense qu'il l'aurait vraiment fait s'il avait vécu un peu plus longtemps.

— Et vous ne seriez pas allé en prison pour le crime d'Angela, dit pensivement Sydney. Êtes-vous sûr de ne l'avoir dit à personne ?

— Oui. Et je n'aurais sans doute pas dû vous en parler. Je ne voudrais pas que ma femme entende quelque chose qui la perturbe. C'est assez dur pour elle comme ça.

— Comment va Millie ? demanda Tucker.

— Elle n'est plus que l'ombre d'elle-même. Elle fait certaines des choses qu'elle faisait avant : elle va à l'église, elle fait quelques courses en ville, il lui arrive même de déjeuner avec des amies... Mais c'est comme s'il n'y avait plus de vie en elle. Elle ne supporte pas de rester à la maison toute la journée et elle se refuse à conduire. C'est l'un de mes employés qui se charge de l'emmener là où elle veut aller.

— Heureusement que tu en as un qui peut s'occuper de ça, dit Tucker. D'après Pierce, il est de plus en plus difficile de trouver du personnel fiable.

— C'est vrai. C'est pour ça que je n'ai jamais installé aucun troupeau sur les terres que j'ai achetées à Mike Kurlacky quand il a eu l'attaque de goutte qui l'a presque paralysé.

— Alors ces terres sont à l'abandon ?

— Plus ou moins. Millie a permis à Roy Sales, l'un de mes cow-boys, de s'y installer pour élever des porcs pendant que j'étais en prison. Il vit là-bas, maintenant, mais je peux lui demander de s'installer ailleurs si tu veux revenir à Winding Creek et m'acheter ces terres. Elles seraient parfaites pour élever des taureaux de rodéo.

— Le jour où cette envie me prendra n'est peut-être pas si loin, répondit Tucker.

— Roy a retapé la maison quand j'étais en prison. Il a fait du bon travail. Millie aimerait que je le paie pour ça. Mais assez parlé de porcs et de taureaux ! Je sais que c'est un problème plus urgent qui vous amène.

Sydney sortit la photographie de Rachel de son sac et la tendit à Dudley.

— Voici ma sœur, dit-elle. L'avez-vous vue à Winding Creek ?

Dudley observa longuement la photographie.

— Non, je ne crois pas, répondit-il. Mais il y a peu de chances

113

que je l'aie croisée si elle n'a pas fréquenté la quincaillerie ou la sellerie.

— Ça m'aiderait beaucoup si elle avait été vue avec quelqu'un avant sa disparition, dit Sydney.

— Effectivement. Le ravisseur a bien dû rencontrer ses victimes quelque part, lui accorda Dudley.

— J'ai fait plusieurs tirages de cette photo. Puis-je vous laisser celui-ci pour que vous le montriez à votre femme et à vos employés ?

— Excellente idée ! Je vais l'afficher dans le dortoir et demander à tout le monde d'y jeter un coup d'œil. Maintenant, revenons à ma proposition de récompense. Est-ce que vingt-cinq mille dollars en échange de toute information qui permettrait d'arrêter le coupable vous paraissent suffisants ?

— C'est très généreux, répondit Sydney. Si vous êtes sérieux, j'en parlerai à mon supérieur.

— Je suis aussi sérieux que le canon de mon fusil.

— Nous devrions te laisser reprendre le travail, intervint Tucker.

— Tu as raison. Un éleveur ne peut pas se permettre de perdre des heures de jour, ces temps-ci.

Dudley finit son thé glacé d'un trait et se leva.

Sydney le remercia pour sa coopération et sa proposition de récompense tandis qu'il les raccompagnait jusqu'à la porte. Millie était restée invisible pendant toute leur visite.

— Si tu es par ici cet automne, je ferai volontiers quelques parties de chasse avec toi, Tucker, conclut Dudley.

— C'est noté, mais je ne te promets rien, répondit Tucker. Le calendrier est assez chargé en automne.

Tout dépendait de sa décision. S'il abandonnait la compétition, il n'aurait rien de mieux à faire que de chasser cet automne. S'il continuait à viser le championnat national, il avait encore besoin d'accumuler des points.

Sydney et lui remontèrent dans sa camionnette. Ils étaient en train d'attacher leurs ceintures quand Sydney lâcha sa nouvelle bombe :

— Je crois qu'il y a de fortes chances pour que Charlie Kavanaugh ait été assassiné et que le coupable appartienne à la famille Miles.

12

— Ne soyez pas aussi choqué, ajouta Sydney. Je ne sors pas cette hypothèse de mon chapeau. Dudley vient de nous fournir le mobile : Charlie ne l'aurait pas laissé mentir au tribunal.

— Dudley vient de vous offrir une récompense de vingt-cinq mille dollars ! s'écria Tucker. C'est un philanthrope. Il a participé au financement de tous les événements caritatifs de la région. Et il a été l'ami de Charlie pendant des décennies. Je n'arrive pas à croire qu'il ait pu le tuer.

— Je n'ai pas dit que c'était lui qui l'avait tué. C'est peut-être Millie ou leur fille, Angela. Et elles ne l'ont pas nécessairement fait elles-mêmes. Elles ont pu payer quelqu'un pour se salir les mains à leur place. Ça arrive plus souvent que les gens le pensent.

— Je crois Angela capable de tout, mais Dudley nous a dit qu'il n'avait parlé des menaces de Charlie à personne.

— C'était le chaos dans sa vie, à cette époque. Il peut avoir oublié. Ou bien Charlie peut en avoir parlé à quelqu'un qui l'aura répété à Angela.

— C'est possible, admit Tucker. Mais je crois qu'on s'égare un peu. Êtes-vous en train d'essayer de relier la mort de Charlie à celle de Sara Goodwin ou à la disparition de Rachel et des autres femmes ?

— Non. Pas encore, du moins. Mais je ne peux pas ignorer cette piste. J'ai le devoir de faire part de mes soupçons à mon supérieur. Je voulais juste vous prévenir d'abord.

— Faites ce que vous avez à faire, répondit-il. Si Charlie a été tué, je n'ai aucune envie que son meurtrier reste en liberté.

— Alors nous sommes sur la même longueur d'onde.

Elle se détendit. Tucker n'aurait pas pu la dissuader d'obéir à sa conscience, mais elle n'avait pas envie de lui donner l'impression qu'elle le trahissait.

Elle respectait son opinion. Elle appréciait sa compagnie. Elle aimait le son de sa voix et sa démarche dynamique...

Elle inspira profondément. Elle ne pouvait pas nier qu'elle le trouvait séduisant, mais elle ne pouvait pas non plus s'occuper de cela pour le moment. La situation était trop grave.

Alors qu'elle appelait Jackson, ils passèrent devant un portail branlant et un panneau en bois sur lequel était écrit : « Kurlacky ». Tucker avait-il réellement l'intention d'acheter ces terres ? Du rodéo à l'élevage de taureaux... Cela lui était aussi difficile à imaginer que le fait de quitter le FBI. Un jour, peut-être... mais dans un avenir lointain.

Quand Jackson décrocha, elle lui fit part de l'offre de récompense de Dudley. Comme elle s'y attendait, l'idée l'enthousiasma.

Il avait aussi de bonnes nouvelles à lui annoncer. L'un des adjoints de Cavazos venait de déposer une copie d'un enregistrement d'une caméra de Dani chez Esther. D'après le shérif, celui-ci contenait des choses intéressantes.

Elle raccrocha et se tourna vers Tucker pour lui transmettre la nouvelle. Il regardait droit devant lui, les sourcils froncés et les mains crispées sur le volant.

— Vous recommencez, dit-elle.

— À faire quoi ?

— À ressasser quelque chose dont vous ne voulez pas me parler.

— Ce que je ressasse, c'est qu'on n'a pas encore retrouvé votre sœur ni attrapé le ravisseur.

— Je ne vous crois pas. Vous avez dit que vous aviez une décision importante à prendre.

— Ce n'est rien.

Non, elle ne le croyait décidément pas, mais elle le connaissait à peine. Elle pouvait mal interpréter ses expressions.

— Je suis douée pour écouter les gens, vous savez... Mais si vous estimez que ça ne me regarde pas, dites-le et je n'aborderai plus le sujet.

— Est-ce que cette réplique sort du manuel du bon flic ?

— Je déduis de cette réponse que vous ne voulez pas de mes conseils, conclut-elle.

Ils n'échangèrent plus un mot jusqu'à ce qu'ils atteignent la rue principale de Winding Creek, où Sydney devait récupérer sa voiture.

— Je vais faire quelques courses à l'épicerie avant de rentrer au ranch, annonça-t-elle.

Tucker hocha la tête. Quand il se fut garé près de sa voiture, il se tourna vers elle et lui adressa enfin la parole.

— Je suis désolé d'avoir été désagréable, tout à l'heure, lui dit-il. J'étais sur la défensive.

— J'accepte vos excuses.

— Si vous voulez toujours savoir ce qui me préoccupe, j'ai une proposition à vous faire.

Il était si sérieux qu'elle eut presque peur de répondre.

— Je vous écoute.

— Si nous faisions une promenade à cheval quand vous rentrerez au ranch ? Je connais l'endroit parfait pour que vous vous détendiez et pour que je vide mon sac. Le paysage y est fabuleux au coucher du soleil.

— D'accord, cow-boy. Marché conclu.

Sydney n'était pas montée sur un cheval depuis plusieurs années, mais il ne lui fallut que quelques minutes pour se sentir à l'aise. Sa monture était une jument noire prénommée Beauty — le cheval préféré de Constance, d'après Esther.

Sydney n'avait pas grand-chose à faire. Beauty suivait de son plein gré le cheval bien plus imposant que montait Tucker. Ils commencèrent la promenade au pas.

— On dirait que vous avez fait ça toute votre vie, lui fit remarquer Tucker. Vous ne m'aviez pas dit que vous étiez une cavalière expérimentée.

— Beauty me rend les choses faciles. Je suis sortie avec un

garçon dont le père possédait un ranch quand j'étais au lycée, mais je ne suis pas montée à cheval depuis.

— Il vous a bien formée. Préférez-vous qu'on reste au pas ou pouvons-nous les pousser un peu ?

Elle mourait d'envie de se lancer au grand galop, de sentir le vent lui fouetter le visage et de se croire aussi libre qu'elle l'était avant que sa sœur disparaisse.

Mais elle savait qu'elle n'arriverait pas à se délivrer de son inquiétude. En revanche, il était tout à fait possible qu'elle tombe si elle se laissait emporter par son désir de liberté. Elle avait déjà fait une chute dans la journée. Elle avait eu la chance de s'en tirer avec quelques égratignures. Mieux valait ne pas tenter le diable.

— Continuons au pas encore un peu, répondit-elle. Si Beauty semble s'habituer à moi, nous passerons au petit trot.

— Très bien. Vous commencez déjà à parler comme une cow-girl.

— Vous connaissez le dicton : « Il faut s'attacher au cheval avant de tomber amoureuse de l'homme. »

— Et vous l'avez fait ?

— M'attacher au cheval ou tomber amoureuse de l'homme ?

— Les deux.

— Pas encore, mais je ne suis pas insensible au charme de Beauty.

Tucker éperonna son cheval. Elle le suivit quelques mètres en arrière. Il était assis bien droit sur sa selle. Le bétail, les chevaux, le rodéo… C'était son univers. Il était la quintessence du cow-boy.

Tucker ralentit pour revenir à son niveau. Quand leurs regards se rencontrèrent, le cœur de Sydney accéléra et quelque chose se mit à pétiller en elle comme du champagne.

— Vous souriez, lui fit remarquer Tucker. Est-ce que ça signifie que vous êtes prête à aller plus vite ?

— Oui. J'avoue que je commence même à me détendre un peu.

Malheureusement, cela ne durerait sûrement pas.

— Galopons un peu, dans ce cas. Voyons si l'esprit du Texas fait du bien à votre âme.

Ils éperonnèrent leurs montures. Sydney se sentit pleinement heureuse pendant cinq bonnes minutes avant qu'une nouvelle vague d'angoisse et de mauvaise conscience la submerge. Elle s'agrippa aux rênes de Beauty lorsque des images horribles se succédèrent dans son esprit.

Rachel touchée par un monstre. Rachel affamée suppliant pour qu'on lui donne à manger. Rachel accroupie dans un coin, priant en vain pour que sa sœur vienne la sauver.

Sydney dut mobiliser toute sa force mentale pour ne pas sombrer dans le désespoir.

Elle inspira profondément pour tâcher de retrouver son calme. La panique et la mauvaise conscience étaient des handicaps.

« Le stress fait prendre de mauvaises décisions. »

Combien de fois avait-elle entendu cette phrase depuis qu'elle travaillait pour le FBI ?

Elle se répéta qu'elle n'était pas seule contre l'adversité. Elle enquêtait avec Jackson et trois autres agents. La police locale arpentait les environs de Winding Creek nuit et jour.

Prendre une heure pour se détendre avec Tucker n'était pas un crime. Cela l'aiderait à être plus vigilante, plus concentrée... Cela l'aiderait à fournir plus vite à Jackson le profil dont il avait besoin.

Il devait être assez précis pour que ses collègues arrêtent le coupable avant qu'il enlève ou tue quelqu'un d'autre.

Elle se redressa et inspira plus profondément encore. Quelques minutes lui suffirent à surmonter sa crise de panique. Finalement, ses nerfs se calmèrent assez pour qu'elle devienne sensible à la beauté et à la sérénité du paysage.

Ils s'étaient élevés régulièrement au cours de leur promenade, jusqu'à atteindre le sommet d'une colline. Des pâturages zébrés de clôtures et ponctués par de grands pins ou de vieux chênes s'étendaient à perte de vue.

Le ciel se teintait de rose et d'or tandis que le soleil s'approchait de l'horizon. Elle tira sur les rênes de Beauty pour la remettre au pas et s'imprégner de la tranquillité des lieux.

Tucker ralentit à son tour et vint se placer à côté d'elle.

— C'est la plus belle vue sur le ranch, dit-il.

— C'est magnifique. J'ai l'impression de me promener dans un tableau.

— Quand j'avais douze ans, je venais souvent ici. Je me prenais pour un roi qui contemple son royaume.

— Ce doit être le royaume de quelqu'un... Ces terres font-elles toutes partie du ranch Double K ?

— Pas toutes, mais une bonne partie. Charlie les a achetées quand elles ne coûtaient presque rien. Elles valent une fortune, aujourd'hui. Esther les a vendues à Pierce pour une fraction de leur véritable valeur.

— Ça ne vous a pas dérangés, Riley et toi, qu'elle ait choisi de les céder à Pierce ?

— Pas du tout. Un ranch de cette taille est une énorme responsabilité et demande un travail phénoménal. Riley et moi n'étions pas prêts à mener cette vie — et nous ne le serons sans doute jamais. Tout s'est passé pour le mieux : Pierce était fait pour être éleveur et Esther a gardé sa maison. Tout le monde y gagne.

Tucker mit pied à terre, l'aida à en faire autant, puis il attacha leurs chevaux à un arbre près d'un ruisseau. Les deux bêtes baissèrent aussitôt la tête pour boire.

— Il y a quelque chose à voir, dans le coin, mais vous n'en avez peut-être pas envie, dit Tucker.

— Pourquoi ?

— C'est un autre ravin — encore plus profond que celui de ce matin. Et la rivière qui coule au fond est presque à sec.

— Comme j'ai déjà prouvé que j'étais aussi agile et gracieuse qu'un chimpanzé ivre sur des patins à roulettes, on peut peut-être remettre ça à la prochaine fois ?

— Très bien. La prochaine fois.

Tucker sortit une petite couverture mexicaine d'une sacoche et la posa sur son épaule. Il entraîna Sydney quelques dizaines de mètres plus loin et étala la couverture sur un tapis d'herbe et d'aiguilles de pin.

Sydney s'y assit en tailleur.

Tucker s'allongea à côté d'elle et baissa son stetson sur ses yeux pour les protéger du soleil couchant.

Une douce chaleur envahit Sydney. Ce n'était ni le bon moment ni le bon endroit, mais elle se sentait si bien auprès de cet homme...

— Je vois bien que vous êtes douée pour ce travail, mais qu'est-ce qui vous a incitée à entrer au FBI ? demanda Tucker.

— Mon père était dans la police, à la brigade des homicides, répondit-elle. C'était l'homme le plus courageux que je connaissais et j'ai toujours voulu suivre son exemple. Il nous a élevées presque tout seul, Rachel et moi, quand ma mère nous a quittés. Elle est morte de complications après l'ablation d'une tumeur bénigne qui était censée être une opération sans risque.

— Et votre père ?

— Il s'est fait tuer en essayant de sauver un gamin qui s'était retrouvé pris au milieu d'une guerre de gangs. Il était à un an de la retraite.

— Et quel âge aviez-vous ?

— C'était ma première année à l'université. Quand j'ai eu mon diplôme, j'ai été recrutée par le FBI. J'ai su dès le premier jour que j'avais trouvé ma place.

— Vous avez choisi une carrière dangereuse, commenta-t-il.

— J'essaie d'y penser le moins possible. Je sais que mon métier est risqué, mais je fais ce que j'aime faire. Que vaut la vie sans passion ?

— C'est une question que tout le monde doit se poser un jour ou l'autre.

Elle décroisa les jambes et s'allongea sur le côté face à Tucker. Elle avait envie de se sentir proche de lui, tout à coup.

— La plupart du temps, je crois avoir tout compris, avoua-t-elle. Cette semaine, je ne tiens plus qu'à un fil qui est sur le point de casser. Le courage que j'arrive à afficher n'est qu'un masque.

— C'est pour ça que je vous colle, répondit Tucker en se tournant vers elle. Je serai là pour vous attraper si le fil casse.

— Je vous remercie. Mais vous êtes mal placé pour me faire la leçon : votre métier est bien plus risqué que le mien. Le rodéo est sûrement le sport le plus dangereux du monde.

— La plupart des gens qui le pratiquent seraient d'accord avec vous, admit-il.

— Vous vous blessez souvent ?

— À chaque fois que je tombe, mais les blessures ont de nombreux degrés de gravité. La plupart du temps, je n'ai que des bleus que quelques bières et quelques comprimés d'aspirine suffisent à guérir. C'est parfois plus grave. Je me suis fait quelques fractures et j'ai eu un ou deux traumatismes crâniens. Dans l'ensemble, c'est ma fierté qui a le plus souffert.

— Mais vous n'avez pas renoncé ?

— Non. Parce que c'est ma passion et la seule vie que je connais.

— Nous sommes venus ici pour parler de vous, lui rappela-t-elle. Quelle est la décision que vous devez prendre ?

— Il n'y en a pas, répondit-il. Elle est déjà prise : c'est la passion qui gagne.

Sa voix était devenue rauque. Sydney rencontra son regard et crut s'y noyer.

Elle aurait dû s'écarter. Elle aurait dû se lever.

Elle ne bougea pas.

Tucker enroula un bras autour de ses épaules et l'attira vers lui. Sa force lui donna l'impression d'être à la fois fragile et invincible. Un désir d'une intensité qu'elle n'avait jamais ressenti l'envahit.

Tucker pressa les lèvres contre les siennes et la fit fondre. Le monde bascula sur son axe. Comment aurait-elle pu lutter contre des émotions aussi puissantes et aussi troublantes ?

À bout de souffle, elle finit par s'écarter quand elle sentit des larmes rouler sur ses joues.

Tucker en essuya une du bout du doigt.

— Je suis désolé, Sydney, murmura-t-il. Je ne sais pas ce qui m'a pris. C'était plus fort que moi et...

— Ne soyez pas désolé. Je ne pleure pas parce que vous m'avez embrassée. Je ne sais pas pourquoi je pleure. J'ai juste les nerfs à vif... Je ne peux pas m'engager sur cette voie pour le moment.

— Je comprends. Sachez juste que je ne voulais pas vous blesser, ni tirer parti de votre vulnérabilité. Encore désolé d'avoir été maladroit.

Il se leva et lui tendit la main pour l'aider à en faire autant.

Sentir sa force faillit la faire pleurer de plus belle. Il était son havre de paix dans la tempête. Mais ne songeait-elle qu'au soutien qu'il lui offrait quand elle s'était abandonnée à son baiser ?

— Promettez-moi quelque chose, dit-elle alors qu'ils retournaient là où ils avaient laissé les chevaux.

— Tout ce que vous voudrez.

— Promettez-moi que nous reprendrons ce baiser quand nous aurons sauvé Rachel et les autres.

— Marché conclu.

Rachel entendit des pas approcher, mais elle ne s'accroupit pas dans un coin de sa cellule. Le monstre était comme un chien méchant. Il était encore plus cruel quand il sentait sa peur.

Elle tentait une nouvelle stratégie, une sorte de version inversée du syndrome de Stockholm. Elle essayait de jouer avec sa psychologie. Elle essayait de lui faire croire qu'elle le comprenait et qu'elle appréciait ses horribles visites.

La porte s'ouvrit. Elle lui offrit un sourire si hypocrite qu'elle en eut la nausée.

— Te voilà ! murmura-t-elle. J'ai eu peur qu'il te soit arrivé quelque chose.

— Ne t'inquiète pas pour moi. J'ai la situation en main et j'ai une belle surprise pour toi.

— Tu vas me laisser sortir de cette pièce ? Je pourrais te préparer à manger pendant que tu te détends.

— Non.

Il s'approcha et lui offrit un sourire qui découvrit ses dents jaunies par le tabac avant d'annoncer :

— J'ai vu ta sœur, aujourd'hui.

13

Elle ne pouvait pas savoir s'il mentait ou s'il disait la vérité. Parfois, elle se demandait s'il le savait lui-même... Mais il y avait de bonnes chances pour qu'il soit tombé sur Sydney.

Rachel savait depuis le début que sa sœur s'était lancée à sa recherche dès qu'elle avait découvert sa disparition. Grâce aux ressources du FBI, elle n'avait sans doute eu aucun mal à suivre sa trace jusqu'à Winding Creek.

Le monstre posa l'assiette de haricots rouges qu'il avait apportée près de la porte.

— Pourquoi es-tu aussi silencieuse ? demanda-t-il. Je sais que tu n'es pas surprise. Tu dois avoir aussi hâte que moi que ta sœur rejoigne notre petite famille.

Trouve une bonne réponse ! s'ordonna Rachel. *Continue à jouer le jeu. Reste en vie jusqu'à ce que Sydney et ses collègues viennent te sauver.*

— Je suis sûre que tu aimerais Sydney, dit-elle. Elle est intelligente, comme toi. Elle comprend des choses qui échappent à tout le monde.

— Si elle était intelligente, elle n'attirerait pas autant l'attention. Elle me rend les choses bien trop faciles.

— Comment attire-t-elle l'attention ?

— Elle montre ta photo à tous les gens qu'elle croise et elle pose des questions dans toute la ville. C'est la grande star du FBI venue te sauver !

Il éclata de rire comme si c'était une excellente plaisanterie.

— Tu devrais peut-être te rendre au FBI, suggéra-t-elle. Je dirai à Sydney que je n'étais pas prisonnière, que j'ai séjourné chez toi de mon plein gré. Tu ne risqueras rien si je fais ça. Tu pourras reprendre ta vie normale et moi la mienne.

— Décidément, tu ne comprends rien. Tu n'es pas très maligne pour une avocate. Je m'en sortirai parce que je suis plus intelligent que tout le monde.

— Tu aurais tort de sous-estimer Sydney. Elle ne perd jamais. Sais-tu ce qu'elle a fait à l'Étrangleur des Marais ?

— Il n'y a pas de marais dans le coin et je n'en attendrais pas trop de Sydney, si j'étais toi. Elle a adopté un cow-boy pour lui tenir compagnie. Ils vivent déjà ensemble, d'après ce que j'ai compris.

Elle était sûre qu'il mentait sur ce point. Si Sydney était en compagnie d'un cow-boy, c'était parce qu'il l'aidait dans son enquête.

— As-tu déjà vu quelqu'un mourir, Rachel ?

Le monstre avait encore changé d'humeur en un instant. Il avait reculé jusqu'au recoin le plus sombre de son esprit.

— Oui, répondit-elle sincèrement.

Elle était arrivée à l'hôpital juste à temps pour voir son père pousser son dernier soupir — son père, qui avait été tué par un autre monstre.

— Une minute, on rit parce qu'ils nous supplient de ne pas leur faire de mal, la suivante, ils nous fixent avec terreur en s'étouffant dans leur sang.

Il avait basculé dans son délire. Ses yeux brillants d'excitation ne regardaient plus rien.

— Combien de gens as-tu tués ? demanda-t-elle d'une voix douce.

— Seulement ceux que maman m'a demandé de tuer, répondit-il. Je suis un bon garçon.

La terreur la gagna. Il était fou à lier.

Sydney était leur seul espoir, à elle et aux autres femmes qui étaient emprisonnées dans cette maison. Mais le monstre avait clairement perdu la raison. Il pouvait les tuer n'importe quand.

L'un des employés de Pierce nettoyait l'écurie quand Sydney et Tucker rentrèrent. Sydney appela Esther pendant que Tucker dessellait leurs montures. L'enregistrement que Jackson lui avait promis n'avait pas encore été livré, mais la famille était déjà presque au complet.

L'employé de Pierce proposa de s'occuper de leurs chevaux pour leur faire gagner du temps.

— Il n'est pas question que je dîne dans cette tenue, déclara Sydney alors qu'ils se dirigeaient vers la maison.

— Je vous trouve très jolie comme ça et je vous assure qu'il n'y a pas de code vestimentaire au ranch Double K.

— Je sens le cheval, insista-t-elle.

— Ce qui ne dérangera personne.

— Je suis sûre que mes cheveux partent dans cent directions différentes.

— Je dirais plutôt cinquante, répondit Tucker avant de glisser l'une de ses mèches derrière son oreille.

— Je vous promets de faire vite, dit-elle. Je me doute qu'ils en ont déjà assez de nous attendre.

— Nous ne sommes pas en retard, mais vous feriez bien de rentrer par votre patio. Si vous passez par l'entrée, vous tomberez dans une embuscade et vous n'atteindrez jamais votre salle de bains.

— Bonne idée.

— Avez-vous besoin que j'aille ouvrir votre porte-fenêtre ?

— Non merci. Elle est verrouillée, mais j'ai la clé.

Il l'accompagna jusqu'à son patio et s'attarda juste assez longtemps pour la mettre mal à l'aise. Elle avait beau essayer de se convaincre du contraire, leur baiser avait tout changé.

Dans d'autres circonstances, les choses se seraient sans doute passées différemment, mais elle ne devait songer qu'à sauver Rachel pour le moment. Une erreur de jugement ou une faute d'inattention pouvaient être fatales. Cette règle d'or était gravée dans son esprit.

Elle se déshabilla et entra dans la douche. Alors qu'elle se shampooinait, des images qu'elle aurait aimé oublier lui revinrent à l'esprit. Le corps de la belle étudiante, à plat ventre dans la boue, qui attendait de servir de repas à un alligator affamé.

Le moment où elle avait cru mourir, les doigts de l'Étrangleur enroulés autour du cou. Elle n'avait pas vu sa vie défiler devant ses yeux. Ce n'était pas son passé qui lui avait donné la force de se défendre : c'était le désir d'avoir un avenir.

Un avenir qui avait été volé à Sara Goodwin. Elle ne pouvait pas laisser Rachel et les autres captives perdre le leur.

Elle s'essuya et choisit une robe d'été bleue dans le placard. Elle lui semblait convenir parfaitement à cette soirée : ni trop sexy ni trop décontractée.

Il ne lui restait plus qu'à se préparer mentalement à participer à une réunion de famille — une *brève* réunion de famille — avant de se remettre au travail.

Avec un peu de chance, l'enregistrement qu'on devait lui livrer lui fournirait un indice. Cela pouvait suffire, mais elle avait besoin de le trouver tout de suite.

Sydney n'avait aucun appétit lorsqu'elle rejoignit le groupe des femmes dans la cuisine, mais l'odeur de poulet frit qui flottait dans l'air se chargea de le lui rendre.

— Vous voilà ! s'écria Esther. Comme vous vous êtes réveillée à l'aube, j'ai eu peur que votre promenade à cheval ne vous achève.

— Ça va, répondit Sydney. Je ne tombe pas de sommeil. J'avais juste besoin d'une douche.

— J'adore cette robe, la complimenta Dani.

— Merci. C'est la seule que j'ai apportée. À part ça, je n'ai que des tailleurs et des jeans. Je ne m'attendais pas à fréquenter grand monde.

— Je suis ravie que vous vous soyez installée chez Esther, répondit Dani. Vous avez besoin de vrais repas. Les efforts mentaux requièrent autant d'énergie que les efforts physiques — et j'ai cru comprendre que vous aviez aussi fait des efforts physiques aujourd'hui.

— Je fais tout ce qui peut être utile à l'enquête.

— Mais soyez prudente, recommanda Esther. Laissez votre arme parler à votre place quand il le faut.

— Tu veux qu'elle tire sur des gens, mamie ? demanda Constance.

— S'ils le méritent.

— On devrait peut-être changer de sujet, suggéra Dani. Quelqu'un a-t-il de bonnes nouvelles à annoncer ?

— Eh bien... Je comptais mettre une robe ce soir, moi aussi, répondit Grace. Je ne l'ai achetée qu'il y a deux mois, mais je ne rentre déjà plus dedans.

Elle esquissa un sourire espiègle, souleva son chemisier et tapota son ventre un peu rebondi.

— C'est merveilleux ! s'écria Esther. Tu es enceinte ! Je l'ai deviné quand tu as viré au vert et couru aux toilettes pendant le petit déjeuner, la semaine dernière.

— Tu avais deviné juste. Mais c'est officiel, maintenant. J'ai revu mon médecin. Je suis dans mon quatrième mois.

Tout le monde félicita et étreignit Grace.

Jaci se mit à danser et à chanter à pleins poumons.

— Je le savais ! Je le savais ! Je vais être une grande sœur ! Je le savais !

— Tu as beaucoup de chance, lui dit Constance.

— Pierce est au courant, j'imagine ? demanda Dani.

— Oui, et il a eu beaucoup de mal à garder le secret. Il m'en voudra sans doute un peu de ne pas l'avoir attendu pour annoncer la nouvelle, mais ça a été plus fort que moi.

— Nous allons avoir un bébé dans la famille ! soupira Esther. Je regrette que mon Charlie ne soit pas là pour voir ça.

Elle sortit des morceaux de poulet de la friteuse pour les mettre dans un plat déjà rempli à ras bord tout en fredonnant une comptine.

Sydney repensa à l'information troublante que Dudley lui avait fournie dans l'après-midi. Charlie avait menacé de le dénoncer s'il mentait au tribunal. Il ne voulait pas le voir payer pour les crimes de sa fille gâtée et irresponsable.

C'était une démarche d'ami dévoué. Charlie l'avait-il payée de sa vie ? Bien sûr, connaître la vérité ne ramènerait pas Charlie.

Mais cela raviverait-il le chagrin d'Esther ou cela lui donnerait-il un peu de sérénité ?

Quoi qu'il en soit, si Charlie Kavanaugh avait été assassiné, il méritait que justice lui soit rendue. Elle se promit d'y regarder de plus près dès qu'elle le pourrait.

— Peux-tu m'apporter du beurre, Sydney ? demanda Dani, qui mixait une purée. Je crois que ces pommes de terre en voudraient un peu plus.

— Bien sûr, répondit Sydney. Un morceau de quelle taille ?

— Un autre quart de la plaquette, s'il te plaît.

Grace contourna Sydney pour sortir des biscuits du four. Le fait que tant de femmes puissent travailler dans la même cuisine en ayant l'air de s'amuser défiait la logique.

Même les fillettes étaient occupées. Constance découpait des bananes et Jaci posait des gaufres à la vanille au fond d'un plat — à part celle qu'elle venait de manger.

— Comment puis-je vous aider ? demanda Sydney.

— Asseyez-vous et tenez-nous compagnie, répondit Esther. Je ne voudrais pas que vous vous fassiez mal ou que vous salissiez votre bandage.

— Je le changerai avant de me coucher, de toute manière, protesta Sydney. Et ma main ne me fait mal que si je la cogne ou si j'essaie de serrer le poing.

— Vous pouvez superviser le projet de Jaci et de Constance, dans ce cas, suggéra Grace. La crème pâtissière est en train de refroidir dans cette casserole. Il suffira de la verser dès que les filles auront posé la première couche.

— Je devrais y arriver, répondit Sydney.

Elle se sentit tout de suite à l'aise. Elle venait d'une petite famille, qui n'était composée que de Rachel, de son père et d'elle. C'était la première fois qu'elle était intégrée, même temporairement, à une grande famille aimante.

Le plus stupéfiant était que cette famille n'avait rien d'ordinaire. Esther, que tout le monde adorait, n'était liée par le sang à personne. Jaci était la belle-fille de Grace et Constance, la nièce de Dani.

C'était l'amour, le rire et sans doute quelques larmes qui

faisaient la cohésion de cette famille. Comment pourrait-elle y trouver sa place alors qu'elle passait l'essentiel de son temps à affronter les pires aspects de la vie ?

Mais ce n'était pas une question pour ce soir. Une banane ne faisait pas un pudding. Une promenade à cheval ne faisait pas une cow-girl. Un baiser ne faisait pas un amour éternel.

Une heure et demie plus tard, le dîner avait été transformé en quelques restes, la cuisine était propre — grâce à un grand coup de main des hommes — et l'enregistrement de la caméra de Dani n'était toujours pas arrivé.

Repue et prête à se détendre, la famille s'installa dans le salon.

Oncle Tucker était clairement la vedette de la soirée. Constance s'assit à côté de lui sur le canapé en cuir et Jaci grimpa sur ses genoux.

— Oncle Tucker, peux-tu rester jusqu'à samedi pour me regarder participer à la course de barils, s'il te plaît ? demanda Constance en joignant les mains.

— J'essaierai, répondit Tucker. Riley m'a dit que tu étais très douée.

— Elle a déjà accumulé plus de points que certains élèves de cinquième, dit fièrement Riley.

— Et je n'ai perdu mon chapeau que deux ou trois fois dans l'été, précisa Constance.

— Le style est très important dans la course de barils, lui dit Tucker.

— Je sais ! Une fois, c'est le vent qui l'a emporté, alors ça ne compte pas vraiment, n'est-ce pas ?

— Absolument pas.

— Et tu pourras me regarder faire la bringue aux moutons, intervint Jaci. Toi aussi, Sydney ! Je crois que je peux gagner.

— J'espère que tu gagneras, répondit Sydney. Mais qu'est-ce que c'est, « la bringue aux moutons » ?

Jaci écarquilla les yeux et mit sa main devant sa bouche pour masquer sa stupeur.

— Tu es une adulte et tu n'as jamais entendu parler de la bringue aux moutons ?

— Non. C'est une chance que tu sois là pour m'expliquer ce que c'est.

— Tu ferais mieux de venir me voir, comme ça, tu comprendras tout. On me met un casque sur la tête, et puis on me met sur le dos d'un mouton. Quand les gens lâchent le mouton, il se met à courir aussi vite qu'il peut et je m'accroche jusqu'à ce que je tombe.

— Et tu ne te fais pas mal ?

— Non. Les moutons sont petits. Ils aiment courir vite, c'est tout. C'est très amusant, surtout quand on gagne.

— Tu as bien raison, lui dit Tucker. Et le plus important, c'est de s'accrocher.

— En parlant de s'accrocher, voyons voir ce que font tes collègues, suggéra Riley.

Il ramassa la télécommande sur la table basse, alluma la télévision et mit la chaîne qui retransmettait le championnat de rodéo.

Le volume était trop bas pour qu'on entende ce que disait le présentateur, mais le bandeau qui défilait en bas de l'écran rendait ses commentaires superflus.

« Une minute de silence à la mémoire de Rod Hernandez. »

Esther posa ses pieds par terre pour arrêter le mouvement de son fauteuil à bascule.

— Mon Dieu ! s'écria-t-elle. Tu as entendu ça, Tucker ? Rod Hernandez, mort ! C'était un de tes amis, non ?

— Oui.

— Tu le savais ?

— Oui.

— A-t-il été tué par un taureau ? demanda Esther d'une voix qui trahissait toute l'inquiétude que lui inspirait le métier de Tucker.

Riley éteignit la télévision.

— Il vaudrait peut-être mieux avoir cette conversation à un autre moment, dit-il.

— Il faut que j'y aille, dit Grace. Jaci a école demain.

— Constance aussi, dit Dani.

Tucker garda le silence. C'était donc pour cela qu'il semblait si distant, par moments. Il était ébranlé par la mort de son ami et il ne voulait pas compliquer la vie de Sydney en lui exposant ses problèmes. Il ne voulait pas non plus donner de nouvelles raisons à Esther de s'inquiéter pour lui.

On sonna à la porte alors que chacun ramassait ses affaires.

— Je m'en occupe, déclara Tucker.

Sydney le suivit jusqu'à la porte.

Le visiteur avait une étoile épinglée sur son uniforme kaki.

L'enregistrement était arrivé.

14

Tucker salua le shérif, puis s'éloigna.

Cavazos jeta un coup d'œil à l'intérieur.

— On dirait que j'interromps quelque chose.

— Esther a organisé une réunion de famille en l'honneur de Tucker, expliqua Sydney.

— Je ne voudrais pas vous déranger.

— Vous ne nous dérangez pas. Nous avons fini de manger et tout le monde s'apprête à partir.

— Tant mieux. J'aimerais vous parler seul à seule.

— Nous pouvons aller dans ma chambre, proposa-t-elle. Nous y serons tranquilles.

— Si les moustiques ne vous dérangent pas trop, pourrions-nous rester dehors ? J'ai passé les deux dernières heures assis à mon bureau pour me débarrasser de fichues paperasses. Mon arthrite se réveille si je reste assis trop longtemps.

— Ça ne me dérange pas de sortir, lui assura-t-elle.

Quand ils eurent descendu les marches du perron, Cavazos s'engagea sur le chemin qui faisait le tour de la maison.

— Jackson Clark ne dit que du bien de vous, commença-t-il.

— Ça fait plaisir à entendre, répondit-elle. Je le respecte profondément.

— Ça a l'air d'être quelqu'un de bien. Un homme raisonnable. Mais votre présence ne fait pas que simplifier les choses. Bien sûr, vous arrivez avec de bonnes idées et des ressources qui dépassent largement les miennes...

— Nous pouvons être très efficaces, lui assura Sydney.

Elle ne savait pas où il voulait en venir, mais elle pressentait que ce qu'elle s'apprêtait à entendre ne lui plairait pas.

— Vous avez un grand savoir-faire, mais je connais les gens d'ici, reprit Cavazos. Je sais qui interroger et qui laisser tranquille. Je sais là où il vaut mieux marcher sur des œufs.

Cela suffit pour qu'elle comprenne où il voulait en venir.

— S'agit-il de ma visite à Dudley Miles cet après-midi ?

— Plus ou moins. Il s'agit de sa femme, Millie. C'est une femme remarquable, mais ces deux dernières années ont été difficiles pour elle. Ses problèmes familiaux l'ont brisée.

— J'en ai bien conscience, shérif, mais quel est le problème ? demanda-t-elle.

— Dudley m'a dit que votre visite l'avait beaucoup affectée. Elle pense que vous voulez déterrer les horreurs du passé et elle ne pourrait pas supporter de revivre ça.

— Nous ne l'avons même pas vue, protesta-t-elle. Dudley nous a dit qu'elle faisait la sieste. Comment a-t-elle su que nous étions là ?

— J'ai cru comprendre qu'elle vous avait vus arriver ou repartir depuis sa fenêtre.

— Je sais qu'elle connaît Tucker, qui est un vieil ami de son mari, mais elle ne m'a jamais rencontrée. Comment peut-elle savoir que j'appartiens au FBI ?

— Elle vous a vue en ville — comme tout le monde. Vous avez visité presque tous les magasins et vous êtes passée plusieurs fois chez Hank. Tout se sait à Winding Creek.

— Et pourtant personne ne semble savoir quoi que ce soit sur les quatre femmes qui ont disparu.

— Oui. Je vous accorde que c'est étrange. Mais ça m'incite à penser que le coupable n'est pas quelqu'un du coin. À mon avis, il fait des livraisons en ville, ou il est amené à y passer régulièrement à cause de son travail.

— On ne peut pas exclure l'hypothèse que ce soit un habitant de la région, répondit-elle. Comment ferait-il pour n'enlever que des touristes si ce n'était pas le cas ?

— J'avoue que je n'en sais rien. Tout ce que je vous demande, c'est de passer par moi si vous avez besoin de revoir Dudley. Je peux l'interroger à votre place ou organiser une rencontre dans mon bureau. Il veut juste qu'on épargne de nouvelles souffrances à Millie.

— Il a proposé d'offrir une récompense de vingt-cinq mille dollars.

— Je sais, répondit Cavazos. Il m'apportera le chèque demain matin. Je vous laisse le soin de rendre cette information publique.

— Très bien. Jackson s'en chargera. Avez-vous visionné les enregistrements ?

— Pas encore, mais l'un de mes adjoints a regardé celui que je vous apporte. C'est un segment de deux heures autour du passage de Rachel chez Dani. Il n'y a pas de son, ce qui est bien dommage. Mon homme m'a dit qu'il ne contenait rien d'extraordinaire. D'après lui, cet enregistrement est aussi inutile qu'un nœud sur une longe.

Quel que soit le sens de cette expression, elle espéra que l'adjoint du shérif se trompait.

— L'un de mes hommes de garde est en train de copier tous les enregistrements que nous avons confisqués aujourd'hui, ajouta le shérif. Je livrerai tout ça à Jackson demain matin.

— Merci. Ça nous aidera beaucoup.

— Je l'espère. Il faudrait vite arrêter le coupable. Toute la région est à cran. Les hommes n'osent plus laisser sortir leurs femmes et leurs filles. C'est pour ça que je voulais vous apporter ce que nous avions dès ce soir.

Pour cela et pour lui dire qu'elle ne devait plus contrarier Millie Miles.

— Voilà. C'est tout pour le moment, conclut Cavazos. Je vous laisse rentrer et vous reposer.

— Je ne suis pas près de me coucher, répondit-elle. Je vais regarder cette vidéo tout de suite.

— Si vous êtes aussi bonne que Jackson le dit, vous aurez trouvé le coupable avant demain matin.

— Jackson n'a pas pu vous promettre ça.

— Presque, plaisanta Cavazos en lui tendant une petite

enveloppe qui contenait une clé USB. À tout hasard, vous ne sauriez pas si Esther a des restes de votre dîner à m'offrir ?

— Je suis sûre que oui.

Ils étaient arrivés de l'autre côté de la maison, près d'un petit cabanon. La porte-fenêtre de la chambre de Sydney n'était plus qu'à quelques mètres.

— Dites à Esther que je suis rentrée directement dans ma chambre pour me mettre au travail, s'il vous plaît, ajouta-t-elle.

— C'est promis, répondit le shérif. Et merci de votre compréhension en ce qui concerne Millie.

Elle comprenait, mis cela ne signifiait pas nécessairement qu'elle laisserait Millie Miles tranquille. Des vies étaient en jeu.

Sydney retira ses sandales et alluma son ordinateur. La nervosité l'avait rattrapée. Les vies de quatre femmes dépendaient peut-être de ce qu'elle découvrirait ou ne découvrirait pas.

Rachel devait être entrée seule chez Dani's Delights si l'adjoint du shérif n'avait rien remarqué d'étrange. Le mieux que Sydney pouvait espérer, à présent, était de voir quelque chose qui la tracasserait.

Elle s'installa dans un fauteuil avec son ordinateur, un calepin et un crayon. Elle aurait nettement préféré travailler dans son bureau, qui était meublé de plusieurs tables et d'un grand panneau en liège sur lequel elle pouvait épingler ce qu'elle voulait avoir sous les yeux.

Elle regardait l'enregistrement depuis un quart d'heure quand Rachel entra dans la pâtisserie. Sydney retint son souffle. Sa chère sœur était éblouissante dans sa robe à fleurs, elle semblait parfaitement détendue.

Elle eut une envie presque irrépressible de mettre l'enregistrement sur pause pour s'imprégner de cette image, mais sa raison l'emporta sur ses émotions. Elle devait voir ce qui s'était passé comme si elle en avait été un témoin direct.

De toute façon, elle reverrait cet enregistrement de nombreuses fois pendant la nuit.

Rachel était seule. Elle hésita un instant avant de se placer au bout de la file d'attente, qui s'étendait presque jusqu'à la porte. Il y avait deux adolescentes qui pianotaient sur leurs téléphones devant elle. Quelques secondes plus tard, un couple de personnes âgées accompagné par deux garçons d'une dizaine d'années — sans doute leurs petits-fils — entra et se plaça derrière elle.

Les garçons se mirent vite à chahuter et l'un d'eux bouscula Rachel. Elle sourit à l'enfant, que son grand-père sermonna. Après cela, Rachel et la grand-mère s'engagèrent dans une conversation.

Ce furent les seules interactions de Rachel avec d'autres clients jusqu'à ce que vienne son tour d'être servie. Dani l'accueillit avec un grand sourire. L'adolescente que Sydney avait vue le matin même servait des cafés.

Au lieu de s'asseoir, Rachel s'approcha des étagères de bibelots en commençant à boire le café qu'elle avait commandé. À un moment, elle prit une tasse vivement colorée pour en regarder le prix, puis elle la reposa.

Elle ne parla à personne avant d'atteindre l'étagère des poteries artisanales, près de l'escalier. Deux hommes d'une vingtaine d'années comparaient deux grands vases.

Une minute plus tard, Rachel se lança dans une conversation animée avec eux. Les deux hommes n'avaient rien d'agressif. Il ne semblait même pas y avoir le moindre désaccord dans la discussion. Finalement, Rachel choisit un bol en terre cuite et repartit vers le comptoir pour le payer.

Elle échangea quelques mots avec Dani quand celle-ci emballa son achat, puis elle s'en alla en portant son bol, son sac de pâtisseries et son café.

Un homme qui entrait alors qu'elle sortait lui tint la porte.

C'était tout.

Rachel n'avait pas sorti une liasse de billets à la caisse, elle n'avait parlé qu'à une vieille dame et à deux hommes qui n'avaient rien de suspect et le fait qu'un enfant l'ait bousculée était le seul incident de la scène.

L'enregistrement était aussi inutile qu'un nœud sur une longe. Il fallait qu'elle demande à Tucker d'où sortait cette expression.

Elle se réjouissait que Tucker l'ait laissée seule pour travailler, mais elle ne put s'empêcher de se demander si elle le reverrait dans la soirée. Que se passerait-il s'il venait lui dire bonsoir ?

Leur baiser occupait encore la partie de son esprit qui n'était pas obsédée par l'urgence de retrouver Rachel. Elle s'était si vite laissé séduire par Tucker qu'elle n'osait pas se fier à ce qu'elle ressentait.

Une chose était sûre : elle n'avait jamais laissé un homme s'immiscer aussi rapidement dans sa vie. Et elle n'avait jamais été aussi troublée par un baiser.

Elle revint en arrière et relança l'enregistrement en remontant un peu en arrière, juste avant que Rachel entre dans la pâtisserie.

Elle le mit sur pause presque aussitôt. Elle s'était tant concentrée sur Rachel la première fois qu'elle n'avait pas remarqué la femme qui sortait de chez Dani au moment où sa sœur y entrait. Une bonne partie du visage était cachée par la porte, mais la silhouette ressemblait à celle de Millie Miles. Sydney zooma.

Oui, elle était presque sûre que c'était Millie. Bien sûr, sa présence dans la pâtisserie en même temps que Rachel n'était pas inquiétante en soi, mais la famille Miles resurgissait dans cette enquête avec une fréquence troublante.

En dehors de la présence de Millie, rien n'attira l'attention de Sydney pendant le deuxième visionnage. Ni pendant le troisième.

Malgré l'intensité de sa déception, elle n'était pas prête à baisser les bras. Elle se brossa les dents et changea son bandage avant de mettre tous les éléments de l'enquête sous forme de schémas.

Peu de criminels choisissaient leurs victimes tout à fait au hasard. Leurs actes avaient une logique.

Sauf s'ils étaient complètement fous.

Tucker hésita devant la porte de la chambre de Sydney. Le trouverait-elle trop insistant s'il frappait alors qu'elle travaillait ? Mais elle pouvait aussi apprécier un peu de compagnie après avoir regardé l'enregistrement.

Il frappa doucement.

— Qui est-ce ?

— Tucker.

— Entrez, mais c'est à vos risques et périls.

Ni cette réponse ni le ton de Sydney n'étaient très accueillants. Il ouvrit la porte et jeta un coup d'œil à l'intérieur. Le sol de la chambre était couvert de feutres, d'étoiles autocollantes, de rubans adhésifs et de tableaux en liège. Ce devait être ce qu'elle avait acheté à l'épicerie un peu plus tôt.

— Un projet artistique ? demanda-t-il.

— Si c'en est un, je suis en train de le rater, répondit-elle. Asseyez-vous où vous pourrez.

Il se posa au bord du lit. Sydney était assise en tailleur au milieu de la pièce. Elle collait des étoiles sur une carte de Winding Creek et de ses environs qu'elle avait épinglée sur un tableau.

— Comment s'est passée votre discussion avec Esther ? lui demanda-t-elle.

— Elle pense que je suis un macho stupide qui trouve amusant d'essayer de se faire tuer. À part ça, elle m'adore.

— Vous ne pouvez pas lui en vouloir de s'inquiéter pour vous.

— Je ne lui reproche rien. Je ne suis même pas sûr qu'elle ait tort. C'est une carte intéressante..., dit-il pour changer de sujet. Comment vous l'êtes-vous procurée ?

— C'est Jackson qui me l'a fournie avec les dossiers des victimes. Sauf celui de Rachel. C'est moi qui ai livré toutes les informations qui la concernaient aux autres.

— Que représentent ces étoiles ?

— Les bleues indiquent l'endroit où les victimes ont été vues pour la dernière fois.

— Et les étoiles numérotées ?

— L'ordre dans lequel elles ont disparu. La date et l'heure de leur dernière transaction financière sont notées sur les étiquettes blanches.

Il alla s'accroupir à côté de Sydney pour regarder la carte de plus près.

— Je cherche une logique, lui expliqua-t-elle. Il est plus facile d'en repérer une avec des cartes et des schémas qu'avec de simples dossiers.

— Comme dans les séries policières à la télé, commenta-t-il.

— Oui. Et j'avoue que j'ai tendance à surcharger mes cartes d'informations. J'ai une mémoire visuelle.

— La première chose qui me saute aux yeux, c'est que la fréquence des enlèvements augmente, dit-il. Un il y a six mois, un il y a trois mois et deux dans les six dernières semaines.

— Il a aussi probablement tué Sara Goodwin et personne ne sait quand elle a disparu.

— Ce type gagne en audace.

— Ou il a des problèmes psychiatriques qui s'aggravent, répondit Sydney. Pour le moment, nous savons que toutes les victimes sont de jolies brunes qui voyageaient seules. Puisqu'elles ont toutes été vues dans les environs pour la dernière fois, on peut supposer que c'est ici qu'elles sont entrées en contact avec le ravisseur.

— Et seule la voiture de Rachel a été retrouvée, dit-il. C'est peut-être parce qu'il a mis toutes les autres au même endroit et qu'il a fini par manquer de place.

— C'est plausible... Mais il ne pouvait pas courir le risque que quelqu'un le voie conduire leurs voitures.

— Il les a peut-être forcées à le conduire quelque part avant de les t...

Il s'arrêta net. Sydney savait aussi bien que lui que les victimes étaient peut-être mortes, mais elle ne l'avait jamais dit à voix haute.

Il comprenait pourquoi : l'optimisme était plus productif que le pessimisme.

— Je pense que notre homme vit à Winding Creek ou pas loin, dit Sydney. C'est un solitaire. Pour une raison ou pour une autre, il passe beaucoup de temps en ville. Il est capable de se contrôler quand il croise des gens. Ceux qui ont affaire à lui le trouvent peut-être bizarre, mais ils ne mesurent pas la gravité de ses problèmes mentaux. Il ne cherche peut-être pas consciemment de nouvelles victimes, mais certaines femmes réveillent sa nature violente, qu'il cache à tout le monde — sans doute depuis des années.

— Vous êtes douée, la complimenta-t-il.

— Je suis peut-être complètement à côté de la plaque, mais je ne crois pas. Ce que je ne comprends pas, c'est la manière dont les enlèvements se produisent. Arrive-t-il à les convaincre de le suivre de leur plein gré ? Emploie-t-il la force ? Dans ce cas, comment a-t-il pu réussir plusieurs enlèvements sans que personne le surprenne ? Et où détient-il les victimes ? Sont-elles dans sa maison ? Dans un endroit isolé où il est le seul à aller ?

— Presque tous les ranchs de la région ont des bâtiments délabrés quelque part sur leurs terres, répondit-il. Des granges qui n'ont pas servi depuis des années… Des cabanons vermoulus remplis d'araignées, de serpents et d'outils rouillés… Le problème, c'est qu'il faudrait des semaines, peut-être des mois pour les fouiller tous.

— Voilà pourquoi nous devons réduire le champ des recherches.

— Et afficher la récompense de Dudley dans toute la ville. Comme ça, chacun fouillera ses propres terres à la recherche du coupable. Les gens feront votre travail pour vous.

— Et risqueront de se faire tuer en essayant d'appréhender le ravisseur. Nous devons bien préciser que nous ne voulons que des informations. Personne ne doit essayer d'agir seul.

— Bonne chance pour faire passer ce message, ironisa-t-il. Nous sommes au Texas. La plupart des gens ont une arme dans leur voiture ou en portent une quand ils travaillent. C'est pour les protéger des serpents, pas des humains, mais ils savent tirer.

— Nous devons insister sur le fait que cet homme est dangereux, dit Sydney. Je préparerai l'affiche cette nuit.

— Avez-vous découvert quelque chose sur l'enregistrement de la caméra de Dani ?

— Non. Rien ne sort de l'ordinaire. Rachel était seule. Elle a parlé à plusieurs personnes qui n'avaient rien d'agressif. Elle a discuté assez longtemps au sujet des poteries artisanales avec deux hommes, mais ils semblaient parfaitement aimables.

— Merde, grommela Tucker.

— Oui. C'est pour ça que je suis passée à ce tableau. Millie Miles fait une apparition sur l'enregistrement, mais elle quittait la pâtisserie quand Rachel y entrait. Je ne sais pas si le shérif vous l'a dit, mais ma visite a contrarié Millie, apparemment. Dudley ne veut plus que je mette les pieds dans son ranch.

— Oui, Cavazos m'en a parlé. Je lui ai dit d'aller se faire voir — poliment, bien sûr.

— Bien sûr.

Sydney ramassa ses feutres et les étoiles qu'elle n'avait pas utilisées pour les ranger dans un sac plastique.

— Vous avez fini de travailler pour ce soir ? demanda-t-il.

— J'en ai fini avec mon projet artistique, mais je n'ai pas fini de réfléchir et de chercher une logique à tout ça.

Il l'aida à ranger son matériel, puis il retourna s'asseoir au bord du lit. À sa grande surprise, Sydney vint s'asseoir à côté de lui.

Leurs cuisses se touchaient — à peine. Il était sûr que Sydney ne l'avait pas fait exprès. Son cœur manqua un battement et sa libido se réveilla par réflexe. Sydney posa une main sur son bras. Il se sentit rougir quand leurs regards se rencontrèrent.

— Est-ce que quelque chose ne va pas ? demanda-t-elle. Pourquoi me regardez-vous comme ça ?

— Je pense que vous ne voulez pas vraiment connaître la réponse.

— Je ne vous aurais pas posé la question si je ne voulais pas connaître la réponse.

— Je suis en train de me dire que vous êtes magnifique, ce soir. Je vous adore en jean, mais vous êtes très séduisante dans cette robe. Pour être honnête, je me retiens difficilement de vous prendre dans mes bras.

Elle le surprit en pressant ses lèvres contre les siennes. La passion qui les habitait explosa comme un feu d'artifice. Il embrassa ses lèvres, le bout de son nez, ses paupières, puis encore ses lèvres. Elle l'enivrait. Il n'aspirait plus qu'à la faire sienne.

Pourtant, il se força à la lâcher quand elle s'écarta.

— Je sais que c'est moi qui ai commencé, mais je ne peux pas continuer, Tucker, murmura-t-elle. Ce n'est pas ta faute. Tu es parfait. Je suis juste trop émotive pour le moment.

— Tu n'as pas à en dire plus, répondit-il. Je ne te pousserai jamais à faire quelque chose à quoi tu n'es pas prête. Quand ce sera le bon moment, nous le saurons.

— Merci, répondit-elle. Je vais dans la salle de bains pour me mettre en pyjama — mais seulement parce que je sais que je vais m'endormir en travaillant. Il vaut sans doute mieux que tu sois parti quand j'en ressortirai.

Il n'émit aucune objection même si son corps s'insurgeait. La regarder s'éloigner fut une torture.

Sydney ferma la porte de la salle de bains et s'y adossa le temps d'essayer de donner un sens à ce qu'il lui arrivait. Son inquiétude pour Rachel lui broyait le cœur.

Comment pouvait-elle désirer autant un homme qu'elle venait juste de rencontrer ?

Il n'y avait qu'une explication : son sentiment d'impuissance la rendait affectivement vulnérable. Tucker n'était pas seulement l'homme le plus viril qu'elle ait jamais rencontré. Il était intelligent, attentionné, protecteur...

Il était parfaitement naturel qu'elle le trouve séduisant. Quand elle aurait retrouvé Rachel et les autres, quand le monde serait revenu sur son axe, elle y verrait plus clair.

D'ici là, elle ne pouvait laisser personne compromettre sa concentration — pas même Tucker Lawrence.

Elle tira un pyjama rose à fleurs de la commode de la salle de bains — un pyjama simple, confortable et pas du tout sexy, au cas où Tucker reviendrait.

Elle se débarbouilla et se mit de la crème sur le visage en prenant tout son temps. Même si l'énergie commençait à lui manquer, elle devait retrouver sa vivacité d'esprit et sa concentration.

Au moins cinq minutes s'étaient écoulées quand elle sortit de la salle de bains.

Tucker n'était pas parti. Il était étendu sur son lit, entièrement habillé. Il n'avait retiré que ses bottes. Sa tête était posée sur l'oreiller et ses yeux étaient fermés.

Il ronflait. Ce n'étaient pas les ronflements à faire trembler les murs de son père, mais ils étaient assez audibles pour qu'elle soit certaine qu'il dormait profondément.

Elle fut aussitôt tentée de le rejoindre, non pour lui faire l'amour, mais juste pour sentir son corps contre le sien pendant quelques minutes.

À la place, elle rouvrit son ordinateur et passa les heures suivantes à relire inlassablement les informations dont elle disposait.

Finalement, les mots commencèrent à se brouiller et ses pensées lui échappèrent. Elle jeta un coup d'œil au réveil : il était 2 heures du matin. Tucker ne s'était pas réveillé. Il dormait sans doute mal depuis qu'il avait vu son ami mourir si tragiquement — à moins que le fait de *ne pas* avoir fait l'amour l'ait épuisé.

Elle n'avait ni l'énergie ni l'envie de le réveiller. Elle retira ses chaussons, éteignit la lumière et se glissa entre les draps à côté de lui. Déjà à demi endormie, elle se blottit contre lui.

Elle se sentait en sécurité.

15

Jeudi 21 septembre

Tucker fut réveillé par des grognements, des gémissements et un grand coup dans l'estomac. Après avoir cligné plusieurs fois des yeux, il comprit où il était et ce qu'il se passait juste à temps pour esquiver un nouveau coup de coude de Sydney.

Il s'empressa de l'attirer dans ses bras.

— Je te tiens, bébé, murmura-t-il. Tu ne risques rien. Ce n'est qu'un cauchemar.

Elle le repoussa et se redressa.

— Tucker ?

— C'est moi.

Il ne se rappelait pas s'être endormi dans ce lit, mais il l'avait fait, visiblement.

— Tu es encore là ?

— On dirait bien. Je ne l'ai pas fait exprès, lui assura-t-il. Je suis tombé comme une masse dès que je me suis allongé. Ce lit est si confortable...

Il ne comptait rester que jusqu'au moment où Sydney serait sortie de la salle de bains, pour s'assurer qu'elle allait bien.

Il se creusa la tête, mais oui : c'était la dernière chose dont il se souvenait.

Sydney se rallongea et fixa le plafond en se massant les tempes.

— Je vais bien et tu n'as rien à te reprocher. J'aurais pu te chasser n'importe quand. À la place, je me suis couchée avec toi.

145

Elle roula sur le côté pour lui faire face.

— Tu ne risquais rien, ajouta-t-elle. J'étais bien trop fatiguée pour te sauter dessus.

Il y avait tout juste assez de lumière dans la pièce pour qu'il voie dans ses yeux la peur qu'elle essayait de cacher sous une légèreté qui sonnait faux.

— Ce devait être un cauchemar très effrayant, dit-il. Veux-tu en parler ?

— Il était surtout bizarre, répondit-elle. Tout était mélangé. L'Étrangleur des Marais me pourchassait dans des marécages. Rachel était avec lui et je ne savais pas si elle voulait m'aider ou me tuer. Il y avait des cadavres partout, sauf qu'ils avaient les yeux ouverts et qu'ils me regardaient passer.

Elle était encore sous l'emprise de ce cauchemar. Il entendait de l'angoisse dans sa voix. Il avait envie de la prendre dans ses bras pour la réconforter, mais ce serait peut-être une grave erreur. Il ne devait pas oublier qu'il ne comprenait rien aux femmes.

— Je n'arrête pas d'affronter l'Étrangleur des Marais, soupira-t-elle. Quand je crois que c'est fini, il envahit mes pensées et mes rêves une nouvelle fois. Et s'il avait compromis ma capacité à bien faire mon travail ?

Il avait entendu parler de l'Étrangleur des Marais. C'était un tueur en série qui sévissait en Louisiane. Il violait ses victimes, puis il laissait leur corps dans le bayou pour qu'ils soient dévorés par les alligators. Par contre, il ne se souvenait plus de sa capture.

— Tu as participé à cette enquête ? demanda-t-il.

— Oui. Alors que je travaillais sur son profil, j'ai compris qui serait sa prochaine victime et où il l'enlèverait. J'ai appelé la fille, mais elle n'a pas décroché. Alors je me suis rendu compte qu'il serait trop tard si quelqu'un n'intervenait pas immédiatement.

Il devinait la suite et il sentait qu'il était pénible pour Sydney de raconter cet épisode de sa vie.

— Tu n'as pas besoin de poursuivre, intervint-il. Il est mort. C'est terminé.

— Je suis arrivée trop tard. Trop tard de quelques minutes... Quand j'ai vu sa victime à plat ventre dans la boue, j'ai su que c'était fini. J'ai pourchassé ce monstre sur un terrain si spongieux que j'avais peur d'être engloutie.

Quand elle se mit à trembler, il céda à la tentation de la prendre dans ses bras.

— Je suis là, bébé, lui chuchota-t-il à l'oreille.

— Sauf que ce n'était pas fini, poursuivit-elle. C'était son univers. Comme il connaissait cet environnement bien mieux que moi, il m'a capturée. J'ai senti ses doigts autour de ma gorge. J'ai senti la vie m'échapper… et je n'étais pas prête à mourir. Je ne sais pas comment, mais j'ai réussi à dégainer le petit revolver qui était attaché à mon bras. Il a fallu que je lui tire six balles dans le torse pour qu'il me lâche.

Tucker la berça sans dire un mot le temps qu'elle s'apaise. Il connaissait le chagrin que causait la mort d'un ami. Si Sydney ne réussissait pas à sauver sa sœur, la mort de Rachel risquait de la briser.

Mais c'était à la sécurité de Sydney qu'il songeait avant tout.

— Ne prends pas de risques, cette fois, s'il te plaît, finit-il par dire. Promets-moi que tu ne pourchasseras pas ce psychopathe toute seule.

— C'est promis.

Il n'était pas pleinement convaincu.

Le désir l'envahit une nouvelle fois quand elle enfouit sa tête au creux de son cou.

— Il faut que je retourne dans ma chambre et que je te laisse dormir un peu, murmura-t-il.

— Tu peux rester.

C'était une invitation sans ambiguïté. Il avait terriblement envie d'accepter. Quitter cette chambre serait une torture. Mais il y avait des moments où un homme devait prendre la bonne décision, quoi qu'il lui en coûte.

— Pas ce soir, répondit-il. Je ne pourrai pas m'empêcher de te faire l'amour si je reste et je ne veux pas que notre première fois soit teintée d'angoisse. Je veux que tu t'en souviennes comme d'un moment de pur bonheur, parce que je sais que ce sera mon cas.

Il déposa un baiser sur ses lèvres et se leva. Il devait s'enfuir tant qu'il en était encore capable.

Sydney ouvrit les yeux. La chambre était baignée de soleil. Elle s'empressa de consulter le réveil : il était 8 heures du matin. Elle n'avait jamais dormi aussi tard pendant une enquête. Comment était-ce possible ? L'épuisement n'était pas une excuse.

Elle repoussa le drap, mais elle commit l'erreur de jeter un coup d'œil au côté du lit où elle s'était blottie dans les bras de Tucker au petit matin.

Elle posa la main sur l'oreiller qui portait encore l'empreinte de sa tête. Son parfum viril lui chatouilla les narines.

Elle ne s'était jamais sentie aussi proche de quelqu'un. Elle lui avait confié ses peurs, elle lui avait montré une part d'elle qu'elle cachait à tout le monde, et elle ne le connaissait que depuis quelques jours...

Ça suffit ! se dit-elle pour se rappeler à l'ordre.

Elle devait attendre d'avoir retrouvé son calme et sa lucidité pour se demander si elle devait ou non s'engager dans cette relation. Elle devait attendre que le ravisseur de Rachel soit derrière les barreaux.

Elle enfila rapidement un short blanc et un chemisier bleu clair. Elle ne prit pas la peine de se maquiller, mais elle disciplina ses cheveux d'un coup de brosse avant d'aller dans la cuisine.

La maison était étrangement calme, mais des odeurs de bacon, de cannelle et de café flottaient dans l'air. La cuisine était déserte. Elle avait raté le petit déjeuner. La table avait été débarrassée et le lave-vaisselle était en route.

Elle souleva le couvercle de la cafetière et la trouva pleine. Esther avait dû refaire du café avant qu'ils se lancent tous dans leur journée, comme il se devait. Sa vie ne débordait déjà que trop sur la leur.

Elle se servit une tasse de café. Alors qu'elle s'apprêtait à appeler Jackson, elle entendit la porte de derrière s'ouvrir. Esther entra dans la cuisine en fredonnant une vieille chanson de Frank Sinatra. Elle tenait un panier d'œufs et un autre de courges.

— Bonjour ! lui lança-t-elle. Je suis désolée de ne pas avoir été là à votre réveil, mais il fallait que je ramasse ça avant qu'il fasse trop chaud. Si cette canicule continue, je finirai par partir en croisière en Alaska, comme mes amis ne cessent de me le conseiller.

— C'est une bonne idée, répondit Sydney.

— Êtes-vous déjà allée en Alaska ?

— Non, mais j'en ai envie depuis longtemps. On pourrait peut-être y aller ensemble l'été prochain et explorer quelques glaciers.

— Ça me ferait très plaisir.

Étrangement, ce projet plaisait aussi beaucoup à Sydney. Elle ne connaissait ces gens que depuis trois jours, mais elle avait déjà l'impression de faire partie de la famille.

— Les garçons sont partis tôt, ce matin, reprit Esther. Le prix du bœuf est haut, en ce moment. Pierce doit choisir lesquelles de ses bêtes il veut emmener au marché ce mois-ci et lesquelles ont besoin d'engraisser encore un peu.

— Avant de venir ici, je ne me rendais pas compte de la quantité de travail qu'exigeait un ranch, avoua Sydney. Et je ne me doutais pas que les cow-boys du Texas tenaient autant à leur mode de vie.

— Les cow-girls aussi, répondit Esther. Quand on y a goûté, on ne peut plus s'en passer.

— Et votre amie Millie Miles ? Est-elle l'une de ces femmes d'éleveur qui ne supporteraient pas de vivre ailleurs que dans un ranch ?

Esther secoua la tête.

— Cette Millie est un cheval d'une autre couleur, répondit-elle en rangeant ses œufs dans le réfrigérateur. C'est l'une de ces héritières gâtées depuis leur naissance. Son père est mort à la cinquantaine. La fortune qu'il avait faite dans l'informatique est tombée dans le compte en banque de Millie comme une manne divine.

— Ah oui ? Elle a l'air d'être un peu plus jeune que Dudley... J'avais imaginé qu'elle l'avait épousé pour son argent.

— Non. Ceci dit, Dudley n'était pas pauvre. Son père lui avait légué l'énorme propriété dans laquelle il vit et l'un des élevages les plus prospères du Texas. Je n'ai jamais su s'ils étaient tombés amoureux l'un de l'autre ou de l'idée d'être amoureux.

— Alors vous pensez que leur mariage n'est pas heureux ?

— Je pense que Millie a sombré le jour où l'on a retrouvé le corps de son petit-fils et qu'elle a touché le fond quand sa fille a été arrêtée. Elle a de plus en plus mauvaise mine à chaque fois que je la vois. Elle ressemble à une femme qui a rendez-vous avec le diable et qui sait qu'elle ne peut plus faire demi-tour.

C'était une image étrange, mais les expressions texanes étaient décidément suggestives.

Le téléphone de Sydney sonna. C'était Jackson.

Elle s'excusa auprès d'Esther et sortit de la cuisine avant de décrocher.

— Avez-vous eu le temps de regarder l'enregistrement que Cavazos vous a donné ? demanda Jackson.

— Oui. Je n'en ai rien tiré.

— Alors passons à la suite. Lane vient de m'envoyer un fichier dans lequel il a combiné des photos prises par différentes caméras de surveillance de Winding Creek. Ça nous permettra de savoir qui était où, et à quel moment, pour combiner ensuite ces informations avec ce que nous savons des déplacements des victimes.

— Dieu bénisse la tendance de Lane à travailler au lieu de dormir ! répondit-elle.

— Vous en faites autant, visiblement. Le modèle d'affiche de récompense que vous m'avez envoyé était daté du milieu de la nuit.

— Quand mon cerveau était cuit, précisa-t-elle. J'espère que ça ressemble à quelque chose.

— Ça me paraît très bien. Je l'ai transmis au shérif. Il sera publié sur le site Internet de Winding Creek et ses hommes l'afficheront dans toute la ville.

— C'est un bon début. Quand pourrai-je voir le fichier de Lane ?

— C'est pour ça que je vous appelle. Rejoignez-moi tout de suite, si vous le pouvez. Le reste de l'équipe est en route. J'espère que ce fichier nous fournira une piste. J'ai le pressentiment que notre psychopathe va repasser à l'action.

Et Jackson était connu pour la justesse de ses pressentiments.

16

Quand Sydney se gara devant la cabane qui servait provisoirement de bureau à Jackson, René, Allan et Tim sortaient de la voiture de René. Tim portait un grand sac en papier blanc et Allan, une boîte de doughnuts.

Tim attendit qu'elle les rejoigne et lui tint la porte de la cabane.

— J'espère qu'il y a quelque chose de sain à manger dans ce sac, lui dit-elle.

— De délicieux tacos, répondit Tim. Avec des jalapeños et de la sauce pimentée. Tu vas les adorer.

— Et je t'informe que les doughnuts sont extrêmement nourrissants, dit Allan. Ils contiennent du beurre, de la farine, du sucre — toutes les catégories de nutriments.

— Ne t'en fais pas, intervint René. Le patron a exigé qu'on prenne un taco non épicé pour toi. Il a bon espoir que tu perces le secret du Kidnappeur Solitaire et que tu nous permettes de l'attraper.

— Comment l'as-tu appelé ? demanda-t-elle en suivant René à l'intérieur.

— Merde, grommela-t-il. Je suis désolé, Sydney. Ça m'a échappé.

— Comment ça, « échappé » ? Est-ce que ça veut dire que vous l'appelez comme ça dans mon dos depuis le début de la semaine ?

— C'est ma faute, dit Tim. Ça m'est venu comme ça au cours d'une discussion. On ne prend pas cette enquête à la légère pour autant, tu le sais. C'est la force de l'habitude. On donne toujours des surnoms idiots aux salauds qu'on traque.

— On ne voulait pas t'offenser, je t'assure, ajouta René alors qu'ils entraient dans la cuisine.

C'était l'un des problèmes que posait le fait d'être personnellement impliquée dans l'enquête : ses collègues avaient peur de la froisser alors qu'il était indispensable qu'ils parlent librement devant elle.

— Ça ne m'offense pas, leur assura-t-elle. Je sais que vous prenez cette enquête au sérieux. Et je lui ai donné des surnoms bien plus vulgaires dans ma tête, vous pouvez me croire.

— Alors ça ne te dérange pas, tu es en sûre ?

— Oui. Je me moque de la manière dont on l'appelle. Je veux juste qu'on l'attrape.

Personne n'avait rien à objecter à cela.

Impatients de se mettre au travail, ils sautèrent le petit déjeuner et se contentèrent de café. L'installation du matériel que Jackson avait fait livrer par son bureau de Dallas prit quelques minutes. Finalement, le film monté par Lane apparut sur l'écran.

— Si vous voulez faire un commentaire, dites-le-moi : je mettrai l'enregistrement sur pause, annonça Tim.

L'enregistrement commençait le 9 mars à 14 h 45, à la boutique de la Cow-girl Chic où Alice Baker, de Shreveport, en Louisiane, avait acheté une paire de bottes à 15 h 30.

— Elle a l'air détendue, commenta Tim.

— Et elle est seule.

— Mets sur pause, s'il te plaît ! dit Allan. Vous voyez ce grand cow-boy avec la jolie blonde ? Je suis presque sûr de l'avoir vu avec une autre blonde — tout aussi jolie — à la pharmacie hier soir. Il achetait des médicaments sur ordonnance pendant que je cherchais de la mousse à raser.

— Ce n'est sans doute qu'un play-boy, mais gardons-le à l'œil, répondit Jackson.

— Vous voyez ce type d'une cinquantaine d'années dans le coin, là-bas ? demanda Tim. Il n'arrête pas de jeter des coups d'œil à Alice pendant qu'elle essaie ses bottes. L'enregistrement passa ensuite à d'autres boutiques, le même jour. Alice ne réapparut pas.

Acheter ces bottes avait peut-être été une erreur fatale.

Après ce qui parut une éternité à Sydney, ils tombèrent enfin sur quelque chose d'intéressant. Michelle Dickens s'était servie de sa carte de crédit pour la dernière fois dans une station-service proche de San Antonio. Rien ne prouvait qu'elle s'était davantage approchée de Winding Creek.

Or elle était là, le 20 août — le jour de sa disparition —, dans le magasin de bougies.

Celui-ci était presque désert. Le seul visage qui semblait vaguement familier à Sydney était celui de la vendeuse.

Et celui de Millie Miles. Pour une femme qui n'avait plus le courage de conduire, elle faisait de fréquents passages en ville.

— Une minute ! s'écria-t-elle. La femme avec le pantalon blanc est Millie Miles. Ce n'est sans doute qu'une coïncidence, mais elle sortait aussi de Dani's Delights au moment où Rachel y entrait.

— Nous avons de bonnes chances de voir les mêmes personnes plusieurs fois, répondit Jackson. Ça vaut quand même la peine de le noter. Une chose est sûre, en tout cas : tout tourne autour de Winding Creek.

À la fin de la matinée, ils passèrent à l'enregistrement de Dani que Sydney avait regardé en boucle une bonne partie de la nuit. Elle ne trouva pas le courage de le voir une fois de plus.

Elle se glissa discrètement hors de la cuisine et quitta la cabane. La chaleur était déjà étouffante et elle avait le moral à zéro. Elle consulta son téléphone pour savoir si elle avait manqué un appel et trouva un message de Tucker.

Elle le rappela immédiatement. Cela ne suffit pas à lui remonter le moral, mais elle fut contente d'entendre sa voix.

— Désolé de t'avoir abandonnée ce matin, dit-il. Pierce voulait mon opinion sur ses bêtes et je n'ai pas eu le cœur de te réveiller.

— Ce n'est pas grave. Jackson n'aurait pas voulu que tu assistes à cette réunion de toute manière.

— Tu as l'air déprimée. J'espère qu'il n'y a pas de mauvaises nouvelles ?

— Non, je suis déprimée parce qu'il n'y a pas de nouvelles du tout. Nous n'avons pas avancé d'un pouce.

— Je suis désolé d'entendre ça. Je suis rentré chez Esther. Veux-tu qu'on déjeune ensemble ? Je serai à ta disposition dès que j'aurai pris une douche.

— Je te rappellerai pour te dire ça. Je ne sais pas combien de temps durera encore la réunion.

— Très bien, j'attends ton coup de fil, répondit Tucker.

— Les visages commencent à tous se mélanger, disait René quand elle rentra dans la cuisine. Il est presque 1 heure de l'après-midi... Si on faisait une pause pour déjeuner ?

— J'aimerais vous poser quelques questions avant qu'on se sépare, répondit Tim. La première est pour toi, Sydney. Où en sont les policiers de Houston avec l'ex-petit ami de ta sœur ?

Ce fut Jackson qui répondit.

— Ils l'ont innocenté, dit-il. Il a un alibi en béton. Il a fait du ski nautique avec des collègues au lac Conroe tout l'après-midi, le jour où Sydney a disparu.

— Je ne l'ai jamais vraiment considéré comme un suspect, mais je suis contente qu'il soit officiellement rayé de la liste, commenta Sydney.

— Je parie que le Kidnappeur Solitaire conduit un 4×4, dit Tim. Je n'en ai jamais vu autant dans une si petite ville. Je commence à avoir l'impression d'être une mauviette dans ma berline.

— Et la plupart de ces 4×4 sont noirs, fit remarquer René.

— Effectivement, reprit Tim. Avec des égratignures et de la boue autour des roues pour prouver qu'ils n'appartiennent pas à des poules mouillées de citadins.

Sydney s'excusa et alla se passer de l'eau sur le visage dans la salle de bains. Quand elle revint dans la cuisine, Jackson était seul et au téléphone.

— Quoi que vous fassiez, ne la laissez pas seule une seconde, dit-il. J'arrive.

Il raccrocha et lui ordonna :

— Prenez votre sac, Sydney. Notre homme a encore frappé, mais la victime lui a échappé, cette fois.

Le shérif Cavazos les accueillit à la porte du commissariat.

— Elle n'est pas blessée, mais elle est en état de choc, leur dit-il. Elle ne nous a livré que quelques informations avant de se fermer comme une huître. Elle dit qu'elle ne veut parler qu'à une femme. Je me suis dit que vous étiez la mieux qualifiée pour l'interroger, Sydney.

— Comment s'appelle-t-elle ?

— Joy White. Elle a le même profil que les autres victimes. C'est une jolie brune. Elle a trente et un ans. Elle n'est pas de Winding Creek.

— D'où vient-elle ? demanda Sydney.

— Je ne sais pas. Elle a fondu en larmes avant de répondre à cette question. Je ne sais pas non plus pourquoi elle est venue à Winding Creek.

— Où l'agression s'est-elle produite ? demanda Jackson.

— À une quinzaine de kilomètres de la ville, sur ce qu'on appelle la « route panoramique » qui ramène à l'autoroute. J'ai des hommes sur place, mais n'hésitez pas à envoyer les vôtres, si ça vous paraît utile. Je leur indiquerai le chemin.

— Merci, répondit Jackson. Je demanderai à Allan et René de vous appeler. Pour ma part, je préfère rester ici pour voir si Sydney apprend quelque chose.

— Je vous suis, shérif, enchaîna Sydney.

— Joy est dans mon bureau, expliqua Cavazos. Je me suis dit que ce serait un environnement moins effrayant que les salles d'interrogatoire.

— Bien vu, le félicita Sydney.

Le shérif accompagna Sydney jusqu'à la porte de son bureau. Elle frappa doucement. Comme elle ne recevait aucune réponse, elle entrouvrit la porte et se glissa dans la pièce.

— Je m'appelle Sydney Maxwell, Joy, dit-elle d'une voix douce. Je travaille pour le FBI. J'ai cru comprendre que vous aviez eu une grosse peur ce matin.

— Il a essayé de me tuer. Je ne lui ai rien fait. Il ne me connaît pas. Mais il a essayé de me tuer.

Ses mots se frayaient un chemin entre des respirations haletantes et sa voix semblait prête à se briser à tout instant.

— Ça a dû être terrifiant, murmura Sydney.

— Pourquoi ? s'écria Joy. Pourquoi moi ?

— Nous pensons que vous êtes tombée sur l'homme qui a enlevé plusieurs femmes dans les environs de Winding Creek, au cours des derniers mois.

— Il est fou. Je l'ai vu dans ses yeux.

Joy ferma les siens pendant quelques secondes, puis les rouvrit.

— Pouvez-vous me raconter ce qui s'est passé ? demanda Sydney.

— Risque-t-il de me punir si je vous parle ? Me protégerez-vous ?

— Si vous avez besoin d'être protégée, vous le serez, promit Sydney. Je sais que vous avez peur, Joy, mais vous lui avez échappé. Vous avez eu de la chance.

Joy cacha son visage dans ses mains. Sydney tira une chaise pour s'asseoir en face d'elle — si près que leurs genoux se touchèrent quand Joy changea de position.

— Ma sœur est l'une des femmes qui ont disparu, dit-elle. Je ne sais pas si elle est vivante ou morte. Tout ce que je sais, c'est qu'elle est probablement la captive de cet homme, comme trois autres femmes.

Vivante ou morte.

Elle avait eu un mal fou à prononcer ces mots, mais il le fallait, cette fois.

Joy écarta ses mains et les posa sur ses genoux.

— Dieu les aide ! souffla-t-elle.

Elle essuya une larme du dos de la main et demanda :

— Que voulez-vous savoir ?

— Tout, répondit Sydney. Prenez votre temps, mais donnez-moi autant de détails que vous pourrez. Ce bâtiment est rempli de policiers. Votre agresseur ne peut plus vous faire de mal.

Joy s'ouvrit enfin. Elle raconta la scène avec précipitation. Quoique entrecoupées par des sanglots et des frissons, la plupart de ses phrases étaient cohérentes.

Joy écrivait des romans. Elle habitait à Gruene, au Texas. Elle était venue à Winding Creek pour une conférence organisée par le club littéraire local.

Il y avait un parking devant la librairie dans laquelle elle était invitée, mais il était déjà plein quand elle était arrivée. Elle s'était garée deux rues plus loin, devant la pharmacie.

Après la conférence, elle n'était allée que chez Dani pour

acheter une boisson à siroter sur la route. Elle n'avait pas vu son agresseur pendant la conférence, ni dans la pâtisserie. Il lui était tombé dessus alors qu'elle repartait. Il roulait derrière elle et il était monté à son niveau sur une route à deux voies.

— Il s'est mis à agiter les bras et à me crier que je devais m'arrêter sur le bas-côté, raconta Joy. J'ai secoué la main pour me débarrasser de lui, mais il avait l'air si inquiet que j'ai fini par baisser ma vitre. Il m'a montré l'arrière de ma voiture. Il m'a dit que j'avais une fuite d'essence et que mon pot d'échappement faisait des étincelles. Je ne voyais pas de fumée et j'avais peur de m'arrêter. On traversait une forêt. Il n'y avait pas d'autre voiture sur la route.

— Alors pourquoi vous êtes-vous arrêtée ?

— Il a fini par ralentir et repasser derrière moi — en continuant à agiter les bras. Alors j'ai entendu une détonation qui avait l'air de venir du coffre. J'ai cru que ma voiture était sur le point d'exploser.

— Je comprends que vous vous soyez inquiétée.

— J'ai écrasé la pédale de frein, je me suis garée sur le bas-côté et je suis sortie de la voiture. Il n'y avait pas de flammes, pas de fumée... Juste un cow-boy terrifiant qui courait vers moi.

— Qu'avez-vous fait ?

— J'ai paniqué. Je me suis précipitée dans la voiture pour récupérer le revolver que j'avais caché sous mon siège. L'homme a ouvert ma portière avant que je réussisse à la verrouiller. Il a tendu les mains vers ma gorge... J'ai tiré. Je l'ai touché à la cuisse droite. Il y avait du sang partout, mais ça m'était bien égal. Je lui ai donné un coup de pied pour pouvoir refermer la portière et je l'ai laissé blessé au milieu de la route. Après ça, j'ai roulé jusqu'à la première station-service de l'autoroute avant de me sentir suffisamment en sécurité pour appeler la police.

De nouvelles larmes roulèrent sur les joues de Joy.

— Ce n'est même pas mon revolver, ajouta-t-elle. Mon mari m'a forcée à prendre le sien à cause de tout ce qu'il a vu à la télé. Je n'avais jamais tiré sur personne.

— Vous avez fait ce qu'il fallait, Joy, lui assura Sydney. Vous avez été courageuse. Vous avez peut-être sauvé quatre femmes.

Il ne manquait plus qu'une description très précise de l'agresseur, et c'était devenu de la plus grande urgence.

Le Kidnappeur Solitaire devait commencer à s'inquiéter et un psychopathe aux abois devenait dangereusement imprévisible.

Roy Sales porta la bouteille de whisky à ses lèvres et but l'alcool comme si c'était de l'eau. Sa jambe lui faisait atrocement mal et le whisky était le seul analgésique qu'il avait sous la main.

Il était dans de sales draps. Toute la ville devait déjà parler de l'incident. Le shérif, le FBI... Même les Rangers devaient être à ses trousses.

Ils cherchaient un homme avec une balle dans la cuisse droite. Ils avaient son ADN et sa description.

Il ne pouvait même plus rentrer dans la maison pour demander plus d'argent à Millie. Son sale chantage était terminé. Il avait fait tout ce qu'elle lui demandait. Il avait tué sur commande. Il avait fait sauter le crâne de ce pauvre Charlie Kavanaugh qui le suppliait de l'épargner.

Il n'aimait pas tuer. Il n'avait pas envie de tuer Charlie. Il n'avait pas envie de tuer la douce Sara Goodwin non plus, mais elle l'avait traité de monstre. De monstre ! Alors qu'il l'avait ramassée dans la rue !

Elle avait dit qu'il était fou. Mais il n'était pas fou. Il faisait ce qu'on lui demandait, voilà tout. Maman n'aimait pas qu'on lui désobéisse. Elle n'aimait pas l'enfermer dans la cave froide et humide. Elle ne le faisait que parce qu'elle voulait qu'il apprenne à être un bon garçon.

Maman hurlait sous son crâne. Il se boucha les oreilles pour la faire taire, mais elle continua à hurler. Elle ne se taisait jamais. Il n'avait pas suffi qu'il la tue en la poussant de l'échelle. Elle continuait à le tourmenter.

« Tue tes prisonnières. Tue tes prisonnières ! Tue-les et prends la fuite ! Cours ! Cours sans jamais t'arrêter ! »

Mais elles n'étaient pas ses prisonnières. Elles étaient ses invitées. Il n'avait pas envie de les tuer. Il n'aimait pas être seul, la nuit, quand les voix venaient de partout.

Mais il ne pouvait pas laisser les femmes. Elles raconteraient des mensonges sur lui.

Il devait brûler la cabane. C'était la seule solution : tout réduire en cendres. La police pouvait même croire qu'il avait brûlé avec ses invitées et le laisser tranquille.

Il les tuerait toutes, sauf Rachel. Il ne pouvait pas tuer Rachel. Elle commençait à le comprendre. Ils étaient amis. Sa mère la détestait, mais tant pis pour elle ! Cette fois, il ne l'écouterait pas. Elle pouvait crier autant qu'elle le voulait.

Rachel viendrait avec lui, point final.

Il était temps de mettre le feu.

17

Ils avaient la description du ravisseur. Ils savaient comment il s'y prenait pour enlever ses victimes. René avait trouvé la douille d'un énorme pétard sur la route panoramique, qui expliquait la détonation que Joy avait entendue.

Ils progressaient enfin — mais ils ne progressaient pas assez vite.

Sydney appela Tucker dès qu'elle quitta le commissariat et lui donna rendez-vous chez Dani's Delights pour l'informer des derniers rebondissements. Il l'avait tant soutenue pendant la semaine... Il méritait d'être tenu au courant de la situation.

Et elle avait envie de le voir. Elle ne pouvait plus se mentir. Cela ne changeait rien pour le moment, mais elle en avait assez de combattre l'évidence : elle était tombée amoureuse du champion de rodéo.

Elle se gara avec peine dans la rue principale, entre deux 4×4 noirs qui avaient débordé sur la place qu'elle avait choisie.

Des 4×4 longs et larges. Ses collègues avaient raison. Ils pullulaient à Winding Creek. Les cow-boys avaient-ils donc un problème avec le rouge et le violet ?

Millie Miles sortit de l'un des 4×4 au moment où Sydney quittait sa voiture. C'était encore l'une de ces journées où elle n'avait voulu ni rester chez elle ni conduire. Mais pourquoi se serait-elle donné la peine de conduire alors que l'un des nombreux employés de son mari pouvait lui servir de chauffeur ?

Elle avait peut-être toujours le même chauffeur, d'ailleurs, quelqu'un qui se consacrait entièrement à son service.

Quelqu'un qui était amené à venir en ville régulièrement, comme le jour où Rachel était entrée chez Dani's Delights quand Millie en sortait... Millie se trouvait-elle à Winding Creek à chaque fois qu'une femme avait disparu ?

C'était une hypothèse hasardeuse, mais c'était la meilleure piste dont Sydney disposait.

Elle s'approcha du 4×4 dont Millie venait de sortir, frappa à la vitre du conducteur et se présenta.

— Bonjour. Je suis Sydney Maxwell, du FBI, dit-elle en montrant sa plaque au chauffeur. Puis-je vous poser quelques questions ?

— Vais-je avoir des ennuis ?

— Seulement si vous avez fait quelque chose d'illégal.

— J'ai eu une amende pour excès de vitesse l'année dernière.

— Oublions ça. Je viens de voir Millie Miles sortir de votre voiture. C'est très gentil à vous de la conduire en ville. Le faites-vous tous les jours ?

— Non. C'est le boulot de Roy Sales, d'habitude.

— Où est-il, aujourd'hui ?

— Je ne sais pas. Il était là ce matin. Il a déposé la femme du patron à la bibliothèque où elle avait rendez-vous avec une amie. Il était censé revenir les chercher toutes les deux après le déjeuner, au Caffe Grill, mais il ne l'a pas fait. L'amie de la patronne a pris un taxi et j'ai écopé du rôle du laquais — mais ne dites pas à la patronne que je vois les choses comme ça, s'il vous plaît.

— C'est promis. Qu'est-il arrivé à Roy Sales, à votre avis ?

— Aucune idée. Roy n'apparaît que quand son travail est terminé.

— Je vois. Je crois l'avoir rencontré... A-t-il des cheveux bruns et gras qui rentrent dans le col de sa chemise ? Il est mince, c'est ça ? Et petit — à peine quelques centimètres de plus que moi.

C'était la description que Joy lui avait fournie. Elle n'en avait omis que la démence que Joy avait lue dans les yeux de son agresseur.

— C'est bien lui. On peut difficilement le confondre avec quelqu'un d'autre.

Comme à chaque fois que les pièces du puzzle s'emboîtaient, le cœur de Sydney s'affola.

Elle remercia le cow-boy pour son aide, se précipita dans sa voiture et appela Jackson. Elle tomba sur son répondeur, ce qui signifiait qu'il devait être en ligne. Jackson n'éteignait jamais son téléphone.

Elle laissa un message.

« Je crois qu'on tient notre homme. Il s'appelle Roy Sales. Il travaille pour Dudley et Millie Miles. Il vit dans le ranch de Kurlacky. J'y vais tout de suite. Retrouvez-moi là-bas. Vous n'aurez qu'à appeler Tucker pour qu'il vous indique le chemin. Et dépêchez-vous ! »

Elle avait l'impression de ne plus avoir que de l'adrénaline dans les veines, mais cela ne suffisait pas à lui faire oublier sa peur. Que trouverait-elle dans le ranch qu'occupait Roy ?

Elle écrasa l'accélérateur.

Mon Dieu, faites que Rachel soit en vie ! pria-t-elle. *Faites que toutes les captives du Kidnappeur Solitaire s'en sortent !*

Sydney faillit manquer le portail rouillé. Elle le vit au dernier moment, écrasa la pédale de frein et s'engagea sur le chemin de terre qui y menait.

Elle ne songea qu'à cet instant qu'elle ne savait pas où aller quand elle l'aurait franchi. Tucker lui avait dit qu'il y avait des granges abandonnées et des cabanons vermoulus dans tous les ranchs.

Le mieux qu'elle avait à faire était sans doute de se garer dans l'un des petits bois qui ponctuaient les collines et d'attendre Jackson. Elle ne pouvait pas se permettre de commettre une nouvelle erreur stupide.

Avec un peu de chance, Roy était en train de travailler dans le ranch de Dudley. Cela leur permettrait de fouiller les lieux et de retrouver ses victimes avant d'avoir affaire à lui. C'était la fin de l'aventure pour Roy. Elle ne s'attendait pas à ce qu'il se rende gentiment.

Elle sortit de sa voiture pour ouvrir le portail.

Elle sentit l'odeur de la fumée avant de voir des volutes noires s'élever au-dessus des arbres. Roy était peut-être en train de brûler des feuilles.

À moins qu'il s'agisse de son baroud d'honneur.

La panique la fit passer à l'action. Comme le portail était verrouillé, elle remonta dans sa voiture et le défonça.

Changement de plan : elle ne pouvait plus se permettre d'attendre Jackson. Elle roula vers la fumée et finit par voir de grandes flammes s'élever vers le ciel.

Lorsqu'elle atteignit la maison, celle-ci n'avait déjà plus de toit et des rondins tombaient dans de grandes gerbes d'étincelles.

Elle bondit hors de sa voiture et entendit des femmes crier. Leurs voix étaient presque couvertes par le rugissement de l'incendie.

— J'arrive, Rachel ! hurla-t-elle. J'arrive !

Elle courut vers le brasier. La chaleur et la fumée lui coupèrent vite le souffle, mais elle continua à avancer.

Ses yeux s'emplirent de larmes. Ses poumons la brûlaient et elle toussait à chaque pas. L'incendie s'était étendu aux arbres qui entouraient la maison. Tout brûlait autour d'elle. Saisie d'un vertige, elle tomba à genoux. Elle se força à relever la tête et vit trois femmes émerger de la maison en flammes en se tenant la main. Elles toussaient et titubaient. Elles s'effondrèrent toutes en même temps dès qu'elles furent hors de danger.

Sydney rampa vers elles, le cœur affolé. Elle finit par s'écarter assez des flammes pour retrouver la force d'appeler Rachel.

Les trois femmes tournèrent la tête vers elle. Rachel n'était pas là. Même si elle était au bord de l'évanouissement, Sydney se rapprocha de l'incendie une nouvelle fois. Elle crut entendre Rachel l'appeler. Elle réussit à se relever, mais elle retomba trois pas plus loin.

Quand elle voulut se remettre debout, ses jambes refusèrent de lui obéir. Il faisait si chaud... Quelqu'un la souleva dans ses bras juste avant qu'une grosse poutre enflammée ne lui tombe dessus.

Aveuglée par la fumée et par les larmes, elle dut cligner des yeux plusieurs fois avant de reconnaître Tucker. Il venait de lui sauver la vie.

— Que fais-tu là ? lui demanda-t-elle. Comment as-tu pu arriver aussi vite ?

— Jackson m'a appelé. Il m'a dit où tu étais et a ajouté que tu avais besoin de renforts. J'étais plus près d'ici que lui.

— Je n'ai pas sauvé Rachel ! gémit-elle.

— Je sais, murmura-t-il. Je suis désolé, bébé. Tellement désolé… Dieu sait que tu as essayé.

Le chagrin de Sydney était si grand que plus rien ne lui semblait réel. Tucker la posa, mais elle continua à s'agripper à lui pour ne pas s'effondrer.

— Nous devons aider les femmes qui se sont échappées de cet enfer, dit-elle.

Quand elle se tourna vers l'endroit où elle les avait vues tomber, il n'y avait plus personne.

— Trois femmes sont sorties de la maison, balbutia-t-elle. Je ne les ai pas rêvées, n'est-ce pas ?

— Je ne sais pas, répondit Tucker. Je n'ai vu que toi.

— Je suis sûre qu'elles étaient là… Il n'y avait pas Rachel, mais j'ai vu les trois autres femmes qui avaient disparu. L'incendie a dû brûler les portes des pièces où elles étaient enfermées.

— Jackson arrive. Si ces femmes sont dans le coin, il les trouvera. Viens ! Ma voiture n'est pas loin.

— Je ne m'en irai pas tant que nous ne les aurons pas retrouvées !

Elle rassembla ses forces et se dirigea vers les bois.

— Par ici, Sydney !

Cet appel était à peine plus qu'un murmure, mais Sydney fut certaine de reconnaître la voix de Rachel. Elle était en vie !

— J'arrive ! Oh ! Rachel… J'arrive ! lança-t-elle entre deux sanglots de joie et de soulagement.

Elle navigua péniblement entre les arbres et finit par découvrir sa sœur cachée derrière un tronc.

Elle pressa le pas et tomba dans les bras de Rachel. Elle la serra contre son cœur. Elle osait à peine croire que sa sœur était en vie.

— Ne fais pas de bruit, chuchota Rachel. Le monstre est là, quelque part…

— Non, tu ne risques plus rien, lui assura Sydney.

Sa sœur était en vie ! Sa sœur était sauvée ! Le soulagement remplaça peu à peu l'incrédulité et son cœur se gonfla de joie.

— Mon ami Tucker nous attend, dit-elle. Mes collègues du FBI sont en chemin. Le monstre est de l'histoire ancienne.

— Non, insista Rachel. Il ne me laissera jamais lui échapper. Il nous tuera toutes les deux.

— Qu'est-ce qui te fait croire ça ?

— Elle le croit parce qu'il fait toujours ce qu'il dit, répondit une voix rauque derrière elle.

Au même instant, le canon d'un revolver se posa sur sa tempe. Rachel avait raison. Le monstre était là.

— Alors tu veux que ça finisse comme ça, Rachel ? demanda-t-il. Tu aurais préféré brûler vive que de rester avec moi ? Dans ce cas, qui veut mourir la première ? Oh ! c'est vrai ! J'ai promis à Rachel qu'elle aurait le plaisir de voir mourir sa sœur. Ou était-ce le contraire ?

Sydney inspira profondément. Elle avait déjà vécu cela quand l'Étrangleur des Marais l'avait capturée. Cette fois, c'était le Kidnappeur Solitaire, mais la situation était identique.

Reprends le dessus ou meurs.

De toute manière, qu'avait-elle à perdre puisqu'il voulait la tuer ?

Le revolver de Roy était posé sur sa tempe. Il suffisait qu'il presse la détente pour que tout soit fini. Elle aurait perdu et le Kidnappeur Solitaire aurait gagné. Rachel et elle seraient ses dernières victimes.

Mais elle n'était pas prête à mourir. Un champion de rodéo l'attendait et elle avait une longue vie merveilleuse à vivre.

Elle trébucha intentionnellement en s'arrangeant pour tomber contre la jambe blessée de Roy. Il poussa un cri de douleur et leva son revolver pour la frapper avec la crosse...

Sauf que le revolver s'envola.

— Désolé, Roy, mais ce n'est pas mon premier rodéo et tu viens de t'offrir des vacances à vie dans le pénitencier le plus proche. Mesdames ? L'une de vous pourrait-elle ramasser l'arme de Roy ?

— Tucker ! s'écria Sydney.

Quand elle se retourna, la situation était inversée. Le canon du revolver de Tucker était posé sur la tempe de Roy, qui était pétrifié.

Jamais personne ne lui avait semblé aussi beau.

Une symphonie de sirènes annonça l'arrivée du shérif, de Jackson, et peut-être d'un camion de pompiers ou deux.

Alice, Michelle et Karen les rejoignirent à l'orée des bois. Rachel et elles tombèrent dans les bras les unes des autres en pleurant de soulagement.

Toutes les quatre reprendraient le fil de leur existence, radicalement transformées par cette horrible expérience, mais elles le reprendraient. Et Sydney offrirait à Rachel tout le soutien dont elle aurait besoin pour se réadapter à la vie normale.

Le règne du Kidnappeur Solitaire venait de s'achever, mais il y avait d'autres fous et d'autres criminels dans le monde. Voilà pourquoi Sydney était entrée au FBI. Il fallait que quelqu'un se batte pour les empêcher de nuire et pour sauver leurs victimes. Elle adorait son métier.

Mais cela l'obligerait-il à renoncer à Tucker ? Si c'était le cas, elle aurait besoin de réfléchir longuement et de bien hiérarchiser ses priorités.

Rachel et Sydney s'entretinrent pendant quelques minutes avec Jackson. Ils convinrent de se revoir plus longuement pour boucler le dossier le lendemain matin, quand elles seraient reposées.

Rachel rentra chez Esther avec Sydney et Tucker, et la famille merveilleuse de Tucker l'accueillit à bras ouverts.

Sydney et Tucker ne réussirent à regagner la chambre de Sydney que plusieurs heures plus tard. Cette fois, Tucker resta toute la nuit avec elle et ils purent enfin faire l'amour.

Trois fois.

Épilogue

Trois semaines plus tard

Tucker avait repris la compétition. Il aimait toujours autant le rodéo et il se réjouissait de ne pas avoir décidé de mettre fin à sa carrière. Mais le rodéo n'était pas la seule chose qu'il aimait.

Il était follement amoureux de Sydney. Leur relation lui apportait une joie immense, mais elle semblait hésiter à la frontière de l'engagement. Il avait toujours entendu dire que c'étaient les hommes qui avaient peur de s'engager. Pourtant, il n'aspirait qu'à demander Sydney en mariage. C'était elle qui n'abordait jamais le sujet.

Il avait la bague dans sa poche, mais que ferait-il si elle disait non ? La supplierait-il ? Ce n'était pas son genre.

Aucun taureau ne lui avait jamais autant fait peur que cette épreuve. Il sortit sous le porche pour attendre le retour de Sydney. Elle arrivait de Dallas, où elle avait eu un rendez-vous important avec Jackson.

Lui rentrait du rodéo de Waco, qu'il avait gagné.

Sydney et lui devaient bien s'organiser pour se voir, mais cela en valait toujours la peine. Et ce n'était pas seulement parce qu'il aimait lui faire l'amour — même s'il n'avait jamais été aussi comblé. Il adorait chaque seconde qu'il passait avec elle.

Esther le rejoignit, un verre de thé glacé à la main. Elle s'assit sur sa balancelle et le regarda faire les cent pas.

— Qu'est-ce qu'il t'arrive, ce soir ? finit-elle par demander. Tu es aussi tendu qu'une corde d'arc.

— Je suis impatient de voir Sydney, c'est tout.

— Vous n'avez pas de problèmes, j'espère ?

— Pas à ma connaissance.

— Essaie de ne pas tout gâcher avec elle, Tucker. Elle est intelligente, gentille et drôle. Tu n'en trouveras pas une deuxième comme ça même si tu la cherches toute ta vie.

— Je sais.

— Je lui suis infiniment reconnaissante d'avoir découvert la vérité sur la mort de Charlie. Je savais qu'il ne s'était pas suicidé. On s'aimait trop pour qu'il m'abandonne comme ça. Il me manque toujours autant, mais le fait que le coupable soit derrière les barreaux a adouci mon chagrin.

— Je suis content que justice ait été rendue, répondit Tucker. J'avoue que ça ne m'a pas surpris d'apprendre que Millie avait demandé à Roy de tuer Charlie, ni qu'il suffisait de payer Roy pour qu'il tue quelqu'un. Par contre, je ne m'attendais pas que Millie avoue aussi vite. Elle passera un long moment à l'ombre.

— Mon Charlie était si honnête ! soupira Esther. Il savait que son ami Dudley était innocent et que Millie passait tout à Angela. Quand Charlie est allé la trouver pour la menacer de dire la vérité, elle a paniqué et l'a fait tuer.

— Le meurtre de Charlie est un crime de plus dont Roy aura à répondre. Il a aussi avoué qu'il avait tué Sara Goodwin.

— Sait-on pourquoi ? demanda Esther.

— Le FBI pense que c'est au moment où il l'a tuée que Roy a définitivement perdu les pédales. Il était tombé amoureux d'elle et il croyait qu'elle l'aimait, mais elle s'est mise à l'insulter comme sa mère le faisait.

— La mère brune qui ressemblait beaucoup à Rachel et aux autres victimes, dit Esther. Il paraît qu'elle l'enfermait dans la cave pendant des jours s'il renversait son verre de lait ou s'il se salissait en jouant dehors. Quel genre de mère fait ça à son enfant ?

— Une femme qui n'aurait pas dû avoir d'enfant, répondit-il. Roy a des problèmes, c'est vrai, mais ça ne lui donnait pas le droit de torturer et de tuer des gens.

— Il a fait des choses terribles, mais même s'il a tué mon Charlie, je suis contente qu'on l'ait enfermé dans cet hôpital psychiatrique, le temps de savoir s'il est assez lucide pour se présenter à son procès. Il paraît qu'il croyait même avoir tué sa mère parce qu'il souhaitait sa mort à chaque fois qu'elle le torturait. Il s'est senti coupable pendant des années alors qu'elle est juste tombée d'une échelle par accident.

— Je suppose que son avocat dira que c'est à cause de son enfance qu'il a enlevé Rachel et les autres et qu'il les a enfermées dans sa cave. Si seulement il s'était fait aider avant de faire autant de mal !

Une voiture se gara devant la maison. Quand Sydney en sortit, Tucker se précipita à sa rencontre.

Elle lui sauta dans les bras et ils restèrent enlacés de longues minutes.

— Comment s'est passé ton rendez-vous ? demanda-t-il.

— Très bien. J'ai hâte de te raconter ça.

— Alors vas-y ! l'encouragea-t-il en ouvrant le coffre pour en sortir sa valise. Je t'écoute.

— Mais ce n'est pas quelque chose que je peux sortir comme ça.

Il commença à s'inquiéter.

— Veux-tu qu'on fasse quelques pas ?

— Oui.

Cela ressemblait horriblement à des préparatifs de rupture. Il enfonça ses mains dans ses poches et se mit à tripoter la bague de fiançailles qu'il espérait lui passer au doigt.

Ils marchèrent en silence jusqu'à ce que Sydney lui annonce enfin la nouvelle :

— Jackson m'a proposé une promotion très intéressante, mais ça supposerait que je m'installe à Dallas.

— Vas-tu accepter ?

— Ça dépend de toi.

— Comment ça ?

— Je t'aime, Tucker. Je t'aime tant que je ne peux pas imaginer de vivre sans toi. Mais j'aime aussi mon travail. Et tu aimes le rodéo. Il nous serait plus facile de nous voir si je vivais au Texas plutôt qu'à Nashville, mais j'ai peur que mon nouveau poste ne nous laisse pas assez de temps à passer ensemble.

— Nous trouverons le temps. Ça nous demandera des efforts, mais on y arrivera. Tu auras des vacances. J'aurai des périodes creuses entre les compétitions. Je les passerai toutes avec toi. Tu pourras venir me voir concourir le week-end.

— Cette vie te conviendra ?

— La vraie question est : est-ce qu'une autre vie nous conviendrait ? Nous ne sommes pas faits pour nous fondre dans le moule de la plupart des gens. Nous aimons prendre des risques. Nous vivons pour nos passions. Du moins, c'est ce qu'une femme très intelligente m'a dit un jour.

— Et si elle s'était trompée ?

— Je la connais bien. Elle est toujours sincère et elle ne se trompe presque jamais. Courageuse comme tu l'es, ne me dit pas que tu as peur de parier sur nous...

Il enroula ses doigts autour de la bague et mit un genou à terre.

— Je t'aime, Sydney Maxwell. Je t'ai aimée dès que j'ai posé les yeux sur toi. Je ne veux pas que tu renonces à quelque chose que tu aimes pour moi. Ça nous rendrait tous les deux plus malheureux.

— Alors ça ne te dérange pas que je continue à travailler pour le FBI ? demanda-t-elle.

— Je ne suis sûr que d'une chose : je ne pourrai pas être heureux si tu ne l'es pas. Il y aura de nombreux changements dans nos vies. Mon corps ne supportera pas indéfiniment d'être maltraité par des taureaux. Tu voudras peut-être avoir des enfants, un jour. Mais nous changerons quand nous y serons prêts.

Il prit sa main.

— Veux-tu m'épouser, Sydney Maxwell, et me rejoindre dans le plus bel amour de toute l'histoire de l'humanité ? Tout ce que je te demande, c'est qu'il dure éternellement.

— Tu es sûr que c'est ce que tu veux ?

— Je n'ai jamais été aussi sûr de quoi que ce soit de toute ma vie.

— Alors oui ! Je t'aime, Tucker. Je suis sûre que t'épouser sera l'aventure la plus excitante de toute ma vie.

Il passa la bague de fiançailles à son doigt, se leva et la prit dans ses bras. Ils scellèrent leur promesse par un baiser qui lui coupa le souffle.

Grâce à Sydney, il aurait un frisson par minute jusqu'à la fin de leur vie. Il ne pouvait pas rêver mieux.

JOANNA WAYNE

La crainte
dans ton regard

LE SECRET DES KAVANAUGH
VOLUME 2

Traduction française de
HERVE PERNETTE

SAGAS

HARLEQUIN

Titre original :
DROPPING THE HAMMER

Ce roman a déjà été publié en 2019.

© 2018, Jo Ann Vest.
© 2019, 2024, HarperCollins France pour la traduction française.

Prologue

Les mains de Roy Sales se resserraient autour de son cou. À califourchon sur elle, il la clouait au lit, l'empêchant de bouger. Rachel était persuadée que sa dernière heure était venue.

Tétanisée par la terreur, elle n'arrivait plus à respirer, mais elle refusait de mourir.

— Ne t'inquiète pas, jolie Rachel. Si tu fais ce que je te dis, je ne te tuerai pas.

Lentement, il relâcha son emprise sur sa gorge et partit d'un rire de dément. Elle fut prise d'une quinte de toux tandis qu'elle s'efforçait frénétiquement de reprendre son souffle.

— Inutile de résister, ma belle. Je ne te laisserai jamais partir. Tu m'appartiens. Et, au fond de toi, tu sais que tu le veux aussi.

— Lâchez-moi, l'implora-t-elle d'une voix éraillée. Je vous en supplie, lâchez-moi.

— Oui, c'est ça, ma beauté. Continue de me supplier.

Elle ferma les yeux pour ne plus voir l'éclat maléfique qui animait son regard. L'implorer ne servirait à rien. Il n'avait pas de cœur, il ignorait ce qu'était la compassion.

En se tortillant dans tous les sens, elle parvint à libérer son bras droit et lança brutalement son poing serré en avant.

En même temps, il y eut un bruit de verre brisé et elle sentit une violente douleur dans les phalanges. Puis du sang coula sur ses doigts.

Elle hurla. De toutes ses forces.

Prise entre les draps, elle se redressa et, soudain, s'éveilla. Sur la table de nuit, l'alarme de son téléphone portable sonnait.

Bouche ouverte, elle prit de grandes inspirations. Ce n'était qu'un cauchemar. Elle était chez elle. Seule. En sécurité.

À tâtons, elle chercha son téléphone pour couper l'alarme. L'appareil était mouillé, tout comme sa main. Mais c'était de l'eau, pas du sang. Elle avait cassé le verre d'eau posé sur sa table de nuit.

Machinalement, elle sécha son téléphone avec un coin de drap en reprenant peu à peu ses esprits.

Elle étendit les jambes et contempla les reflets du soleil sur les murs de sa chambre. Tout allait bien, elle ne risquait rien. Mais, depuis qu'elle avait réellement été séquestrée pendant plusieurs jours par un psychopathe, elle faisait régulièrement des cauchemars et était sujette à des crises d'angoisse.

Si un homme qu'elle ne connaissait pas la suivait d'un peu trop près dans la rue, cela suffisait pour qu'elle panique. Parfois, quand elle montait en voiture à la nuit tombée, elle avait la sensation d'être observée et perdait ses moyens.

Il fallait absolument qu'elle parvienne à laisser derrière elle ce terrible épisode. Or, elle se sentait démunie. Jusque dans sa propre chambre, cet homme venait la hanter.

Au fond d'elle-même, elle sentait que le danger était là, tapi dans l'ombre.

1

Trois mois plus tard

— Bonjour, mademoiselle Maxwell.

La réceptionniste du cabinet lui sourit quand Rachel entra dans le vestibule.

— Vous êtes là de bonne heure, ce matin, Carrie, remarqua Rachel.

— Oui, mais c'est bien la première fois que j'arrive avant vous. Certains jours, je me demande si vous n'avez pas dormi au bureau.

— J'y ai déjà songé.

— M. Fitch, vous a précédée lui aussi, aujourd'hui. Et il a demandé que vous passiez le voir à votre arrivée.

— A-t-il dit pourquoi ?

— Non, mais je crois que c'est important.

Avec Eric Fitch, tout était important. Rien de ce qui se passait dans son cabinet ne lui échappait.

Rachel se rendit dans son propre bureau pour y laisser son manteau et son sac, puis se dirigea vers celui d'Eric, dont la porte était entrouverte. Elle frappa un coup léger. Son patron se leva et lui fit signe d'entrer.

— Carrie m'a dit que vous souhaitiez me voir ?

— Oui. La journée va être chargée mais, je l'espère, très productive. Si vous avez des rendez-vous prévus qui peuvent attendre, reportez-les.

— Eh bien, ça m'a l'air sérieux ! Que se passe-t-il ?

— Il y a une affaire très importante dont nous pourrions avoir à nous occuper et dont j'aimerais que nous parlions.

Elle se demanda pourquoi il voulait s'en entretenir avec elle mais ne lui posa pas la question. Sans un mot, elle s'installa en face de lui, dans le fauteuil qu'il lui indiquait. Il reprit sa place et se laissa aller contre le dossier de son fauteuil de cuir.

— Qui est le prévenu ? lui demanda-t-elle.

— Hayden Covey. Je suppose que vous avez appris qu'il a été arrêté hier soir.

— Oui, j'ai reçu une alerte info à ce sujet sur mon téléphone. À l'heure qu'il était, tout le Texas devait être au courant.

Étudiant de l'université du Texas, Hayden Covey était accusé d'avoir tué sa petite amie quelques jours après qu'elle eut rompu avec lui.

C'était également le fils d'un sénateur très influent et très populaire marié à une riche héritière.

La victime s'appelait Louann Black. Étudiante également, âgée de dix-neuf ans, elle était issue d'une famille réputée dans le monde musical d'Austin.

Elle avait d'ailleurs écrit plusieurs chansons pour de célèbres interprètes et se produisait fréquemment en personne dans des clubs de la ville.

En d'autres termes, ce serait certainement le procès le plus médiatisé du Texas depuis longtemps.

— Pensez-vous que Hayden est innocent ? reprit-elle.

— C'est ce qu'il prétend, et je sais que ses parents le croient.

— Même quand les preuves sont accablantes, la plupart des parents veulent croire à l'innocence de leur enfant.

— Dans ce cas précis, il y a des preuves contre lui, mais pas accablantes. Je suis persuadé qu'un avocat habile sera capable de gagner le procès.

— Les parents de Hayden ont eu raison de s'adresser à vous. Il est indéniable que vous êtes le meilleur avocat du Texas.

— Merci. Mais, même si c'était vrai, je doute d'être l'homme qu'il faut pour le défendre. Je vais être honnête avec vous, Rachel. Le sénateur Covey et moi, nous sommes amis depuis l'école de droit, et je connais Hayden depuis sa naissance. C'est un brave gamin.

— Il a vingt ans, releva Rachel. Ce n'est plus tout à fait un gamin.

— C'est vrai. C'est un jeune homme à l'avenir prometteur. Il pourrait devenir joueur professionnel de football américain. Alors qu'il n'est qu'en deuxième année, il est déjà l'un des meilleurs joueurs de la ligue universitaire du pays.

— Mais même de grands sportifs commettent des crimes...

— Certes, mais lui n'a jamais eu affaire à la justice, à une exception près. L'an dernier, il a été arrêté à la suite d'une bagarre entre étudiants dans un bar. Et plusieurs témoins ont affirmé que ce n'était pas lui qui était à l'origine de l'altercation.

Les médias avaient évidemment ressorti cette histoire. Les témoins qui avaient défendu Hayden à l'époque étaient tous des amis à lui. Quant à l'étudiant avec lequel il s'était battu, il avait atterri à l'hôpital avec la mâchoire cassée et une commotion cérébrale.

Ce qui n'était rien comparé à la violence des coups qui avaient causé la mort de son ex-petite amie.

— Comme je vous le disais, le sénateur Covey étant un de mes amis, je crains, si je défends Hayden, que les jurés voient cela d'un mauvais œil.

— Vous avez sans doute raison, répondit Rachel, certaine que, qui que soit officiellement son avocat, Eric Fitch tirerait les ficelles en coulisses. Fort heureusement, notre cabinet dispose d'autres avocats de très haut niveau, ajouta-t-elle.

— En effet, ce qui ne me facilite pas la tâche pour arrêter mon choix. Néanmoins, hier soir, j'ai abordé la question avec mon fils et Edward. Et, tous trois, nous pensons que vous êtes la mieux qualifiée pour vous charger de ce dossier.

Complètement abasourdie, Rachel le dévisagea.

— Vous voulez dire comme avocat principal ?

— Oui. Évidemment, vous disposerez de toute l'assistance nécessaire. Mais c'est vous qui serez chargée des plaidoiries. Et vous répondrez également à la presse tout au long du procès.

Depuis qu'elle avait intégré le cabinet, après l'obtention de son diplôme, elle avait travaillé d'arrache-pied dans l'espoir d'avoir un jour une telle opportunité. Mais elle pensait que, depuis quelques mois, elle était devenue moins performante. Car, malgré tous ses efforts, elle avait des difficultés de concentration et du mal à gérer ses crises d'angoisse.

— Pourquoi moi ? demanda-t-elle.

— J'ai discuté avec mes associés. Nous sommes convaincus que vous avez le bon profil. Vous êtes douée, volontaire, et vous êtes très habile pour déterminer quelle stratégie adopter en fonction de la composition du jury. Depuis que vous êtes parmi nous, vous l'avez prouvé maintes fois.

— Mais je n'ai jamais instruit un dossier aussi important.

— C'est vrai. Cependant, vous avez montré que vous étiez à l'aise dans un tribunal. Vous n'êtes pas du genre à vous laisser impressionner par un juge ou un procureur.

Un an plus tôt, c'était sans doute vrai. Désormais, elle n'était pas sûre de pouvoir supporter sans sourciller toute la violence qui accompagnait une affaire de meurtre.

Lors de la dernière affaire d'homicide sur laquelle le cabinet avait travaillé, elle n'était qu'un membre de l'équipe parmi d'autres. Le simple fait d'avoir dû regarder des photos de la victime, qui s'était fait agresser dans un ascenseur, lui avait valu un surcroît de cauchemars et de crises d'anxiété.

Avant, sa carrière était toute sa vie. Depuis son enlèvement, les choses avaient changé. Si elle n'était pas réellement convaincue de l'innocence de l'homme qu'elle devait défendre, jamais elle ne parviendrait à plaider sa cause.

— J'apprécie énormément votre confiance, mais...

— Je sais que ce sera le plus grand défi de votre carrière, la coupa Fitch. Mais nous sommes persuadés que vous êtes prête à le relever.

Elle fixa en silence un point indéterminé devant elle. De nombreux doutes l'agitaient. Et si elle n'était pas à la hauteur ? Comment ferait-elle si elle n'était pas certaine de l'innocence de Hayden Covey ? Qu'adviendrait-il si elle perdait ses moyens devant le jury ? Si cela se produisait, ce serait à coup sûr la fin de sa carrière.

Fitch se leva et contourna son bureau pour venir se poster devant elle, le regard grave et intimidant.

— Cette affaire est très importante pour moi et pour le cabinet,

Rachel. Depuis votre tragique agression, nous avons fait tout notre possible pour vous entourer et vous soutenir. Aujourd'hui, je vous demande de vous en souvenir. Ne me laissez pas tomber.

« Ne me laissez pas tomber. »

À son intonation, elle comprit qu'il s'agissait d'un avertissement. Ce n'était pas une demande mais une injonction.

— Je comprends, dit-elle.

— Tant mieux. Je me suis donc bien fait comprendre.

— Oui, vous avez été parfaitement clair. Quand dois-je rencontrer notre client ? demanda-t-elle, même si elle n'avait pas encore officiellement accepté le dossier.

D'ordinaire, le cabinet offrait le privilège à ses avocats de rencontrer seuls le potentiel client. Pas cette fois, apparemment.

— Hayden et ses parents seront là à 10 heures. J'assisterai à cette première entrevue, annonça Fitch.

— Je vois. Est-ce tout pour le moment ?

— Oui. Cependant, je dois vous avertir que Claire, la mère de Hayden, est très affectée par cette histoire. J'espère que vous saurez lui donner l'espoir que son fils soit innocenté.

— Je ferai tout mon possible.

Eric Fitch avait obtenu ce qu'il voulait ; il acquiesça avec un petit sourire de satisfaction.

Elle se voyait offrir l'opportunité qu'elle espérait depuis tant d'années, celle pour laquelle elle avait fait tant de sacrifices.

Pourquoi alors éprouvait-elle l'envie de dire à Eric Fitch qu'il pouvait se garder son affaire ?

2

Luke Dawkins redressa son stetson et observa longuement la barrière métallique rouillée, devant lui. Le nom ARROWHEAD HILLS RANCH était toujours gravé dans le panneau de bois fixé dessus.

La dernière fois qu'il l'avait vu, c'était dans le rétroviseur du vieux pick-up acheté grâce à l'argent qu'il avait gagné en travaillant au magasin de matériel agricole local. C'était onze ans plus tôt, quand il avait dix-huit ans.

La barrière n'avait pas changé. Luke ne pouvait en dire autant de lui-même.

Comme disait l'écrivain Thomas Wolfe, l'endroit où on a grandi ne peut pas changer. Mais celui qui le quitte changera, lui.

Après quelques années à passer de petit boulot en petit boulot, il était resté huit ans dans l'armée. Cette période avait fait de lui un homme. Pourtant, revenir à l'endroit qu'il appelait naguère « chez lui » le remplissait d'appréhension.

C'était un coin vallonné du Texas où il y avait plus de vaches que d'habitants, plus de clôtures de barbelés que de routes, et quelques-uns des plus beaux ranchs de l'État.

Il n'avait rien contre cette région, mais contre un homme en particulier qui y vivait : Alfred Dawkins. Un homme têtu, amer, froid et distant.

Son père ne serait pas ravi de le voir revenir, pas plus que lui-même n'était heureux de ce retour.

Mais ni l'un ni l'autre n'avaient le choix.

Tandis qu'il descendait de son véhicule, il sentit la rancœur lui nouer les entrailles.

Il alla jusqu'à la barrière, l'ouvrit puis remonta en voiture et entra.

Il redescendit pour refermer et prit quelques instants pour contempler le paysage. Un chien aboyait au loin, mais il savait que ce ne pouvait être Ace, le golden retriever qu'il avait élevé. Ace était mort après avoir été mordu par un serpent à sonnette. Et, si le chien ne s'était pas jeté sur le reptile, c'est lui qui aurait été mordu.

Cela s'était passé quand il avait quatorze ans. En le voyant pleurer la mort de son chien, son père s'était moqué de lui. Comme d'habitude. Pour son père, il n'avait jamais été à la hauteur. C'était une des raisons pour lesquelles il n'était plus revenu après avoir quitté le ranch.

Il entendit un corbeau croasser, puis un cheval hennir. Il tourna la tête et aperçut près d'un bosquet deux juments qui l'observaient. Son père élevait toujours des chevaux. Tant mieux.

Cela faisait longtemps qu'il n'était pas monté à cheval. Ses missions à l'étranger en tant que militaire ne lui avaient guère laissé le temps de jouer au cow-boy.

En cette fin janvier, il faisait doux pour la saison, mais il y avait du vent.

Après avoir refermé la barrière, il se remit une fois de plus au volant et roula jusqu'à la maison. Il ignorait à quoi s'attendre et dans quel état était son père avant son AVC. Pour le moment, il était encore à l'hôpital.

On lui avait dit qu'il était partiellement paralysé du côté gauche et avait du mal à s'exprimer. Il n'était évidemment plus autonome et ne pouvait plus s'occuper du ranch.

C'était Esther Kavanaugh, une voisine de longue date, qui avait également été la meilleure amie de sa mère, qui l'avait prévenu. Ensuite, il s'était mis en relation avec l'hôpital.

Et aujourd'hui il était de retour à Winding Creek.

Tandis qu'il remontait le chemin menant à la maison, le toit apparut. Les arbres lui cachèrent le reste jusqu'à ce qu'il soit tout près.

Elle semblait plus petite que dans son souvenir. C'était une maison toute simple avec deux chambres, deux petites salles de bains, un salon, une cuisine au rez-de-chaussée, et une chambre supplémentaire à l'étage qui était l'endroit où il aimait se réfugier.

Il se gara à côté d'un véhicule recouvert d'une bâche. Probablement le vieux pick-up Chevrolet de son père, qui avait toujours aimé les Chevrolet et prenait soin de dégager les chemins du ranch pour ne pas risquer d'abîmer sa voiture quand il les parcourait.

La galerie que sa mère fleurissait abondamment avait désormais triste aspect : un pot de fleurs desséchées dans un coin, deux vieux rocking-chairs poussiéreux, et rien d'autre.

Les plates-bandes qui la longeaient, autrefois soigneusement entretenues, étaient maintenant envahies par les mauvaises herbes.

Le crépi de la façade était écaillé et tombait même par endroits. À une fenêtre, un volet battait dans le vent.

Une boule au ventre, il descendit de voiture et alla jusqu'aux marches de la galerie. Même en d'autres circonstances, repenser à sa mère, qui n'était plus de ce monde, lui aurait brisé le moral. Alors se retrouver là était encore plus dur.

Il n'avait aucune idée de ce que son père et les voisins attendaient de lui. Travailler ne le dérangeait pas, mais il n'avait pas autorité pour prendre des décisions concernant le ranch. Et il était plus que probable que, si son père avait rédigé un testament, son nom n'y apparaisse pas, même s'il était fils unique.

La porte n'était pas verrouillée. Il venait de l'ouvrir et allait entrer quand un bruit de sabots le fit se retourner. Le cavalier qui arrivait tira sur les rênes pour faire s'arrêter sa monture près d'un grand arbre.

L'homme mit pied à terre et attacha son cheval à une branche basse.

Puis il lui adressa un sourire et un signe de tête.

Luke le salua en retour en portant la main à son chapeau.

— Vous devez être Luke, dit le cow-boy qui s'approcha de lui. Esther Kavanaugh avait prévenu que vous arriveriez ce week-end, mais elle n'était pas certaine du moment exact. Alors je suis passé pour voir si vous étiez déjà là.

— Je suis bien Luke Dawkins, oui, et j'arrive à l'instant. Je n'ai pas encore eu le temps d'entrer dans la maison.

Il tendit la main au nouveau venu.

— Buck Stalling, déclara celui-ci en lui serrant la main. Je travaille pour Pierce Lawrence, du ranch Double K. Je viens ici deux fois par jour pour m'occuper des chevaux.

— Est-ce que Pierce dirige le ranch pour Esther Kavanaugh, désormais ? demanda Luke.

— Non, c'est lui le propriétaire. Mme Kavanaugh le lui a vendu il y a quelques mois.

— Ah, d'accord. Quand je lui ai parlé au téléphone, elle ne m'a pas dit avoir déménagé.

— Oh ! elle n'a pas déménagé ! Elle occupe la maison principale et prend toujours autant soin de ses poules et de son jardin.

— Et Pierce vit dans la maison également ?

— Il y a vécu quelque temps. Maintenant, il habite celle qu'il a fait construire sur le domaine en compagnie de Grace, son épouse, qui est d'ailleurs enceinte. Mme Kavanaugh est ravie de les avoir pour voisins.

— Apparemment, tout le monde y trouve son compte ; ils se sont bien débrouillés. Mais j'ignorais que Pierce était revenu à Winding Creek.

— Vous connaissez donc bien Pierce. Je suis surpris qu'il ne m'ait pas davantage parlé de vous.

— Oh ! Ça n'a rien d'étonnant ! Nous ne nous sommes pas revus depuis le lycée. Et il avait déménagé avant la fin de l'année scolaire.

— Oui, après la mort de ses parents. Ses frères et lui ont eu de la chance que les Kavanaugh soient là pour veiller sur eux jusqu'à ce qu'ils aillent s'installer chez leur oncle dans le Kansas.

Perdre un parent était toujours une épreuve, songea Luke. Il était bien placé pour le savoir.

— Et alors, si vous vous occupez des chevaux, qui prend soin des autres animaux ?

— Dudley Miles a demandé à deux de ses hommes de veiller sur le bétail jusqu'à ce que votre père soit en mesure d'engager de nouveaux employés. À Winding Creek, il y a toujours eu une grande solidarité entre voisins.

— Oui, en effet, dit Luke.

— Je suis vraiment désolé pour votre père, reprit Buck. Je ne le connais pas très bien, mais, quand quelqu'un de la région a des ennuis, ça me touche.

— Merci de votre sollicitude. En arrivant, j'ai entendu un chien aboyer. Est-ce celui de mon père ?

— Non, ce devait être Marley, le chien d'un des cow-boys qui s'occupent des bêtes. Parfois, ils l'emmènent.

— Vous avez un beau cheval, en tout cas.

— Ah, ça ! J'aimerais bien que Lucky soit à moi. C'est le meilleur !

— Il y a combien de chevaux, au ranch ?

— Huit. Ils font la fierté de votre père. Si par malheur il ne peut plus monter, ce sera un coup dur pour lui.

— Espérons qu'il n'en sera rien.

— Oui, bien sûr.

— Et combien y a-t-il de têtes de bétail ?

— Je n'en connais pas le nombre exact, mais je dirais que votre père possède une bonne centaine de vaches. Évidemment, cela varie suivant les saisons, notamment au printemps, après la naissance des veaux.

— J'ai comme l'impression que ça représente une charge de travail considérable pour un homme qui approche les soixante-dix ans.

— Oui. Avant, il avait toujours quelques employés saisonniers. Et puis un jour, j'ignore pourquoi, il s'est mis en colère contre eux et en a renvoyé la plupart. Il a eu son attaque peu après, et les derniers ont disparu.

Cela n'étonna pas Luke. Son père était resté semblable à lui-même...

Ils bavardèrent encore quelques minutes. À la fin de la conversation, Luke était au moins rassuré sur un point : le ranch n'était pas aussi négligé que la maison.

Quand Buck fut reparti, il entra et fut immédiatement assailli de souvenirs, bons ou mauvais.

Ce fut encore pire quand il passa dans la cuisine. Il s'appuya

186

contre le plan de travail et eut la sensation qu'une odeur de poulet grillé embaumait l'atmosphère. L'image de sa mère, qui s'activait en chantonnant dans la cuisine, ses cheveux noirs brillants sur les épaules, flotta devant ses yeux.

C'était avant que le drame survienne. Il y avait tellement longtemps.

Il repoussa ses souvenirs avant que l'amertume prenne le dessus. Il était à peine plus de 15 heures, mais, en janvier, la nuit tombait tôt.

Pour autant qu'il sache, son père était en bonnes mains et, le temps qu'il arrive à San Antonio, peut-être dormirait-il déjà. Il lui rendrait visite demain, décida-t-il.

Dans l'immédiat, il allait faire le tour du ranch à cheval.

À cette perspective, il se sentit impatient de monter. Parce que ça faisait longtemps que ça ne lui était pas arrivé, ou parce qu'il avait trouvé une excuse pour repousser le moment où il se retrouverait face à son père ?

3

Rachel ôta sa veste de tailleur bleu marine et la posa sur l'accoudoir d'un confortable fauteuil du cabinet de son psychologue avant de s'asseoir. Lors des premières séances chez lui, elle avait eu du mal à se livrer et finissait invariablement en larmes.

C'était en septembre, juste après que Sydney, sa sœur, et Tucker Lawrence, qui était depuis devenu le mari de celle-ci, l'avaient sauvée des griffes de Roy Sales. À l'époque, elle n'était que l'ombre d'elle-même et subissait des crises d'angoisse extrêmement fréquentes.

Manquant de sommeil, elle était incapable de travailler.

Le Dr Lindquist, le psychologue, lui avait assuré que, vu ce qu'elle avait subi, tout cela était normal. Peu à peu, son calme et sa bienveillance avaient eu un effet positif sur elle. Elle ne s'estimait toutefois pas encore guérie, ce qui ne manquait pas de la contrarier.

Elle avait du mal à évoquer ouvertement ce qu'elle avait vécu au cours de sa captivité. Si Tucker et sa sœur étaient arrivés ne serait-ce que deux heures plus tard, elle serait morte brûlée vive. Cela, elle ne l'avait pas digéré.

Parler de ces moments, ou même seulement y penser, les lui faisait revivre comme s'ils dataient de la veille.

Le Dr Lindquist s'installa face à elle.

— Je suis content de vous voir, Rachel.

— Merci de m'avoir reçue dans un délai aussi rapide, dit-elle.

— Quand vous m'avez appelé, j'ai eu l'impression que c'était urgent.

— En effet, admit-elle en posant les mains sur ses genoux. Ce matin, au travail, j'ai été victime d'une terrible crise.

Elle enroula les bras autour de son buste pour tenter de maîtriser sa nervosité.

— Respirez à fond plusieurs fois, lui conseilla le Dr Lindquist. Prenez votre temps. Vous êtes mon dernier rendez-vous de la journée, alors rien ne nous presse.

— Merci, mais vous risquez de regretter ce que vous venez de dire.

— Non, je vous assure que j'ai tout mon temps. Avez-vous fait de nouveaux cauchemars ?

— Non. J'en fais encore de temps en temps, mais ce n'est pas le problème. En revanche, chaque fois que je crois enfin commencer à recouvrer le contrôle de mes émotions, un événement survient et me renvoie à mes angoisses.

— Vous avez un lourd traumatisme à surmonter et, en plus, vous exercez un métier qui ne vous épargne pas sur le plan émotionnel. Il est normal que, parfois, vous rechutiez. Nous avons déjà évoqué cette question.

— Je sais. Mais cette fois c'est un peu plus qu'une rechute. Il se pourrait que j'aie ruiné ma carrière.

Le médecin croisa les jambes.

— Racontez-moi tout depuis le début.

— D'accord. Je suppose que vous avez entendu parler de l'arrestation du fils du sénateur Covey ?

— Bien sûr, il est impossible de l'ignorer. Le meurtre de sa petite amie fait l'ouverture des infos depuis plusieurs jours. J'imagine que le sénateur et son épouse sont effondrés.

— Ils sont aussi désespérés. Et ce matin mon patron, Eric Fitch, m'a appris que le sénateur était un de ses amis, ce que j'ignorais.

— J'en déduis que votre cabinet sera chargé de la défense de Hayden.

— Oui, c'est ça. Et on m'a proposé d'être son avocate.

— Comment avez-vous pris cette proposition ?

— Elle m'a totalement surprise. Et maintenant je me sens troublée, confuse, anxieuse.

Elle sentit ses muscles se crisper et une migraine s'annoncer.

— C'est typiquement le genre d'affaires qui peut propulser ou briser la carrière d'un avocat, reprit-elle. Mais c'est l'opportunité que j'attendais depuis que je fais ce métier. Et je pensais y être préparée.

— Désormais, vous en doutez. Pour quelle raison ?

— Je n'ai plus confiance en moi. Je me demande même si j'ai réellement envie de traiter une telle affaire.

Le médecin se pencha en avant.

— Continuez.

— Ce matin, le sénateur Covey et son épouse sont venus au cabinet avec leur fils pour un entretien préliminaire. Quand j'ai serré la main à Hayden, son regard froid de prédateur m'a transpercée, au point que j'en ai eu des frissons. J'ai alors eu la sensation qu'il aurait été tout à fait capable de commettre un meurtre. Pourtant, je n'en ai aucune preuve... Il n'a rien fait ni dit qui aurait pu me le laisser penser, mais, dans son regard, j'ai cru voir Roy Sales.

— Et qu'avez-vous fait ?

— Eh bien, j'ai prétendu ne pas me sentir bien, ce qui d'ailleurs n'était pas faux, et j'ai quitté la pièce.

Elle se couvrit le visage de ses mains pour dissimuler ses larmes. Sa vie avait irrémédiablement changé, et le passé était sur le point de compromettre son avenir. C'était une spirale infernale.

— S'il s'avère que Hayden Covey est coupable du meurtre de sa petite amie, vous pourrez vous dire que votre instinct ne vous a pas trompée, remarqua le Dr Lindquist.

— En effet. Mais ça n'excuse pas mon manque de professionnalisme.

— Depuis cet incident, avez-vous reparlé à votre patron ?

— Non, pas encore. Je crois qu'il a passé le reste de la matinée avec les Covey, mais il ne tardera pas à me contacter pour me demander des explications sur mon comportement. Si je ne suis pas renvoyée sur-le-champ, je pourrai m'estimer heureuse. Il m'a offert une opportunité en or, et moi je n'ai pas été à la hauteur. J'ai échoué.

— Échouer est un terme fort.

— C'est un terme que j'utilise rarement, admit-elle. Mais pour moi plus rien n'est comme avant, et j'en ai assez que mes amis et mes collègues me témoignent de la commisération à cause de ce qui m'est arrivé. Je veux qu'ils me considèrent comme leur égale.

— Je suis persuadé que la plupart d'entre eux ne veulent que votre bien.

— Je sais, mais je n'ai pas envie de vivre ainsi !

— Dans ce cas, peut-être est-ce le moment pour vous de changer de vie. Installez-vous quelque part où personne ne connaîtra votre passé.

— Vous parlez comme ma sœur, docteur. À la différence que ses conseils sont gratuits.

— Quels conseils vous donne-t-elle ?

— Elle trouve que je me mets trop de pression et que je ferais mieux de quitter le cabinet pour me laisser le temps de redevenir complètement moi-même. Loin d'un monde où on ne fait que défendre des gens accusés d'avoir commis des horreurs.

— Et qu'en pensez-vous ?

— Vous savez, docteur, parfois, j'aimerais que vous me fournissiez des réponses au lieu de m'inciter à trouver mon chemin dans le brouillard de mon existence.

À son grand étonnement, le médecin esquissa un sourire.

— Moi aussi, j'aimerais bien, parfois. Malheureusement, ça ne marche pas comme ça. Vous seule êtes en mesure d'apporter des réponses à vos interrogations. Je repose donc ma question : que vous inspire la suggestion de Sydney selon laquelle vous devriez exercer une activité moins stressante, ne serait-ce que pendant quelque temps, et, éventuellement, changer de lieu de vie ?

— Si je suivais son conseil, j'aurais le sentiment d'avoir capitulé. Que j'ai perdu et que Roy Sales a gagné.

— C'est tout ?

Comme souvent, elle se fit la réflexion que le Dr Lindquist lisait en elle comme dans un livre ouvert.

— Je reconnais qu'il m'arrive d'avoir envie de tout laisser

tomber, avoua-t-elle à contrecœur. Mais travailler pour un prestigieux cabinet d'avocats, c'était mon rêve depuis la faculté de droit. Je me suis tellement investie pour le rendre tangible que je ne peux pas tout abandonner du jour au lendemain.

— Vous savez, il arrive que les rêves changent de nature.

— Ou qu'on les modifie pour vous.

— Avez-vous déjà songé à exercer un autre métier que celui d'avocate ?

— Non, pas sérieusement. Cependant, j'ai une amie qui exerce exclusivement auprès d'organisations caritatives ; elle leur donne des conseils juridiques, fiscaux. Et elle affirme qu'elle adore ça parce qu'elle a toujours le sentiment d'être du bon côté.

— Et, selon vous, c'est important ?

— Êtes-vous en train d'essayer de me faire comprendre que je devrais quitter mon travail actuel ?

— Ce qui compte, c'est ce que *vous* croyez, Rachel. Ce que je peux dire, c'est que je ne considérerais pas le fait que vous changiez de métier comme une capitulation de votre part. Simplement, changer de projet de vie, de métier, est souvent une décision très difficile à prendre.

— Je n'ai jamais vu ça sous cet angle.

— Vous êtes une jeune femme intelligente, très forte, qui a un bon instinct. Je suis sûr que vous prendrez la décision la plus bénéfique pour vous. Vous avez seulement besoin de temps pour réfléchir.

— Vous avez davantage confiance en moi que moi-même.

— Cela aussi changera. Toutefois, je me pose une question. Pourquoi Eric Fitch ne prend-il pas lui-même le dossier en main ?

— Parce qu'il craint que les liens d'amitié qu'il entretient avec le sénateur Covey influencent négativement le jury. Selon lui, je serai plus à même de convaincre les jurés de l'innocence de Hayden.

— À cause de ce que vous avez vécu ? Pour les jurés, ce ne sera pas neutre, parce qu'ils considéreront votre opinion sur Hayden à la lumière de ce que vous avez traversé.

Le commentaire du Dr Lindquist lui fit l'effet d'une gifle car, soudain, les véritables motivations d'Eric Fitch lui apparaissaient.

Il ne la considérait pas comme l'avocate la plus habile du cabinet. Il se servait d'elle en partant du principe que jamais les jurés, sachant ce qu'elle avait vécu, ne la croiraient capable de défendre Hayden sans être convaincue de son innocence.

Elle en eut l'estomac noué. Bien sûr, ce n'était qu'une hypothèse, mais elle était persuadée d'avoir raison. Comment avait-elle pu ne pas comprendre plus tôt ?

Quand elle quitta le cabinet du Dr Lindquist et rejoignit sa voiture, sa décision était prise.

Si elle se dépêchait, elle aurait le temps de parler à son patron avant qu'il soit parti.

Elle ne pouvait pas rester éternellement une victime. Elle devait rendre les coups.

4

Quand Rachel sortit du parking du cabinet pour rentrer chez elle, une petite pluie fine tombait. Elle avait les nerfs encore à vif, et sursauta quand la sonnerie de son portable retentit.

Avant d'enclencher le kit mains libres, elle vérifia qui l'appelait. C'était sa sœur. Elle décrocha en se disant qu'elle n'allait pas lui annoncer la grande nouvelle avant de s'être faite à l'idée.

— Salut, Sydney. Alors, quelle est l'ambiance au FBI une veille de week-end ?

— Comme d'habitude, tout le monde court dans tous les sens et les crises à gérer s'accumulent. Mais je compte bien ne pas penser à tout ça ce week-end. Je ne vais pas tarder à arriver à Winding Creek. J'y serai pour dîner en compagnie d'Esther et de toute la famille. À quelle heure arrives-tu ?

À quelle heure elle arrivait ? Oh ! mince !

— Ce week-end, c'est la fête prénatale de Grace, c'est ça ?

— Pitié, Rachel ! Ne me dis pas que tu avais oublié !

— D'accord, je ne le dirai pas. Quand la fête est-elle prévue ?

— Demain, à 15 heures. Ça se passera chez Dani. Elle va fermer le salon de thé exprès pour nous accueillir. C'est un véritable événement, tu sais. La moitié des femmes de la ville sera là. Tout le monde adore Grace.

— Je l'adore aussi. Mais...

— Si tu n'es pas là, elle sera terriblement déçue. En plus, toi et moi, on ne s'est pas vues depuis Noël. J'ai vraiment envie de passer du temps avec toi.

— Moi aussi, dit-elle avec sincérité. Écoute, je partirai tôt demain matin. Je suis trop fatiguée pour conduire de nuit.

— Super, même si j'espérais que tu aurais pris ton après-midi et qu'on pourrait passer la soirée à bavarder toutes les deux comme on aimait tant le faire.

— Tu veux dire avant que tu aies un merveilleux mari pour s'occuper de toi tous les soirs ?

— Exactement. Mais ce soir il participe à un rodéo à Longview, il n'arrivera pas avant demain en fin d'après-midi. La bonne nouvelle, c'est que nous avons tous deux pris notre lundi et notre mardi.

— Je vois. En fait, tu espérais seulement que je serais là pour combler son absence, répliqua Rachel sur le ton de la plaisanterie.

— Évidemment, rétorqua Sydney sur le même ton léger. Toutefois, la météo annonce de fortes pluies pour la nuit ; tu fais donc bien de ne pas prendre la route avant demain matin.

— Oh oui, je déteste conduire sous la pluie.

— Mais si je ne t'avais pas appelée tu ne serais pas venue du tout, parce que tu avais oublié. Dis-moi, il n'y a rien qui t'a dissuadée de venir, au moins ?

Sydney ne prenait jamais ce qu'on lui disait pour argent comptant. C'était de la déformation professionnelle, songea Rachel. Quoi qu'il en soit, elle avait souvent raison. Les choses n'étaient pas toujours telles qu'on les présentait.

— Qu'est-ce que tu sous-entends ?

— Rien. Je me demandais seulement si l'idée de revenir à Winding Creek ne t'avait pas fait hésiter.

— Non, prétendit-elle. Revenir à Winding Creek ne me dérange pas.

— Dans ce cas, promets-moi que, d'ici à demain, tu ne vas pas me fournir une nouvelle excuse pour ne pas venir et rester chez toi à travailler. Toi aussi, tu as besoin de souffler.

Oh ! ça, oui ! Elle n'avait pas eu l'intention d'annoncer déjà la nouvelle à sa sœur mais, d'un autre côté, il n'y avait aucune raison de garder cela secret.

— Puisque tu es en voiture, je n'ai pas besoin de te demander si tu es assise, commença-t-elle. Mais prépare-toi quand même à subir un choc.

— Tu as rencontré un homme ?

— Non. En ce moment, c'est la dernière chose dont j'ai besoin.

— Question de point de vue... Qu'est-ce que c'est, alors ?

— Pendant les prochaines semaines, je ne serai plus surchargée de travail. Depuis exactement trente minutes, je n'ai même plus de travail du tout. Ma carrière est entre parenthèses. Mais j'ai quand même embarqué deux ou trois stylos avant de quitter définitivement le cabinet.

— Tu as été virée ?

— Non, j'ai pris de court ce bon vieux Fitch. J'ai démissionné.

— Tu plaisantes ?

— Pas du tout. En fait, je crois que je suis encore tout abasourdie d'avoir donné ma démission. Cela dit, j'ai le sentiment d'avoir pris la bonne décision. Même si c'est un peu effrayant.

— Je suis impatiente de connaître tous les détails. Mais laisse-moi te dire que je te soutiens à cent pour cent. D'autant que, comme tu l'as dit, ta carrière est entre parenthèses. Elle n'est pas terminée. Tu es toujours une excellente avocate. Je suis persuadée que tu retrouveras du travail quand tu le désireras, de préférence dans un cabinet où on ne te forcera pas à bosser jour et nuit en te faisant miroiter quelques billets supplémentaires en échange.

— Je souhaite de tout cœur que tu aies raison. Nous parlerons plus longuement demain.

— J'ai encore plus hâte de te voir. Tout comme l'ensemble de la famille, d'ailleurs. Esther demande de tes nouvelles chaque fois que je l'ai au téléphone.

Esther était une femme en or. Et les trois frères Lawrence et leurs familles respectives étaient tous très attachants. Tous étaient allés s'installer à Winding Creek pour être auprès d'Esther Kavanaugh.

Mais c'était avant tout la famille de Sydney, qui s'était mariée avec un des frères Lawrence, songea Rachel. Pas la sienne.

— Pour le moment, ne dis à personne que j'ai quitté mon travail.

— Il faudra bien que j'en parle à Tucker, car nous n'avons

aucun secret l'un pour l'autre, répondit Sydney. Mais je lui ferai promettre de garder cette confidence pour lui.

Qu'elle soit prête ou non, les dés étaient jetés. Rachel voyait sa nouvelle vie s'ouvrir devant elle.

Rachel observa le paysage puis chercha des yeux la barrière du ranch Double K. À son grand étonnement, elle se sentait optimiste. Du moins beaucoup plus positive qu'elle l'aurait cru.

Peut-être n'avait-elle pas encore pris conscience du fait que, pour la première fois depuis sa sortie de l'université, elle n'avait plus d'emploi. Ou alors Sydney avait raison quand elle affirmait qu'elle avait besoin de se couper du stress engendré par ses conditions de travail chez Fitch.

Malgré quelques nuages, c'était une journée ensoleillée. À la radio passait une chanson de Michael Bublé et, au lieu de s'apprêter à affronter un nouveau dimanche seule chez elle à parcourir ses dossiers, elle allait passer deux jours entiers avec sa sœur.

Elle n'avait plus rien sur le feu, à part peut-être faire un tour au bureau dans les prochains jours pour récupérer quelques affaires, et elle se sentait libre. Son patron, à qui elle avait proposé un préavis de quinze jours, lui avait répondu avec irritation que ce n'était pas nécessaire.

Il lui avait seulement demandé d'observer le silence le plus strict sur ses affaires en cours. Après l'entretien avec Eric Fitch, le fils de ce dernier était venu la rejoindre pendant qu'elle rassemblait quelques papiers et avait tout fait pour la convaincre de rester.

Il lui avait même proposé une augmentation. L'offre avait été tentante, mais pas suffisamment pour la faire revenir sur sa décision.

Perdue dans ses pensées, elle faillit rater l'entrée du Double K et freina sèchement. Esther lui avait parlé de son projet de faire installer un mécanisme d'ouverture automatique de la barrière pour qu'elle n'ait plus à sortir de sa voiture chaque fois qu'elle rentrait. Apparemment, ce n'était pas encore fait.

Elle mit au point mort, serra le frein à main et allait descendre quand elle entendit un bruit de moteur. Levant les yeux vers son rétroviseur, elle vit un vieux pick-up boueux avec un homme au volant s'arrêter derrière elle. D'instinct, elle verrouilla ses portières. Son cœur se mit à battre très fort, tandis que sa respiration devenait saccadée.

Le conducteur du pick-up descendit et s'approcha. Elle ôta le frein à main, engagea la première vitesse et posa le pied sur l'accélérateur. Si par malheur il tentait d'ouvrir sa portière, elle enfoncerait la barrière et ne s'arrêterait qu'une fois qu'elle aurait atteint la maison d'Esther.

Dans le rétroviseur, elle vit l'homme lui sourire et porter la main à son chapeau pour la saluer. Il ne semblait absolument pas dangereux. Bien fait de sa personne, il affichait un sourire avenant, mais cette réflexion ne suffit pas à faire disparaître totalement son appréhension.

Ses mains étaient tellement crispées sur le volant que ses phalanges blanchirent.

L'homme passa à sa hauteur mais, au lieu de taper à la vitre, continua et alla ouvrir la barrière. Il l'ouvrait pour elle. Elle prit une profonde inspiration et desserra son étreinte sur le volant.

Une fois la barrière ouverte, l'homme lui fit signe d'y aller. Elle démarra, baissa sa vitre, et le remercia au moment où elle passa près de lui.

Quand elle atteignit la maison, dont la vue finit de la rassurer, elle avait recouvré une respiration normale.

Dans la galerie, il y avait une belle balancelle garnie de coussins colorés, ainsi que des rocking-chairs installés autour d'une table ronde sur laquelle trônait un superbe bouquet de pensées. Des fleurs en pot disposées sur les marches du porche donnaient un aspect gai et chaleureux à la maison. Les visiteurs s'y sentaient immédiatement les bienvenus.

Elle se gara au bout de l'allée.

Une fois encore, l'homme qui lui avait ouvert la barrière se gara juste derrière elle. Cette fois, elle le regarda descendre de son pick-up sans la moindre crainte. La crise était passée.

— Merci d'avoir ouvert, lui lança-t-elle après être elle aussi descendue de sa voiture.

— De rien, répondit-il en désignant les bottes qu'il portait.

Je crois que j'étais mieux équipé que vous pour marcher dans la boue, ajouta-t-il avec un sourire.

Il lui tendit la main.

— Luke Dawkins, reprit-il. Je suis le fils prodigue d'Alfred Dawkins, de retour à Winding Creek par devoir.

Elle lui serra la main et fut troublée par le mélange de fermeté et de douceur de sa poigne.

— Rachel Maxwell. Je suis la sœur de Sydney Lawrence. Je suis là par plaisir, pas par devoir.

Souvent, quand elle donnait son nom, une expression de commisération se peignait sur le visage de son interlocuteur. Cette fois, à son grand soulagement, il n'en fut rien. Apparemment, cet homme ne savait rien d'elle. Du moins pour le moment.

Ensemble, ils se dirigèrent vers l'entrée de la maison. Ils étaient côte à côte et leurs épaules s'effleurèrent, mais elle n'éprouva pas le besoin de s'écarter.

Avant même qu'ils aient sonné, la porte s'ouvrit. Sydney apparut, Esther juste derrière elle.

— Te voilà, dit Sydney.

Remarquant Luke, elle ajouta :

— Et tu as amené un invité.

— Pas vraiment, intervint Luke. Je suis juste arrivé en même temps.

— Mais oui, bien sûr, c'est toi, Luke ! s'exclama alors Esther, qui passa devant Sydney. Je ne t'avais pas reconnu. Te voir en compagnie de notre Rachel m'a troublée.

— Que puis-je dire ? répondit Luke. Quand le destin me fait rencontrer une jolie fille, je ne lutte pas contre.

— Tu es venu avec le pick-up de ton père..., remarqua Esther. J'espère que tu disposes d'un autre véhicule pour te déplacer, car, d'après Alfred, il démarre environ une fois sur deux.

— À vrai dire, j'ai douté d'arriver jusqu'ici, admit Luke. Mais j'ai laissé ma propre voiture à la maison de mon père. Alors, si j'arrive à rentrer avec le pick-up, je le confierai à un garage le temps de le faire réparer.

Comme Esther leur faisait signe d'entrer, Luke posa légèrement la main sur le dos de Rachel pour l'inciter à passer la première. Une fois encore, elle fut troublée, mais la sensation ne lui fut pas désagréable. Décidément, quelque chose était en train de changer.

5

Si l'ego de Luke avait été très développé, il en aurait pris un sérieux coup. En effet, il ne tarda pas à comprendre que les deux sœurs étaient tellement heureuses de se voir qu'elles en avaient presque oublié sa présence. Elles parlaient toutes les deux en même temps, passaient d'un sujet à l'autre, au point qu'il cessa vite de chercher à suivre leur conversation.

Au bout de dix minutes, toutes deux s'excusèrent et annoncèrent qu'elles devaient aller emballer des cadeaux pour une fête prénatale qui devait avoir lieu dans l'après-midi.

Il regarda Rachel s'éloigner. Elle était très attirante, et il avait repéré qu'elle ne portait pas d'alliance.

Si jamais elle restait quelque temps, il chercherait à la revoir, même s'il pensait qu'une fille comme elle ne serait probablement pas intéressée par un type tel que lui. Et puis, dès qu'il aurait décidé quoi faire concernant son père et le ranch, il repartirait.

Et, si jamais son père se rétablissait plus vite que prévu, il ne tarderait pas à se faire mettre dehors, tout simplement.

— Je suis heureuse de te voir ici après toutes ces années, lui dit Esther lorsqu'ils furent seuls. Tu es devenu un très bel homme. Ta mère aurait été fière de toi.

— Merci. Revenir ici me fait beaucoup penser à elle.

— C'était une femme formidable, et une très grande amie, même si elle était nettement plus jeune que moi. Elle me manque énormément. Mais ce n'est pas le moment de se laisser aller à la mélancolie, je me doute que tu souhaites parler des soucis de ton père.

— Oui, en effet. Pour le moment, je n'en sais pas plus que ce que vous m'avez appris au téléphone. J'ai appelé l'hôpital, mais ils sont avares de détails. Je sais qu'on l'aide à prendre sa douche le matin à 8 heures, et qu'un spécialiste lui fait faire des exercices de rééducation l'après-midi à 13 heures. C'est à peu près tout.

— As-tu parlé au médecin qui le suit maintenant ou à celui qui l'a pris en charge juste après son attaque ?

— Aux deux, mais ça ne m'a pas apporté grand-chose. Celui qui l'a pris en charge m'a décrit son attaque dans un jargon incompréhensible. Il m'a toutefois appris qu'à ce stade il était impossible de dire si mon père aurait toujours besoin de quelqu'un pour l'aider au quotidien ou s'il retrouverait son autonomie. Et j'ai rendez-vous avec l'autre, celui qui est chargé de sa rééducation, cet après-midi.

— Donc tu vas à San Antonio cet après-midi ?

— Oui. Il faut que je voie mon père pour me faire une idée de son état et pour qu'il sache que je suis là.

— Je lui ai rendu visite mercredi, annonça Esther. Il veut à tout prix rentrer chez lui, mais il est incapable de se déplacer tout seul. Et de faire sa toilette ou de se préparer à manger, évidemment.

— Vous pensez que, s'il rentre, il aura besoin d'assistance vingt-quatre heures sur vingt-quatre ?

— À court terme, c'est certain. Et, bien sûr, si tu lui proposes d'aller ailleurs qu'au ranch à sa sortie de l'hôpital, il ne voudra rien entendre.

— Mais il ne pourra pas s'occuper du ranch. Il devra embaucher un régisseur, et, à moins qu'il ait beaucoup changé au cours de ces onze dernières années, déléguer n'est pas son fort.

Luke commençait à se demander comment il allait s'en sortir.

— Je viens de préparer du café, lui dit Esther. Tu en veux une tasse ?

— Oui, merci, c'est gentil.

Il la suivit à la cuisine.

— Tu veux du sucre ou de la crème ?

— Non, merci. Je l'aime noir.

Esther remplit deux mugs et les posa sur la table. Il tira une chaise pour elle et s'installa en face.

Esther but une petite gorgée.

— Je crains que ce que je viens de t'apprendre ne t'ait pas remonté le moral... Y a-t-il d'autres choses que tu aimerais savoir ?

— Comment allait mon père avant son attaque ?

— Il n'était plus aussi vigoureux qu'avant ; il avait maigri. Mais vivre seul en permanence ne fait de bien à personne.

— Il continuait néanmoins à superviser le fonctionnement du ranch et à monter à cheval.

— Oui, en effet. Il n'aimait pas laisser quelqu'un d'autre s'occuper de ses chevaux. Il y tient comme à la prunelle de ses yeux.

Luke songea qu'il les aimait certainement plus que lui et plus qu'il n'avait aimé sa mère.

Esther baissa les yeux.

— Je suppose que le médecin t'a dit que son attaque avait également endommagé sa mémoire. Mais, de ce côté-là, ça va mieux. La première fois où Grace et moi sommes allées lui rendre visite, il ne nous a pas reconnues. Il s'est mis en colère et nous a accusées d'être là pour lui voler ses affaires.

— Eh bien, ce genre de comportement n'est pas très éloigné de ce que j'ai toujours connu chez lui.

— Mais là il y avait autre chose. Et, soudain, il nous a appelées par notre prénom, comme s'il s'était tout à coup souvenu de nous. Et il est devenu plus calme.

— À mon arrivée, hier, j'ai rencontré Buck Stalling. Il m'a appris que les derniers employés de mon père étaient partis sans demander leur reste quand ils ont su qu'il avait été victime d'une attaque.

— Oui, ils sont partis sans rien dire à personne. Pierce pense qu'ils ne se sont pas gênés pour prendre du matériel en compensation du dernier salaire qui ne leur a pas été versé.

— On dirait que mon père doit une fière chandelle à Pierce et à Dudley Miles pour s'être occupés de ses chevaux et du bétail en son absence.

— Ils l'ont fait sans arrière-pensées. Ici, on s'est toujours entraidés entre voisins, et que ton père ne soit pas quelqu'un de facile n'y change rien. Si mon Charlie était encore de ce monde, il aurait été le premier à se porter à son secours.

— Je n'en doute pas. Je suis triste de la mort de Charlie.

— C'est gentil. Je pensais qu'avec le temps il me manquerait de moins en moins, mais ça ne marche pas comme ça. Nous avons vécu près de cinquante ans ensemble, c'est comme s'il faisait partie de moi.

Luke songea que sa plus longue relation avec une femme avait duré trois mois. Bien qu'il ait du mal à imaginer passer autant de temps en compagnie de la même personne, il acquiesça.

Esther but une autre gorgée de café.

— Ce qu'il y a d'extraordinaire, c'est que, lorsqu'on pense que la vie est sur le point de s'achever, tout repart, dit-elle avec un léger sourire. Moi, je n'ai jamais eu de famille et pourtant, aujourd'hui, je suis entourée d'enfants de tous âges que j'aime autant que s'ils étaient à moi.

— Vous semblez heureuse.

— Oui, je suis comblée. Mais excuse-moi de déballer mon bonheur alors que nous parlions de ton pauvre père.

— Non, ne vous excusez pas. Je suis sincèrement content pour vous. Mais, pour en revenir à mon père, je me disais que, s'il ne vous avait pas reconnue lors de votre première visite, il n'y a aucune chance qu'il me reconnaisse, moi.

— Difficile à dire. Depuis quand n'étais-tu pas revenu à Winding Creek ?

— Près de douze ans.

— Mais depuis tout ce temps tu lui as parlé, n'est-ce pas ?

— Je l'appelle à Noël et pour la fête des Pères quand je peux. Les conversations sont toujours courtes, maladroites. De toute façon, quand je vivais à la maison, nous ne parlions pas beaucoup. La plupart du temps, quand il s'adressait à moi, c'était pour aboyer des ordres.

Esther tendit le bras et couvrit sa main de la sienne.

— Je sais que votre relation a toujours été difficile et que c'est avant tout la faute de ton père. Mais il a besoin de toi, Luke. Tu es sa seule famille et, disons-le clairement, ton père est plus doué pour se faire des ennemis que des amis.

Luke sentit un terrible poids s'abattre sur ses épaules. Il était venu chez Esther avec l'espoir qu'elle lui apprenne que la situation n'était pas aussi grave qu'il le redoutait. En fait, c'était pire, et y remédier n'allait pas être simple.

— Je vais me mettre en route pour ne pas arriver trop tard à San Antonio. D'autant que j'ai encore quelques petites choses à régler au ranch avant de partir.

Il se leva et posa son mug dans l'évier.

Esther le suivit.

— Cet après-midi, je serai à la fête prénatale de Grace, mais je serai rentrée ce soir. Si tu souhaites repasser me donner des nouvelles de ton père ou simplement parler pour évacuer la tension de la journée, n'hésite surtout pas.

— Il est possible que je repasse. Et je ne vous remercierai jamais assez pour tout ce que vous avez fait.

— Tiens, j'ai une idée ! Pourquoi ne viendrais-tu pas dîner, ce soir ? Les femmes ne feront pas de cuisine puisque la fête prénatale est en l'honneur de l'épouse de Pierce, mais Pierce et Riley ont prévu de préparer un barbecue.

— Riley Lawrence ?

— Oui, le frère de Pierce et Tucker. Je suppose que tu te souviens d'eux trois.

— Oui, je me rappelle surtout que, Charlie et vous, vous les avez accueillis pendant près d'un an après le décès de leurs parents dans un accident de la route.

Luke se souvint qu'il les avait enviés à l'époque, qu'il aurait aimé que les Kavanaugh le recueillent après la mort de sa mère plutôt que le laisser vivre auprès de son père et subir sa mauvaise humeur et ses perpétuelles récriminations.

— C'est une réunion de famille, alors, commenta-t-il.

— En quelque sorte. Cela dit, Pierce et Riley, qui sont mariés, vivent maintenant à Winding Creek. Quant à Tucker et Sydney, ils ont un appartement à Dallas, mais comme lui est toujours aux quatre coins de l'État pour participer à des rodéos et qu'elle travaille pour le FBI, ils sont autant chez eux ici qu'à Dallas.

— Si chacun y trouve son compte, c'est l'essentiel.

— Oui, je suis du même avis, dit Esther. Viens dîner avec nous ce soir, je suis sûre que les garçons seront heureux de te revoir.

— Si vous êtes certaine que je ne m'impose pas, ça me ferait très plaisir.

— Il y a toujours de la place pour un invité supplémentaire, n'aie crainte. Mais et toi, Luke, tu es marié ?

— Non. Je ne l'ai jamais envisagé, et je n'ai pas l'intention que ça change.

Esther eut un sourire entendu.

— Je me souviens avoir entendu Pierce, Riley et Tucker tenir exactement le même discours il n'y a pas si longtemps...

Luke ne répondit pas et se dirigea vers la porte.

— Ne bougez pas, je vous en prie. À plus tard, Esther, et merci encore.

— À ce soir, alors. Et ne mange pas trop d'ici là pour ne pas te gâcher l'appétit !

— Pas de problème, j'ai toujours faim.

Tandis qu'il traversait la maison, il entendit des voix et reconnut celle de Rachel, ce qui lui procura un plaisir qui le prit de court. Aller voir son père lui parut un peu moins difficile.

Bien sûr, il serait heureux de revoir les frères Lawrence et de bavarder avec eux, mais revoir Rachel était clairement ce qui lui donnait le plus envie de participer au dîner du soir.

Sydney, qui était occupée à s'appliquer du vernis à ongles, leva les yeux au moment où Rachel entra dans la chambre.

— Waouh, mais tu es superbe !

Rachel tourna sur elle-même pour exhiber sa robe, qui lui arrivait à mi-cuisses, puis prit la pose.

— Ce n'est pas trop habillé pour ce genre d'événement ?

— Non, c'est parfait. J'adore le travail sur le col.

— Le décolleté n'est pas trop plongeant ?

— Non, pas du tout, il est juste comme il faut. Et tes chaussures à talons sont géniales.

— De toute façon, c'était soit ça soit un des austères tailleurs gris ou bleu marine que je porte pour travailler. Enfin, que je portais pour travailler, plus exactement.

— Je suis heureuse de constater que tu t'habitues à l'idée de ne plus avoir de travail pour le moment. Je craignais que tu te sentes mal et que tu n'oses même pas te montrer.

— Disons que je ne suis pas certaine d'avoir complètement pris conscience de ma situation.

— Ou alors tu rayonnes précisément parce que tu en as pris conscience.

— Non, ça, c'est grâce au nouveau fond de teint que j'ai acheté la semaine dernière. J'en suis très satisfaite.

— À la façon dont Luke Dawkins te regardait tout à l'heure, je confirme que je ne suis pas la seule à trouver qu'il te met en valeur.

— Qu'est-ce que tu racontes ? Il cherchait seulement à se montrer courtois.

— Vraiment ? Pourtant, quand j'ai ouvert la porte, j'ai cru que vous étiez ensemble.

— Laisse tomber. En ce moment, ma vie est beaucoup trop chaotique pour que je puisse me permettre de regarder un homme.

Mais Sydney n'était pas dupe : évoquer Luke avait suffi à faire rougir sa sœur. Elle songea que ça ne pourrait certainement pas faire de mal à Rachel de se lier d'amitié avec un homme qu'elle appréciait. En revanche, elle doutait que, sur le plan émotionnel, elle soit prête à aller plus loin.

Rachel s'assit sur le lit.

— Esther part en même temps que nous ? demanda-t-elle, comme si elle souhaitait ne plus parler de Luke.

— Non, Pierce va passer la chercher avec Grace. Il ira aussi chercher Constance, la fille de Dani, puis il reviendra ici pour que la petite puisse jouer avec Jaci, sa fille, pendant que nous serons à la fête.

— Un véritable papa modèle, commenta Rachel. C'est vraiment une affaire de famille, par ici.

— Oui, et j'adore ça. Tiens-tu toujours à garder ta démission secrète ?

— Oui, pour le moment, je préfère. C'est le week-end de Grace, alors je ne veux pas détourner l'attention sur moi.

— Je n'ai même pas encore eu le temps de l'annoncer à Tucker.

— Quand doit-il arriver ?

— Il a appelé il y a dix minutes. Il compte partir dans une heure et devrait arriver au moment où nous reviendrons de la fête.

— Et alors tu oublieras que nous existons.

— Exactement.

Sydney songea qu'elle devrait profiter de cette conversation pour faire part à Rachel de la mauvaise nouvelle qu'elle ne lui avait pas encore annoncée.

Toutefois, elle n'arrivait pas à s'y résoudre. Cela faisait bien longtemps qu'elle n'avait pas vu sa sœur aussi détendue, et elle n'avait aucune envie de gâcher ce moment. Elle pouvait attendre vingt-quatre heures encore pour lui parler de Roy Sales.

Comme toute la ville savait ce qu'elle avait vécu, il y avait peu de chances que Rachel se sente à l'aise à une fête prénatale à Winding Creek.

Cependant, l'aspect positif était que, puisque tout le monde connaissait les détails, on évitait de lui en parler.

Au moins ne subirait-elle pas les sempiternelles questions auxquelles elle devait répondre chaque fois qu'elle rencontrait quelqu'un pour la première fois. Elle n'aurait pas à supporter les regards pleins de compassion qui, au lieu de la réconforter, ne faisaient qu'accentuer son malaise.

Sydney et elle sortirent les cadeaux du coffre de la voiture et rejoignirent les autres convives déjà rassemblés dans le salon de Dani.

Alors que Rachel posait le paquet qu'elle avait en main sur une table déjà copieusement garnie, un cri joyeux retentit et elle sentit des bras lui entourer la taille. C'était la fille adoptive de Dani et Riley Lawrence.

— Chic, tu es venue ! Demain, tu pourras venir faire une balade à cheval avec nous. On a deux nouveaux chevaux. Et moi je m'entraîne pour faire des rodéos. Je te montrerai.

Constance, âgée de onze ans, s'exprimait avec une telle excitation que Rachel avait du mal à suivre. Mais sa joie était exactement ce qu'il lui fallait pour continuer à penser au moment présent et à rien d'autre.

— Oui, je reste toute la journée de demain, et j'ai apporté une tenue adaptée pour faire du cheval. Et j'espère bien que tu vas me montrer tes progrès en rodéo.

— Je me débrouille pas mal. Un jour, je participerai à un rodéo avec oncle Tucker.

— Je te le souhaite. Le jour où ça arrivera, je serai dans les tribunes pour t'encourager.

— Oui, mais mes parents disent qu'avant de penser à ça je dois travailler dur à l'école. Mais je déteste les maths.

Dani rejoignit sa fille et donna l'accolade à Rachel.

— Je suis très heureuse que tu sois là. Tu es vraiment superbe. Il faut absolument que je m'inspire de toi pour m'habiller.

— Laisse tomber ! Avec ton célèbre tablier taché de farine et de chocolat, tu es la femme la plus populaire de la ville. Alors, à ta place, je ne changerais rien.

Elles rirent toutes deux de bon cœur. Puis tout le monde se tourna vers la porte quand l'invitée d'honneur arriva, accompagnée d'Esther, Pierce, et sa fille, Jaci.

Avec son ventre rond, Grace, qui était toute menue, donnait l'impression qu'elle allait accoucher d'une minute à l'autre.

Mais elle rayonnait de bonheur, et Pierce, aux petits soins pour elle, l'aida à s'installer dans le fauteuil au-dessus duquel une arche de ballons colorés avait été confectionnée.

Quelqu'un tendit une coupe de champagne à Rachel, puis la cloche de la porte retentit et un nouveau groupe de convives fit son entrée. La fête avait débuté et, curieusement, Rachel se sentit happée par l'ambiance incroyablement joyeuse.

Grace était visiblement heureuse alors que, pourtant, elle aussi avait vécu un drame. Rachel se demanda si un jour elle parviendrait à atteindre le même état.

En aurait-elle la force ?

Luke parcourut le trajet entre Winding Creek et la banlieue de San Antonio, où se trouvait l'hôpital, en quarante-cinq minutes.

Il avait rendez-vous à 15 heures avec le médecin et il était 14 h 30, ce qui lui laissait du temps pour voir son père.

Le bâtiment de brique rouge était situé dans un petit parc ombragé et paisible.

Ce n'était a priori pas le pire des endroits pour se faire soigner, mais, évidemment, il n'y avait aucun rapport avec les vastes plaines d'Arrowhead Hills.

Une pancarte à l'entrée indiquait le parking, à l'arrière du bâtiment.

Une fois garé, il descendit de voiture et se dirigea vers la porte. Au moment de la pousser, l'appréhension le fit hésiter une seconde. Finalement, il entra.

Quand il avait quitté la maison, son père avait cinquante-huit ans. C'était un homme grand, large d'épaules, qu'une vie de dur labeur avait rendu très musclé. C'était aussi un homme obtus, intransigeant.

Mais, en onze ans, Luke avait changé. Pas seulement physiquement. Il était devenu moins impulsif, plus réfléchi. Alors peut-être le temps avait-il également adouci son père.

Au bout du couloir, il repéra le bureau des infirmières. Il s'avança et attendit.

Quelques instants plus tard, une jeune femme brune, qui était au téléphone, raccrocha, leva la tête vers lui et lui demanda si elle pouvait l'aider.

— Oui, je suis le fils d'Alfred Dawkins. J'ai rendez-vous.

L'infirmière, qui d'après son badge se prénommait Louise, sourit.

— Ah, parfait, nous espérions qu'un membre de la famille se manifesterait.

— Je suis venu dès que je l'ai pu. Et, avant, je m'étais assuré qu'il était en bonnes mains.

— Oui, il se remet doucement, mais ce n'est pas quelqu'un de facile. Je suis sûre que, maintenant que vous êtes là, ce sera beaucoup plus simple.

— N'y comptez pas trop. J'ai rendez-vous à 15 heures avec le Dr Carolyn Schutz.

— Très bien. Elle vous parlera des progrès de la santé de votre père. Elle n'est pas encore arrivée, mais votre père est dans sa chambre, probablement en train de regarder la télé. Vous devez être impatient de le voir.

À vrai dire, il n'était pas aussi impatient que l'infirmière le pensait. Quoi qu'il en soit, il ne pouvait repousser davantage le moment de se retrouver face à lui.

— C'est la chambre 109, juste après l'angle du couloir. S'il ne vous reconnaît pas immédiatement, ne vous inquiétez pas. Quand il reçoit des visites, il est parfois un peu perdu, au début.

— Je comprends.

— Cela dit, il lui arrive aussi de reconnaître ses visiteurs immédiatement. En revanche, il a du mal à s'exprimer ; il lui faut du temps avant de pouvoir faire une phrase complète.

— Très bien, merci. Comme ça, je sais à quoi m'attendre.

L'infirmière l'accompagna jusqu'à la porte de la chambre 109 et entra la première. Son père était au lit, vêtu d'une chemise bleue à moitié boutonnée et tachée. Il semblait extrêmement fragile et beaucoup plus vieux que Luke l'avait imaginé.

Cette vision lui provoqua un pincement au cœur. L'homme allongé là n'était en rien le père dont il se souvenait.

L'infirmière s'avança vers le lit.

— Vous avez de la visite ! lança-t-elle avec enthousiasme.

Son père émit un grognement et repoussa le drap avant de lever les yeux vers lui. Pendant quelques secondes, son regard resta vide, puis il pinça les lèvres et prit une expression hostile.

L'infirmière recula d'un pas pour qu'il puisse s'approcher.

— Vous savez qui c'est ? demanda-t-elle à Alfred.

— Oh oui ! Mais... Il est venu trop tôt. Je ne suis pas encore mort.

Voilà. Ça, c'était le père qu'il avait toujours connu.

Bienvenue chez toi, Luke Dawkins.

6

En quelques heures, Luke était passé par toutes sortes d'émotions. Appréhension, inquiétude, exaspération...

Quand il se gara devant la maison des Kavanaugh, il commençait à peine à recouvrer son calme.

Son père n'avait pas demandé à le voir et n'était pas ravi qu'il soit venu. Mieux aurait valu qu'il l'abandonne à son sort et s'en aille sans demander son reste. Ce vieil aigri n'aurait qu'à se débrouiller pour engager quelqu'un pour s'occuper du ranch ou laisser les mauvaises herbes envahir les pâturages si ça lui chantait.

Mais Luke n'avait jamais été du genre à fuir ses responsabilités, ce qui le renvoyait à son dilemme : que faire ?

Au moment de sonner à la porte d'Esther, il prit une grande inspiration et s'efforça de chasser ses pensées. Il leva la main puis hésita.

Il n'aurait pas dû venir. Après la journée qu'il avait passée, il allait être un piètre convive. Par ailleurs, à en juger d'après le nombre de voitures déjà garées devant la maison, il était en retard.

Mais, avant qu'il puisse tourner les talons, la porte s'ouvrit et Rachel Maxwell l'accueillit avec un sourire qui lui mit instantanément du baume au cœur.

Elle était décidément très séduisante. Ce matin, vêtue d'un jean et d'un simple T-shirt blanc, elle était superbe. Là, en robe de soirée, elle était à tomber.

Certes, sa robe était très jolie, mais c'était le fait que ce soit elle qui la porte qui lui donnait autant d'allure. Le tissu épousait ses formes à la perfection, laissant deviner la naissance de ses seins sans vulgarité, soulignant sa taille et ses hanches.

Elle lui tombait à mi-cuisses, révélant des jambes au galbe parfait, des chevilles fines et des pieds délicats chaussés de talons hauts.

Son sourire était si radieux qu'il eut presque le réflexe de se retourner pour vérifier que c'était bien à lui qu'elle l'adressait. Il lui fallut quelques secondes avant d'être capable d'ouvrir la bouche.

— J'ignorais que c'était une soirée habillée. Si j'avais su, j'aurais ciré mes bottes et mis un jean neuf, dit-il en tentant d'adopter le ton le plus léger possible.

Elle éclata de rire et s'écarta pour l'inviter à entrer.

— Vous êtes très bien. D'habitude, moi aussi, je reste en jean, mais j'ai décidé de faire un effort en l'honneur de la fête prénatale de Grace, cet après-midi.

— Eh bien, c'est plus que réussi.

— Merci.

— Grace, c'est l'épouse de Pierce Lawrence, n'est-ce pas ?

— Oui. Vous la connaissez ?

— Non, je n'ai pas encore eu le plaisir de la rencontrer.

— Je suis sûre qu'elle va vous plaire. Elle est rentrée chez elle pour prendre un peu de repos après la fête, mais elle ne va pas tarder à arriver.

— Ah, et moi qui craignais d'être en retard ! Mais c'est vrai que ce matin, quand Esther m'a invité à venir dîner, elle ne m'a pas précisé d'heure.

— Ce soir, ce sont les hommes qui préparent à manger. Avec eux, il est impossible de prévoir un horaire. Et, quand ils se mettent au barbecue, ça peut durer des heures.

— Les cow-boys sont généralement des carnassiers, ils ont besoin de leur ration de viande rouge.

— Il semblerait, oui. Moi, je suis une citadine. En général, le samedi soir, c'est sushis et salade verte.

— Je vais faire comme si je n'avais pas entendu.

— Cela signifie-t-il que vous aussi vous êtes un cow-boy ?

— Eh bien, disons que, cette semaine, c'est le cas.

— Ah ! Alors vous me donnerez de plus amples explications,

car vous avez piqué ma curiosité. Connaissez-vous les frères Lawrence ?

— Oui, nous avons fréquenté la même école il y a quelques années.

— Pierce et Riley sont aux fourneaux, si je peux dire. Si vous allez leur dire bonjour maintenant, vous êtes bon pour vous faire embaucher. Mais je pense qu'ils seront heureux de vous revoir.

— Ce sera un plaisir partagé.

— Alors suivez-moi.

Même de dos, Rachel était un ravissement pour les yeux. Après sa visite à l'hôpital, il n'aurait pas cru être capable d'éprouver autant d'émotion à regarder une femme. Peut-être était-ce une manifestation de son instinct de survie, à moins que ce ne soit parce qu'il n'avait pas fréquenté de femme depuis des mois.

Mais c'était plus vraisemblablement dû au fait que Rachel était naturellement très belle, et qu'elle dégageait un charme auquel il était impossible de rester insensible.

Ils traversèrent la maison et sortirent par la porte arrière, qui donnait sur le jardin. Une odeur de viande grillée montait déjà du grand barbecue installé au fond.

Il reconnut Riley, qui était occupé à retourner une côtelette d'une main et tenait une bière de l'autre.

Pierce les vit approcher et vint à leur rencontre.

— Hé ! salut, Luke ! Content que tu aies pu venir. Esther m'a dit qu'elle avait insisté pour que tu sois là.

— En fait, il a suffi qu'elle prononce le mot « barbecue » pour que je ne puisse pas refuser son invitation.

— Eh bien, tant mieux. Parce que, comme tu peux le voir, il y a de quoi faire, intervint Riley, qui désigna les plats chargés de viande à griller.

— On verra en fin de soirée s'il y en avait tant que ça, répliqua Luke. Ça fait tellement longtemps que je n'ai pas participé à un véritable barbecue texan que je compte bien me rattraper.

Riley sourit et posa sa bière pour lui serrer la main.

— Ça faisait longtemps, dis donc, commenta-t-il.

— Oui, de l'eau a coulé sous les ponts depuis le lycée.

— Je me souviens que tu étais un excellent joueur de base-ball, dit Pierce. As-tu essayé de faire carrière ?

— Non. Après le lycée, je me suis engagé dans les Marines. Et je peux dire que j'ai vu du pays.

— J'aimerais que tu me racontes ça un de ces jours, répondit Pierce.

— J'ai vécu pas mal de choses, reprit Luke. Mais prenez garde car, une fois que je suis lancé, c'est difficile de m'arrêter.

— Et comment va ton père ? demanda Riley. Tu as pu le voir ?

— Je l'ai vu cet après-midi.

— Et ça s'est bien passé ?

— Disons que ça aurait pu être pire... Comme à l'hôpital il n'a pas le droit d'avoir une arme, il n'a pas pu me tirer dessus.

— En gros, son attaque n'a pas affecté son caractère, remarqua Riley.

— Pas en mieux, en tout cas, renchérit Luke. Mais bon, on ne va pas s'étendre sur le sujet, sinon, ça va nous couper l'appétit. En quoi puis-je vous aider ?

— C'est gentil de proposer un coup de main, mais nous nous chargeons de tout. Tu es notre invité, profite de la soirée, dit Pierce. D'ailleurs, en attendant que tout le monde arrive, Rachel et toi, vous devriez aller faire un tour pour ne pas rester dans la fumée. Mais surveille-la. Si jamais elle venait à se tordre la cheville, étant donné la hauteur de ses talons, ce serait une lourde chute.

Rachel se posa les mains sur les hanches et prit un air faussement indigné.

— Quoi ? Tu n'aimes pas mes chaussures ?

— Si, je les adore. Mais je ne savais pas qu'on pouvait marcher avec.

— Si vous allez faire un tour, ne partez pas les mains vides, lança Riley, qui sortit deux bières d'une glacière, les ouvrit et les leur tendit. Profitez du début de soirée pour mieux faire connaissance. Moi, je me charge d'éviter que Pierce se fasse roussir la moustache.

— Laisse ma moustache tranquille et occupe-toi de tes côte-lettes ! rétorqua Pierce.

— Bien, je crois que nous n'avons plus qu'à laisser les cuisiniers tranquilles, intervint Rachel. Esther se repose, et je ne veux pas savoir ce que font Sydney et Tucker après être restés deux semaines sans se voir. Mais je suis sûre que, malgré mes chaussures, je réussirai à atteindre les fauteuils de la galerie.

— Je vous suis. Et à votre santé ! fit Luke, qui trinqua avec elle avant de se mettre en marche.

Cette soirée était d'ores et déjà la meilleure qu'il ait passée depuis des années.

Quand ils s'installèrent sur la balancelle, les derniers rayons du soleil produisaient une lumière dorée. L'après-midi avait été inhabituellement chaud pour une journée de janvier, mais la brise qui se levait faisait baisser la température.

Rachel frissonna et enroula les bras autour de son buste.

Sans un mot, Luke ôta sa veste en jean et la lui posa sur les épaules. Il effleura involontairement son cou et elle sentit un petit frisson la parcourir. Cependant, cette fois, la température n'y était pour rien. Elle ne comprenait pas comment sa proximité pouvait autant l'affecter.

— C'est vous qui allez prendre froid, maintenant, dit-elle. Je peux aller chercher un châle à l'intérieur.

— Vous me prenez pour une mauviette ? lança-t-il sur le ton de la plaisanterie. Et puis cette veste vous va très bien. Elle donne une touche texane à votre look.

Tous deux rirent de bon cœur. Elle devait reconnaître qu'elle se sentait à l'aise avec Luke. Si elle ajoutait à cela qu'elle vivait très bien le fait d'avoir démissionné et de se retrouver sans travail, elle pouvait commencer à se dire qu'enfin elle lâchait prise.

Du pied, Luke fit doucement osciller la balancelle.

— Vous avez vraiment une famille géniale, reprit-il.

— Ce n'est pas véritablement ma famille au sens premier du terme, mais c'est tout comme, répondit-elle. Ici, je me sens toujours chez moi.

— Je comprends. Quand j'étais gamin, j'adorais venir avec ma mère. Esther avait toujours une fournée de cookies toute prête et Charlie ne se lassait jamais de jouer au base-ball avec moi.

— Charlie devait vraiment être quelqu'un de bien. Esther parle toujours de lui avec énormément d'affection. Et les Lawrence aussi.

— Depuis l'époque où ma mère était encore de ce monde, la famille s'est considérablement agrandie. Il va falloir que j'apprenne qui va avec qui.

— Ce ne sera pas difficile. Pierce est marié à Grace, qui est enceinte et va accoucher dans quelques semaines. Donc vous ne pouvez pas la confondre avec qui que ce soit. Pierce a une fille de six ans, Jaci, issue d'un premier mariage. C'est lui qui a sa garde en ce moment.

— Compris. Et j'ai compris que Tucker est marié à votre sœur, Sydney, que j'ai vue ce matin.

— Exact. Quant à Riley, il est avec Dani, que vous n'avez pas encore rencontrée. C'est une excellente pâtissière : c'est elle qui tient la boulangerie-salon de thé Dani's Delights, sur Main Street, à Winding Creek.

— Ont-ils des enfants ?

— En fait, ils viennent de terminer les formalités d'adoption de la nièce de Dani, Constance, qui est orpheline. Elle a onze ans et c'est une fan de rodéo. Si jamais vous restez quelque temps, vous pouvez être sûr qu'un jour ou l'autre elle insistera pour vous montrer ses progrès.

— Et comment Tucker a-t-il rencontré Sydney ?

À cette question, Rachel sentit son cœur se serrer. Elle but une gorgée de bière pour se donner le temps de répondre.

— Sydney était à Winding Creek pour les besoins d'une enquête, et Tucker était venu rendre visite à Esther et à ses frères. Ils se sont rencontrés, et voilà, ça s'est fait comme ça. Ils ont tous deux entendu les cloches sonner. Comme dans les films romantiques.

— Vous croyez au coup de foudre ?

— Pour eux, pas de doute, c'en était un. Mais c'est une exception.

Elle changea de position pour le regarder. Bien qu'il émanât de lui énormément de virilité, sa présence n'était pas intimidante. Elle n'avait jamais beaucoup apprécié la barbe pour un homme, mais lui portait un léger collier parfaitement entretenu qui lui donnait un air extrêmement sexy. Elle se surprit à se demander quelle serait la sensation s'il l'embrassait...

Interrogation totalement absurde !

— Parlez-moi de vous, Luke Dawkins, dit-elle avant d'être obligée de répondre à des questions embarrassantes.

— Oh ! Il n'y a pas grand-chose à dire.

— Tout à l'heure, vous avez dit que vous étiez cow-boy seulement pour la semaine. J'en déduis que vous ne travaillez pas dans un ranch en permanence.

— À une époque, je pensais que c'était ce que je ferais. Puis les aléas de l'existence m'ont fait prendre un autre chemin.

— Et vous engager chez les marines ?

— Oui. En soi, c'est un monde à part, mais je n'ai jamais oublié d'où je venais. Les hommes de mon unité me surnommaient d'ailleurs Cow-Boy.

— Je ne suis pas surprise. Les cow-boys du Texas ont une façon d'être particulière. Et vous avez toujours un léger accent.

— Est-ce un point négatif ?

— Je ne crois pas, non. Les cow-boys sont plutôt à la mode, surtout chez les femmes. Il suffit de jeter un œil à la couverture des romans sentimentaux dans les librairies.

— J'y penserai, fit-il en exagérant son accent.

— Et maintenant vous êtes redevenu un civil ? demanda Rachel.

— Depuis trois mois, oui.

— Vous n'avez pas eu trop de mal à vous habituer à votre nouvelle vie ?

— Si, ça a été beaucoup plus dur que je le pensais. Pourtant, c'est étrange d'avoir du mal à vivre loin des zones de combat.

— C'est ce qui vous est arrivé ?

— Sans aller jusqu'à dire que les combats me manquent, rester assis derrière un bureau toute la journée, ce n'est pas pour moi.

— Par conséquent, vous êtes revenu à vos racines.

— Pas par choix. Mon père a eu une attaque, et je suis sa seule famille. Même si on ne peut pas dire que nous avions beaucoup de contacts.

— Et pourquoi ?

— Il m'a pour ainsi dire fichu dehors quand j'avais dix-huit ans et rayé de sa vie. D'où une certaine aigreur entre nous.

— Je vois...

— Mais assez discuté de moi et de mes problèmes familiaux. Parlez-moi de vous, ou alors laissez-moi deviner : vous êtes mannequin, vous vivez à New York, vous avez un chat capricieux, et vous devez sans cesse repousser les sollicitations de vos admirateurs à coups de talons aiguilles.

— Vous êtes loin du compte ! Je vis à Houston, je n'ai ni chat ni chien. Pas même un poisson rouge. Je n'ai pas d'admirateurs, et je ne possède qu'une seule paire de talons hauts. Ils m'ont coûté cher et je ne prendrais jamais le risque de les abîmer dans une bagarre. Bref, l'un dans l'autre, je suis à peu de chose près votre égale.

— Je n'en crois rien. Pour moi, vous êtes une jeune femme mystérieuse aux nombreux secrets.

— Pas de secrets, pas de mystères. En ce moment, ma vie est un peu chaotique, et je suis venue me réfugier à Winding Creek pour le week-end afin de laisser de côté mes tracas.

— J'espère que ce n'est pas un homme qui est à l'origine de vos soucis. Si c'est le cas, je pourrais vous servir de chevalier servant pour lui régler son compte.

— Non, en ce moment, il n'y a pas d'homme dans ma vie. Et vous, vous avez quelqu'un ?

— Oh ! moi, je tombe amoureux toutes les deux semaines en moyenne !

— Vraiment ?

— Non, je plaisante. J'ai été fiancé une fois. Mais je me suis fait larguer quand je lui ai annoncé que je partais en mission en Afghanistan.

— Ça, c'est dur. Vous voulez que j'aille régler son compte à votre ex ?

— Vous le feriez ?

— Pas dans cette tenue. Je ne veux pas que ma robe soit tachée de sang.

Luke partit d'un petit rire puis étendit les jambes devant lui. Involontairement, il l'effleura de la cuisse, et, encore une fois, ce léger contact la fit frissonner.

Habituellement, quand elle éprouvait ce genre de sensations, c'était le signe avant-coureur d'une crise d'angoisse. Pas cette fois.

Seulement, elle n'était pas prête à partager de nouveau un moment d'intimité avec un homme, qu'il s'agisse de Luke ou d'un autre.

— Je devrais aller voir si on a besoin de moi en cuisine, dit-elle.

— Pourquoi ai-je l'impression que c'est un prétexte pour vous débarrasser de moi ?

— Pas du tout. Si vous voulez m'accompagner à la cuisine, vous êtes le bienvenu.

— Merci, mais je vais plutôt retourner auprès de Riley et Pierce et prendre une autre bière.

— Bonne idée.

Ils se levèrent en même temps.

— J'ai été très heureux de bavarder avec vous, Rachel. Mais je ne peux m'empêcher de penser que vous dissimulez un mystère que j'ai très envie de percer.

Sans rien ajouter, il s'éloigna. Quand il fut hors de sa vue, Rachel s'autorisa à pousser un long soupir. Depuis le début de leur conversation, elle avait lutté pour dissimuler l'effet qu'il produisait sur elle. Elle se demanda ce que le Dr Lindquist en aurait pensé.

Rachel n'atteignit pas la cuisine. Alors qu'elle s'engageait dans le couloir, elle vit arriver sa sœur.

— Rachel, tu as une minute ?

Elle sut immédiatement que Sydney souhaitait l'entretenir d'un sujet sérieux. Elle aurait dû s'en douter, tout se passait trop bien.

— Qu'est-ce qui ne va pas ?

— J'ai mis la télé pendant que Tucker prenait sa douche. J'ai vu le début du journal. C'est toi qui ouvrais les titres.

— Qu'est-ce que ça signifie ?

— Viens, allons dans ta chambre. Tucker est en train de s'habiller.

Rachel entra la première. Sydney la suivit et ferma la porte derrière elle.

— Je t'écoute, dit Rachel avec impatience.

— Tu m'as bien dit que tu avais démissionné de chez Fitch, n'est-ce pas ?

— Oui, mais je ne vois pas comment cette nouvelle pourrait bien se retrouver aux infos, ni pourquoi.

— Et pour cause. Aux infos, il n'était pas question de ta démission, au contraire. Le titre, c'était que toi, Rachel Maxwell, tu allais assurer la défense de Hayden Covey lors de son procès.

Rachel poussa un soupir exaspéré.

— Je n'arrive pas à y croire. C'est complètement fou !

— Selon le présentateur, c'est la mère de Hayden qui a fait cette annonce.

— Même si c'est Mme Covey qui a fait cette annonce, l'idée vient d'Eric Fitch, répondit Rachel en se laissant tomber sur le lit. Je suis sûre qu'il a dit au sénateur Covey et à sa femme que mon passé était à même d'influencer le jury. Il s'est servi de moi pour que le cabinet obtienne ce dossier et a évidemment omis d'informer les Covey de ma démission.

— Mais en quoi le fait de rendre ce mensonge public va-t-il l'aider ?

— Eh bien, je suppose qu'il espère toujours me faire changer d'avis ou convaincre les Covey que, même sans moi, il peut gagner ce procès. Maintenant, ce que je me demande, c'est s'il m'a également menti en affirmant que le sénateur et lui étaient très proches. Car, si c'était le cas, il n'aurait pas eu besoin de moi pour que le cabinet obtienne cette affaire.

— Tous ses calculs se sont retournés contre lui, commenta Sydney. Comment a-t-il pu croire qu'il réussirait son coup ?

— Je n'en sais rien, mais je compte bien le découvrir.

Rachel se leva et prit son portable, posé sur sa table de nuit.

— Tu veux que je te laisse seule ? lui proposa sa sœur.

— Oui. À moins que tu souhaites assister au feu d'artifice.

— Je me contenterai de ton compte rendu.

Sydney sortit et referma la porte.

Alors que Rachel allait composer le numéro, son téléphone sonna. Eric Fitch. Apparemment, lui aussi avait regardé les infos du soir.

— Bonsoir, monsieur Fitch. Je suppose que vous allez pouvoir m'expliquer pourquoi Mme Covey a annoncé que j'allais défendre son fils !

— Rachel, n'y voyez aucune espèce de conspiration contre vous. Hier, vous étiez perturbée et moi aussi. Mais je suis sûr que nous pouvons passer outre cet épisode. Vous êtes trop précieuse à notre cabinet pour que nous vous laissions partir de cette façon.

— Ce n'est pas ce que vous disiez hier.

— C'est ce que j'affirme maintenant, et c'est ça l'important. Je suis persuadé que nous pouvons trouver un arrangement. Ce serait une terrible erreur de votre part de démissionner au moment où nous envisagions de vous attribuer le statut d'avocate associée.

Elle se laissa retomber sur le lit. Fitch ne reculait devant rien.

— Venez au bureau lundi et nous parlerons des modalités de votre promotion, reprit-il.

— Je ne suis pas en ville, et je ne compte pas retourner à Houston avant mardi.

— Dans ce cas, nous fixerons un rendez-vous à votre retour. D'ici là, évitez de parler à la presse.

— Ce sera la seule promesse que vous obtiendrez de moi.

— Bien sûr. Nous discuterons du reste plus tard. Mais arrangeons-nous pour que ces négociations ne se retrouvent pas aux infos.

— C'est à Claire Covey que vous devriez le demander.

— Je m'en charge.

Rachel ne doutait pas qu'il parlerait à Claire Covey. Et qu'il s'arrangerait pour la convaincre qu'elle n'avait pas besoin de s'adresser à un autre cabinet d'avocats.

Après avoir mis fin à la communication, elle chercha Sydney pour lui rapporter la teneur de cet entretien.

Si elle acceptait la proposition de Fitch, elle deviendrait la plus jeune avocate associée du cabinet. Tout ce pour quoi elle avait travaillé si dur pendant des années était enfin à portée de main.

Pourtant, jamais elle ne s'était sentie à ce point le cœur lourd.

7

Les côtelettes, les pommes de terre sautées, la salade verte, les cupcakes de Dani, tout avait été délicieux.

Tout avait été dévoré, et la cuisine, nettoyée et rangée depuis deux heures. Luke était néanmoins resté. Il était installé, en compagnie d'autres invités, à la grande table de la salle à manger. La conversation était joyeuse, les éclats de rire, nombreux. Il s'était rarement senti aussi bien.

Il était captivé par Rachel, qui, de son côté, semblait éviter de le regarder ou de lui adresser la parole. Mais à vrai dire, pendant le dîner, elle n'avait pas parlé à grand monde. Sydney avait tenté à plusieurs reprises d'inciter sa sœur à participer aux conversations. Chaque fois, Rachel avait lâché quelques mots puis était retombée dans son mutisme.

Elle semblait préoccupée, perdue dans ses pensées.

Esther était partie jouer avec les enfants. Quant aux frères Lawrence, ils paraissaient ne pas connaître la fatigue, contrairement à lui, qui commençait à sentir le poids des événements de la journée.

— Ce taureau avait un compte à régler avec moi, disait Tucker en accompagnant ses paroles de grands gestes. Je savais qu'il ferait tout pour me faire tomber avant les huit secondes fatidiques qu'il me fallait pour remporter le rodéo.

— Il avait bien raison, lança Riley d'un ton léger. Tu gagnes déjà assez souvent, tu n'avais pas besoin de remporter encore ce concours-là.

— Et que s'est-il passé ? demanda Dani.

— Le taureau m'a eu. Il m'a complètement ignoré. J'avais beau bouger, chercher à l'exciter, il est resté impassible. J'aurais pu rester sur lui une demi-heure sans que ça ne change rien. Si bien que les juges ont considéré que je n'avais aucun mérite à tenir sur son dos et m'ont attribué une note minable.

— Mais c'est injuste ! commenta Dani. Tu n'y pouvais rien si le taureau ne voulait pas bouger. Tu ne pouvais pas faire une réclamation ?

— Si, heureusement. Et, après concertation, les juges ont accepté que je fasse une nouvelle tentative sur un autre taureau.

— Et alors ? demanda Grace, cette fois.

— J'ai gagné !

Tout le monde lança joyeusement des bravos, même Rachel. Peut-être Luke se faisait-il des idées en la jugeant préoccupée. Elle était peut-être simplement fatiguée.

Grace se leva et se posa une main sur le ventre.

— Je suis désolée de quitter une aussi bonne compagnie, mais en ce moment non seulement je mange pour deux, mais je dors aussi pour deux. J'ai vraiment passé une excellente journée ; je ne vous remercierai jamais assez d'avoir été là et de m'avoir couverte de cadeaux, mais je dois aller me coucher.

— Je vais chercher Jaci, dit Pierce. Elle, elle ne va pas avoir envie de partir, mais tant pis.

— Vous voulez qu'on la garde et qu'elle dorme chez nous ? proposa Dani. Comme ça, elle pourra rester encore un peu et Grace pourra dormir aussi longtemps qu'elle le souhaitera demain matin.

— C'est vraiment sympa, répondit Grace. Et je suis sûre que Jaci sera ravie. Tu auras un pyjama à lui prêter ?

— Eh bien, je lui donnerai un des T-shirts de Constance. Ce sera un peu grand pour elle mais, pour une nuit, ça fera l'affaire.

— Et la balade à cheval demain matin, c'est toujours d'actualité ? demanda Sydney.

— Bien sûr ! Si, Tucker et toi, vous êtes partants, on la fait, s'exclama Pierce. Demain, normalement, il devrait faire beau et doux. Ce sera le temps parfait pour aller jusqu'à Canyon Trail. En plus, j'ai tout ce qu'il faut pour un pique-nique une fois qu'on y sera.

— Et moi j'apporterai le dessert, renchérit Dani.

— Si jamais tu apportes des petits pains à la cannelle, prévois-en une belle quantité, intervint Sydney. Mais de toute façon, quoi que ce soit, ça vaudra le déplacement.

Dani parut touchée par le compliment.

— Grace, nous ramènerons Jaci chez vous demain matin pour qu'elle puisse se changer, dit-elle.

— Parfait, fit Pierce. Mais au fait, Luke, ça te dit de te joindre à nous ? J'imagine que tu as pas mal à faire avec le ranch de ton père, mais nous devrions être de retour en fin de matinée, ce qui te laissera l'après-midi pour faire ce que tu avais prévu.

Luke réfléchit quelques instants. Avoir l'opportunité de faire du cheval avec Rachel n'était pas pour lui déplaire. Cependant, comme il se demandait si son changement d'humeur de la soirée était dû à quelque chose qu'il avait dit ou fait qui lui aurait déplu, il hésita.

— Eh bien, vous êtes tous en famille et, moi, je suis déjà venu m'incruster parmi vous ce soir. Alors, je ne veux pas abuser.

— N'aie crainte. Demain, c'est juste une balade à cheval. Et, comme dit le proverbe : plus on est de fous, plus on rit, répliqua Riley.

— Je ne sais pas si cette opinion est partagée, remarqua Luke en se tournant vers Rachel.

Après une brève hésitation, elle acquiesça.

— Vous êtes évidemment le bienvenu. Se balader à cheval dans le canyon de bon matin, c'est vraiment une expérience géniale. Il ne faut pas rater ça.

Son ton n'était pas totalement enthousiaste, mais il s'en contenterait.

— Dans ce cas, je serai des vôtres, dit-il. Dois-je venir avec mon propre cheval ? D'après ce que j'ai vu, le ranch de mon père est plutôt bien pourvu.

— Ne te tracasse pas pour ça, à moins que tu veuilles vraiment prendre un des chevaux de ton père, répondit Riley. Nous te fournirons une monture et tout l'équipement nécessaire.

Sur ce, Pierce et Grace se levèrent pour aller souhaiter bonne nuit à leur fille puis revinrent saluer tout le monde avant de partir.

— Je crois que je vais moi aussi aller me coucher, annonça Rachel. La journée a été longue. Bonne nuit à tous. À demain matin.

— Aurez-vous besoin que je vous apporte une paire de bottes ? lui lança Luke sur le ton de la plaisanterie.

— Mais non ! Je monte avec mes talons hauts, bien sûr, répliqua-t-elle, un sourire aux lèvres.

Son expression le fit complètement fondre. Il n'en fallait décidément pas beaucoup pour qu'il succombe à son charme.

— Pourtant, si vous voulez passer un peu de temps dans un ranch, il vous faudra des bottes de cow-girl.

— Le jour où je déciderai de m'installer dans un ranch pour de bon, j'y penserai. Promis.

Luke partit d'un petit rire puis se leva.

— Bien. Je vais vous laisser pour la nuit. Merci encore pour cette soirée, c'était vraiment très agréable.

— Évidemment, nous ne pouvons pas rivaliser avec la cuisine d'Esther, mais je trouve que nous ne nous en sommes pas trop mal sortis, remarqua Pierce.

— Personne ne peut rivaliser avec la cuisine d'Esther, renchérit Sydney.

— Mais Esther ne peut pas rivaliser au tir avec toi, ma chérie, intervint Tucker en se penchant pour donner un petit baiser à Sydney.

Rachel, qui n'avait pas encore quitté la pièce, s'approcha de Luke.

— Au fait, votre veste est restée dans ma chambre. Je vais la chercher avant que vous partiez.

— Entendu, je vous attends. Merci.

Luke sortit dans la galerie et s'appuya à la rambarde pour attendre Rachel.

Elle le rejoignit une minute plus tard ; elle avait troqué ses talons hauts contre une paire de pantoufles bleues.

— Félicitations, Luke Dawkins ! s'exclama-t-elle en lui tendant sa veste. Non seulement vous avez survécu à cette soirée, mais en plus vous avez tenu tête aux frères Lawrence, qui sont pourtant redoutables quand ils se retrouvent tous les trois ensemble. Je suis impressionnée.

— Eh bien, pour ma part, je n'aurais pas cru m'entendre dire cela mais je dois avouer que, au moins ce soir, je suis heureux d'être de retour à Winding Creek.

Avoir fait la connaissance de Rachel y avait largement contribué. Toutefois, il était certain que, quand son père rentrerait chez lui, ce serait une autre histoire.

Mais il écarta cette dernière pensée. Il était tout près de Rachel, dans le calme de la nuit, et n'avait pas envie de gâcher ce moment.

— Je vous ai trouvée très pensive pendant le dîner, dit-il. Est-ce à cause de votre vie chaotique, à laquelle vous avez fait allusion plus tôt dans la soirée ?

— Oui, mais je compte bien y remédier.

— Si vous souhaitez en parler à quelqu'un qui ne fait pas partie de votre famille, je suis là.

Ce commentaire était idiot, songea-t-il aussitôt. Contrairement à lui, Rachel avait une famille sur laquelle elle pouvait compter. Pourquoi aurait-elle hésité à se confier à ses proches ?

Elle écarta une mèche de cheveux de son visage et leva les yeux vers le ciel étoilé.

— Que savez-vous de moi exactement ? lui demanda-t-elle.

— Est-ce une question piège ?

— Pas complètement.

Incapable de résister, il lui prit la main. Il n'aurait pas été surpris qu'elle la libère mais, comme elle n'en fit rien, il éprouva immédiatement une envie ardente de la protéger. Mais la protéger de quoi ? De qui ?

— Je sais que vous êtes très belle et très sympathique, commença-t-il. Que devrais-je savoir d'autre, Rachel ?

— Rien que vous ne découvrirez assez tôt.

Elle avait dit cela avec un tel fatalisme qu'il se sentit complètement démuni. Elle recula, appuya son dos contre la porte et posa la main sur la poignée.

— Je ferais mieux d'y aller. Demain, nous devons nous lever tôt.

— Eh bien, bonne nuit, alors.

Il tenta de tourner les talons et de s'éloigner, mais n'y parvint pas. Elle était tellement attirante, tellement irrésistible !

Il avança d'un pas, lui posa doucement deux doigts sous le menton pour l'inciter à lever les yeux. Comme elle ne détournait pas la tête, il se pencha en avant et effleura ses lèvres des siennes. Ce n'était même pas un véritable baiser, à peine une esquisse. Pourtant, ce contact suffit à le faire basculer dans un autre monde.

Rachel passa les bras autour de son cou et l'embrassa franchement. C'était un baiser avide, plein de ferveur. Il fut tout près d'en perdre la tête. Sa respiration s'accéléra, et il eut envie de la serrer contre lui. Mais, quelques secondes plus tard, elle s'écarta et lui posa une main sur le torse pour le repousser doucement.

— À demain, murmura-t-elle avant d'ouvrir la porte et de disparaître à l'intérieur.

Le moins que l'on puisse dire, c'était qu'il était pressé de voir le jour se lever.

L'aube pointait à peine, mais Rachel se dit qu'il était inutile qu'elle continue à se retourner dans tous les sens. Elle ne se rendormirait pas. Elle était agitée ; sa vie prenait un tour qui lui échappait totalement.

Deux jours plus tôt, elle avait un travail et une brillante carrière devant elle. Son quotidien était réglé, elle savait de quoi serait fait le lendemain. Certes, elle savait aussi qu'il lui faudrait encore du temps pour mettre définitivement derrière elle le souvenir de Roy Sales, mais elle faisait des progrès constants.

Deux jours plus tôt, elle ne faisait pas les titres des journaux parce qu'elle allait prétendument défendre Hayden Covey lors d'un procès retentissant. Un procès au cours duquel il serait constamment question de violence et de terreur, soit tout ce qu'elle cherchait à bannir de ses souvenirs.

Les gens observeraient ses moindres faits et gestes, on lui poserait des questions, la presse à scandale ne se priverait pas de rappeler ce qu'elle avait vécu.

Deux jours plus tôt, elle ne connaissait pas Luke Dawkins,

elle ignorait qu'un simple contact innocent avec lui suffirait à lui procurer des frissons d'excitation.

Elle n'avait échangé qu'un baiser avec lui et s'était retrouvée avec l'envie ardente de vivre davantage.

C'était complètement fou.

Elle repoussa les couvertures, se leva, alla jusqu'à la fenêtre et ouvrit les volets. Un petit nuage gris effilé barrait l'horizon. Tout suivait son cours normal : le jour succédait à la nuit, les saisons venaient les unes après les autres.

Dire qu'elle aurait aimé que sa vie soit aussi immuable aurait été exagéré. Mais elle ne pouvait pas continuer à laisser le souvenir de Roy Sales influencer ses réactions.

Une fois qu'elle aurait déterminé ce qu'elle désirait profondément, elle devrait être en mesure de se battre pour l'obtenir. Elle passerait quelques jours supplémentaires à Winding Creek pour se donner le temps de mettre de l'ordre dans tout ça. Ensuite, elle se rendrait à Houston pour affronter Eric Fitch sans détour.

Quant à Luke Dawkins, il n'y avait rien à décider à son sujet. Dès qu'il saurait ce qu'elle avait vécu, il la considérerait différemment. Et, comme on parlait de nouveau d'elle aux infos, il ne tarderait pas à l'apprendre. Alors, il aurait pitié d'elle, puis il passerait à autre chose.

Qui pourrait lui en vouloir ? Elle était trop fragile sur le plan émotionnel, personne n'était prêt à porter un tel fardeau.

Rachel, Sydney et Dani buvaient leur café en regardant Jaci et Constance se courir après autour du corral pendant que les hommes sellaient les chevaux.

Dans le ciel maintenant complètement dégagé, le soleil brillait de tous ses feux. L'air était vif, mais seule une légère brise soufflait. Rachel songea que c'était vraiment une matinée idéale pour une balade à cheval.

Cependant, Luke n'était pas venu.

C'était exactement ce qu'il lui fallait pour recouvrer sa lucidité. Le baiser de la veille au soir ne signifiait rien. Elle avait déjà de nombreux problèmes à gérer, et Luke avait les siens.

Pourtant, elle ne pouvait s'empêcher de tourner régulièrement les yeux vers le chemin par lequel il aurait dû arriver.

Pierce se mêla au jeu des enfants. Il courut après Jaci, l'attrapa et la souleva du sol dans un éclat de rire.

— Allez, il est temps de se mettre en selle ! annonça-t-il. Nos montures s'impatientent.

Riley sortit de l'écurie avec un autre cheval.

— Constance, ton cheval est prêt. Et il est ravi de faire de l'exercice.

— Jaci et Constance sont vraiment adorables, commenta Sydney. Elles sont matures pour leur âge, elles n'ont pas peur d'aller vers les autres, et elles sont tellement gentilles ! Ça me donne envie d'avoir moi aussi des enfants.

Cette dernière phrase retint l'attention de Rachel.

— C'est la première fois que je t'entends dire ça.

— Oui, mais ne t'emballe pas. Je ne suis pas encore prête, répondit Sydney. Pour le moment, mon boulot reste ma priorité. Mais j'y pense.

— J'étais dans le même état d'esprit que toi jusqu'à ce qu'on recueille Constance, intervint Dani. Maintenant, je n'imagine plus la vie sans elle.

— Les filles montent déjà très bien, remarqua Rachel.

— Pierce et Riley les emmènent le plus souvent possible avec eux. Ils leur apprennent à connaître les chevaux, à bien les traiter. Si elle le pouvait, Constance passerait davantage de temps avec les chevaux qu'avec ses copines d'école.

Tucker sortit de l'écurie avec une jument sellée et harnachée.

— Allez, il est temps d'y aller, mesdemoiselles ! Rachel, je te présente Moonbeam, dit-il en caressant le chanfrein de l'animal.

— Elle est superbe.

— Et très docile, je suis sûr que tu vas adorer la monter.

— Vous entendez mon merveilleux mari ? s'exclama Sydney. Il passe son temps aux quatre coins de l'État pour ses rodéos, et pourtant il connaît tous les chevaux du ranch sur le bout des doigts.

— Que veux-tu, j'ai de multiples talents, répliqua Tucker avec légèreté.

— Et modeste, en plus !

— Ne devrait-on pas attendre Luke ? demanda Dani.

— Il m'a appelé il y a deux minutes, répondit Pierce. Il a découvert une brèche dans une clôture et a décidé de la réparer avant que les vaches risquent d'aller paître dans un pré qui n'appartient pas au ranch de son père.

— Pas de chance, il va rater les petits pains à la cannelle, dit Riley.

— Et l'occasion de chevaucher en compagnie de belles jeunes femmes, ajouta Tucker.

— Oh ! détrompez-vous, il va faire son possible pour venir quand même, reprit Pierce. Mais il a dit que, s'il n'était pas là quand on serait prêts, il ne fallait pas l'attendre.

Rachel se sentit soulagée. Au moins, il n'avait pas évité de venir pour ne pas la voir. À moins que cette fameuse brèche dans une clôture ne soit qu'une bonne excuse. Quoi qu'il en soit, elle n'aurait pas à affronter son expression interrogatrice et son regard plein de sollicitude si jamais il avait appris ce qui lui était arrivé quelques mois plus tôt.

Elle s'approcha de la jument qui lui était destinée. Elle n'était pas une cavalière aussi expérimentée que les autres, mais elle savait quand même monter. De toute façon, quand on vivait au Texas, c'était dur d'y échapper.

Ils venaient tout juste de se mettre en route lorsqu'ils entendirent un bruit de moteur. C'était Luke. Immé-diatement, Rachel se sentit de bien meilleure humeur.

— Allez-y, lança Riley, qui fermait la marche. Luke et moi, nous vous rattraperons.

Dix minutes plus tard, Rachel commençait à se sentir bien en selle quand Luke la rejoignit et se porta à sa hauteur.

Elle tourna la tête pour le regarder et sentit immédiatement son pouls s'emballer. Il aurait dû y avoir une loi pour interdire à un homme d'avoir une allure aussi sexy !

Il porta la main à son stetson pour la saluer. Dans le soleil matinal, les traits de son visage se dessinaient parfaitement. Sa veste en jean était ouverte et révélait un T-shirt noir qui mettait en valeur son torse musclé.

Elle prit une grande inspiration pour se donner une contenance.

— Je suis heureuse que vous ayez finalement pu vous joindre à nous, dit-elle.

— Moi aussi.

— Avez-vous eu le temps de réparer votre clôture ?

— Sommairement. Il faudra que je la remette complètement en état, mais ça vaut pour à peu près tout sur le domaine du ranch, en dehors de l'écurie. Apparemment, mon père avait décidé de choyer ses chevaux au détriment du reste. Certains corps de bâtiment tombent en ruine. Mais assez parlé de mes soucis.

Il tendit le doigt vers sa gauche.

— Admirez la vue.

Elle suivit du regard la direction indiquée. Depuis leur départ, ils ne faisaient que monter régulièrement. Sous eux s'étendaient de vastes étendues luxuriantes et vallonnées.

— C'est magnifique, fit-elle.

Soudain, un grand cerf et deux daims sortirent du couvert des arbres et s'immobilisèrent sur le chemin, quelques mètres devant eux. Rachel tira sur les rênes pour faire s'arrêter sa monture. Le cerf resta quelques secondes impassible à la regarder, puis il se retourna et disparut de nouveau dans les bois, les deux daims derrière lui.

— J'avais oublié à quel point la nature était belle dans ce coin du Texas, commenta Luke. Les animaux la parcourent librement, il n'y a pas d'embouteillages, l'air est pur, ça sent la terre.

— Oui, la vie à la campagne a beaucoup à offrir, renchérit Rachel. Je devrais revenir ici plus souvent, mais je n'arrive jamais à trouver le temps.

— C'est précisément pour cette raison que vous devriez y revenir plus souvent. D'autant plus qu'Esther a un don pour que les gens se sentent bien chez elle.

— Oui, un véritable don.

Pierce fit demi-tour pour revenir à leur hauteur.

— Un souci ?

— Non, répondit Luke. Nous nous étions arrêtés pour profiter du paysage.

— Le paysage va devenir encore plus beau quand nous aurons atteint le canyon, assura Pierce. Nous ferons une pause pour manger un morceau. Esther nous rejoindra là-bas en voiture, c'est elle qui a les provisions.

— Je suis sûr que, quand nous arriverons sur place, j'aurai les crocs et que je serai rassasié pour un bon moment quand nous repartirons, dit Luke.

Ils se remirent en route. Luke et Pierce parlèrent de choses et d'autres.

Rachel les laissa discuter et fit accélérer la cadence à sa monture pour rattraper Sydney.

— Luke et toi, vous êtes restés ensemble un moment, commenta sa sœur.

— Seulement quelques minutes.

— Et que penses-tu de lui, en dehors du fait qu'il est terriblement sexy ?

— Vraiment ? Je n'avais pas remarqué.

— Tu es sérieuse ? Tu es sûre que tu n'aurais pas besoin de lunettes ?

— Je plaisantais, avoua Rachel. Je t'accorde qu'il est sexy. Et que c'est quelqu'un d'intéressant.

— Et l'attention qu'il te porte ne te trouble pas ?

— Non, pas du tout. Mais c'est peut-être parce que vous êtes tous là avec moi.

— Moi, je crois que c'est bon signe. Petit à petit, tu laisses cette affreuse expérience derrière toi.

— Je souhaite de tout cœur que tu aies raison. Ça fait quatre mois, maintenant.

Mais ne se faisait-elle pas des illusions ? Ici, elle était dans un cocon ; la vraie vie ne tarderait pas à la rattraper.

Esther les attendait à un endroit stratégique avec une vue imprenable sur Creek Canyon, suffisamment loin du bord des falaises pour que Constance et Jaci puissent jouer sans danger.

Luke connaissait le canyon. Cependant, il ne l'avait jamais vu depuis ce versant.

Rachel mit pied à terre sans avoir besoin d'aide et mena sa monture jusqu'à un petit bosquet de châtaigniers. Elle tendit les rênes à Pierce, qui avait déjà attaché son cheval et celui de Jaci à une branche basse.

Il n'y avait pas d'eau pour les chevaux mais, le long du parcours, ils s'étaient arrêtés deux fois pour les laisser boire dans un ruisseau.

Sur le plateau de son pick-up, Esther avait disposé des thermos de café et de chocolat chaud. Tous se servirent, après quoi les femmes se chargèrent de sortir la nourriture et la vaisselle, tandis que Luke et Riley allaient chercher du bois mort et préparaient le feu.

Une fois celui-ci allumé, Pierce fit cuire des œufs avec du bacon et du chorizo, et une délicieuse odeur monta dans l'air.

Cela faisait bien longtemps que Luke n'avait pas pris un repas de ce type en pleine nature.

Il profita du bien-être qu'il éprouvait et admira longuement le paysage. Puis son regard se posa sur Rachel, et il ne put plus l'en détourner. Bien qu'elle soit citadine, elle était parfaitement à sa place dans cet environnement.

Elle était naturellement belle. Qu'elle soit maquillée ou pas n'y changeait rien.

— Ma belle-sœur a le chic pour attirer les regards, dit soudain Tucker, qui le prit complètement par surprise.

Sa contemplation de Rachel l'absorbait tellement qu'il ne l'avait pas entendu approcher. Il était inutile qu'il nie l'avoir dévorée des yeux.

— Oui, elle est très belle.

— Ma femme semble croire que, Rachel et toi, vous n'êtes pas indifférents l'un à l'autre.

— Eh bien, je ne sais pas ce qu'il en est pour elle, mais c'est vrai que je la trouve fascinante. C'est un problème ?

— Ça pourrait en être un.

— Elle n'est pas mariée, pourtant, si ?

— Non. Et en d'autres circonstances je serais le premier à dire qu'elle est assez grande pour savoir qui elle doit fréquenter ou pas. Mais il y a quelques mois elle a vécu une expérience traumatisante. Et elle n'y était absolument pour rien. Alors je ne voudrais pas la voir souffrir de nouveau. C'est tout.

— Je la connais à peine. Je n'ai pas l'intention de m'imposer à elle. Donc, si c'est ce qui t'inquiète, je peux te rassurer. C'est Sydney qui t'a demandé de venir me parler ?

— Non, pas du tout. Sydney est d'avis que vous ne pouvez que vous faire du bien mutuellement, Rachel et toi. Moi, je tenais seulement à te faire savoir que, sur le plan émotionnel, elle est encore très vulnérable.

— Je te sais gré de m'avertir. Y a-t-il autre chose que je devrais savoir ?

— Probablement, mais je laisserai à Rachel le soin de t'en parler. Cela dit, si j'étais toi, je ne l'inciterais pas trop à se confier, ce serait mieux que ce soit elle qui en prenne l'initiative.

— Je suivrai ton conseil. Merci.

Voilà que le mystère s'épaississait. D'habitude, il aimait percer les mystères. Cette fois, ce n'était pas le cas, car il sentait que celui-ci affectait encore Rachel.

Tucker retourna auprès du feu pour s'occuper des tortillas.

Rachel aidait Esther à garnir les assiettes de mets qui paraissaient plus alléchants les uns que les autres, avocat et diverses préparations. Il se dirigea vers elles, puis changea d'avis. Une idée venait de le traverser.

S'éloignant du petit groupe, il sortit son téléphone, tapa « Rachel Maxwell » sur Google et lança la recherche. De nombreux liens apparurent.

Il commença sa lecture et, à chaque phrase, sentit l'émotion et la colère l'envahir.

Rachel avait de quoi être vulnérable ; elle avait vécu l'enfer.

8

Roy Sales arpentait la salle commune de télévision quand il entendit la présentatrice du journal télévisé prononcer son nom. Il s'arrêta et fixa l'écran sur lequel était apparue sa photo.

— Rachel Maxwell, une des victimes du kidnappeur du Texas, va assurer la défense de Hayden Covey, accusé de meurtre.

Bon sang ! Avait-il bien entendu ?

— La ferme ! lança-t-il au vieillard assis devant la télé et qui marmonnait sans cesse des propos incohérents, couvrant presque la voix de la présentatrice.

L'image de Rachel s'afficha. Oui, c'était bien elle. Elle était comme au premier jour où il l'avait vue, avant qu'il l'enlève et l'enferme chez lui.

Il avait du mal à entendre ce que disait la présentatrice. Les infirmiers gardaient la télécommande et contrôlaient le volume sonore, comme ils contrôlaient tout le reste.

Il en comprit toutefois assez pour saisir de quoi il était question. Son sang ne fit qu'un tour. Comment osait-elle défendre ce gosse de riches après la façon dont elle l'avait traité, lui, Roy Sales, après son arrestation ?

Il se remémora les mots qu'elle avait utilisés : « mentalement instable », « monstre », « fou », « psychopathe ».

C'était à cause d'elle qu'il se retrouvait dans cet asile psychiatrique, mais elle n'allait pas tarder à avoir de ses nouvelles. Ce n'était pas terminé. Il était plus malin que l'ensemble des soi-disant médecins qui le traitaient.

Il n'avalait pas les médicaments abrutissants qu'on lui donnait tous les matins. Il faisait semblant.

Bientôt, il serait dehors. Il avait un plan. Et alors il en finirait avec Rachel Maxwell.

Il prendrait son temps. Son calvaire serait long, elle le supplierait jusqu'à son dernier souffle. Puisqu'elle l'avait traité de monstre, il se comporterait comme tel.

— Regarde, maman, murmura-t-il. Tu seras fière de moi.

9

Rachel avait beau avoir apprécié la première partie de la balade, elle était heureuse de rentrer. Avant même qu'ils aient quitté le canyon, elle avait remarqué le changement de comportement de Luke.

Il était venu s'asseoir à côté d'elle pour manger, mais la conversation avait été maladroite, hésitante. Surtout, au moment du départ, il avait pris soin de ne pas rester près d'elle.

Avant le repas, elle l'avait vu s'éloigner pour consulter son téléphone. Peut-être avait-il lu une nouvelle info qui venait de tomber ; il était à parier que Hayden Covey et elle feraient les titres pendant quelques jours au moins.

Et, s'il avait été fait mention d'elle, on avait forcément parlé de son passé et de son enlèvement par Roy Sales.

Alors qu'elle s'apprêtait à mettre pied à terre, Luke vint se poster à côté d'elle et lui proposa sa main.

— Prête à rafraîchir la selle ?

— Si c'est une expression locale pour me demander si je suis prête à descendre de cheval, la réponse est oui.

— Gagné ! C'est bien le sens de l'expression. Avez-vous besoin d'aide ?

— Non, merci, ça va aller.

Sans lâcher les rênes, elle serra le pommeau de selle et sortit le pied droit de l'étrier. La jument était habituée et ne bougea pas. Elle put mettre pied à terre sans problème.

Elle s'étira et épousseta son pantalon avant de caresser affectueusement le chanfrein de la jument.

— Vous avez aimé la balade ? demanda Luke.

— Beaucoup. Et vous ?

— Oh oui ! C'était exactement ce qu'il me fallait pour me redonner goût à la vie de cow-boy. Je suis vraiment touché que votre famille et vous m'ayez proposé de vous accompagner.

De toute évidence, il faisait des efforts pour garder un ton léger. Elle lui en était reconnaissante, mais n'était toutefois pas dupe.

Il tendit la main pour prendre les rênes.

— Je vais ramener la jument à l'écurie.

— Merci.

Alors qu'elle allait s'éloigner, il la retint par le poignet.

— Une fois que les chevaux seront tous à l'écurie, pourrons-nous parler un petit moment en privé ?

Elle haussa les épaules.

— Ce ne sera pas nécessaire.

— Je ne compte pas vous y forcer, mais j'aurais bien aimé vous parler.

Sans doute éprouvait-il le besoin de lui apprendre ce qu'il avait découvert sans la froisser. Et peut-être était-ce nécessaire, tout compte fait, car il était possible qu'elle aussi, à cause de sa fragilité, change subitement d'attitude sans même en avoir conscience.

— Comment l'avez-vous appris ? demanda-t-elle sans prendre la peine de préciser de quoi elle parlait.

— J'ai fait une recherche sur Internet, répondit-il sans hésiter. Ce n'est pas vraiment un secret.

— Je sais, c'est de notoriété publique. Si vous aviez vécu au Texas ces derniers mois, vous connaîtriez même les détails les plus sordides.

— Je n'ai aucune envie de les connaître. J'ai seulement une question.

— Une seule ? D'habitude, les gens en ont des centaines.

— Où est Roy Sales ? En prison, j'espère.

— Non. Ça s'est passé il y a maintenant quatre mois, mais hélas ! il a été déclaré irresponsable et ne peut pas être jugé. Il est interné dans un hôpital psychiatrique quelque part entre ici et Houston. Il est censé y recevoir un traitement approprié.

— Espérons-le. Écoutez, je sais que vous êtes ici pour rendre visite à votre famille, mais j'aimerais bien que vous me consacriez un peu de temps.

— Dans l'immédiat, je voudrais surtout aller prendre une douche.

— Bien sûr. Je ne dis pas que je veux que vous restiez avec moi maintenant. Et je vous promets que je ne vous fais pas cette demande à cause de ce que vous avez vécu, si c'est ce que vous redoutez.

— De quoi voulez-vous parler, alors ?

— De nous.

— Il n'y a pas de « nous », Luke. Nous venons de nous rencontrer. Je vis à Houston et, vous, vous devez rester ici, à Winding Creek, pour vous occuper de votre père.

— D'accord. Mais, à moins que je me sois complètement fourvoyé, il me semble que nous éprouvons une légère attirance l'un pour l'autre.

— Vous dites ça à cause du baiser d'hier soir ? Je peux vous expliquer. Enfin, non... En fait, je ne sais pas comment l'expliquer. Mais ça ne sert à rien de tenter de comprendre pourquoi ça s'est passé. Je pense que nous nous sommes seulement laissé emporter, c'est tout.

— Et pourquoi ne pas tenter de déterminer si ce n'était pas un peu plus que ça ? Je ne parle pas de faire l'amour, ne vous méprenez pas, mais nous pourrions passer du temps ensemble, sortir boire un verre, bavarder, nous promener... Ça nous ferait du bien.

Il dit tout cela d'un ton naturel, mais pour elle, depuis son enlèvement, plus rien ne se faisait naturellement. Chercher à savoir ce qu'il y avait réellement entre eux était potentiellement dangereux. Le bon sens lui soufflait de le repousser.

Pourtant, elle ne pouvait nier avoir envie de le revoir.

— Je vous inviterais bien à la maison, reprit Luke, mais il faut d'abord que je trouve le temps de faire un ménage de fond. Je ne sais pas si la vue de mon père a drastiquement baissé ou s'il s'est habitué à vivre dans la saleté, mais je vous jure que ce n'est vraiment pas terrible.

— Vous allez me prendre pour une folle, dit Rachel, mais je trouve la perspective de devoir décrasser des sols et des murs et de dépoussiérer des meubles très attrayante. Faire de l'exercice physique sans avoir à réfléchir, voilà ce qu'il me faut.

— Je n'aurais pas cru qu'une avocate de votre niveau s'intéressait aux tâches ménagères.

— Je ne suis pas une snob, même s'il est vrai que ça fait longtemps que je n'ai pas passé une journée ou au moins un après-midi à faire du ménage.

— Je peux y remédier, répliqua-t-il sur un ton léger. Non, sérieusement, je serais vraiment heureux de passer un peu de temps avec vous.

— J'ignore ce qu'a prévu ma sœur, alors je ne vous promets rien. Sydney et moi, nous ne nous voyons pas souvent. Mais, désormais, elle consacre aussi du temps à son mari. J'aurai donc peut-être un moment. Je vous rappellerai pour confirmer.

— Appelez-moi quand vous voulez. Je dois m'occuper du comptage du bétail, mais dès que je recevrai votre appel je rentrerai.

— Esther a-t-elle votre numéro ?

— Oui, et Pierce aussi. On doit se voir dans la semaine pour qu'il m'explique dans les grandes lignes comment gérer un ranch.

La jument, qu'il tenait toujours par la bride, se mit à secouer la tête.

— C'est une façon de me faire comprendre qu'elle perd patience, reprit Luke. À plus tard. J'attends votre appel, ajouta-t-il avec un sourire avant de tourner les talons pour emmener la jument à l'écurie.

Rachel le regarda s'éloigner. Son sourire l'avait touchée. Il avait décidément un énorme pouvoir sur elle.

Il pensait qu'elle plaisantait quand elle lui avait dit qu'elle aimerait bien avoir un grand ménage à faire pour se vider la tête. Or, il n'en était rien. Faire quelque chose d'utile, qui lui permettrait de se dépenser physiquement sans penser à rien d'autre, lui serait très bénéfique.

Cependant, faire du ménage ensemble, ce n'était pas terrible, pour un premier rendez-vous.

Mais ce ne serait pas un rendez-vous galant. Si elle était d'accord pour devenir son amie, elle n'était pas prête à aller plus loin.

Voyant que Sydney l'avait attendue pour retourner à la maison, Rachel se dépêcha de la rejoindre.

— Tu as le rouge aux joues, commenta Sydney.

— Les effets du grand air.

— Bien essayé. Mais ne serait-ce pas plutôt l'effet de Luke Dawkins sur toi ?

— Je ne vois pas de quoi tu parles.

— Moi, je crois que, au contraire, tu le sais très bien. Il est impossible de ne pas remarquer les regards que vous vous adressez.

— Nous nous connaissons à peine !

— Il n'est pas nécessaire de se connaître depuis longtemps pour qu'une attirance mutuelle se manifeste.

— Je n'ai pas le temps de penser à une quelconque attirance en ce moment. Pour qui que ce soit.

Sydney passa son bras sous celui de sa sœur.

— Je comprends, mais il n'y a rien de mal à apprécier la compagnie d'un bel homme comme Luke, qui, en plus, semble être quelqu'un de bien.

— Comment le sais-tu ?

— Selon Esther, lors de sa carrière dans les Marines, il a obtenu plusieurs décorations. Et là il n'a pas hésité à tout laisser de côté pour venir s'occuper de son père, malade, qui n'est pourtant pas quelqu'un de facile et qui l'a quasiment fichu dehors alors qu'il était encore presque ado. Esther l'aime bien, et j'ai une grande confiance en son jugement.

— Tu sembles avoir beaucoup réfléchi à tout ça, Sydney. Ce qui signifie que tu passes trop de temps à te soucier de moi.

— Pas à me soucier, mais à t'encourager. Passer du temps avec un homme ne signifie pas que tu dois te précipiter dans son lit. Si ça doit arriver, ce sera ton problème. Ce n'est pas à moi de décider si tu te sens prête ou pas, tu es une grande fille.

242

— Merci de me faire confiance à cet égard. Tu sais, sur de nombreux sujets, le Dr Lindquist et toi, vous êtes du même avis. Tu aurais fait une bonne psychologue.

— Ou alors c'est lui qui aurait dû devenir agent du FBI. Je regrette qu'il ne soit pas là en ce moment.

— Pour m'encourager à me jeter dans les bras de Luke ?

— Non. Mais il serait meilleur que moi pour t'annoncer de mauvaises nouvelles, dit Sydney avec une expression qui indiquait que les mots lui pesaient.

Rachel fut immédiatement inquiète.

— Quelles mauvaises nouvelles ?

— Rien de terrible ni d'urgent, mais...

— Inutile d'essayer d'enrober les faits, la coupa Rachel.

— D'accord. J'ai reçu un appel mercredi du Dr Kincaid.

— Tu as des ennuis de santé ? demanda Rachel avec appréhension.

— Non, pas du tout. Le Dr Kincaid est le psychiatre de Roy Sales.

Entendre ce nom causa des frissons désagréables à Rachel.

— Pitié ! Ne me dis pas qu'il a été déclaré inapte à être jugé et remis en liberté.

— Non, il est toujours interné. Tu ne crains rien. Je m'en suis assurée, c'est l'avantage pour toi d'avoir une sœur qui fait partie du FBI.

— Pourquoi t'a-t-il appelée, alors ?

— Il cherchait à entrer en contact avec toi, mais, comme tu as récemment changé de numéro de téléphone, il ignorait comment te joindre.

— Je n'ai pas l'intention de donner mon numéro à n'importe qui. Et, apparemment, tu ne l'as pas communiqué à ce médecin.

— Non, mais j'ai promis de te transmettre un message de sa part.

— Quel est ce message ?

— Il n'est pas entré dans les détails et a insisté sur le fait qu'il souhaitait te parler. D'après lui, c'est très important.

— Il n'a pas voulu te dire pourquoi ? Je pensais que, comme tu fais partie du FBI, même un médecin ne pouvait pas se réfugier derrière le secret médical pour refuser de donner des détails.

— Ce n'est pas aussi simple. Bref, son message, c'est qu'il voudrait te parler, et de préférence en personne.

— En personne. C'est-à-dire qu'il veut que je me rende à l'hôpital psychiatrique où Roy Sales est interné ? Jamais de la vie !

— Il a ajouté que, si nécessaire, ce serait lui qui se déplacerait.

— Ça n'a aucun sens. Je ne vois pas ce que je pourrais encore lui apprendre sur Sales. Il a certainement pu déterminer depuis longtemps que c'est un fou dangereux.

Rachel s'arrêta.

— Tu as eu le temps de réfléchir à la demande de ce médecin, et j'ai confiance en ton jugement. Alors vois-tu une seule bonne raison pour que j'accepte de rencontrer le psychiatre de Sales ?

— Je pense qu'il pourrait y en avoir une, oui.

— Laquelle ?

— Plus tôt Roy Sales sera en mesure d'être jugé, plus tôt tu pourras mettre définitivement cette histoire derrière toi. Si tu détiens des éléments, sans même en avoir conscience, qui permettraient de le déclarer apte à être jugé par un tribunal, alors ça vaut le coup de parler à Kincaid.

— Tu penses que je devrais l'appeler ?

— Ce n'est pas à moi de prendre la décision, Rachel. Je ne veux que le meilleur pour toi. Mais, si tu acceptes de le rencontrer, j'aimerais t'accompagner.

— En tant que sœur ou en tant qu'agent du FBI ?

— Les deux, mais avant tout en tant que personne qui refuse de continuer à voir Roy Sales tourmenter sa sœur.

— Tout ça me fait une drôle d'impression, avoua Rachel. Ce médecin t'a-t-il dit s'il avait parlé à d'autres victimes de Sales ?

— Je lui ai posé la question, oui. Il m'a répondu que, jusque-là, il n'en avait rien fait parce qu'il n'en avait pas vu l'utilité.

Rachel donna un coup de pied dans un caillou.

— En d'autres termes, je suis un cas à part ? Kincaid pense que je pourrais savoir sur Sales des choses que les autres victimes ignorent ?

— C'est l'impression que j'ai eue. Peut-être pense-t-il également que, comme tu es avocate, tu as davantage l'habitude d'analyser le profil de criminels, ce qui fait de toi une source d'information plus fiable.

— Oui, bien sûr, ça peut expliquer son désir de me rencontrer.

— Tu n'es pas obligée de décider tout de suite si tu es d'accord pour le rencontrer ou pas, d'autant que tu as d'autres soucis. Prends ton temps, pèse le pour et le contre. Et n'oublie pas que rien ne te force à accepter.

— Si j'accepte, ce sera parce que j'aurai acquis la certitude que le rencontrer pourrait contribuer à faire en sorte que Sales ne puisse plus jamais s'en prendre à quiconque.

— Bien sûr.

— Je vais réfléchir à la possibilité d'appeler le Dr Kincaid, bien que, pour le moment, je sois encore dubitative. Au fait, s'il t'a téléphoné mercredi, pourquoi ne m'en parles-tu qu'aujourd'hui ?

— J'attendais le bon moment et, comme tu venais de démissionner de ton travail, je ne voulais pas en rajouter.

— Je te remercie de m'avoir accordé un répit.

— Et, encore une fois, ne te sens pas forcée de traiter la question maintenant. Si d'ailleurs tu la traites.

Rachel songea qu'elle serait incapable de balayer le sujet d'un revers de main. De toute façon, entendre le nom de Roy Sales avait suffi à assombrir sa journée.

Elle avait la désagréable impression que, d'une manière ou d'une autre, Sales tirait les ficelles pour tenter de la ramener à lui.

Sa folie était réelle, ce qui ne signifiait pas qu'il n'était pas assez intelligent pour manipuler un psychiatre.

Que n'aurait-elle donné pour le rayer de sa vie et de sa mémoire ! Malheureusement, ce n'était pas possible.

L'après-midi au Double K s'étirait tranquillement. Esther s'était installée sur le canapé pour regarder un film à la télévision, Sydney et Tucker avaient profité de la température inhabituellement douce pour la saison pour se rendre à une fête dans le village voisin.

Ils avaient proposé à Rachel de les accompagner, mais elle était bien consciente qu'ils l'avaient fait avant tout par politesse et comprenait qu'ils avaient besoin de se retrouver tous les deux. Leurs emplois respectifs ne leur permettaient pas d'être ensemble tous les jours, alors, quand ils se retrouvaient, c'étaient des moments privilégiés.

Sydney tenait à son travail au FBI. Elle aimait l'adrénaline et même le danger qui y étaient liés, tout comme Tucker ne pouvait se passer du rodéo.

Apparemment, ils avaient réussi à trouver un mode de vie qui leur convenait, et il lui arrivait de les envier.

Elle aussi pensait naguère avoir trouvé son équilibre, mais, désormais, elle n'était même plus certaine d'avoir envie d'accepter la promotion que lui offrait Eric Fitch. Car ses priorités avaient changé. Elles ne cessaient d'évoluer.

Appeler Luke la tentait, mais elle hésita. Depuis sa conversation avec Sydney, elle ne se sentait pas bien. C'était comme si Roy Sales s'en prenait émotionnellement à elle.

Luke avait envie de mieux la connaître. Inéluctablement, son attirance pour lui ne ferait que croître si elle le côtoyait. Mais comment parviendrait-elle à gérer cela alors qu'elle n'avait pas le contrôle de ses émotions ? Hormis des soucis, elle n'avait rien à lui offrir. Et elle l'appréciait trop pour devenir un fardeau supplémentaire pour lui.

Renonçant à l'appeler, elle alla chercher son sac à main et ses clés de voiture. Elle avait besoin de sortir faire un tour.

Alors qu'elle venait de se garer dans la rue principale de la petite ville, son téléphone sonna. Elle coupa le contact et décrocha en descendant de voiture.

— Allô ?

— Rachel ? Je suis heureux de vous entendre.

— Luke.

Au son de sa voix, elle avait senti son pouls s'emballer.

— Je suis désolée, je ne vous ai pas appelé.

— Oui, du coup, j'ai décidé de prendre l'initiative. Que diriez-vous d'aller faire un tour ? J'aimerais voir à quel point la région a changé depuis mon départ.

— Et que diriez-vous de vous attaquer au ménage, plutôt ?

— Oh ! je vous assure qu'il y a de quoi se décourager ! Je ne sais même pas par où commencer.

— Par la cuisine, bien sûr. C'est toujours là que la saleté s'incruste le plus.

— Je commence à croire que vous ne plaisantez pas.

— Mais non, je ne suis on ne peut plus sérieuse. Je n'ai plus envie de penser à rien, et j'ai besoin de me dépenser physiquement.

— Eh bien, dans ce cas, laissez-moi le temps de faire quelques courses et, ensuite, je passe vous prendre.

— Je suis déjà en ville, je vous propose d'acheter les produits nécessaires moi-même et de venir chez vous. Et n'ayez crainte, je ne vous facturerai pas les heures de travail au prix fort.

— J'aurais dû deviner que c'était un piège !

— N'oubliez pas que vous avez affaire à une avocate.

Ils rirent de bon cœur puis il lui donna les indications pour se rendre au ranch de son père. Elle s'apprêtait à remonter en voiture quand deux jeunes garçons qui mangeaient une glace passèrent à sa hauteur, suivis par leurs parents, qui marchaient le sourire aux lèvres en se tenant par la main.

Une scène typique d'un dimanche après-midi dans une petite ville tranquille du Texas.

Pourtant, c'était précisément dans cette petite ville qu'un psychopathe avait rôdé et choisi ses victimes. Ce souvenir lui provoqua comme d'habitude une bouffée de panique, et elle se mit à regarder nerveusement autour d'elle.

Aucun endroit au monde n'était vraiment sûr.

Elle resta quelques secondes immobile à inspirer et expirer à fond pour recouvrer son calme. Puis elle monta en voiture, démarra et prit la direction de la supérette.

En plus de divers produits nettoyants et des gants en caoutchouc, elle acheta des fruits pour le cas où ils auraient besoin de faire une petite pause pour reprendre des forces.

Une fois sortie, elle appela Sydney afin de la prévenir de ses projets. Celle-ci ne répondit pas. Elle lui laissa donc un message et prit la route.

Elle se sentait encore nerveuse. Mais à quel danger pouvait-elle bien s'exposer en faisant du ménage avec Luke Dawkins ? se demanda-t-elle pour se rassurer.

10

Luke ouvrit le four pour une ultime inspection.

— Plus une tache de graisse ! Comme neuf et prêt à servir, dit-il. À mon avis, ça fait des années que ce n'était pas arrivé. Je me demande même s'il ne restait pas un morceau de la pizza que j'avais réchauffée il y a onze ans encore collé à la paroi.

— Beurk ! fit Rachel, qui vint se poster à côté de lui pour regarder à l'intérieur du four. Je suis impressionnée. S'il y avait quelque chose à réchauffer dedans à l'instant, je ne serais pas contre.

— Quoi ? Pour ruiner mon travail de décapage ? protesta-t-il. Interdit de toucher à ce four pour le moment !

— Même pour une pizza ?

— Quelques exceptions sont possibles.

Tandis qu'il remettait des conserves dans le placard débarrassé de ses miettes et de sa poussière, elle s'appuya contre le plan de travail, lui aussi d'une propreté impeccable.

— Maintenant que nous avons jeté tout ce qui était périmé, il va vous falloir refaire des provisions, remarqua-t-elle.

— Oui, madame, mais un autre jour. Pour aujourd'hui, je crois que ça va suffire.

— Ne me dites pas qu'une demi-journée de ménage est pire qu'une journée chez les marines !

— La seule différence, c'est que vous me retenez en otage avec un balai, pas un fusil.

Il finit de ranger, contempla un instant le résultat, puis s'approcha d'elle et lui posa les mains sur la taille.

— Savez-vous à quel point vous êtes sexy ?

— Je suppose que vous dites ça parce que l'odeur du détergent vous fait tourner la tête.

— Vous croyez ?

Il inspira à fond.

— Je doute que ce soit ce parfum qui m'enivre.

Il était sincère. Elle était terriblement sexy et il adorait être avec elle. Néanmoins, maintenant qu'il savait ce qu'elle avait vécu, il devait admettre, ainsi qu'elle l'avait redouté, qu'il avait du mal à en faire abstraction.

Il aurait aimé se trouver nez à nez avec son ravisseur et lui régler son compte. Cela n'arriverait certainement pas, mais savoir que ce type n'avait pas été jugé et condamné pour ce qu'il avait fait le contrariait. C'était certainement un type pourri jusqu'à l'os, mais à quel point était-il réellement fou ?

Comme Tucker le lui avait dit, Rachel était vulnérable. Après ce qu'elle avait vécu, rien d'étonnant à cela. Mais elle était intelligente, et pleine d'énergie.

— Wonder Woman en jean, dit-il.

Elle s'écarta pour sortir de ses bras et ferma la porte du placard.

— Vous invoquez une femme aux super pouvoirs pour vous libérer de moi ?

— Non, c'est de vous que je parlais. Vous êtes fantastique. Levée à l'aube pour aller faire une balade à cheval et, au coucher du soleil, vous êtes encore pleine de vigueur alors que, moi, je suis là à serrer les dents pour maintenir la cadence.

— Pour moi, ce n'est pas du travail. C'est une thérapie. Par ailleurs, au retour de votre père, il faudra que la maison soit en ordre. Quand doit-il revenir ?

— Je n'en sais rien. J'ai rendez-vous demain avec son médecin. Ensuite, je passerai le voir. Étant donné la façon dont il m'a accueilli hier, je ne suis pas sûr qu'il veuille rentrer si je suis encore là.

— Vous noircissez le tableau.

— Attendez de l'avoir rencontré pour vous faire un avis. Ça me donne une idée... Ça vous dirait de venir en ville avec moi, demain ? Dès qu'il vous verra, il oubliera jusqu'à mon existence, ce qui ne sera pas plus mal.

— Quel âge a-t-il ?

— Soixante-neuf ans. Mais il est encore suffisamment alerte pour apprécier la vue d'une jolie femme.

Luke ouvrit le réfrigérateur et en sortit deux bières. Il les décapsula et lui en tendit une.

Elle but une gorgée puis regarda autour d'elle pour admirer leur travail de l'après-midi.

— Tous les éléments de la cuisine ont recouvré leur éclat. Les étagères ne sont plus graisseuses, l'évier brille, les placards sont rangés fonctionnellement, la fenêtre est propre, le ventilateur est dépoussiéré, et le sol a été nettoyé.

— Sans vous, je n'y serais jamais arrivé. Je dirais même que je n'aurais pas eu le courage d'essayer. Que diriez-vous d'aller nous asseoir dehors ? Je n'ai plus de dos, j'ai besoin de me reposer.

— Il faut encore que je vous présente ma facture.

— Vous me faites peur. À moins que nous puissions trouver un arrangement ?

— Laissez tomber.

Rachel avait beau être fatiguée, chaque fois que Luke la regardait ou l'effleurait, elle sentait son cœur s'emballer.

À un moment, il avait enlevé sa chemise pour ne pas risquer de la tacher avec l'un des détergents, et elle avait pu constater qu'il était plus que bien fait de sa personne.

Il ne faisait cependant pas que la séduire physiquement. Elle appréciait son sens de l'humour, la virilité qu'il dégageait sans chercher à en jouer ni faire preuve de machisme, ce qu'elle détestait.

Malgré tout, elle restait sur ses gardes, comme si elle redoutait que, si elle se laissait aller au bien-être qu'elle ressentait auprès de lui, toutes les craintes qu'elle gardait en elle viennent la ronger comme un acide.

Ils sortirent de la maison pour aller s'installer dans la galerie. Le soleil était déjà bas mais, comme la veille, il faisait encore très doux.

Au moment où elle allait s'asseoir dans un vieux rocking-chair, elle vit un gros scorpion juché sur un bras. Elle poussa un cri et eut un brusque mouvement de recul.

Luke réagit sans tarder. D'un geste vif, il fit tomber le scorpion du fauteuil. Dans le même temps, Rachel s'était d'un bond perchée sur la rampe et avait levé les pieds pour éviter qu'ils soient à portée du dard de l'insecte.

— Tuez-le ! s'exclama-t-elle.

Il attrapa un pot en terre cuite et, sans hésiter, écrasa le scorpion avec. Le pot se brisa en mille morceaux. Le scorpion se recroquevilla sur lui-même puis, finalement, resta immobile.

Luke éclata de rire.

— Je ne vois pas ce qu'il y a de drôle ! lança-t-elle sur un ton de reproche.

— Ce n'est pas la présence du scorpion qui me fait rire mais votre cascade pour monter sur la rampe. Vous faites du rodéo, vous aussi ?

Elle reposa les pieds au sol.

— Très drôle ! Et moi qui m'apprêtais à vous dire que vous étiez mon héros...

— Oh ! un scorpion, ce n'est rien ! Attendez de voir comment je m'y prends avec un serpent à sonnette.

— Je vous crois sur parole. Je n'ai pas besoin de démonstration.

Elle s'approcha du pot brisé, se baissa et commença à rassembler les plus gros morceaux en prenant soin de vérifier qu'il n'y avait pas d'autres bestioles cachées dans la terre.

— Laissez les morceaux sur la première marche, lui dit Luke après l'avoir aidée à ramasser, je vais chercher un sac-poubelle.

Elle s'exécuta puis repéra un tuyau d'arrosage raccordé à une arrivée d'eau. Exactement ce qu'il lui fallait pour nettoyer la terre avant que quelqu'un marche dedans et ruine leurs efforts pour décaper le sol de la cuisine en laissant des traces partout.

Après avoir déroulé le tuyau, elle le pointa sur le sol puis ouvrit l'eau. En quelques secondes, la terre avait disparu.

Pendant qu'elle y était, elle décida de nettoyer l'ensemble de la galerie et les fauteuils en bois.

Concentrée sur sa tâche, elle n'entendit pas la porte s'ouvrir et ne vit pas Luke revenir.

Quand elle se retourna pour arroser l'un des poteaux de la galerie, Luke poussa un petit cri de surprise et passa les mains sur son visage dégoulinant d'eau.

Sa chemise et son jean étaient également mouillés.

Elle détourna vivement le jet.

— Oh ! pardon !

— Pardon ? Trop tard ! Vous m'avez déclaré la guerre !

Il s'avança vers elle d'un air faussement menaçant.

Elle recula, l'aspergea de nouveau puis lâcha le tuyau et partit en courant. Il le ramassa le tuyau et la visa à son tour. Un instant plus tard, ils se retrouvèrent tous deux trempés de la tête aux pieds.

Quand Luke referma le robinet, ils riaient tous deux de bon cœur. Rachel songea que cela faisait bien longtemps qu'elle n'avait pas autant ri, et aussi spontanément.

Cette réflexion lui causa une émotion inattendue. Elle sentit sa gorge se serrer et son rire se transforma en larmes.

Luke reprit instantanément son sérieux et s'approcha d'elle, l'air inquiet.

— Qu'est-ce qui ne va pas ? Je vous ai fait mal ? Vous êtes en colère ?

— Non, répondit-elle entre deux sanglots. Je ne sais pas ce qui m'arrive, j'ignore pourquoi je pleure.

Elle s'attendait à ce qu'il se sente démuni et prenne ses distances. La compagnie d'une femme secouée d'une crise de larmes inexpliquée alors que, quelques secondes avant, ils s'amusaient comme deux enfants avait de quoi déstabiliser. Au lieu de cela, il la serra contre lui avec affection et la tira doucement vers la maison.

— Si vous ressentez le besoin de pleurer, alors ne vous retenez pas. Je suis là, je reste avec vous.

Une fois à l'intérieur, il l'incita à s'asseoir sur le canapé et s'installa à côté d'elle, sans la lâcher.

— Je ne comprends pas ce qui m'arrive, dit-elle entre deux sanglots. Je suis désolée.

— Vous n'avez pas à vous excuser, Rachel. Vos émotions sont à fleur de peau, c'est tout à fait normal. Le moment est peut-être venu de ne pas chercher à paraître plus forte que vous l'êtes et de ne plus retenir la douleur et les peurs que vous gardez en vous, mais au contraire de tout laisser sortir.

— Vous avez sans doute raison, admit-elle.

Pour la première fois depuis son enlèvement, elle éprouvait la sensation qu'il était enfin possible pour elle de se libérer de son fardeau.

11

— Je ne saurais dire à quand remonte la dernière fois où j'ai mangé de la soupe au poulet en boîte, dit Rachel.

Luke s'essuya les lèvres avec sa serviette en papier.

— Moi non plus. Mais c'est meilleur que dans mon souvenir.

— Heureusement que c'est mangeable. Sinon, après l'inventaire des provisions, je ne sais pas sur quoi nous aurions pu nous rabattre.

— Oui, comme vous me l'avez suggéré tout à l'heure, il va falloir que j'aille faire un plein de courses. Je ne peux tout de même pas compter uniquement sur Esther et les frères Lawrence pour me nourrir. Même s'il faut reconnaître qu'avec eux on mange bien.

— Et encore, vous n'avez pas goûté au sorbet à la pêche d'Esther ! C'est un véritable régal.

Consciente du fait qu'en dessous elle ne portait rien, Rachel tira sur la grande couverture en coton dans laquelle elle s'était enroulée.

Lorsque Luke l'avait raccompagnée à l'intérieur, elle tremblait. Parce que ses vêtements étaient mouillés, mais surtout à cause des émotions qui l'étreignaient.

Il avait insisté pour qu'elle enlève ses vêtements pour ne pas prendre froid, lui avait donné la couverture et indiqué la salle de bains. Pendant qu'elle prenait une douche, il avait mis ses vêtements au sèche-linge et lancé un programme rapide.

Quand elle l'avait rejoint dans la cuisine après sa douche, ses cheveux étaient encore humides. Une boîte de mouchoirs en papier était posée sur le plan de travail. Apparemment, il s'était préparé à ce qu'elle soit prise d'une nouvelle crise de larmes.

Pendant son absence, il s'était changé et avait enfilé un jean et un pull bleu ciel. Elle remarqua qu'il était pieds nus. Sans qu'elle puisse dire pourquoi, ce détail rendait la scène plus intime, lui donnait l'impression de se trouver avec un ami de longue date et non avec un homme qu'elle connaissait à peine et auquel elle s'apprêtait à se confier.

Elle prit une nouvelle cuillerée de soupe mais, cette fois, eut du mal à l'avaler. L'image de Roy Sales s'était mise à flotter devant ses yeux et lui donnait la nausée.

— Vous pouvez parler dès que vous vous sentirez prête, dit Luke, qui avait peut-être remarqué son changement d'expression. Mais je ne vous presse pas, ajouta-t-il. Je pense seulement que, si vous gardez trop de choses en vous, elles finiront par vous ronger de l'intérieur.

— Je l'ai découvert à mes dépens, avoua-t-elle. Je me demande seulement par où commencer.

— Par le commencement ?

— Vous avez une logique implacable.

— Je suis quelqu'un de simple.

Ça, elle n'en croyait rien. Mais elle lui faisait confiance, et c'était le plus important.

— C'était le 8 septembre, un vendredi. Je sortais de chez moi. Quelques jours plus tôt s'était achevé un long et difficile procès que nous avions gagné. J'avais réservé un petit séjour détente dans un établissement thermal à Austin, et j'allais prendre la route.

— Vous y alliez seule ?

— Oui, je le fais souvent. Ou, plus exactement, je le faisais souvent. Depuis mon enlèvement, je n'ai plus jamais pris la route seule, sauf il y a quelques jours pour venir ici. Et c'est seulement parce que Sydney a insisté et que j'avais très envie de la voir. Ce jour-là, j'ai d'abord fait étape à La Grange, et ensuite, le lendemain, sur la recommandation du propriétaire de la chambre d'hôte où j'avais passé la nuit, je suis venue à Winding Creek.

— C'était la première fois que vous veniez à Winding Creek ?

— Oui. Il y a quelques mois, ni moi ni Sydney ne connaissions

Esther ni les frères Lawrence. Je me suis arrêtée pour prendre un thé et une pâtisserie au salon de Dani, et c'est ainsi que j'ai fait sa connaissance. C'est un détail important car, par la suite, cela a permis à Sydney de me retrouver.

— Heureusement que vous avez fait cette pause.

— Oui, en effet. Quand j'ai quitté le salon, il était encore tôt et j'ai décidé de suivre la petite route si belle qui traverse la campagne pour rejoindre la nationale.

Mais elle n'avait jamais atteint la nationale.

— Alors que j'étais sortie de la ville, un homme au volant d'un pick-up a commencé à klaxonner pour attirer mon attention puis a fait de grands gestes pour me demander de m'arrêter sur le bas-côté.

— Il était seul ?

— Oui. J'ai essayé de comprendre ce qu'il voulait me dire par ses gestes. Pendant un moment, j'ai été tentée de m'arrêter, mais je n'en ai rien fait car je trouvais son attitude étrange. De plus, ma voiture fonctionnait tout à fait normalement.

— Et il n'y avait personne d'autre sur la route ?

— Non, personne. Et aucune habitation visible. Rien que des pâturages à perte de vue et des bêtes dans les prés.

À mesure que son récit progressait, elle sentait l'angoisse gonfler en elle. Elle inspira profondément avant de reprendre la parole.

— J'ai décidé de continuer à rouler, et éventuellement de m'arrêter dans une station-service une fois que j'aurais rejoint la nationale. Alors j'ai accéléré pour rouler aussi vite que possible sur cette route sinueuse.

— Et il ne vous a pas lâchée ?

— Non. Il est resté juste derrière moi. J'ai commencé à avoir peur qu'il tente de me faire quitter la route. Puis j'ai entendu une explosion. J'ai regardé dans le rétroviseur et j'ai vu des étincelles et de la fumée.

— Des coups de feu ?

— Non.

Elle avait de plus en plus de mal à parler. Depuis sa déposition à la police, c'était la première fois qu'elle évoquait ce qui s'était passé en donnant autant de détails.

— J'ai cru que c'était mon réservoir qui fuyait et qui s'était enflammé. J'ai paniqué. Je me suis arrêtée sur le bas-côté et me suis précipitée hors de ma voiture.

— C'était ce qu'espérait ce type, je parie.

— Oui. J'ai su après coup qu'il avait usé de la même stratégie avec ses autres victimes. Avant que j'aie le temps de comprendre, il s'est jeté sur moi et m'a frappée. J'ai perdu connaissance. Quand j'ai recouvré mes esprits, j'étais dans l'obscurité et j'avais très mal à la tête.

Luke marmonna une série de jurons.

— Je ne suis pas forcément en faveur du port d'armes mais, pour une fois, c'est dommage que vous n'en ayez pas eu une sur vous.

— Je n'aurais pas su m'en servir.

— Eh bien, je veux croire que vous ne croiserez plus jamais la route d'un psychopathe comme Sales. Mais continuez, je ne veux pas vous interrompre.

— Le reste, c'est un cauchemar. Vous êtes sûr d'avoir envie de l'entendre ?

— C'est pour vous que ce sera le plus pénible. Vous vous sentez capable de poursuivre ?

— Oui, ça va.

Ce n'était pas tout à fait vrai mais, désormais, elle n'avait plus le droit de reculer.

— J'étais allongée sur le sol, j'avais mal, et j'ignorais totalement où je me trouvais. Je savais seulement que l'homme qui m'avait attaquée ne devait pas être loin. Il n'y avait pas de fenêtre dans la pièce, la seule source de lumière provenait du mince espace sous la porte. Je me doutais qu'elle était verrouillée, mais il fallait que je vérifie. Alors je me suis déplacée comme je le pouvais. Pour rien, puisque, comme je le soupçonnais, la porte était fermée à clé. Je n'ai jamais eu aussi peur de ma vie, et je souhaite de tout cœur ne plus jamais me sentir dans le même état.

Luke prit ses mains entre les siennes, mais elle les libéra, se leva et se mit à arpenter la cuisine. Il fallait qu'elle arrive à relater ce douloureux épisode sans son aide, sans s'appuyer sur la force qu'il dégageait.

Elle chercha à rassembler ses pensées ; son angoisse lui faisait perdre ses mots.

Enfin, elle réussit à lui parler du rire de maniaque de Sales, de la cruauté froide de son regard, des longues périodes pendant lesquelles elle restait sans manger ni boire, de la peur qui ne la quittait jamais et qui la tétanisait chaque fois qu'elle entendait des pas de l'autre côté de la porte.

Elle lui avoua également qu'elle n'avait cessé de prier pour que Sydney la retrouve avant qu'il soit trop tard.

Enfin, elle s'arrêta devant la fenêtre et regarda dehors.

— Je n'étais pas la seule prisonnière de Sales, reprit-elle. Il y avait trois autres femmes, mais je ne les ai jamais vues. Finalement, il a mis le feu à l'endroit où il nous retenait. Il voulait nous faire brûler vives. Il m'est désormais impossible de voir des flammes ou de sentir une odeur de fumée sans repenser à cette nuit. Je ne sais pas si ça cessera un jour.

Elle réussit à trouver la force de se retourner pour regarder Luke. Il avait les traits tirés, les mâchoires serrées.

— Le kidnappeur du Texas, dit-il.

— C'est le FBI qui lui a donné ce nom. Je l'ai appris seulement après ma libération. Pour moi, c'était un monstre.

— Il mérite davantage ce titre que celui d'homme.

— C'est le mal incarné. Je suis persuadée qu'il n'a pas changé. Comment pourrait-il en être autrement après tous les crimes qu'il a commis ? Il a tué une fugueuse qui vivait dans la rue à San Antonio ; il a assassiné Charlie, le mari d'Esther, de sang-froid, dans sa grange. Esther a découvert Charlie mort, une balle dans la tête.

— Sales a assassiné Charlie Kavanaugh ? Bon sang ! Je n'en savais rien.

— Vous deviez être en mission à l'étranger quand c'est arrivé. C'est une autre très longue histoire. Sydney serait plus à même que moi de vous la raconter.

Elle ferma les yeux pour retenir ses larmes.

— Deux semaines de captivité m'ont marquée à jamais. Charlie a été assassiné, et Esther aura du chagrin jusqu'à la fin de ses jours.

Incapable de se contrôler plus longtemps, elle se cacha le visage dans ses mains tandis que les larmes roulaient sur ses joues. Revivre ce cauchemar ne lui avait fait aucun bien. Comment avait-elle pu espérer le contraire ?

Elle entendit le raclement de la chaise de Luke sur le sol et le bruit de ses pas alors qu'il s'approchait d'elle. Il lui posa les mains sur les épaules pour l'inciter à lui faire face.

— Vous êtes une des personnes les plus courageuses que j'aie rencontrées, Rachel, et je vous jure que ce ne sont pas des paroles en l'air.

À l'aide d'un mouchoir, il sécha ses larmes.

— Non, je ne suis pas courageuse ! Je n'arrive pas à me débarrasser de mon angoisse. Roy Sales n'arrêtera jamais de me hanter.

— Détrompez-vous. Je suis sûr que vous surmonterez ce traumatisme. Ce n'est qu'une question de temps.

Il sortit d'autres mouchoirs en papier de la boîte.

— Tenez.

Elle accepta les mouchoirs, s'essuya les yeux et inspira à fond. Luke la prit dans ses bras et elle posa la tête sur son épaule.

— Je suis désolée, murmura-t-elle.

— Ne le soyez pas. Si cela vous fait du bien, vous pouvez pleurer sur mon épaule toute la nuit.

— Merci. Lu...

Il l'interrompit en posant doucement ses lèvres sur les siennes. Sa voix intérieure lui hurla que ce n'était pas le bon moment, pas le bon endroit, mais son corps l'ignora.

Elle avait besoin de la présence de Luke, besoin de sentir sa force. Besoin de lui.

Le baiser se prolongea, encore et encore, et la transporta dans une autre dimension.

Elle passa les bras autour de son cou, explora son dos musclé.

Il chuchota son nom.

Elle se sentit fondre.

Alors, sans qu'elle ne fasse rien, la couverture de coton autour d'elle se défit et tomba au sol.

12

Le souffle court, Luke regarda Rachel.

Elle laissa tomber les bras le long de son corps, sans chercher à ramasser la couverture. Un désir identique à celui qu'il éprouvait lui embrasait les yeux.

Il devait lutter de toutes ses forces pour ne pas la prendre dans ses bras et la posséder. Là, sur la table, contre le mur, n'importe où.

Il serra les poings pour ne pas la toucher.

Jamais il n'avait à ce point désiré une femme.

Cependant, sa voix intérieure lui criait de résister. Elle venait de lui raconter le pire épisode de sa vie, elle lui avait livré ses peurs, elle était vulnérable. S'ils faisaient l'amour, ce serait certainement une formidable expérience pour lui. Elle, en revanche, risquait de le regretter après coup.

Il parvint à trouver la force de détourner les yeux. Se baissant, il ramassa la couverture et l'en recouvrit.

— J'ai l'impression de remballer le plus beau cadeau que j'aie jamais reçu, avoua-t-il.

Cet aveu était sincère, mais il refusait d'être le type qui avait profité de sa fragilité. Il ne voulait pas être une aventure d'un soir qui, de plus, lui laisserait des regrets par la suite. Pour lui, elle comptait beaucoup trop.

Le téléphone que Rachel avait laissé près de l'évier se mit à sonner, ce qui le dispensa de donner des explications.

Elle traversa la cuisine pour aller jeter un coup d'œil à l'écran.

— C'est Sydney.

— Vous devriez répondre, lui conseilla-t-il. Elle est peut-être inquiète de ne pas vous voir rentrer.

Elle prit la communication.

— Salut, Sydney.

— Salut. Où es-tu ?

— Chez Luke Dawkins. Je t'ai laissé un message pour t'avertir.

— Oui, mais c'était il y a plusieurs heures. Tout va bien ?

— Oui, je vais bien.

— Tu as dîné ?

— Oui, oui, ne t'en fais pas.

Elle évita de lui dire qu'elle avait mangé de la soupe en boîte, enroulée dans une couverture.

— Je ne veux pas me montrer trop intrusive, mais quand comptes-tu rentrer ?

— Ne t'inquiète pas, ce n'est pas intrusif. Je vais partir de chez Luke d'ici une demi-heure au plus tard.

— Très bien. Je suis impatiente que tu me racontes ton après-midi.

— Là, tu deviens intrusive.

— Non, je joue du privilège d'être ta sœur.

Sydney et elle s'étaient toujours tout dit. Rachel songea néanmoins que, cette fois, elle garderait quelques détails pour elle. Elle omettrait par exemple de lui raconter ce qu'elle avait éprouvé quand elle s'était retrouvée nue devant Luke, qu'elle aurait aimé qu'il lui fasse l'amour sans hésiter, sans gêne.

Mais ce n'était pas le genre de Luke. C'était un type bien, respectueux, délicat.

Quand elle eut raccroché, Luke, qui s'était absenté, revint dans la cuisine, ses vêtements à elle sur le bras.

— Tenez, mieux vaut vous rhabiller. Si cette couverture venait à tomber de nouveau, je ne répondrais plus de rien.

— De toute façon, je vais devoir y aller.

— Je vous raccompagne.

— Ce ne sera pas nécessaire.

— Oh que si ! Je manquerais à tous mes devoirs si je vous

laissais rentrer seule après la tombée de la nuit dans cette région isolée. Et, si vous êtes toujours d'accord pour m'accompagner demain à San Antonio voir mon père, je passerai vous chercher à l'heure qui vous conviendra.

— Je suis sûre que vous n'aurez pas besoin de moi.

— Peut-être pas, mais ça me ferait vraiment plaisir d'y aller avec vous. Et j'aimerais aussi que vous me donniez votre avis sur l'état de santé de mon père. Si le temps se maintient, nous pourrons aussi en profiter pour faire une petite balade le long du fleuve.

— Votre proposition a d'un seul coup beaucoup plus d'attrait.

— Si vous le voulez, je peux continuer à plancher sur le programme de la journée.

Elle sourit, prit ses vêtements et alla jusqu'à la salle de bains pour se changer. Au moment d'y entrer, elle se retourna :

— J'ai seulement une question, Luke. Pourquoi ne m'avez-vous pas touchée alors qu'il était clair que la tension sexuelle entre nous était à son paroxysme ?

— Je dois d'abord vous dire que ne pas vous toucher a été une des plus rudes épreuves qu'il m'ait jamais fallu surmonter. Mais je suis conscient que vous ouvrir à moi à propos de Roy Sales vous a énormément coûté. Alors je ne voulais pas qu'il y ait de confusions ni profiter de mon statut de confident pour devenir votre amant.

— En d'autres termes, vous me protégez ?

— Oui, mais pas seulement. Quand nous ferons l'amour, et je peux vous assurer que c'est un de mes plus chers désirs de voir ce moment arriver, je veux que vous ne pensiez à personne d'autre que moi.

Pouvait-elle encore douter d'être en train de tomber amoureuse de Luke Dawkins ?

— Alors, tout ce que vous demandez, c'est la perfection.

— Exactement.

— Asseyez-vous, le Dr Riche va vous recevoir dans quelques minutes.

Rachel s'installa au bout du canapé bleu que leur indiquait

l'infirmière, tandis que Luke prenait un magazine sur une pile avant de s'asseoir à côté d'elle.

Lors du trajet jusqu'à San Antonio, une légère gêne avait prévalu. Luke s'était efforcé sans grand succès d'entretenir une conversation banale. L'attirance qui flottait entre eux depuis la veille était toujours là, et ils avaient du mal à en faire abstraction.

Luke se demandait encore où il avait puisé la force de résister à son désir pour Rachel quand la couverture était tombée.

Maintenant que tous deux avaient admis éprouver de l'attirance l'un pour l'autre, qu'allaient-ils faire ? Elle se débattait avec des peurs qu'il ne comprenait pas entièrement. À son avis, il était impossible de véritablement comprendre sans avoir vécu une expérience de ce genre.

Et il ne voulait en aucun cas lui faire du mal.

S'ajoutait à cela son père, qui avait besoin d'aide mais n'en voulait pas. Un père qui avait toujours vécu selon ses propres critères, sans se soucier des autres, et qui, soudainement, se retrouvait incapable de s'assumer.

Dans un tel contexte, il voyait mal comment une relation durable pourrait s'instaurer entre Rachel et lui. D'autant qu'ils menaient des vies très différentes. Elle était une avocate en vue de Houston ; lui, un ex-marine qui avait du mal à retrouver sa place dans la vie civile.

— Vous êtes sûr d'avoir envie que j'assiste à l'entretien avec le médecin ? lui demanda Rachel. Si vous voulez, je peux vous attendre ici.

— Que vous entendiez de bonnes ou de mauvaises nouvelles de la bouche du Dr Riche ne me dérange pas, répondit-il. Et, encore une fois, j'aimerais vraiment que vous me donniez votre avis sur la façon dont je dois gérer la situation.

— Je ne sais pas si mon avis vous sera d'une grande utilité. Je n'y connais rien en procédures de soins... Mon champ d'expertise, ce sont les gens suspectés de crimes. Même si, désormais, il est permis de douter de mes compétences dans ce domaine également.

— Pourquoi dites-vous ça ?

— C'est une longue histoire. Une histoire compliquée.

Avec elle, tout semblait compliqué. Ce qui ne faisait que la rendre encore plus intrigante.

— Comme j'ai déjà eu l'occasion de le dire, vous êtes une femme pleine de mystères.

— Je dirais plutôt une femme aux abois. Je vous expliquerai plus tard. Pour le moment, c'est votre père qui doit nous occuper.

À peine avait-elle dit cela qu'une infirmière ouvrit la porte de la salle d'attente pour leur demander de la suivre.

— Bien, il faut y aller, marmonna Luke, tendu.

Rachel lui prit la main et la pressa. Il se sentit instantanément mieux. Il était vraiment content qu'elle soit là.

On les conduisit jusqu'à un petit bureau dont les murs étaient couverts de diplômes encadrés. Un homme, qui devait avoir entre quarante et cinquante ans, les accueillit courtoisement.

— Bonjour, je suis le Dr Riche, déclara-t-il en tendant la main.

— Luke Dawkins.

Il serra la main tendue du médecin, qui salua ensuite Rachel.

— Avez-vous un lien de parenté avec M. Dawkins ? lui demanda-t-il.

— Non.

— C'est une amie, intervint Luke. Elle est avocate, ajouta-t-il. Alors n'hésitez pas à vous exprimer sans rien omettre. J'espère qu'elle sera à même de me guider et de m'éviter des erreurs pour tout ce qui concerne les démarches que je devrai entreprendre afin que mon père reçoive les meilleurs soins possibles.

— Vous pourriez en effet avoir besoin de conseils, confirma le médecin, même si, pour ma part, je m'en tiendrai aux aspects strictement médicaux. Il y a déjà pas mal de sujets à couvrir, je vous propose donc de nous y mettre sans attendre.

— Entendu. Je vous demanderai seulement d'éviter d'user de termes trop spécifiques. J'aimerais pouvoir comprendre du mieux possible.

Le médecin prit effectivement soin d'éviter de recourir plus que nécessaire au jargon médical pour lui expliquer les causes possibles et les conséquences de l'attaque dont son père avait été victime. Il insista sur le fait que son rythme cardiaque était parfois irrégulier et détailla les possibilités pour y remédier.

— Comme j'ai eu l'occasion de vous le dire au téléphone, l'attaque de votre père n'a pas été d'une gravité extrême et, avec le bon traitement, son état devrait s'améliorer rapidement, même s'il n'est pas certain qu'il recouvre l'ensemble de ses capacités.

— Et quel genre de traitement devra-t-il suivre ?

— Il faudra qu'il continue à faire de l'exercice pour recouvrer l'usage de son côté gauche. Pour ne pas perdre l'équilibre, au moins pendant quelque temps, il devra marcher avec une canne et se servir d'un fauteuil roulant pour de plus grands déplacements.

— Utilise-t-il un fauteuil roulant en ce moment ? Quand je suis venu le voir, samedi, il était dans son lit.

— La plupart du temps, il refuse. Par conséquent, quand il souhaite se déplacer, quelqu'un doit être avec lui pour l'aider. C'est un homme très têtu.

— Ça, je le sais. De quoi d'autre aura-t-il besoin ?

— Eh bien, il lui faudra un thérapeute pour lui apprendre à se servir de ses couverts malgré sa paralysie partielle, à ouvrir des boîtes de conserve, ce genre de choses. Et il faudra qu'il réapprenne également à articuler, même si ses difficultés de langage sont en partie liées à ses absences au niveau de la mémoire ; nous verrons si, avec le temps, cet aspect s'améliore.

— À vous entendre, son rétablissement n'est pas pour tout de suite.

— C'est pourquoi vous devrez prendre des dispositions pour que votre père suive cette thérapie chez lui. Mais il ne peut pas vivre seul. Cela pourrait en effet prendre plusieurs mois pour qu'il redevienne autonome.

— Plusieurs mois ?

— Oui. Mais, si tout va bien, il recouvrera progressivement ses capacités. Une alternative aux soins à domicile serait de lui trouver un établissement de long séjour. Certains disposent de différents services, et les patients passent de l'un à l'autre à mesure qu'ils redeviennent autonomes.

— Il n'acceptera jamais que je le place dans ce type d'établissement, déclara Luke, qui pensait tout haut.

Le médecin sourit.

— En effet, je pense que ce sera très difficile de le convaincre.

— Et, à votre avis, dans combien de temps pourra-t-il de nouveau vivre chez lui avec un minimum d'aide ?

— Ce serait malhonnête de ma part de vous donner un délai, monsieur Dawkins. Trop de facteurs entrent en jeu. En revanche, je peux vous affirmer que votre père ne sera certainement plus jamais en mesure de diriger un ranch comme il a pu le faire jusqu'ici.

Cette dernière affirmation porta un coup sévère au moral de Luke. Diriger un ranch, pour son père, c'était toute sa vie. C'était plus important que sa famille.

Il en avait toujours voulu à son père de faire passer le ranch avant sa mère ou lui. Pourtant, aujourd'hui, il ne pouvait s'empêcher d'avoir pitié de lui.

— Dès la semaine prochaine, vous pourrez organiser le retour de votre père chez lui ou prendre des dispositions pour le faire admettre dans un établissement de convalescence.

Luke eut la sensation que les murs se refermaient sur lui. Que lui, ou qui que ce soit d'autre, prenne la direction du ranch d'Arrowhead Hills achèverait son père. Il en avait la conviction.

— Je ne peux pas prendre une telle décision aujourd'hui, dit-il. Je ne suis même pas certain que mon père soit d'accord pour me laisser vivre au ranch. Nous ne sommes pas en très bons termes. Depuis une dizaine d'années, nous nous sommes seulement parlé au téléphone. Et, chaque fois, c'est moi qui l'ai appelé.

— Voilà qui complique les choses, remarqua le Dr Riche. Peut-être l'assistante sociale vous aidera-t-elle à trouver une solution. Et, heureusement, vous avez votre amie pour vous aider pour tous les aspects juridiques.

Exactement ce dont Rachel avait besoin ! Voilà qu'il allait ajouter ses problèmes aux siens.

Il écouta ce que le médecin avait encore à lui dire, mais ses pensées étaient focalisées sur Rachel. Tant qu'il n'aurait pas trouvé une solution pour son père, il devrait se tenir en retrait. Il n'avait pas le droit de lui faire porter son fardeau.

Une fois encore, Alfred Dawkins était en train de ruiner sa vie.

Rachel dut presque courir pour rester à la hauteur de Luke, qui traversait le parking à grands pas pour rejoindre sa voiture. Néanmoins, malgré sa contrariété, il n'oublia pas de lui ouvrir sa portière.

— Excusez-moi, mais je suis furieux. C'est idiot de ma part, j'en suis conscient. On ne peut pas échapper à la fatalité.

— Je vous comprends, croyez-moi.

— Je sais. Et je me sens très mal à l'aise de vous avoir entraînée dans mes soucis. Même si, comparés à ce que vous avez traversé, ils sont bien modestes.

— Il vaudrait peut-être mieux que nous n'allions pas voir votre père maintenant, dit-elle tandis qu'ils sortaient du parking. Je pense que vous avez besoin d'un peu de temps pour réfléchir aux options qui s'offrent à vous.

— Oui, bonne idée. Je vais me donner encore onze ans.

— Dans mon esprit, c'était plutôt une heure ou deux.

— Ah, vous, les avocats, vous êtes toujours tellement pragmatiques ! Vous avez faim ?

— Pas vraiment. Quant à vous, si vous avez l'estomac aussi noué que votre mâchoire est serrée, je doute que vous soyez capable d'avaler quoi que ce soit.

— C'est vrai. En revanche, j'ai soif. Un verre en terrasse au bord du fleuve, ça vous dit ?

— Excellente idée.

La circulation était fluide, et il ne leur fallut pas longtemps pour atteindre leur destination.

Les parasols colorés des terrasses donnaient un air de vacances aux rives du fleuve. Elle avait toujours aimé venir là.

C'était l'endroit idéal où flâner et se détendre.

Hélas ! Pour eux, ce n'était pas le moment idéal. Elle sentait que Luke avait le cœur lourd. Il n'avait jamais été proche de son père et, après ce que lui avait appris le médecin, il était possible qu'il n'arrive jamais à le connaître et le comprendre.

Il allait devoir apprendre à faire avec, à prendre en charge un homme qui ne lui témoignait aucune sympathie et ne lui serait peut-être jamais reconnaissant. Elle aurait voulu l'aider mais ne voyait pas comment faire. D'autant qu'elle avait beaucoup de problèmes à gérer de son côté.

Ils marchèrent une bonne dizaine de minutes avant d'aviser une terrasse tranquille. S'il était d'humeur à parler, l'endroit serait propice.

— Ici, ça vous plaît ? lui demanda-t-il.

— Oui, c'est très bien.

C'étaient les premières paroles qu'ils échangeaient depuis qu'ils étaient descendus de voiture.

Une serveuse leur indiqua une table et prit leur commande. Elle s'éloignait quand le téléphone de Rachel sonna.

Elle consulta l'écran. Voyant que c'était Eric Fitch, elle rejeta l'appel.

— Un admirateur trop insistant ? lança Luke sur le ton de la plaisanterie.

— Un ex-patron trop insistant, plutôt.

— Vous avez changé récemment de travail ?

— On peut dire ça.

— Voilà que vous renouez avec vos explications énigmatiques.

La serveuse revint avec leurs consommations. Elle les posa sur la table puis, au lieu de s'en aller, resta quelques secondes à dévisager Rachel.

— Vous ressemblez à cette avocate qu'on voit beaucoup à la télé ces jours-ci, dit-elle. Celle qui doit défendre le fils du sénateur Covey.

— Vraiment ? Eh bien, c'est la première fois que je passe aussi près de la célébrité, mais ce n'est pas moi, répondit-elle sur un ton léger.

— Tant mieux. Parce que, si vous voulez mon avis, ce type est coupable. Avec les riches, c'est toujours la même histoire. Ils s'imaginent qu'ils peuvent faire n'importe quoi et que leur argent leur permettra de ne pas en répondre.

— S'il est coupable, espérons qu'il ne s'en sortira pas, cette fois, dit Rachel.

— Il est coupable, je le sens. Dès que j'ai vu sa photo à la télévision, j'ai eu l'intuition qu'il avait le mal en lui.

Un frisson parcourut l'échine de Rachel. Elle tourna la tête pour dissimuler son trouble. Le commentaire d'une serveuse qui n'avait jamais rencontré Hayden Covey n'aurait pas dû la mettre dans cet état.

— Excusez-moi, je vous laisse, reprit la serveuse, qui devait avoir remarqué qu'elle n'était pas bien. Si vous souhaitez manger quelque chose, faites-moi signe.

Rachel se mordit la lèvre inférieure pour conjurer sa crise de panique.

Luke tendit la main et la posa sur les siennes.

— Vous avez les mains glacées.

— Je sais. Donnez-moi une minute, je vais me reprendre, dit-elle d'une voix tremblante.

— Ne laissez pas les propos de cette serveuse vous atteindre. J'imagine que son commentaire vous a rappelé Roy Sales. Mais ce n'étaient que des paroles en l'air.

— Je sais.

Elle prit une profonde inspiration puis expira lentement.

— Je suis bien l'avocate qu'elle a vue à la télévision, poursuivit-elle. Et, quand je me suis retrouvée devant Hayden Covey, moi aussi, j'ai lu de la cruauté dans son regard.

— Vous allez le défendre ?

— Je n'ai pas encore officiellement accepté. En fait, j'ai démissionné vendredi du cabinet Fitch, où j'exerçais, précisément pour ne pas avoir à le défendre. Mais mon patron n'a pas pour habitude qu'on lui dise non.

— Et vous en êtes où, maintenant ?

— Entre deux eaux... Je pensais que ma démission avait été acceptée. Et puis, samedi soir, l'épouse du sénateur Covey a annoncé à la presse que moi, Rachel Maxwell, qui avais été enlevée et séquestrée par le kidnappeur du Texas, j'allais défendre son fils.

— Elle a fait une déclaration en ces termes-là ?

— Selon Sydney, oui. Moi, je ne l'ai pas entendue.

— En gros, elle a cherché à influencer le jury avant même le début du procès.

— Vous comprenez vite.

— Pour rester en vie, il faut apprendre à lire la stratégie de l'ennemi.

— Avez-vous d'autres règles des marines à me soumettre ?

— Quelques-unes, oui. Et je suis toujours en vie, ce qui tend à prouver qu'elles sont adaptées. Alors que comptez-vous faire ?

— Soit accepter ce que me propose mon patron, à savoir une substantielle augmentation assortie d'un poste d'avocate associée au sein du cabinet, en mettant de côté que c'est quasiment du chantage pour me forcer à défendre Hayden Covey, soit l'appeler pour lui dire qu'il peut s'asseoir sur son offre. Ce qui reviendrait à ruiner tous les efforts que j'ai faits pendant des années pour devenir avocate associée dans un prestigieux cabinet de l'État.

— Et, malgré une décision aussi importante à prendre, vous êtes ici avec moi ? De deux choses l'une : ou vous êtes masochiste, ou je suis l'homme le plus chanceux du monde.

— Il y a quelques minutes, vous ne vous sentiez pas aussi chanceux, lui rappela-t-elle.

— Tout est relatif. Et vers quelle décision tendez-vous ?

— Je change constamment d'avis. Mon intention est de me rendre à Houston pour constater si une révélation me frappera quand je me retrouverai devant la porte du cabinet Fitch.

— Je vous accompagne, dit-il sans hésiter.

— Vous devez penser à votre père.

— Demain, il sera toujours à l'hôpital. Et je peux m'absenter une journée du ranch, puisque j'ai engagé du personnel.

— N'êtes-vous pas allé un peu vite en besogne ?

— Les hommes que j'ai engagés travaillaient pour Adam McElroy avant qu'il vende la moitié de ses chevaux l'été dernier. Pierce me les a chaudement recommandés, et son avis me suffit.

— Pour un homme qui prétend jouer au cow-boy seulement à titre temporaire, vous vous investissez beaucoup.

— C'est comme une seconde nature. Mais ne changeons pas de sujet, revenons à vous.

— Je ne vous ai pas tout dit…, avoua-t-elle à contrecœur.

Désormais, elle n'avait plus de raisons de lui dissimuler quoi que ce soit. Elle but une gorgée de son cocktail.

— Le Dr Kincaid a appelé ma sœur pour entrer en contact avec moi.

— Attendez, j'ai raté un épisode. Qui est le Dr Kincaid ?

— Le psychiatre qui suit Roy Sales.

— Mais pourquoi veut-il prendre contact avec vous ?

— Je me pose la même question. Il semble croire que je pourrais lui apprendre quelque chose qui lui permettrait de mieux comprendre l'esprit tortueux de Roy Sales.

— C'est tout de même délicat. Vous ne lui devez rien, et vous ne devez surtout rien à Roy Sales. S'il vous appelle, vous allez accepter de lui parler ?

— Oui.

Elle n'aurait su dire pourquoi elle avait répondu aussi catégoriquement par l'affirmative. Mais, même si devoir parler de nouveau de Roy Sales lui pesait, elle avait besoin d'aller de l'avant. Ces trois derniers jours passés à côtoyer Luke l'en avaient convaincue.

Elle avait survécu à Sales et ne le laisserait pas gagner a posteriori. Si elle restait prisonnière du passé, elle perdrait l'opportunité de se libérer de son emprise et passerait à côté de sa vie.

Évidemment, elle n'en était pas à se dire que Luke était l'homme de sa vie, mais il avait néanmoins éveillé en elle des sentiments refoulés.

Et, des hommes comme lui, elle n'en croiserait pas tous les jours.

— Je doute d'avoir quoi que ce soit d'utile à apprendre au Dr Kincaid, mais, s'il y a la moindre possibilité que je détienne un élément qui permettra de le traduire en justice au plus vite, alors ça vaut le coup d'essayer, expliqua-t-elle.

Elle but une nouvelle gorgée puis sortit son téléphone de son sac à main.

— Vous comptez l'appeler maintenant ?

— Oui, avant de changer d'avis.

Elle composa le numéro du médecin, qui décrocha à la troisième sonnerie.

Après quelques formules de politesse, celui-ci en vint au fait :

— Il est important pour moi de voir Roy Sales vous parler en personne.

13

Luke aurait bien aimé entendre les arguments du Dr Kincaid, mais il devait se contenter des réponses et des réactions de Rachel. Cela lui suffit toutefois pour comprendre que l'issue de cet appel ne serait pas positive.

Comme par mimétisme, des nuages noirs vinrent obscurcir le ciel et faire baisser la température. Autour d'eux, les autres clients terminaient leur déjeuner et réglaient l'addition pour partir avant qu'une averse survienne.

Selon la météo, un front froid remontait et de fortes pluies étaient annoncées pour la soirée. Tout poussait à croire que la pluie n'attendrait pas la fin de journée. Au Texas, il était courant que le temps change très vite.

Il n'aurait pas détesté se retrouver sous la pluie avec Rachel, mais il était plus raisonnable qu'ils ne s'attardent pas trop.

De toute façon, peu importait ce qu'ils faisaient ; il appréciait d'être avec Rachel.

Il y avait bien longtemps — peut-être même n'était-ce jamais arrivé — qu'une femme ne l'avait pas à ce point fasciné. Il était conscient de s'attacher trop vite et de manière trop importante à elle, mais il n'y pouvait rien. La nuit précédente, il n'avait cessé de penser à elle, aux sentiments qu'il lui portait, et il n'avait quasiment pas dormi.

En outre, il devait prendre sur lui pour ne pas la toucher. S'il le faisait, il ne pourrait en rester là. Et, évidemment, s'il l'embrassait de nouveau, il aurait intensément envie de faire l'amour avec elle.

La patience s'imposait. Si cela devait se produire, il faudrait qu'elle soit prête. Qu'elle ait autant envie de lui que lui d'elle. Que Dieu fasse que ce moment arrive vite !

Elle mit fin à sa communication.

— Une conversation charmante, dit-elle avec aigreur.

— D'après ce que j'ai entendu, ce psychiatre veut que vous alliez voir Sales en personne ?

— Oui. Et il veut aussi que je lui parle.

Luke fut contrarié.

— Mais vous avez refusé, n'est-ce pas ?

— Disons que je n'ai pas clairement donné mon accord. Cependant, si je me décide à coopérer, je peux me rendre là-bas demain matin.

— Mais qu'espère-t-il démontrer en vous infligeant cette épreuve ?

— Il pense que soit Sales est obsédé par ma personne, soit il tente de se jouer de lui. Il a insisté sur le fait que cette entrevue serait cruciale pour qu'il donne son avis sur l'aptitude de Sales à être jugé ou pas.

— J'avais pourtant l'impression que c'était clair : Sales est un psychopathe qui vous a torturée mentalement et a tenté de vous tuer.

— Oui, mais soit Sales ne se souvient de rien ou n'a pas conscience que retenir une personne prisonnière est mal, soit c'est un grand manipulateur. Personnellement, j'opte pour la seconde option.

— De quoi dit-il se souvenir, exactement ?

— Selon lui, dans son souvenir, j'étais avec lui de mon plein gré et il y avait un lien très fort entre nous. Il est évident qu'il est mentalement dérangé, mais je ne crois pas une seconde qu'il ignorait ce qu'il faisait quand il nous a enlevées et retenues en captivité, ses autres victimes et moi. D'ailleurs, il était suffisamment sain d'esprit pour nous retenir dans un endroit isolé et garder en permanence sur lui la clé des pièces où nous étions enfermées.

— Ce qui signifie qu'il est suffisamment sain d'esprit pour affronter un procès, ajouta Luke.

— Je suis d'accord. Et, si passer quelques minutes avec ce

monstre peut amener à ce résultat, je surmonterai l'épreuve. Parce que j'ai besoin que cette histoire arrive enfin à son terme.

— Est-ce une façon de me dire que vous avez l'intention d'honorer ce rendez-vous ?

— Je me laisse la possibilité de changer d'avis, mais, sinon, oui. Comme je dois aller à Houston, je peux faire un crochet en chemin. Ce n'est pas très loin.

— Moi, je trouve que ça fait beaucoup. Vous allez enchaîner deux rendez-vous très éprouvants. Vous êtes certaine de tenir ?

— Non, je n'en ai pas la certitude. Mais je suis déterminée à reprendre le contrôle de mon existence. Je n'espère pas oublier Roy Sales définitivement, ni arrêter de faire des cauchemars de temps en temps, mais au moins mettre ces mauvais souvenirs derrière moi et ne plus être sujette à des crises de panique intempestives.

Elle rangea son téléphone dans son sac à main et se leva.

— En parler avec vous m'a fait énormément de bien, mais ce n'est pas encore assez. Je dois me libérer de mes angoisses.

— Je suis là, Rachel. Si vous avez besoin de soutien, quel qu'il soit, vous pouvez compter sur moi.

— Eh bien, alors, commençons par ne plus parler de Roy Sales aujourd'hui. Profitons d'être là ensemble.

Touché par ses propos, il lui prit la main.

— Y a-t-il autre chose dont vous ayez envie ?

— Vous. J'ai envie de vous, Luke Dawkins.

Les premières gouttes de pluie s'abattirent soudain sur les parasols. Il l'entraîna dans le restaurant.

L'averse était tellement subite que, le temps qu'ils se mettent à l'abri, Rachel avait déjà les cheveux mouillés. Il les lui repoussa doucement en arrière.

La serveuse s'approcha d'eux.

— Souhaitez-vous vous installer à une table ?

— Un instant, répondit Luke. Attendez-moi une minute, Rachel, je reviens.

Il sortit sous la pluie, le cœur battant. Il fallait toujours donner à une femme ce qu'elle désirait sans attendre.

Rachel vit Luke revenir en courbant l'échine pour se protéger de la pluie, un grand sourire sur le visage. Aucun homme n'aurait dû avoir le droit d'être aussi séduisant.

Il lui tendit une clé d'hôtel.

— Qu'est-ce que c'est ?

— *Room service*. Nous pouvons aller nous mettre à l'abri, prendre une douche, nous sécher et manger un morceau en toute intimité.

— Vous avez pris une chambre pour...

Elle ne termina pas sa phrase. Après tout, c'était elle qui lui avait dit avoir envie de lui. Et c'était la vérité. Il n'avait fait que la prendre au mot.

Ils allaient se retrouver seuls dans une chambre équipée d'un lit aux draps frais.

Si elle ne le voulait plus, il fallait qu'elle le lui dise maintenant.

Son pouls s'emballa. Elle leva les yeux, croisa son regard et se sentit fondre. Elle n'éprouva aucune crainte, n'eut aucune hésitation ; elle était avec Luke Dawkins. Un homme bien. Sexy. Capable de la protéger.

— J'adore le *room service*, dit-elle.

— Vous êtes sûre ?

— On ne peut plus sûre.

Quand ils entrèrent dans la chambre, elle avait la tête qui tournait légèrement sous l'effet de l'émotion.

Son regard se posa sur le lit. Elle n'avait pas peur, mais elle n'avait pas ses repères habituels. Luke la prit alors dans ses bras et l'embrassa avec sensualité. Très vite, elle eut ardemment envie de ne pas en rester là.

Il la souleva du sol, la porta jusqu'au lit et la déposa délicatement ; il lui ôta ses chaussures avant de retirer les siennes.

Debout à côté du lit, il enleva sa chemise et la posa sur une chaise. Dans la lumière tamisée, sa peau bronzée prenait un éclat doré.

Le désir monta en elle, s'accrut inexorablement quand il déboutonna son jean. Il s'en débarrassa négligemment.

S'allongeant à côté d'elle, il s'attaqua aux boutons de son chemisier. Elle fut tentée de l'aider pour aller plus vite mais ne voulut pas briser la solennité de l'instant. C'était leur première fois ensemble, les préliminaires étaient importants.

Quand enfin ils furent tous deux entièrement nus, il commença à déposer de petits baisers partout sur son corps.

Elle posa une main sur son dos, puis sur son ventre, descendit plus bas et sentit son érection.

— Maintenant, dit-elle tout bas. Je ne peux plus attendre.

— Je n'ai pas envie de te faire mal, ma chérie. Si jamais tu ne te sens pas bien, dis-le-moi. Je ne supporterais pas de te blesser.

Ses paroles l'émurent tant qu'elle en eut les larmes aux yeux. Elle se sentit déborder d'amour.

— Jamais tu ne pourras me faire de mal, Luke.

Et, évidemment, elle avait raison. Leur première fois ensemble fut magique en tout point. Chaque seconde resterait gravée dans son esprit.

Plus tard, quand ils firent appel au *room service*, tout fut parfait également. Ils mangèrent un assortiment de tapas accompagné d'une margarita, se firent mutuellement goûter ce qu'ils avaient dans leur assiette, échangèrent des plaisanteries, rirent beaucoup.

— Un après-midi parfait ? lui demanda-t-elle quand vint le moment de se rhabiller.

— Je ne sais pas. Je te le dirai quand nous en aurons passé quelques milliers d'autres comme celui-ci.

Aller voir son père après avoir passé un moment de rêve avec Rachel donnait à Luke la sensation de se faire chasser du paradis. Cependant, ils étaient venus à San Antonio pour le voir, et il n'avait pas le droit de s'esquiver.

Il était un peu plus de 14 h 30 quand il s'engagea dans le couloir menant à la chambre de son père. Rachel avait pris quelques minutes pour appeler Sydney ; sa sœur et elle étaient très proches.

Il était préoccupé. Il ne voyait pas en quoi le fait que Rachel se retrouve de nouveau face à Roy Sales pourrait faire avancer positivement les choses. Si Sydney était d'accord avec lui, peut-être parviendrait-elle à la faire renoncer à son projet de visite.

La porte de la chambre de son père était entrouverte. Il frappa un petit coup pour s'annoncer puis entra. Il trouva son père assis dans son lit, calé contre les oreillers. La télévision était allumée, mais le son était tout bas.

Il enleva son stetson et le posa sur une chaise près de la fenêtre.

— Salut, papa, dit-il. Comment tu te sens ?

Son père le regarda brièvement puis reporta son attention sur la télévision.

Il se rapprocha du lit.

— Tu me reconnais ?

— Ouais.

— Tant mieux. Tu passes une bonne journée ?

— Nan.

— Il a beaucoup plu, reprit Luke, histoire de dire quelque chose.

— Qui s'occupe...

Son père eut une hésitation, fut pris d'une quinte de toux, puis parvint à terminer sa phrase.

— ... des chevaux ?

— Les chevaux sont en bonnes mains. Pierce Lawrence y veille. Il m'a aidé à trouver des hommes compétents pour m'aider.

— Pierce.

— Oui. Il m'a chargé de te dire que tout va bien à Arrowhead Hills.

— Un type bien.

— Oui, pour sûr.

Il y eut un nouveau petit coup frappé à la porte. Luke tourna la tête et fit signe à Rachel d'entrer.

Elle sourit et s'approcha.

— Bonjour, monsieur Dawkins.

Alfred eut une expression confuse.

— J'ai déjà pris mes... médicaments. Vous êtes une nouvelle infirmière ?

— Tant mieux si vous avez pris vos médicaments ; non, je ne suis pas infirmière, je suis une amie de Luke. Je m'appelle Rachel.

— Ah.

— Luke m'a beaucoup parlé de vous, continua-t-elle. Je suis très heureuse de vous rencontrer enfin.

Alfred recommença à regarder la télévision.

— Ne laissez pas Luke vendre mes chevaux, marmonna-t-il.

Apparemment, il s'adressait à Rachel, mais il ne la regardait pas.

— Luke ne ferait jamais cela, répondit-elle. Il en prend grand soin. J'ai visité votre ranch. C'est très beau.

— La maison est en désordre.

— Plus maintenant, intervint Luke. Rachel a fait un grand ménage.

— Luke m'a aidée, ajouta Rachel.

— Vous aimez les chevaux ?

— Oui.

— Vous savez monter ?

— Je ne monte pas souvent, mais je suis capable de tenir en selle, oui.

— Il faut que je rentre. Les chevaux ont besoin de moi.

— Il faut d'abord que tu te rétablisses, lui rappela Luke.

Alfred tenta de se redresser, mais son coude gauche se déroba et il bascula de côté. Une grimace de frustration lui tordit le visage.

Luke en eut mal au ventre. Son père était sec, un peu brutal dans sa façon de parler, mais il avait également peur. Sans doute comprenait-il qu'il ne retrouverait plus jamais la vie qu'il avait menée jusque-là.

Même si leur relation n'avait jamais été au beau fixe, Luke était bouleversé.

— Il faut que je rentre, insista Alfred. Les chevaux ont besoin de moi.

— Bien sûr, répliqua Luke.

Il songea que c'était surtout son père qui avait besoin de ses chevaux. La décision qu'il ne se sentait pas capable de prendre quelques heures plus tôt lui apparut alors naturellement.

— D'ici quelques jours, je viendrai te chercher pour te reconduire à la maison, papa. Je vais me charger de tout préparer pour ton retour. Je te le promets.

Son père se détourna, mais Luke eut le temps de voir une larme couler sur son visage.

— Ta mère ne sera pas là, dit Alfred d'une voix étranglée.

Luke sentit lui aussi ses yeux le piquer. Décidément, les émotions et les sentiments étaient des choses étranges.

Rachel contourna le lit pour venir se poster à côté de lui et lui prit la main.

— Je ne savais même pas que j'avais autant de sentiments en moi, lui confia-t-il.

— Moi, si.

Le silence s'abattit sur la chambre jusqu'à ce qu'une infirmière frappe un petit coup à la porte avant d'entrer. Elle apportait une collation. Luke et Rachel se présentèrent.

— Prend-il tous ses repas dans sa chambre ? lui demanda Luke. Vous devez disposer d'une salle à manger commune, non ?

— Bien sûr. Votre père y prend son petit déjeuner et le déjeuner. En revanche, il préfère dîner dans sa chambre. N'est-ce pas, monsieur Dawkins ?

— Trop parlé.

Luke n'aurait su dire si cela signifiait que, pour son père, s'exprimer était difficile ou s'il voulait dire qu'il y avait trop de monde dans sa chambre et qu'il souhaitait être tranquille. Un peu des deux, peut-être.

Quand l'infirmière prit congé, Rachel tendit une serviette en papier à Alfred, lui versa un verre d'eau et approcha le plateau pour qu'il puisse se servir sans effort.

Alfred esquissa un sourire. Visiblement, il aimait bien Rachel. Mais qui aurait résisté ?

— Nous allons te laisser finir de manger tranquillement, dit Luke.

Son père saisit maladroitement son verre et renversa de l'eau sur sa chemise. Il ne parut pas s'en apercevoir. Rachel prit une autre serviette en papier et la lui posa sous le menton pour qu'il ne se mouille pas davantage.

Luke et elle dirent au revoir et se dirigèrent vers la porte. Alors qu'ils étaient sur le point de sortir, la voix d'Alfred leur parvint.

— Meurtrier.

— Pardon ? lui demanda Luke en se retournant.

— Meurtrier, répéta Alfred, qui désigna la télévision du doigt.

C'était un flash infos. Le visage de Hayden Covey s'affichait à l'écran.

Rachel saisit la télécommande et monta le son.

Le juge avait fixé le montant de la caution de Covey à un million de dollars.

Luke émit un sifflement.

— Pour un étudiant, ça fait beaucoup d'argent à sortir !

— Oui, mais il a vingt ans, précisa Rachel. Légalement, ce n'est plus un adolescent, et, pour un suspect accusé de meurtre, ce n'est pas un montant exceptionnel.

— De toute façon, dans son cas, j'imagine que ce n'est pas un souci, reprit Luke. Son père a les moyens de verser la caution. Pour toi, qu'est-ce que ça change ?

— Eh bien, si Eric Fitch m'a définitivement remplacée par l'avocat qui a négocié le montant de la caution, je suis officiellement à la recherche d'un nouvel emploi.

Ce qui ne serait pas plus mal, songea Luke. Cependant, il n'était pas prêt à considérer que c'était fait.

Tandis que Luke se garait derrière la voiture de Sydney, Rachel avait l'esprit agité. Depuis quatre mois, elle avait la sensation d'être prisonnière d'un espace-temps dans lequel elle se débattait pour en bloquer l'accès à Roy Sales, tout en finissant invariablement par être rattrapée par ses angoisses.

Depuis quelques jours, elle avait néanmoins réussi à franchir un palier. Pour la première fois, elle avait raconté son enlèvement et sa captivité sans rien dissimuler. Et maintenant elle était sur le point de se retrouver de nouveau face à Roy Sales, de son plein gré. Étrangement, au lieu de la tétaniser, cette idée lui donnait du courage.

Luke coupa le contact et lui prit la main.

— Tu es sûre que tu n'as pas envie de passer la nuit chez moi ?

— Non, ce ne serait pas raisonnable, mais je t'assure que je ne te quitte pas de gaieté de cœur. Je n'oublierai jamais cette journée, et je t'en remercie.

— Moi non plus, je ne l'oublierai jamais. C'est bien pour ça que j'ai envie de la prolonger.

— C'est vraiment tentant, mais il faut absolument que je parle à Sydney. J'ai besoin de son avis sur mon intention de rencontrer Sales puis mon patron demain. Et, toi, je te rappelle que tu as officiellement décidé de rester à Arrowhead Hills, ce qui signifie que tu dois t'occuper du ranch. En tout cas, quand tu as promis à ton père de le ramener à la maison, c'est ce que j'ai compris.

— Tu ne t'es pas trompée, même s'il s'avérait peut-être que j'ai commis la plus grosse erreur de ma vie.

— Moi, je crois que tu as pris la bonne décision.

— Tu me le rediras quand je commencerai à tourner en rond et à m'arracher les cheveux.

— Je n'y manquerai pas. Tu sais, si tu as faim, je suis sûre qu'Esther a quelques restes en réserve.

— C'est gentil, mais je vais rentrer. Pierce m'a laissé un message pour me prévenir qu'Esther lui avait donné un panier de provisions pour moi et qu'il y avait de quoi tenir un siège de plusieurs semaines.

— Quand as-tu reçu ce message ?

— Pendant que tu prenais ta douche à l'hôtel. À ce moment-là, j'aurais donné cher pour ne pas rentrer ce soir. Pour ne pas rentrer avant plusieurs jours, même, et rester là-bas avec toi...

— Un bon cow-boy ne délaisse jamais son ranch aussi long-temps, répliqua-t-elle sur un faux ton de reproche.

— Il te reste encore beaucoup à apprendre sur les cow-boys. Passer un après-midi en compagnie d'une jolie femme leur fait toujours reconsidérer leurs priorités.

Il lâcha sa main et ouvrit sa portière.

— Tu n'es pas obligé de me raccompagner à la porte, tu sais.

— Je ne veux pas manquer de t'embrasser pour te dire bonsoir.

Il descendit de voiture, la contourna et lui ouvrit sa portière.

— Tu es sûr que tu veux me conduire à Houston demain ? Tu as du travail et, en plus, ils annoncent de fortes pluies pour la matinée.

— Le travail se fera sans moi, ne t'inquiète pas. Buck Stalling va mettre à l'essai les nouveaux employés conseillés par Pierce pendant le reste de la semaine. Et Dudley Miles m'a assuré que je pourrais lui demander de mettre quelques hommes à ma disposition en cas de besoin. Par ailleurs, le mois de janvier n'est pas la période de l'année où il y a le plus d'activité.

— D'accord, mais la météo risque de ne pas être avec nous.

— S'il pleut trop fort, nous partirons plus tard que prévu. Appelle-moi dès que tu seras prête. Je refuse de te laisser seule alors que tu vas revoir Roy Sales.

Il la prit dans ses bras et l'embrassa. Ce fut encore plus dur pour elle de le quitter pour la soirée.

Avant même qu'elle ait atteint la porte, Sydney vint à sa rencontre, l'air préoccupé.

— Quelque chose ne va pas ? lui demanda Rachel.

— Tu as de la visite.

— Qui est-ce ?

— Claire Covey. Elle est en pleine détresse et dit qu'elle doit absolument te parler au plus vite.

14

Rachel entra dans le bureau au bout du couloir. Il était sobrement meublé d'une petite table de travail, d'un fauteuil et d'une chaise placée près de la fenêtre.

Claire Covey attendait, debout à côté du fauteuil. Elle avait apparemment recouvré son calme, mais ses yeux étaient rouges et elle serrait des mouchoirs en papier froissés dans ses mains.

En dépit de ses yeux gonflés, Claire était une très belle femme à l'allure distinguée, avec des cheveux blonds courts coupés de manière très sophistiquée.

Elle était vêtue d'un jean et d'un petit pull simples mais qui portaient néanmoins la marque d'un créateur de mode, et le sac à main posé sur la table était un Gucci.

— Bonjour, dit Rachel. Que puis-je faire pour vous ?

— Bonjour. Merci de me recevoir. Je sais tout de vous et de ce que vous avez traversé. Et je vous admire pour avoir surmonté cette épreuve.

— Merci, mais j'imagine que vous n'êtes pas venue ici pour me dire cela.

— Non. J'ai besoin de votre aide. La police accuse mon fils de meurtre, vous le savez. Il est innocent, mais ils n'en ont rien à faire ; les policiers veulent le faire condamner coûte que coûte.

Là-dessus, elle se laissa tomber dans le fauteuil, éclata en sanglots et se prit le visage entre les mains.

Rachel lui laissa une minute pour se ressaisir. Elle comprenait ses craintes ; c'était une mère qui aimait son fils.

— Vous croyez sincèrement à l'innocence de Hayden ?

— Oui. Je sais qu'il est innocent. Jamais il ne ferait de mal à quiconque. Cette fille le harcelait, elle ne cessait de l'appeler à n'importe quelle heure du jour ou de la nuit. Et ensuite Hayden la voyait avec d'autres garçons.

Adresser des reproches à la victime était une méthode de défense fréquente mais qui ne menait généralement nulle part.

— Je crois que vous devriez parler de cela à votre avocat.

— C'est vous qui étiez censée défendre Hayden, répliqua Claire Covey. Eric Fitch nous a promis que ce serait vous. Si vous affirmez que Hayden est innocent, le jury vous croira. Jamais vous ne défendriez un monstre. Pas après ce que vous avez vécu.

— Le jury aurait en effet raison de penser cela. Jamais je ne défendrais quelqu'un qui est accusé de meurtre sans être convaincue de son innocence. Mais, défendre un client, ce n'est pas seulement tisser des liens avec le jury.

— Eric nous a assuré que vous étiez une avocate de grand talent. Que vous représentiez la meilleure chance pour Hayden d'être acquitté.

— Eric a peut-être quelque peu exagéré. Et quand vous a-t-il finalement appris que je ne défendrais pas votre fils ?

— Cet après-midi. Il a appelé vers 14 heures et nous a dit que vous aviez quitté le cabinet pour raisons personnelles. Alors je suis venue pour vous supplier de ne pas laisser tomber Hayden. Faites en sorte que sa vie ne soit pas ruinée, faites qu'on ne me l'enlève pas !

De nouveau, elle éclata en sanglots.

Rachel se demanda si Eric Fitch avait finalement renoncé à la réintégrer au sein du cabinet et à lui offrir la promotion qu'il lui avait promise au téléphone ou s'il s'était seulement couvert pour le cas où elle refuserait son offre.

Cherchait-il à s'assurer que les Covey ne s'adresseraient pas à un autre cabinet d'avocats si elle ne revenait pas ?

— Qui a négocié la libération sous caution ?

— Eric. Il souhaite finalement être l'avocat principal, expliqua Claire.

— C'est quelqu'un qui a indéniablement beaucoup d'influence.

Personne d'autre que lui ne serait parvenu à obtenir la libération sous caution de votre fils dans un délai aussi bref.

— Je me fiche de son influence comme de la réputation de mon mari ! Tout ce qui m'intéresse, c'est mon fils. Si je dois me mettre à genoux devant vous, je le ferai. Je vous paierai aussi cher que vous le désirerez, vous n'avez qu'à me donner un chiffre. Mais, par pitié, sauvez mon garçon !

Rachel sentit son cœur se serrer. Face à elle se tenait une mère aux abois, et elle n'y était pas indifférente. Bien sûr, Claire Covey refusait de croire à la possibilité que Hayden soit coupable parce que c'était son fils, mais rien ne disait non plus qu'elle se trompait en affirmant qu'il était innocent. Rachel l'avait jugé d'un seul regard, et ce qu'elle avait ressenti n'était peut-être que le reflet de ses peurs.

— Acceptez au moins de parler à Hayden, reprit Claire. Vous comprendrez qu'il est incapable de tuer quelqu'un. Vous verrez que c'est un gentil garçon. J'en suis persuadée.

Comment dire non à une requête aussi simple et spontanée ?

— D'accord, je le rencontrerai. Mais je ne vous promets rien de plus. Et, même si je venais à accepter de défendre Hayden, je refuse de m'engager à le faire forcément en collaboration avec le cabinet d'Eric Fitch.

— Je m'en moque.

— Pourtant, il pourrait survenir des litiges légaux. Je risque d'être accusée d'avoir démissionné du cabinet Fitch dans le seul but de leur ravir une affaire.

— Ce qui est en jeu, c'est l'avenir de mon fils. Alors je ne vois pas en quoi chercher à ce qu'il soit défendu au mieux serait contraire à l'éthique.

— Votre mari acceptera-t-il de retirer cette affaire au cabinet Fitch ?

— Il fera ce que je lui dirai de faire.

Si elle acceptait de défendre Hayden, non seulement elle aurait beaucoup de travail, mais elle serait exposée à de nombreuses critiques, potentiellement violentes.

— Quand pensez-vous que Hayden sera libéré ?

— Si tout se passe bien, il devrait sortir demain. Mais Eric m'a averti que ça pourrait prendre quelques jours supplémentaires.

— Je dois me rendre à Houston demain et j'y serai certainement jusqu'à mercredi après-midi. Si Hayden est libéré avant, appelez-moi et nous fixerons un rendez-vous. Mais je ne tiens pas à ce que cette entrevue ait lieu dans les locaux du cabinet Fitch.

— Je conduirai Hayden où vous le souhaiterez.

— Très bien. Nous verrons cela plus tard.

De nouvelles larmes coulèrent sur les joues de Claire.

— Vous n'imaginez pas à quel point c'est important pour moi.

Rachel en avait tout de même une petite idée, mais elle n'avait pas le droit de prendre une décision sous le coup de l'émotion. Défendre un homme accusé de meurtre, ce n'était pas une question d'états d'âme.

— J'espère pouvoir vous aider, Claire. Je souhaite sincèrement être en mesure de répondre à vos attentes. Mais gardez en mémoire que, pour le moment, j'ai uniquement accepté de rencontrer votre fils. Nous verrons ce qui ressortira de cette entrevue.

Quand Claire se leva pour prendre congé, elle tremblait, et Rachel craignit un instant de la voir s'évanouir. Elle tendit le bras pour l'aider à garder l'équilibre, et Claire Covey s'appuya contre elle, la tête sur son épaule.

Rachel pria pour que Hayden soit bel et bien le jeune homme que sa mère voulait voir en lui. Mais, au fond d'elle, un gros doute subsistait.

Rachel s'était douchée et avait mis son pyjama quand Sydney vint la rejoindre dans sa chambre.

— Désolée de ne pas être venue te voir plus tôt, mais j'aidais Esther à se vernir les ongles de pied. Et puis je me suis dit que tu aurais peut-être besoin d'un peu de temps pour te remettre après la visite de Claire Covey.

— Oh ! je ne sais plus ce que je dois penser !

— Tu veux me dire ce qu'elle voulait ?

Rachel lui fit un résumé.

— Quand Eric Fitch va apprendre que tu pourrais lui subtiliser cette affaire, il va devenir fou.

— Je ne lui subtilise rien du tout.

— Je sais. Mais, lui, tu ne le convaincras pas du contraire.

— Est-ce une façon de me dire que, d'après toi, je ne devrais pas accepter de défendre Hayden Covey ?

— Non. C'est plutôt une façon de dire que j'aimerais bien être là pour voir la réaction de Fitch quand il comprendra que sa tentative de te manipuler s'est retournée contre lui.

— Bah ! Ce n'est pas si grave que ça.

— Pour moi, ça l'est. Est-ce que tu penses qu'il pourrait porter plainte contre toi ?

— Mon contrat a été renouvelé il y a un peu plus d'un an. Avant de le signer, je l'avais fait relire par une amie spécialisée dans le droit du travail. Si elle y avait décelé une clause potentiellement problématique en cas de démission, elle m'en aurait avertie.

— Donc tu es certaine que Fitch ne peut pas t'accuser de lui avoir volé un client pour monter ton propre cabinet ?

— Non, car ce n'est pas mon intention. Et Claire Covey est prête à attester que c'est bien elle qui m'a sollicitée, et non l'inverse. La question en suspens est plutôt de savoir si j'ai réellement envie de défendre son fils ou pas.

— Je ne peux pas répondre à ta place, dit Sydney. Cependant, si tu as démissionné, ce n'est pas parce que tu ne voulais pas le défendre, mais parce que ton patron cherchait à se servir de toi.

— C'est vrai, c'est le véritable motif de ma démission.

— Cet aspect étant éclairci, as-tu envie de défendre Hayden Covey ?

— Pas si je ne suis pas certaine de son innocence. Le meurtre de sa petite amie a été commis avec une brutalité atroce. Lire le rapport du légiste suffit à me rendre malade.

— Même si le FBI n'est pas impliqué, je verrai si je peux dénicher des éléments susceptibles de t'éclairer.

— Tout ce que tu pourras trouver me sera utile.

— J'aimerais rester avec toi encore quelques jours, mais je dois me rendre dans le Wisconsin pour les besoins d'une enquête.

— Bien, alors désormais c'est moi qui vais m'inquiéter pour toi, et non l'inverse.

— Non, tu n'as pas à te faire de souci. Je ne serai pas seule sur place ; je serai en totale sécurité.

Rachel avait du mal à se convaincre que sa sœur ne se mettait jamais en danger.

— Demain, j'ai moi aussi une grosse journée. Avant d'aller à Houston, je dois passer voir le Dr Kincaid. Et Roy Sales.

— Oh ! Je n'aime pas ça ! Je comprends que tu aies accepté de parler au Dr Kincaid, mais pourquoi dois-tu voir Roy Sales ? Si j'avais su que Kincaid te demanderait ça, je ne t'aurais même pas dit qu'il cherchait à te joindre.

— Je n'en crois rien. Tu es incapable de dissimuler quoi que ce soit, ce n'est pas dans ta nature. Et puis je considère que, s'il y a la moindre chance qu'une entrevue avec Roy Sales débouche sur la tenue de son procès, je dois la saisir.

— Je n'en suis pas convaincue, mais bon, fais comme tu le souhaites. Mais, si jamais tu ne te sens pas bien, n'hésite pas à revenir ici. Esther sera ravie de t'accueillir.

— De toute façon, je compte rester à Houston seulement une nuit.

— C'est vrai ? Est-ce en lien avec Luke Dawkins ?

— C'est lui qui me conduit à Houston. Il tient à m'accompagner ; il considère que je vais avoir une journée éprouvante et qu'un peu de soutien moral ne me fera pas de mal.

— C'est généreux de sa part. Et c'est certainement une bonne idée.

— C'est quelqu'un de bien.

— Je n'en doute pas. J'espère seulement que régler tes problèmes et t'engager en même temps dans une relation sérieuse n'est pas trop pour toi.

— Y a-t-il vraiment un bon moment pour entamer une relation sérieuse ?

— Eh bien… Disons que certaines périodes sont plus propices que d'autres.

— Quand tu as rencontré Tucker, tu crois que c'était le moment idéal ? Il venait de perdre son meilleur ami et, toi, tu étais à ma recherche et tu faisais tout ton possible pour me retrouver avant qu'il soit trop tard.

— C'est vrai, tu as raison. Quand nous nous sommes rencontrés, Tucker et moi n'avions absolument pas la tête à tomber amoureux. C'est l'amour qui s'est imposé à nous. Nous avons seulement été suffisamment lucides pour ne pas résister.

— En ce qui me concerne, je veux me montrer pragmatique et ne pas tirer de plans sur la comète, dit Rachel. Mais j'apprécie beaucoup Luke, et j'aime être avec lui. Et ça me fait énormément de bien.

En vérité, cela lui faisait plus que du bien, et elle était de toute évidence en train de tomber amoureuse de lui. Elle était également impatiente de refaire l'amour avec lui. Mais, ça, il était encore trop tôt pour qu'elle en parle à sa sœur.

— Ne te fais pas de souci pour moi, Sydney. Je ne suis pas complètement guérie, je ne le serai peut-être jamais, mais je fais des progrès. Tucker et toi, vous m'avez sauvé la vie. Je compte en profiter et, pour le moment, j'ai envie de partager mon temps avec Luke.

— Message reçu. Tiens-moi au courant de la façon dont se sont passées tes entrevues avec Sales et Hayden Covey. Et de tes projets professionnels.

— Je n'y manquerai pas. Mais il y a peu de chances que, finalement, j'accepte la proposition d'Eric Fitch de rester à son cabinet.

— Quoi que tu décides, je te soutiendrai. Dans la vie, il y a plus important que le boulot.

— C'est amusant que ce soit toi qui dises ça, répliqua Rachel avec malice. Mais je garderai tes propos en mémoire.

— Je suis vraiment heureuse que nous ayons passé ces quelques jours ensemble.

— Moi aussi. Luke et moi, nous n'avons pas encore décidé à quelle heure nous partirons, mais je ne pense pas que ce soit avant que tu sois levée.

— Hélas ! Moi, je pars dans...

Sydney consulta sa montre.

— ... environ trente minutes. Je dois prendre l'avion très tôt demain pour le Kansas, et, comme Tucker n'avait pas envie qu'on se sépare aussi vite, nous avons réservé un hôtel pour la nuit à proximité de l'aéroport.

— Bien. Alors je te dis au revoir.

Rachel serra sa sœur dans ses bras.

— Prends soin de toi.

— Toi aussi. Et si tu en éprouves le besoin n'hésite pas à m'appeler, à n'importe quelle heure. Et oublie ce que je t'ai dit sur ta relation avec Luke. L'important, c'est que tu sois heureuse. Je t'aime, petite sœur.

— Moi aussi, je t'aime.

Et, ça, ça ne changerait jamais.

Roy Sales regarda Eddie faire craquer ses phalanges puis plonger l'index dans son verre d'eau comme s'il s'agissait d'une paille.

— Enlève ton doigt, se plaignit Doug, un autre pensionnaire de l'hôpital. Tu n'as pas de manières.

— Ici, les manières, elles servent à rien, rétorqua Eddie. Mais je vais bientôt me tirer. Mon fils a un yacht et il veut que je vienne habiter dessus avec lui.

— Mais bien sûr, intervint Roy. Je viendrai t'y rendre visite.

— Ça ne te plairait pas. Mon fils Rick interdit qu'on fume ou qu'on picole. Il ne tolère même pas les gros mots.

— Quel intérêt d'aller vivre avec lui, alors ? fit Doug. Autant aller en taule.

— La taule, c'est pour les imbéciles, répliqua Eddie.

Roy sourit. Dans d'autres circonstances, Doug et Eddie lui auraient tellement tapé sur les nerfs qu'il serait retourné dans sa chambre pour ne plus avoir à les supporter.

Il n'aurait jamais imaginé penser cela un jour, mais ne plus travailler pour Dudley Miles lui manquait. Bien que le boulot ait parfois été éprouvant, il avait au moins une maison à lui et davantage de liberté.

Il n'avait pas l'intention de recommencer à travailler pour Miles, mais ne comptait pas pour autant quitter le Texas tout de suite. Avant, il avait encore une affaire à régler. Tuer Rachel Maxwell ne serait pas seulement une façon de prendre du bon temps. C'était devenu une nécessité. Pour mériter le titre d'homme, il devait se venger.

Tandis que ces pensées le traversaient, Doug continuait de déblatérer et de se plaindre de la nourriture qu'on leur servait. Il n'avait pas tort mais ce ne serait bientôt plus un problème pour lui.

Jusque-là, il avait joué le jeu, tel un boxeur voulant faire croire à son adversaire qu'il était tout près du K-O. Il n'avait pas perdu son temps et avait vite découvert qui serait prêt à l'aider et comment s'assurer le concours de cette personne.

Tout était prêt. Ce n'était plus qu'une question de patience. Si tout se passait bien, la semaine prochaine au plus tard, il serait dehors.

Il leva la tête et vit le Dr Kincaid s'approcher de lui. Il devait avoir une annonce à lui faire, car ce n'était pas dans ses habitudes de venir le voir si tard.

— Bonsoir, dit le médecin, s'adressant à eux trois.

— Vous faites des heures sup ? lui demanda Eddie.

— Non, je suis venu parler à Roy. Vous voulez bien nous laisser quelques minutes ?

— Nous pouvons aller dans ma chambre, proposa Roy.

Si on pouvait appeler cela une chambre... C'était malgré tout plus confortable qu'une annexe commune de ranch. Il disposait d'un lit douillet, d'un oreiller et de chaises propres. Il y avait même un petit bureau et une armoire.

Le médecin acquiesça et le suivit. Roy s'assit sur le lit, le Dr Kincaid s'installa sur une chaise.

— J'espère que je n'ai pas d'ennuis, dit Roy. Je n'étais pour rien dans la dispute qui a éclaté pendant le déjeuner.

— Non, il n'y a pas de problème. En fait, j'ai une surprise pour vous.

Roy ne mordit pas à l'hameçon et attendit qu'il continue.

— Demain, vous allez avoir de la visite.

Ça, c'était un choc. Jusque-là, les seules visites qu'il avait reçues étaient celles de journalistes curieux à la recherche d'anecdotes croustillantes et de cet imbécile d'avocat. Et encore, toutes les demandes n'étaient pas acceptées.

— Vous ne voulez pas savoir de qui il s'agit ?

— Vous allez me l'apprendre, sinon, je suppose que vous ne seriez pas ici.

— Vous avez raison. Rachel Maxwell sera là demain matin.

Roy déglutit. C'était la dernière personne à laquelle il aurait pensé.

— Que veut-elle ?

— Je lui ai demandé de venir.

Il aurait dû deviner qu'elle ne venait pas de son plein gré.

— Vous ne cessez de me répéter qu'entre vous deux il y avait un lien très fort. Alors je me suis dit que cela vous ferait plaisir de la revoir.

— Eh bien, avec les femmes, on ne sait jamais trop à quoi s'en tenir. Elle voulait partir avec moi mais, ensuite, elle a menti à la police et prétendu que je la retenais contre sa volonté. Et je suppose qu'elle continuera de mentir à ce sujet.

— Peut-être pas. Vous verrez bien. Quoi qu'il en soit, j'ai préféré vous annoncer sa visite pour que vous ne soyez pas pris de court.

— Et, quand elle sera là, vous resterez avec nous ?

— Est-ce ce que vous souhaitez ?

— Je m'en fiche.

— Alors nous en déciderons demain, quand Rachel sera là.

Le médecin lui parla encore quelques minutes puis s'en alla.

Roy ôta ses chaussures et s'allongea sur le lit. Rachel Maxwell allait venir. Sans doute ne se sentait-elle pas très bien après avoir raconté autant de mensonges sur lui. Il n'était pas aussi mauvais qu'elle l'avait affirmé. Elle attendait qu'il vienne la voir et voulait toujours qu'il reste le plus longtemps possible. Ensuite, quand il avait eu le dos tourné, elle l'avait trahi.

Il n'avait eu d'autre choix que la laisser dans la maison et d'y mettre le feu.

Il chercha à se remémorer son allure le jour où il l'avait vue pour la première fois à Winding Creek. Il revit ses cheveux qui scintillaient dans le soleil, ses grands yeux. Jamais il n'avait vu plus beaux yeux.

Il ne voulait pas lui faire de mal, mais elle n'avait cessé de le repousser.

Il n'avait toujours pas envie de la tuer, cependant, elle l'avait trahi. Tout comme les autres, elle l'avait traité de monstre.

— Que dois-je faire, maman ?

— *Sois patient. Le moment venu, nous aviserons.*

15

Un éclair soudain réveilla Rachel, qui avait fini par succomber à un sommeil agité tandis qu'une pluie régulière crépitait sur le toit de la maison. Quelques secondes plus tard, le tonnerre gronda et fit vibrer les fenêtres.

Pendant un moment, la pièce fut consécutivement plongée dans l'obscurité puis brusquement éclairée tandis que des ombres dansaient sur les murs.

Elle frissonna et tira la couverture sur elle. Apparemment, le front froid annoncé était bien là. Alors qu'une tenue légère et des manches courtes suffisaient ces jours derniers, il allait falloir ressortir les pulls pendant quelque temps, avant, peut-être, de remettre des T-shirts prochainement. C'était ça, la météo du Texas.

Bien qu'elle soit blottie sous les couvertures, une odeur de café vint lui chatouiller les narines. Sans doute l'orage avait-il réveillé Esther, qui, de toute façon, se levait toujours aux aurores. Elle prétendait que le coq de sa basse-cour avait toujours été son seul et unique réveil.

Esther adorait ses poules. Le fait qu'elles donnent des œufs n'était qu'un bonus.

Rachel tendit la main pour prendre son téléphone et regarda l'heure. 5 h 10. Elle regarda de nouveau pour s'assurer de ne pas s'être trompée.

Elle avait dormi sept heures et, sans l'orage, elle ne se serait pas réveillée. Elle n'avait pas dormi aussi longtemps depuis...

Depuis que Roy Sales s'était imposé de force dans sa vie.

Et maintenant voilà qu'elle avait accepté de le revoir et de lui parler. Elle avait accepté de se retrouver de nouveau face à son regard froid, dénué d'empathie. Et elle commençait à craindre de le regretter.

En soupirant, elle repoussa les couvertures et se leva. De sombres souvenirs s'insinuaient dans son esprit mais, cette fois, elle ne laisserait pas la peur la paralyser.

Grâce à Luke, en s'ouvrant à lui, elle s'était libérée de ses angoisses. Elle était heureuse de l'avoir pour ami, et même plus. Toutefois, elle n'était pas naïve au point de se convaincre qu'ils passeraient le reste de leur vie ensemble. Mais elle n'avait pas besoin de ça.

Pour le moment, elle se contentait du plaisir d'être avec lui.

Pieds nus, elle alla jusqu'à la fenêtre et ouvrit les volets. Une forte pluie tombait. Rouler dans de telles conditions ne serait pas prudent. Si tout se passait bien, la tempête serait loin quand ils seraient prêts à prendre la route pour Houston. Sydney et Tucker avaient bien fait de partir la veille au soir.

Elle s'étira, enfila sa robe de chambre, puis suivit l'odeur de café. Des voix masculines lui parvinrent. Luke ? Non, il ne pouvait pas être arrivé si tôt et alors que la tempête battait son plein.

Quand elle entra dans la cuisine, elle découvrit Pierce attablé avec un homme qu'elle ne connaissait pas. Tous deux étaient en tenue de travail, comme prêts à partir dans les champs.

Pierce se tourna vers elle et la salua.

— Bonjour, Rachel. J'espère que nous ne t'avons pas réveillée.

— Non, c'est l'orage qui a eu raison de mon sommeil. Tout va bien ?

— Oui, oui, ça va, même si Grace n'a pas beaucoup dormi. Elle commence à avoir du mal à trouver une position confortable la nuit et doit fréquemment se lever pour aller aux toilettes.

Esther, qui était elle aussi debout, remplit un mug de café et le lui tendit.

— Rachel, je ne crois pas que tu connaisses Buck Stalling, dit-elle en désignant du regard l'homme assis face à Pierce.

— Non, nous ne nous sommes jamais vus, même si j'ai déjà entendu ce nom de la bouche de Luke.

— Buck est un des meilleurs cow-boys de la région, intervint Pierce. On pourrait dire de lui qu'il murmure à l'oreille des chevaux, pour citer un titre célèbre.

— Ne l'écoutez pas, répliqua Buck Stalling avec modestie. Tout ce que je sais, c'est Pierce qui me l'a appris.

Esther secoua la tête.

— En tout cas, une chose est sûre, vous n'êtes pas plus raisonnables l'un que l'autre, dit-elle en s'adressant à Buck et Pierce. Quelle idée de vouloir à tout prix sortir par ce temps ! Ce n'est pas comme si les vaches avaient besoin d'un ciré !

— C'est surtout des chevaux que nous devons nous occuper. L'orage les a sûrement stressés, dit Buck. Mieux vaut passer les voir et leur parler doucement pour les rassurer.

— Vous reviendrez prendre le petit déjeuner, n'est-ce pas ? demanda Esther. Je pensais préparer du bacon grillé et des crêpes.

— Tu n'as pas ton pareil pour trouver les bons arguments, commenta Pierce, mais je ne te promets rien. Tout dépendra de ce que nous découvrirons. Il y a quelques pâturages que je dois inspecter. Normalement, j'ai fait le nécessaire pour que l'eau de pluie soit bien drainée, mais je dois vérifier.

— C'est mieux de partir l'estomac plein, marmonna Esther, qui comprit néanmoins qu'il était inutile d'insister.

Buck et Pierce se levaient déjà pour enfiler leur veste.

— J'espère que Grace s'est rendormie, dit Pierce. Si jamais je ne suis pas revenu à 7 heures, l'une de vous deux peut-elle lui passer un coup de fil pour lui demander si elle va bien et si elle a besoin que je repasse à la maison pour aider Jaci à se préparer avant de partir à l'école ? Je ne vous demande pas de vous en occuper, n'hésitez surtout pas à m'appeler si vous sentez que Grace a besoin de mon aide, et je reviendrai illico.

— Oui, bien sûr, pars tranquille, répondit Esther. De toute façon, même si tu ne me l'avais pas demandé, j'aurais appelé Grace. Les médecins ont beau dire qu'elle ne sera pas à terme avant deux semaines, on ne sait jamais.

— Merci beaucoup. À plus tard, et restez bien au chaud.

Sur ce, Buck et Pierce s'en allèrent par la porte arrière.

Esther les suivit et tendit une thermos de café à Pierce.

— Et soyez prudents.

— Comme toujours. Et, encore une fois, n'hésite pas à m'appeler si nécessaire.

— Je n'y manquerai pas.

— C'est courageux de sortir par ce temps, remarqua Rachel une fois qu'Esther fut revenue dans la cuisine.

— Oui, c'est ça, la vie d'un ranch. En cinquante ans de vie commune avec Charlie, j'ai appris que les bêtes passaient avant tout et tout le monde. On finit par s'y faire. Et pour rien au monde je n'aurais troqué cette vie pour une autre. Jamais je ne me serais imaginé vivre en ville, où on ne connaît même pas ses voisins. Ce n'est pas une façon de critiquer ta vie à toi, Rachel, c'est seulement une façon de dire qu'elle ne m'aurait pas convenu.

— Tu sais, il m'arrive parfois de me demander si elle me convient à moi...

Ce matin, elle se posait la question. Cependant, elle n'était pas certaine non plus qu'elle se ferait à la vie à la campagne.

Il y eut un nouveau coup de tonnerre, très puissant.

Luke était-il lui aussi dehors, à vérifier que ses bêtes allaient bien ? Si c'était le cas, il devait regretter de lui avoir proposé de la conduire à Houston. Comme l'avait dit Esther, les bêtes primaient sur tout le reste.

Sa vie à elle était à Houston. Celle de Luke était ici, du moins, pour le moment. Elle avait du mal à concevoir que ces deux modes de vie puissent s'accommoder l'un de l'autre.

Cela dit, sauf si Eric Fitch et elle trouvaient un terrain d'entente, elle n'aurait plus ni travail ni mode de vie défini.

Jamais elle ne s'était trouvée dans une telle situation.

Une heure plus tard, le ciel était moins chargé et les roulements du tonnerre indiquaient que l'orage s'éloignait. Il pleuvait néanmoins encore très fort. Rachel se dit que, si ça ne se calmait pas, elle devrait reporter au lendemain son déplacement à Houston.

Au départ, elle avait prévu de porter un tailleur gris. Étant donné les conditions météo, elle y renonça et enfila un jean noir et un pull.

Elle mit également une paire de bottes qui avaient déjà fait leurs preuves sur des sols boueux et détrempés. Si elle comptait revenir ensuite à Winding Creek, il faudrait qu'elle passe à son appartement pour y prendre quelques vêtements plus chauds.

Mais elle ne pourrait pas rester au-delà du week-end suivant, sans quoi ce serait abuser de l'hospitalité d'Esther.

Elle trouva cette dernière dans la cuisine, occupée à décortiquer des noix de pécan.

— Il y a encore du café, si tu en veux, lui dit Esther.

— Merci. Tu as des nouvelles de Grace ?

— Non, mais elle doit être levée. Il y a bien longtemps que nous n'avons pas eu une telle pluie. Ça me rappelle une fois, il y a longtemps, où nous avons bien cru que nous allions devoir écoper avec des seaux.

Rachel se versa du café.

— J'espère que nous n'en arriverons pas là.

Il y eut alors un bruit de pas du côté de la porte arrière.

— Ah ! fit Esther. Il semblerait que Pierce soit de retour !

Mais, quand la porte s'ouvrit, ce fut Luke qui fit son apparition. Il portait un ciré dégoulinant et ses bottes étaient maculées de boue, même s'il avait pris soin de les racler avant d'entrer.

Esther se leva, attrapa une serviette et se dirigea vers lui.

— Mon Dieu, Luke, on dirait que tu es venu à la nage !

— C'est presque ça, oui, répondit Luke. Ne vous embêtez pas avec la serviette, je suis trop trempé pour entrer dans la maison.

— Mais bien sûr que si, tu peux entrer. Ce n'est que de l'eau, je passerai un coup de serpillière, et ce sera réglé.

— Je ne peux pas rester longtemps, répondit Luke, qui s'avança prudemment.

— Il y a un souci ? voulut savoir Rachel.

— Pierce vient de m'appeler. Il m'a dit qu'il y avait eu une coulée de boue dans le canyon et qu'elle avait emporté la clôture des pâturages.

Esther se couvrit la bouche des deux mains.

— Et les bêtes vont bien ?

— Pour la plupart, oui, mais quelques veaux ont paniqué et

ont glissé. Buck et Pierce se chargent de les sortir du canyon mais, à deux, ils ne peuvent pas tout faire. J'ai proposé d'aller les aider.

— Ont-ils prévenu Riley ? lui demanda Esther.

— Oui, il est déjà en route avec son 4x4. Et Pierce m'a dit qu'il y en avait un autre dans la grange.

— Absolument. La clé est sur le contact, et il doit y avoir des cordes dans le coffre, précisa Esther.

— J'en ai apporté. Pierce voulait seulement que je passe vous prévenir et vous dire de ne pas vous inquiéter de ne pas le voir revenir pour le petit déjeuner. Et il voudrait également que Grace soit prévenue et rassurée.

— Je vais te donner une thermos de café à emporter et quelques gâteaux. Ça vous redonnera des forces.

Tandis qu'Esther rassemblait tout cela, Rachel s'approcha de Luke.

— Je suis désolé, dit-il. Je ne sais pas combien de temps ça prendra, mais ne va pas à Houston sans moi.

— Ne t'inquiète pas, tout ira bien.

— Non, j'insiste. Je refuse que tu te retrouves toute seule face au malade qui t'a déjà fait du mal. Promets-moi de ne pas partir seule, sinon, je reste.

Luke était inquiet, mais il exprimait un instinct protecteur bienveillant, pas possessif. Elle en avait la conviction et en fut touchée.

— Je te le promets. Maintenant, file, cow-boy. Les veaux ont besoin de toi.

Il l'embrassa avec ferveur.

Esther revint avec une thermos et une boîte en plastique, qu'elle lui tendit. Il remercia et partit sans attendre.

Pierce avait besoin de lui, et il tenait à lui apporter son aide. Au fond de lui, Luke était un véritable cow-boy.

Et, elle, elle était très attachée à lui. Les choses devenaient plus claires.

— Les hommes ne seront pas de retour avant le déjeuner, commenta Esther.

— Tu crois vraiment que ce sera aussi long ?

— Oui, c'est probable. Dans la vie d'un ranch, ce genre d'incident est monnaie courante. Je serais incapable de dire combien de fois j'ai dû annuler un repas à la dernière minute à cause d'une urgence avec les animaux.

— Ça ne doit pas être facile à vivre.

— C'est comme tout, on s'y fait. Et puis je savais que Charlie m'aimait et son sens des responsabilités me rendait fière. Et me rassurait.

Rachel songea que Luke avait lui aussi cet effet-là sur elle. Il la rassurait. Avant de le rencontrer, elle avait oublié ce que se sentir en sécurité signifiait.

— Je vais nous préparer une omelette au bacon et une salade de fruits.

— Oh ! non, ne te donne pas tout ce mal ! Quelques toasts à la confiture, pour moi, ce sera très bien.

— Tu es sûre ? Dans ce cas, ça me suffira également. J'ai été contente d'avoir Sydney et Tucker ce week-end, dit Esther. Et t'avoir toi, c'était la cerise sur le gâteau.

— J'espère que je n'abuse pas de ton hospitalité.

— Ne t'inquiète pas de ça. Au contraire, je suis heureuse d'avoir quelqu'un. La maison est beaucoup trop grande pour une vieille femme comme moi.

— Merci.

— Et Luke, tu en penses quoi ?

— C'est quelqu'un de bien.

— Quand il était enfant, il était déjà adorable. Sa mère et moi, nous étions de très grandes amies. Elle avait environ vingt ans de moins que moi mais, dès notre première rencontre, nous nous sommes bien entendues.

— Quel âge avait Luke à sa mort ?

— Huit ans. Sa mère était très attachée à lui. Plus encore qu'à Alfred.

— Que s'est-il passé entre eux ?

— Eh bien, quand ils se sont rencontrés, ils étaient très amoureux l'un de l'autre. Mais Alfred est vite devenu jaloux. Maladivement jaloux. Et ça faisait ressortir ce qu'il y avait de pire en lui. Il voulait que son épouse reste constamment à la maison, qu'elle ne voie personne. Et, évidemment, elle ne pouvait pas le supporter. Elle a donc fini par partir. Et, alors qu'elle avait l'intention de revenir chercher Luke, elle a été tuée dans un accident de la route.

Esther sortit un mouchoir et s'essuya le coin des yeux.

— Je n'arrive toujours pas à en parler sans avoir les larmes aux yeux.

Rachel comprit mieux ce que ressentait Luke envers son père. Sans doute considérait-il qu'il lui avait fait perdre sa mère. Pourtant, quand son père avait eu besoin de lui, il était revenu.

Luke Dawkins était décidément un homme à part.

Rachel profita d'une accalmie pour se rendre chez Pierce et Grace. Elle s'engagea sur le chemin caillouteux qui menait à leur maison. De l'eau dégoulinait en rigoles, mais elle put arriver sans encombre.

Il n'y avait pas de garage, mais Pierce et ses frères avaient construit un abri qui permettait de ne pas laisser la voiture en plein air jour et nuit par tous les temps. Elle se gara, se dirigea vers la porte et frappa. L'air froid et humide la fit frissonner. Elle aurait supporté son manteau, qui, hélas, était resté à Houston.

Jaci lui ouvrit la porte et fit un tour sur elle-même pour lui faire admirer son tout nouveau ciré jaune à fleurs et ses bottes assorties.

— Superbe ! Tu es prête à aller danser sous la pluie.

— Je voulais sortir, mais maman a dit non. Moi, je ne vois pas l'intérêt d'avoir un ciré si je ne peux pas sortir sous la pluie.

Elle fit un second tour sur elle-même pour appuyer ses propos.

— Mais tu ne veux pas que tes jolies bottes se retrouvent toutes pleines de boue, n'est-ce pas ? lui demanda Rachel.

— Une fille doit faire ce qu'elle a à faire. C'est ce que dit ma cousine Constance.

— Mais toi, petite demoiselle, tu dois faire ce que papa et maman te disent de faire, intervint Grace. Et nous t'avons expliqué qu'il faisait trop froid aujourd'hui, et que la pluie était trop forte pour que tu ailles sauter dans les flaques avant de partir à l'école.

Jaci poussa un petit soupir mais acquiesça.

Grace se laissa tomber sur une chaise. Elle était pâle et semblait fatiguée.

— Comment te sens-tu ? lui demanda Rachel.

— Je suis épuisée. En ce moment, une bonne nuit de sommeil me ferait plus de bien que gagner à la loterie nationale.

— Oui, tu as l'air fatigué, confirma Rachel. Tu as pris ton petit déjeuner ?

— J'ai mangé la moitié d'un yaourt. Je n'ai pas faim, ce matin.

Rachel trouva que ce n'était pas très bon, mais elle n'allait pas forcer Grace à manger alors qu'elle-même n'avait pas beaucoup d'appétit.

— Et Jaci ? Elle a déjeuné ?

— J'ai mangé du beurre de cacahuètes. C'était super bon ! s'exclama Jaci.

— C'est ce qu'elle voulait, expliqua Grace d'un air qui indiquait qu'elle n'avait pas eu la force de lui tenir tête.

— Une fois de temps en temps, ce n'est pas méchant, dit Rachel, compréhensive.

Elle était davantage inquiète au sujet de Grace. La perspective de voir Roy Sales et Eric Fitch lui semblait maintenant tout à fait secondaire. Elle se souciait beaucoup plus de Grace et des hommes qui, en ce moment même, devaient batailler pour porter secours aux bêtes. Elle était la première étonnée de ce changement d'attitude.

— Tu devrais peut-être appeler le médecin, histoire de ne pas prendre de risques, suggéra-t-elle à Grace. Ce serait embêtant que tu attrapes un virus alors que tu es si proche du terme.

— Si je sens vraiment que ça ne va pas mieux, je l'appellerai. Mais je crois que je suis avant tout fatiguée. Une vraie nuit de sommeil peut faire des miracles.

— Mon frère va bientôt arriver, intervint Jaci. C'est pour ça que maman devient si grosse.

— Et j'espère que tu seras une grande sœur modèle, répondit Rachel. Dis-moi, tu veux que je t'accompagne jusqu'à la route pour attendre le bus ?

— Oui ! Je peux y aller avec Rachel, maman ?

— Bien sûr, mais rien ne presse, le bus n'arrivera pas avant vingt minutes. Tu ne veux pas aller relire tes devoirs en attendant ?

— Non, je n'ai pas besoin de les relire. Je préfère commencer un coloriage.

Elle s'éloigna et Rachel et Grace se retrouvèrent seules.

— Entre le bébé qui va arriver et Jaci, tu vas avoir de quoi t'occuper. Tu te sens prête ?

— Pour être tout à fait honnête, ça me fait parfois peur. Jaci et moi, nous avons tissé des liens très forts et je ne veux surtout pas les abîmer. Mais, un nouveau-né, ça demande évidemment beaucoup d'attention. Pierce a beau chercher à me rassurer, j'ai peur que Jaci se sente délaissée.

— Tu es très bien entourée, lui fit remarquer Rachel. La famille est très solidaire.

— Oui, c'est vrai. D'ailleurs, si tu vivais plus près, ce serait encore mieux. Et si finalement tu acceptes de défendre Hayden Covey, tu auras toi aussi besoin d'être soutenue et entourée.

— Ah, tu es au courant de ça ?

— Oui. Tout le monde en parle et les infos ont diffusé des reportages sur le sujet toute la journée d'hier. Personne au sein de la famille ne t'en parlera directement, pour ne pas te donner l'impression de s'immiscer dans tes affaires, sauf si c'est toi qui en prends l'initiative.

— En fait, les médias sont allés beaucoup trop vite en besogne. La vérité est que je n'ai pas encore pris ma décision.

Grace se leva en grimaçant et se posa une main sur le ventre. Rachel s'inquiéta.

— Tu as des contractions ?

— Je ne pense pas. J'étais chez le médecin pas plus tard qu'hier, et il m'a affirmé que le travail ne commencerait pas avant une semaine, voire deux.

— Tu as déjà eu mal avant ?

— C'est la seconde fois, admit Grace. J'ai déjà eu mal ce matin, au lever.

— Je n'y connais absolument rien mais, à mon avis, tu devrais appeler le médecin. Ou au minimum Esther.

— Je le ferai si...

Grace ne termina pas sa phrase. Elle s'immobilisa alors qu'un liquide coulait le long de ses jambes.

— Tu es en train de perdre les eaux, dit Rachel. Appelle le médecin. Moi, je préviens Esther et Pierce.

À peine quelques minutes après que Rachel eut raccroché, Esther se présenta à la porte.

— Ils veulent que je me rende à la maternité immédiatement, annonça Grace, qui avait eu l'assistante du médecin en ligne.

— Je t'emmène, dit Rachel. C'est d'ailleurs ce qu'a suggéré Pierce. Il nous rejoindra là-bas dès que possible.

— Esther, je peux te confier Jaci ? demanda Grace.

— Bien sûr.

Quelques minutes plus tard, Grace et Rachel étaient en route pour la maternité.

Roy Sales et Eric Fitch attendraient. La naissance d'un bébé était plus importante qu'eux.

16

Le lendemain, mercredi, Luke arriva peu après 8 heures. Il était fourbu, après les efforts de la veille pour secourir les bêtes.

Le soleil brillait de nouveau, et Rachel et lui devaient aller à Houston. Sur le chemin du retour, ils s'arrêteraient pour rencontrer un homme qu'il aurait préféré voir mort.

Il s'était levé à l'aube pour travailler sur le ranch. Quelques heures supplémentaires de sommeil ne lui auraient pas fait de mal mais il ne se plaignait pas. Il était même plutôt heureux.

Esther lui ouvrit la porte et l'invita à entrer.

— Je suis ravie de constater que tu tiens encore debout, lui dit-elle.

— J'ai passé plusieurs années chez les marines, alors ce n'est pas une journée de travail intense qui va m'abattre.

— Tant mieux. Parce que, hier, tu as réellement passé une journée typique de propriétaire de ranch. Hier soir, Pierce n'a d'ailleurs pas tari d'éloges sur toi.

— Ah bon ? Moi, je l'ai seulement entendu dire un nombre incalculable de fois à quel point il était heureux d'avoir un fils.

— Oui. Charlie. Ils l'ont baptisé ainsi, et j'en suis extrêmement touchée. Je suis sûre que, là où il est, mon Charlie est fier.

— En tout cas, quand je l'ai déposé à l'hôpital, hier soir, Pierce était le plus fier des papas.

— C'est vrai, et il était fou de joie, renchérit Esther. Et, avec le bébé dans les bras, Grace avait tout d'un ange. Allez, viens,

306

suis-moi dans la cuisine, que je t'offre un bon café. Rachel sera prête d'une minute à l'autre.

— Merci.

Il avait secrètement espéré que Rachel renoncerait à son projet de voir Roy Sales, mais, la veille au soir, elle lui avait clairement fait comprendre qu'elle était déterminée.

Esther lui versa un mug puis le lui tendit.

— Tu veux de la crème ou du sucre ?

— Non, merci. Noir, c'est très bien.

Il but une gorgée.

— Il est excellent.

— Rachel m'a dit que tu envisageais de ramener ton père à la maison au plus vite et de rester jusqu'à ce qu'il soit bien pris en main ?

— Oui, c'est l'idée.

— C'est vraiment bien de ta part. Je sais que, ton père et toi, vous avez eu des relations difficiles, mais il a toujours été fier de toi.

— Alors il l'a bien caché.

— J'ai quelque chose pour toi que je garde depuis très longtemps. Alfred m'avait demandé de te le remettre à sa mort. Là, je considère qu'il est passé suffisamment près d'y rester pour que je te le donne. Ne bouge pas, je reviens.

Rachel entra dans la cuisine avant le retour d'Esther. Comme chaque fois, il lui suffit de poser les yeux sur elle pour être bouleversé. Il l'embrassa et éprouva une émotion qui allait bien au-delà du simple désir sexuel.

— Bonjour, cow-boy, dit-elle. À moins que la journée d'hier t'ait convaincu de fuir cet univers ?

— Non, je m'accroche. Au grand dam de mes muscles.

En vérité, la veille, il avait envié Pierce et son mode de vie. Jamais il n'avait rencontré un homme qui semblait autant dans son élément que lui.

Grace et lui étaient très amoureux l'un de l'autre, et leur famille ne cessait de s'agrandir. Ils avaient tout pour être heureux. Il aurait aimé vivre la même expérience.

Esther les rejoignit, avec à la main une enveloppe cachetée.

— Je ne sais pas ce qu'elle contient, mais Alfred tenait à ce que tu en hérites. Je ne fais que te la transmettre un peu plus tôt que prévu.

Luke prit l'enveloppe mais ne l'ouvrit pas.

— Depuis combien de temps est-elle en votre possession ?

— Ton père doit me l'avoir remise un ou deux ans après ton départ.

Luke songea qu'il n'y avait aucune raison de tout arrêter pour lire cette lettre. Il avait plus urgent à faire, notamment soutenir Rachel, qui s'apprêtait à vivre une journée difficile.

S'il avait eu le choix, le programme du jour aurait été différent, mais Rachel était convaincue de la nécessité de ce qu'elle allait entreprendre et il n'était pas le mieux placé pour la contredire.

L'important était qu'elle cherche à aller de l'avant. Elle méritait de se sentir en sécurité et d'être en mesure de vivre sa vie pleinement, qu'il en fasse partie ou pas.

Le Dr Kincaid arriva tôt pour voir ses patients, notamment Roy Sales. La veille, après avoir appris que, finalement, Rachel Maxwell ne viendrait pas comme c'était prévu, Sales était devenu agressif et on avait dû lui faire prendre de force un calmant.

Aujourd'hui, le médecin souhaitait prendre le temps nécessaire pour le préparer à la visite de Rachel. Plus il côtoyait Roy Sales, plus il était perplexe sur son état mental ; certains jours, il était persuadé que Sales n'était pas à même d'être jugé. À d'autres moments, il était au contraire convaincu qu'il savait précisément ce qu'il faisait et simulait la folie.

Il espérait que, face à l'une de ses victimes, son comportement lui en dirait davantage sur sa condition exacte.

Alors qu'il allait quitter son bureau, le téléphone sonna.

— Docteur Kincaid, heureusement que vous êtes arrivé tôt, ce matin.

— Un problème ? demanda le médecin, qui sentit de l'agitation dans la voix du directeur de l'hôpital.

— Lors de la ronde, ce matin, nous avons découvert qu'un de nos patients n'était plus dans sa chambre. Nous le cherchons partout mais, pour le moment, nous ignorons où il est.

— Quel patient ?

Le Dr Kincaid retint son souffle ; il avait l'intuition de savoir déjà de qui il s'agissait.

— Roy Sales. Il est forcément dans l'enceinte de l'hôpital, c'est impossible qu'il ait échappé aux différents points de contrôle. Jamais personne ne s'est enfui d'ici.

— L'infirmière de nuit a-t-elle signalé un quelconque problème ?

— Non. Apparemment, la dernière visite à sa chambre a eu lieu à 3 h 15. Et, à ce moment-là, il était encore dans son lit.

— J'arrive tout de suite.

Même s'il n'avait aucune envie d'en arriver là, si par malheur Roy Sales n'était pas vite retrouvé, Rachel Maxwell devrait être avertie.

Luke et Rachel étaient à environ une heure de route de l'hôpital quand le portable de Rachel sonna. C'était Sydney.

La veille, elles avaient déjà parlé au téléphone, principalement de l'accouchement de Grace.

Cet accouchement imprévu qui s'était finalement bien terminé avait été un événement très particulier sur le plan émotionnel, et Rachel avait été heureuse de s'être trouvée en première ligne.

— Salut, Sydney.

Sa sœur ne prit même pas la peine de la saluer en retour.

— Où es-tu ?

— Sur la route de Houston.

— Luke est avec toi ?

— Oui, bien sûr, nous avons pris sa voiture.

— Tant mieux. Mets le haut-parleur, j'aimerais qu'il entende également ce que je vais dire.

Rachel s'exécuta.

— Qu'est-ce qui se passe ?

— As-tu toujours le projet de t'arrêter en chemin pour voir Roy Sales ?

— Oui, mais nous n'arriverons pas avant une bonne heure.

— Tu dois changer tes plans. Ne va surtout pas là-bas.

— Que s'est-il passé ? demanda Luke d'une voix tendue.

— Roy Sales a disparu.

— Disparu ? Vous voulez dire qu'il s'est échappé ?

— Pour le moment, le directeur de l'hôpital se contente de dire qu'ils ignorent où il est. Il est possible qu'il se cache quelque part dans l'enceinte de l'établissement. La sécurité y est drastique, et personne ne s'en est encore évadé.

Le cœur de Rachel se mit à battre à tout rompre. Elle avait du mal à respirer. Une nouvelle crise d'angoisse était sur le point de s'emparer d'elle et, cette fois, pour une bonne raison.

— Ça me coûte de t'annoncer ça, Rachel, mais je n'avais pas le choix, continua Sydney. Et, à mon avis, tu ferais mieux de ne pas repasser chez toi à Houston.

— Chez moi…

Elle avait du mal à faire des phrases construites.

— Vous devriez faire demi-tour et retourner à Winding Creek.

— Mais je mettrais tout le monde en danger, je ne peux pas faire ça !

— Je veillerai sur Rachel, intervint Luke. Je ne la quitterai pas une seule minute. Comptez sur moi.

— Tu ne sais pas à qui tu as affaire, Luke, répliqua Rachel.

— Je suis un marine, je suis capable de me mesurer à un type dangereux. Et je suis armé. J'ai un permis, bien sûr.

— Faites attention, reprit Sydney. Comme je vous l'ai dit, pour le moment, il y a peu de risques qu'il ait réussi à sortir de l'enceinte de l'hôpital. Mais nous ne sommes sûrs de rien. Je vous tiendrai au courant dès que j'aurai plus de précisions.

— Oui, rappelez-nous au plus vite.

— Je n'y manquerai pas. Prenez soin de ma sœur, Luke.

— N'ayez crainte, je ne lui ferai pas défaut.

— Je t'aime, Rachel, dit Sydney.

Rachel tremblait tant qu'elle n'eut même pas la force de répondre.

À la première aire de repos, Luke s'arrêta. Il coupa le contact et prit la main de Rachel entre les siennes.

— Tout va bien, je suis là. Je t'assure que tu ne risques rien.

Progressivement, elle recouvra une respiration normale. Ses tremblements se calmèrent.

— C'est à cause de moi qu'il s'est échappé, murmura-t-elle

d'une voix incertaine. Au fond de moi, j'ai toujours su que je n'en avais pas fini avec cette histoire. Ce ne sera pas terminé tant que l'un de nous deux ne sera pas mort.

— Je n'ai aucune envie qu'on en arrive là, mais, si l'un de vous doit perdre la vie, je jure que ce ne sera pas toi. Tu veux toujours passer à ton appartement ?

— Oui. Tu n'as qu'à me déposer là-bas et repartir. C'est dangereux de rester avec moi.

— Arrête tout de suite ces inepties. Je n'irai nulle part sans toi. Nous resterons le temps que tu prennes quelques affaires et, ensuite, tu rentreras avec moi. Inutile de discuter.

— Si tu étais raisonnable, tu ferais tout pour être loin de moi au plus vite.

— C'est trop tard, ma chérie. Je ne te laisserai plus.

Il l'embrassa pour la dissuader de continuer à protester.

Mais, cette fois, il sentit qu'il n'arrivait pas à chasser complètement la peur.

Luke regarda la longue file ininterrompue de véhicules à l'arrêt devant eux.

— Cette route est toujours aussi encombrée ?

— Habituellement, il y a des bouchons aux heures de pointe, pas à cette heure. Il doit y avoir un accident quelque part.

— Et toutes les voies seraient fermées ?

— Normalement, il y a au moins une voie rapidement dégagée pour que la circulation ne soit pas totalement interrompue.

Il sentait que Rachel faisait de son mieux pour ne pas se laisser assaillir par les mauvais souvenirs. Elle avait beau être forte, le type qui l'avait séquestrée pendant deux semaines avait toujours le pouvoir de la terroriser, et ça le mettait en rage.

— La circulation a beau y être un vrai cauchemar, reprit-elle, il y a toujours des gens qui se sentent chez eux à Houston.

— Je n'en ferai jamais partie.

Il s'en voulut de la brusquerie de sa réplique. Houston, c'était chez elle, et elle avait besoin d'être rassurée.

— Excuse-moi. Je suis sûr que Houston offre d'autres aspects beaucoup plus attrayants. Il y a une bonne équipe de base-ball, une équipe de football américain, et le plus grand stade de rodéo couvert du pays, il me semble.

— Il y a aussi des théâtres, la philharmonie, et de magnifiques musées... Le plus triste, c'est que je consacrais tellement de temps à mon travail que je ne profitais que rarement de tout ça. Le cabinet Fitch, jusqu'à récemment, c'était ma vie.

— Était-ce ton patron qui exigeait que tu travailles autant ?

— Eh bien, à mes débuts, j'ai vite compris que, pour entrer dans les bonnes grâces de la direction, il ne fallait pas compter ses heures, se montrer disponible à tout moment. Mais je dois aussi admettre qu'il n'a jamais été nécessaire de me forcer la main. J'avais une tendance naturelle à me noyer dans le travail.

— À t'entendre, tu étais bonne pour finir en burn-out.

— Oui, probablement. Hier encore, je me disais que cette tendance à trop travailler m'a fait négliger mes amis, ma famille, et de nombreux aspects du quotidien.

— Peut-être as-tu besoin d'avoir quelqu'un à tes côtés pour te rappeler les plaisirs de la vie.

Elle sourit.

— Ou m'asperger avec un jet d'eau pour me ramener sur terre et me réapprendre à rire ?

— Ou encore quelqu'un qui soit là pour t'offrir une chambre d'hôtel avec room-service.

— Tout m'ira très bien. Merci d'être là et de m'aider à surmonter mon angoisse. Apprendre que Sales s'est peut-être évadé m'a littéralement renvoyé mon traumatisme à la figure. Un traumatisme que je n'ai pas encore surmonté.

— Ce qui ne veut pas dire que tu es faible, mais seulement que tu es quelqu'un de normal.

Enfin, la file de voitures se remit à avancer. Quelques minutes plus tard, ils comprirent l'origine du ralentissement. Deux voitures de police bloquaient une voie tandis qu'un véhicule endommagé était treuillé sur une dépanneuse. Un autre avait apparemment heurté la glissière de sécurité.

— La bonne nouvelle, c'est que nous ne sommes plus très loin de chez moi, dit Rachel. Prends la prochaine sortie et, ensuite, au premier feu, ce sera à droite.

Rachel ne dit plus rien, sauf pour lui indiquer où tourner. Luke pensa à Sales. Il avait espéré que Sydney les rappellerait pour leur annoncer qu'on l'avait retrouvé.

Quelques instants plus tard, Rachel lui indiqua de s'engager dans le parking souterrain d'une résidence. Elle sortit de son sac une télécommande qui lui permit d'ouvrir la porte.

Une fois garés, ils descendirent de voiture et prirent l'ascenseur pour se rendre à son appartement. Dès qu'ils furent à l'intérieur, Luke regarda autour de lui, impressionné.

— Alors là, ça, c'est ce qu'on appelle un bel appartement ! Tu as hérité d'une somme importante ou ton boulot paye vraiment bien ?

— Non, pas d'héritage. Et cet appartement ne m'a pas coûté aussi cher qu'on pourrait le croire. Il est très sûr et très pratique à tous points de vue. C'est important, quand on vit en ville.

Il était d'une propreté impeccable et pas un seul objet ne traînait. Un agréable parfum de vanille flottait dans l'air.

— J'ai du mal à croire que la femme qui vit ici a récuré ma cuisine il y a trois jours à peine.

— Sydney dit toujours que j'ai hérité du gène de la propreté.

Elle ôta ses chaussures.

— Fais comme chez toi. Si tu veux un verre, il y a du vin dans le réfrigérateur et du whisky dans le minibar. Désolée, mais je n'ai pas de bière.

— Un whisky, ce sera parfait. Qu'est-ce que je te sers ?

— Rien pour le moment.

Luke décida de visiter d'abord l'appartement. Il entra dans la chambre. À sa grande satisfaction, elle était équipée d'un grand lit.

Toutefois, à moins qu'ils reçoivent de bonnes nouvelles de la part de Sydney, ce ne serait pas la journée idéale pour en profiter. Mais il était avec Rachel, c'était le plus important.

Et il ne repartirait pas à Winding Creek sans elle. Tant que Roy Sales ne serait pas de nouveau enfermé, il ne la quitterait pas d'une semelle.

La sonnerie de son téléphone fit sursauter Rachel. Elle s'empressa de traverser le salon pour décrocher, et fut extrêmement déçue en voyant que c'était Claire Covey.

— Hayden est rentré à la maison, annonça cette dernière. Vous aviez dit qu'il serait possible pour vous de le rencontrer aujourd'hui, c'est la raison de mon appel.

— Oui, je sais que je vous ai dit cela mais, hélas, le moment est mal choisi.

— Je vous demande de nous accorder ne serait-ce que quelques minutes. Nous pouvons vous retrouver n'importe où à Houston, à l'heure que vous souhaiterez. Une fois que vous aurez parlé à Hayden, je me sentirai plus légère.

Claire était heureuse que son fils soit sorti de prison et débordait d'optimisme. Encore une fois, il était difficile de la repousser.

— Hayden détient des éléments dont la police ne fait pas mention, insista Claire.

— Quel genre d'éléments ?

— Ce serait mieux qu'il vous les livre en personne. Il est innocent. Après avoir parlé avec lui, vous aussi en serez convaincue. S'il vous plaît… Il a tellement peur ! Il a besoin d'avoir quelqu'un qui soit de son côté, en dehors de son père et moi.

— Mais vous comprenez bien qu'aujourd'hui ce ne sera qu'une simple entrevue. Je ne prendrai aucune décision ferme pour la suite, répondit Rachel. Pour diverses raisons, je ne peux pas m'engager aussi vite.

— Hayden n'a pas tué Louann Black. Que vous faut-il de plus ?

— J'ai besoin d'avoir la certitude qu'il ne me dissimule rien. Ce n'est pas un jeu. Je ne pourrai accepter aucun mensonge, aucune omission de sa part. Et il se pourrait qu'il ne soit pas à l'aise pour collaborer avec moi.

— Il dira la vérité. Il n'a rien à cacher.

Hayden Covey était peut-être innocent, comme le clamait sa mère. Ou alors c'était un meurtrier violent qui méritait de payer pour son crime.

Elle n'arrivait toujours pas à faire abstraction de la mauvaise impression qu'il lui avait faite lors de leur rencontre dans le bureau d'Eric Fitch. Mais elle ne pouvait pas non plus écarter la possibilité que cette impression ait été influencée par ce qu'elle avait vécu à cause de Roy Sales.

— Très bien. Si vous êtes disponible, je peux vous rencontrer dès à présent.

— Merci beaucoup. Donnez-moi votre adresse et nous arrivons au plus vite.

Rachel la lui communiqua.

Hayden Covey était soit innocent soit un psychopathe. Elle espéra de tout cœur ne pas commettre une terrible erreur.

17

Rachel s'assit face à Hayden Covey dans le petit bureau qui jouxtait la salle à manger. Claire Covey et Luke étaient sortis sur le balcon pour ne pas les déranger.

Claire aurait aimé participer à l'entrevue, mais Rachel avait posé ses conditions.

Rachel n'eut pas la même réaction que le vendredi précédent, quand elle avait vu Hayden. En d'autres termes, ils repartaient de zéro.

— Parlez-moi de vous, Hayden.

— Je croyais que nous devions discuter de la façon dont la police tente par tous les moyens de me faire accuser de ce meurtre. Pour la seule raison qu'ils n'aiment pas mon père.

— Nous y viendrons. Mais j'aimerais d'abord mieux vous connaître.

— Eh bien, je suis joueur de football américain dans l'équipe de l'université du Texas. Je suis pressenti pour être recruté par une franchise. On me prédit un grand avenir.

— Le football, c'est très important pour vous ?

— Oui, bien sûr. Ça me plaît et je me débrouille bien.

— Et quels sont vos autres centres d'intérêt ?

— Je suis bon en sport de manière générale. Selon mon père, je suis un athlète-né. Je suis discipliné, je ne manque aucun un entraînement. Et je ne me blesse jamais.

— Mais, en dehors du sport, vous n'avez pas d'autres activités ?

— Quand je ne fais pas de sport, en général, je traîne avec les gars de l'équipe.

— Et que faites-vous ?

— Oh ! des trucs de mecs, quoi !

— Vous sortez souvent avec des filles ?

— Assez souvent, oui.

— Parlez-moi de Louann Black.

Hayden changea nerveusement de position.

— Ce qui s'est passé entre nous n'a rien à voir avec ce que raconte la police, je vous le jure.

— Que s'est-il passé entre vous ?

— Nous sommes sortis ensemble plusieurs mois. Nous avons passé du bon temps, mais ça n'a jamais été sérieux.

— Louann aurait-elle souhaité que votre relation devienne sérieuse ?

— Non, c'était une fêtarde. Elle buvait trop. Et elle voulait que je lui procure des drogues. Ça allait trop loin.

— Pourtant, vous n'avez pas rompu avec elle.

— Disons que je comptais le lui annoncer. Elle l'a appris par une de ses copines et, finalement, c'est elle qui m'a largué. Rien de grave.

Du moins jusqu'à ce que Louann se fasse tuer.

— Quand vous avez appris qu'on l'avait tuée, vous avez dû ressentir un choc.

— Oui, mais je n'étais pas avec elle ce soir-là. Je ne l'avais pas revue depuis plusieurs jours. J'ai des témoins qui vous le confirmeront.

Il avait des témoins, mais aussi de l'argent. Et, les témoins, ça s'achetait.

Ils discutèrent pendant près de deux heures, et Hayden changea au moins trois fois de version pour décrire sa relation avec Louann. Ce n'était pas bon signe. Cependant, parfois, il arrivait qu'un accusé dise ce qu'il pensait qu'on souhaitait l'entendre dire. C'était une attitude guidée par la peur.

Et, à l'évidence, Hayden avait peur. Rachel n'était pas convaincue de son innocence, mais il était encore trop tôt pour qu'elle ait un avis tranché. Il fallait qu'elle entreprenne des recherches sur

Hayden et Louann, qu'elle éplucle les rapports de police. Ensuite seulement, elle serait en mesure de prendre une décision.

Au sein de la police de Houston, elle avait un ami enquêteur qui pourrait l'aider à comprendre certaines choses. Dès que Claire et Hayden seraient partis, elle l'appellerait.

Mais, avant, elle aurait bien aimé apprendre que Roy Sales était de nouveau sous bonne garde.

Il était près de 22 heures ; Rachel s'était déjà douchée et avait passé une nuisette en satin quand Sydney rappela.

Elle décrocha à la première sonnerie et mit le haut-parleur pour que Luke puisse suivre la conversation.

— Dis-moi que tu as de bonnes nouvelles.

— J'en serais la première ravie, mais le directeur de l'hôpital s'en tient à sa version initiale. Selon lui, Sales se cache quelque part dans l'enceinte de l'établissement, car il est impossible qu'il ait franchi tous les contrôles de sécurité.

— Il dit ça parce qu'il ne connaît pas Roy Sales, mais je ne suis pas dupe.

— Oui, moi aussi, je doute sérieusement qu'il ait raison. Si l'hôpital se décidait à faire officiellement appel au FBI, je pourrais me rendre sur place et obtenir des infos de première main. As-tu décidé de rester à Houston pour la nuit ?

— Oui. Luke et moi, nous sommes à mon appartement. Je ne sais pas encore ce que nous ferons demain, mais je n'avais pas envie de reprendre la route de nuit.

— Tant que Sales n'a pas été localisé, tu ne dois surtout pas rester seule.

— Je resterai en permanence avec elle, intervint Luke.

— Tu vois, tu ne dois pas t'inquiéter pour moi, renchérit Rachel.

— Je n'arrive pas à me sentir rassurée. Je te rappellerai demain matin, ou même avant si j'ai de nouvelles infos. De ton côté, n'hésite pas à m'appeler non plus si nécessaire. À n'importe quelle heure.

— Entendu. Je ne peux pas m'empêcher de me demander si le fait que je ne sois pas allée voir Sales hier, comme c'était prévu, a joué un rôle dans sa tentative d'évasion.

— Ne va surtout pas te mettre en tête que c'est ta faute s'il s'est échappé.

— Non, c'est juste une interrogation.

Une interrogation qui ne la quittait pas et qu'elle n'arrivait pas à repousser.

Même après avoir raccroché, cette question continuait à la tarauder. Elle arpenta la chambre de long en large puis finit par s'asseoir sur le lit à côté de Luke. Elle remarqua qu'il avait posé son arme sur la table de nuit.

— Tu sembles inquiète, dit-il en lui passant un bras autour des épaules. As-tu peur que je ne sois pas de taille à affronter Roy Sales ?

Elle réfléchit avant de répondre.

— Les souvenirs de ce que j'ai vécu avec Sales sont tellement épouvantables que la peur s'empare de moi sans prévenir. Mais ta présence me fait le plus grand bien, je te le jure.

— Alors tâchons de dormir. Comme on ne sait pas ce que demain nous réserve, mieux vaut nous reposer. Et puis ce sera la première fois que nous dormirons ensemble.

Il tira le drap et se glissa dessous.

Rachel hésita.

— Avec toi, je me sens en sécurité, mais je ne suis pas certaine d'être capable de me laisser de nouveau emporter par la magie, comme lundi dernier.

— N'aie crainte, je n'exige absolument rien de toi, tu sais.

Elle s'allongea à côté de lui. Il roula de côté pour être face à elle et lui passa doucement le revers de la main sur la joue.

— Nous n'en avons jamais parlé et rien ne nous oblige à le faire maintenant, mais, quand j'imagine Sales posant les mains sur toi, je sens une immense colère s'emparer de moi.

— Il m'a terrorisée, poussée à bout, mais il n'a jamais cherché à abuser de moi sexuellement, dit-elle, comprenant que c'était une question qu'il n'osait pas lui poser ouvertement. Ce n'est pas un pervers sexuel. C'est quelqu'un qui a besoin de se sentir tout-puissant. Et il s'adresse constamment à sa mère, comme si elle le voyait agir, comme s'il voulait lui montrer à quel point il est fort. Je ne sais pas quelle a été la nature de sa relation avec elle, mais sa névrose vient certainement de là.

— Je donnerais cher pour me retrouver face à ce type et lui donner une correction.

Elle se tourna et ils se serrèrent l'un contre l'autre. Elle sentait le torse vigoureux de Luke contre son dos, sa respiration sur sa nuque.

Des émotions contradictoires l'envahirent. Elle n'avait plus aucun contrôle sur sa vie et, pourtant, jamais elle ne s'était sentie autant à sa place que dans les bras de Luke.

Rachel se réveilla dès les premières lueurs de l'aube. Elle avait dormi si profondément qu'il lui fallut quelques secondes pour se souvenir où elle se trouvait. Elle roula de côté, tendit le bras pour toucher Luke, et fut déçue de constater qu'il n'était plus là.

Elle se leva, se rendit à la salle de bains et s'aspergea le visage d'eau froide. Malgré son inquiétude liée à Sales, elle avait particulièrement bien dormi.

Elle trouva Luke dans la cuisine, planté avec perplexité devant la cafetière.

— Je voulais préparer du café et te l'apporter au lit, mais ta cafetière a refusé de me livrer ses secrets, dit-il.

— Attends, laisse-moi faire.

Une minute plus tard, elle lui tendit une tasse pleine.

— Je préparerais bien le petit déjeuner mais, dans ton réfrigérateur, il n'y a guère que du beurre, du ketchup et deux ou trois autres condiments, reprit-il. Et ce n'est pas plus reluisant dans les placards.

— Je ne cuisine pas souvent et, la plupart du temps, pour le petit déjeuner, je m'achète un bagel sur la route du bureau. Ça me permet de tenir jusqu'à l'heure du déjeuner.

— Ne le dis pas à Esther, sinon, la prochaine fois que tu prendras le petit déjeuner chez elle, elle te forcera à avaler une double ration d'œufs au bacon.

— Si j'étais aussi bonne cuisinière qu'elle, je changerais mes habitudes.

— Quels sont les projets pour la journée ? demanda Luke.

— Eh bien, je ne peux pas t'empêcher de retourner au ranch, je sais que tu as à faire. Et peut-être veux-tu aussi rendre visite à ton père.

— Si, toi, tu as encore à faire ici aujourd'hui, comme aller voir ton patron ou rencontrer de nouveau Hayden Covey, ne t'en prive pas. Je peux rester absent du ranch encore une journée.

— En fait, j'aimerais en savoir davantage sur le meurtre de Louann Black avant de revoir Hayden et sa mère. Et, avant de décider de mon avenir au sein du cabinet Fitch, je dois déterminer si j'accepte de défendre Hayden ou pas.

— Si tu démissionnes pour de bon, as-tu déjà des idées sur ce que tu feras ensuite ?

— Quelques-unes.

La sonnerie de son téléphone, resté dans la chambre, retentit. Elle s'empressa d'aller répondre.

C'était le Dr Kincaid. Elle pria pour qu'il lui annonce une bonne nouvelle.

18

— Bonjour, docteur Kincaid.

— C'est vous, mademoiselle Maxwell ?

— Oui, et j'espère que vous allez m'annoncer une bonne
nouvelle.

— J'aurais bien aimé. Malheureusement, je crains que ce
soit l'inverse.

— Alors Roy Sales s'est bel et bien échappé de l'hôpital ?

— Nous n'en avons pas la preuve formelle mais, après avoir
fouillé partout plusieurs fois, nous n'avons trouvé aucune trace
de lui.

— Je craignais que ça se passe ainsi. Je vous remercie de
m'avoir tenue au courant.

— Il y a une autre raison à mon appel. J'ignore ce que vous
diront les autorités, mais moi je travaille auprès de Sales depuis
plusieurs mois. Et, ce qu'il en ressort, c'est que vous l'obsédez et
que, selon lui, vous l'avez trahi.

— C'est une drôle de façon de décrire ce qu'il m'a fait subir !

— Selon moi, c'est quelqu'un de très perturbé, et je crains
qu'il cherche à s'en prendre à vous. Que ce soit pour se venger
ou pour plaire à sa mère. Alors, à mon avis, tant qu'il n'aura pas
été arrêté, vous devriez demander à bénéficier d'une protection
rapprochée.

— Avez-vous fait part de vos craintes à d'autres personnes
que moi ?

— Oui, je l'ai dit à l'administration de l'hôpital ainsi qu'à votre sœur, Sydney. Je pense qu'elle saura quelles mesures prendre pour assurer votre sécurité.

— Oui, bien sûr. J'ai une question à vous poser : à votre avis, que je ne me sois pas présentée à l'hôpital avant-hier, comme c'était prévu, a-t-il poussé Roy Sales à s'évader ?

— On ne peut pas écarter cette possibilité mais, d'un autre côté, il est clair qu'il fomentait ce projet d'évasion depuis longtemps. Donc, même si ça l'a poussé à en accélérer la mise en œuvre, l'idée était en lui, sans que vous y soyez pour quelque chose.

— Je vois. Merci encore de votre appel. Je dois vous laisser, j'ai un double appel et je suis sûre que c'est ma sœur. Il faut que je réponde. Au revoir.

— Au revoir. Et, si vous avez la moindre question, n'hésitez pas à me rappeler.

— Entendu.

Elle coupa la communication et prit l'appel de Sydney. Celle-ci lui confirma avoir parlé au Dr Kincaid puis lui prodigua ses conseils :

— Ne panique pas. Je suis persuadée que l'ensemble des autorités du Texas sont mobilisées pour mettre la main sur Sales.

— D'après toi, que dois-je faire ?

— Engage un garde du corps. Je t'enverrai une liste de sociétés fiables auxquelles t'adresser. Il te faudra quelqu'un de disponible vingt-quatre heures sur vingt-quatre.

— J'ai déjà un garde du corps.

— Sauf qu'il me semblait qu'il devait diriger un ranch et s'occuper de son père.

— C'est vrai.

Attendre davantage de Luke n'aurait pas été raisonnable.

— Envoie-moi la liste des sociétés de sécurité privée. J'engagerai quelqu'un.

Elle commençait à peine à reprendre les rênes de son existence et n'allait certainement pas laisser Sales tout ruiner encore une fois.

— Ça ne me plaît pas, dit Luke. Je respecte le point de vue de ta sœur, mais elle se trompe.

— Tu ne dois pas te sentir obligé de rester avec moi, Luke.

Rentre au ranch. Je m'arrangerai pour récupérer ma voiture chez Esther plus tard.

— Pourquoi ne veux-tu pas comprendre qu'il est hors de question que je te laisse seule ici ? D'autant plus que c'est beaucoup plus prudent pour toi de retourner à Winding Creek avec moi.

— Tu as un ranch à diriger, et moi je ne ferai que te gêner.

— Au diable le ranch !

— Tu ne penses pas ce que tu dis, et je n'ai pas le droit de te laisser te sacrifier pour moi.

— Si tu ne reviens pas à Winding Creek, je ne repars pas non plus. Que ce soit bien clair.

— Tu es sûr de ne pas avoir hérité du caractère borné de ton père ?

— Me provoquer ne me fera pas changer d'avis.

Pour tout dire, elle n'avait pas envie qu'il change d'avis. Elle voulait se rendre à Arrowhead Hills avec lui, dormir dans ses bras toutes les nuits, et prendre son petit déjeuner en sa compagnie tous les matins. Elle était même prête à apprendre à faire des pancakes et des œufs brouillés s'il le fallait.

— Je rentrerai avec toi à une seule condition.

— Laquelle ?

— Tu me laisses faire appel à une société de sécurité privée, non seulement pour moi mais aussi pour Esther.

— Pourquoi ? Roy Sales connaît Esther ?

— Il a tué son mari.

— Tu as raison. Si tu veux engager des gardes du corps, fais-le. Mais tu seras à Arrowhead Hills, pas à Houston.

— Marché conclu.

Il ne lui restait plus qu'une démarche à faire avant qu'ils puissent quitter Houston.

Le poste de police était en ébullition, mais Matt s'arrangea pour consacrer quelques minutes à Rachel. Ils se retrouvaient souvent à travailler sur les mêmes dossiers, et, même s'ils poursuivaient des objectifs différents, ils avaient un grand respect mutuel. Matt était l'un des meilleurs enquêteurs de la police de Houston.

Rachel aurait bien aimé que Luke puisse participer à leur discussion mais elle craignait que, ne le connaissant pas, il hésite à lui parler aussi ouvertement que s'ils étaient seuls.

Bien sûr, il n'avait pas le droit de lui livrer des infos qui n'avaient pas été rendues publiques. Ses explications lui permettraient cependant d'y voir plus clair, elle en avait la conviction.

Il sortit de son armoire une pile de dossiers qu'il déposa sur son bureau déjà encombré.

— Je t'en prie, assieds-toi.

Elle obtempéra.

S'appuyant dos au mur, il croisa les bras.

— J'aimerais te dire que je suis heureux de te voir, mais j'ai plutôt envie de te demander si tu n'as pas perdu la tête.

— Pour quelle raison ?

— Eh bien, l'ensemble des médias annonce que tu t'apprêtes à défendre un infâme meurtrier. Je ne t'apprends rien.

— Dois-je en conclure que, selon toi, Hayden Covey est coupable ?

— Sans l'ombre d'un doute. As-tu lu le rapport de police ?

— Pas encore. En dépit de ce que racontent les médias, je ne suis pas officiellement son avocate.

— Ce qui signifie que tu n'as pas non plus vu les clichés de la scène de crime, n'est-ce pas ?

— Non.

— J'ai rarement vu des photos aussi repoussantes. La victime a été lacérée sur tout le corps ; il y avait suffisamment de sang pour remplir une baignoire.

— Il prétend être innocent.

— Ce n'est pas vrai. Nous avons largement assez de preuves pour l'envoyer à l'ombre pour le reste de ses jours, et il le sait. Il compte sur ses parents pour le sortir d'affaire. J'imagine qu'il compte également sur toi, désormais.

— Pour le moment, je n'ai pas trouvé de motif solide pour expliquer ce meurtre. Il y a beaucoup de on-dit, mais rien de concret.

— Oh ! je peux t'assurer qu'au cours du procès tu en entendras, des motifs ! Il est coupable. C'est un malin, et il est difficile de le déstabiliser quand on l'interroge. Hayden Covey est quelqu'un d'extrêmement retors, mais il est coupable et sera condamné. Et, si tu assures sa défense, ta crédibilité en prendra un sacré coup.

— Je me souviendrai de cette mise en garde.

— Sinon, j'ai entendu dire que Roy Sales s'était échappé de l'hôpital psychiatrique où il est traité, ou du moins qu'il avait disparu. Lui aussi mérite de comparaître devant un jury et d'être condamné.

— À qui le dis-tu ?

— Sois tranquille, il ne restera pas longtemps en cavale. L'ensemble des forces de l'ordre du Texas veut lui mettre la main dessus.

— Oui, c'est ce qu'on m'a dit.

— En attendant, sois prudente. Je doute qu'il tente de s'en prendre à toi ou à ta sœur, mais avec ce genre d'individu on ne sait jamais à quoi s'attendre.

— Je serai prudente. Et merci de m'avoir donné ton point de vue sur Covey.

— De rien. Je t'assure que c'est le reflet exact de ma pensée. Je suis très sérieux.

Elle se leva. Matt lui tendit une grande enveloppe avant de la raccompagner à la porte.

— Un peu de lecture. À ne pas consulter le soir avant de t'endormir, à moins que tu aies envie de faire des cauchemars. Ce n'est pas un document confidentiel, mais évite néanmoins de dire que c'est moi qui te l'ai remis. Le contenu est trop atroce pour qu'on le transmette tel quel aux médias.

Avant même que Luke ait quitté sa place de stationnement, Rachel, installée sur le siège passager, ouvrit l'enveloppe et en sortit un dossier.

À peine eut-elle posé les yeux sur le premier cliché qu'elle referma vivement le dossier.

Luke s'arrêta.

— Qu'est-ce qui ne va pas ?

Elle prit la photo et la lui tendit sans la regarder.

Il poussa une série de jurons.

— S'il y a la moindre probabilité que Hayden Covey soit

coupable de cette boucherie, je ne veux pas que tu le revoies sans que je sois présent !

Que Hayden Covey soit innocent ou pas, celui qui avait fait ça devait à tout prix être condamné. Et, si elle ne parvenait pas à se convaincre au plus profond d'elle-même de l'innocence de Hayden, elle serait incapable de le défendre.

Elle tira son téléphone de son sac et appela Claire Covey.

— Je détiens de nouveaux éléments, et je souhaiterais voir votre fils au plus vite.

— Il n'est pas à la maison et je ne sais pas du tout quand il rentrera. Pouvez-vous attendre jusqu'à demain après-midi ?

— Non, je serai déjà à Winding Creek.

— Dans ce cas, je peux l'emmener là-bas. Où pouvons-nous vous rencontrer ?

— Cette fois, j'aimerais qu'il vienne seul.

— Entendu. Je réserverai une chambre d'hôtel et nous resterons à Winding Creek aussi longtemps que vous le jugerez nécessaire. Tant que vous n'aurez pas officiellement accepté de défendre Hayden, je ne connaîtrai pas le repos.

— Alors j'aimerais voir votre fils demain à 14 heures.

Rachel expliqua à Claire comment se rendre au ranch d'Arrowhead Hills. Bien qu'elle ait de plus en plus envie de refuser cette affaire, elle donnerait à Hayden une ultime chance de la convaincre de son innocence.

Elle remit rapidement la photo dans le dossier, puis le dossier dans l'enveloppe, qu'elle posa sur la banquette arrière.

Luke et Pierce remplirent leur mug de café et sortirent s'installer dans la galerie de la maison de Pierce. Rachel, qui avait longtemps tenu le petit Charlie dans ses bras en lui chantant des berceuses, était restée à l'intérieur avec Esther et Grace.

— Nous avons eu de mauvaises nouvelles de Roy Sales, dit Luke à Pierce. Apparemment, il a réussi à s'échapper de l'hôpital psychiatrique où il était détenu.

— Oui, je sais. Sydney et Tucker m'en ont parlé. Le shérif Cavazos aussi, d'ailleurs. Et la nouvelle a fuité sur Internet.

J'imagine qu'elle va faire les titres des infos du soir à la télé. Il est impossible de faire en sorte qu'une info soit tenue secrète très longtemps.

— Oui, ils ont réussi à tenir vingt-quatre heures, c'est déjà énorme, renchérit Luke. Je suppose que tu sais aussi que Sydney s'est arrangée pour que ton ranch et le mien soient placés sous surveillance.

— Elle m'a dit que la surveillance concernerait le ranch et la maison d'Esther, et que des gardes du corps seraient affectés à la protection de Grace et Esther. Je lui ai dit que, selon moi, il n'était pas nécessaire de surveiller mon ranch, d'autant que j'ai assez de personnel pour ça.

— Et qu'a-t-elle répondu ?

— Elle s'est arrangée pour que Tucker m'appelle directement. Il pense qu'il vaut mieux suivre les recommandations de Sydney, qui est déjà très inquiète pour Rachel, histoire de ne pas la contrarier. De toute façon, il faut espérer que ce n'est que pour quelques jours et que Sales sera rapidement repris.

— Et Esther, elle n'a pas protesté ?

— J'en suis le premier surpris, mais non. En plus, elle va rester quelques jours chez nous pour nous aider à nous occuper de Charlie. Elle s'est montrée très philosophe et ne manque pas d'humour. Elle dit à qui veut l'entendre qu'avoir un garde du corps pour l'aider à donner à manger aux poules et ramasser les œufs est un luxe dont tout le monde ne peut pas se prévaloir.

Imaginer Esther et son garde du corps dans le poulailler fit rire Luke.

— Il nous faudra absolument une vidéo de ça ! Et Grace, elle est d'accord pour avoir cette protection rapprochée ?

— Elle dit que le seul garde du corps dont elle a besoin, c'est moi, mais elle ne s'oppose pas à l'idée. De plus, comme Jaci passe quelques jours chez Riley et Dani, elle n'aura pas l'occasion de voir des hommes armés tourner autour de la maison et d'être effrayée.

— À quelle heure ces hommes sont-ils censés arriver ?

— 17 heures.

— Oui, chez moi aussi.

— Si Rachel souhaite rester chez nous, nous avons toute la place qu'il faut, proposa Pierce.

— Je crois qu'elle préfère rester avec moi.

— Oui, je m'en doutais. Et ça me va très bien. Je sais qu'elle est en bonnes mains.

Il était 16 heures quand Rachel et Luke finirent de ranger tout ce qu'ils avaient acheté à l'épicerie. Le réfrigérateur et le garde-manger regorgeaient maintenant de provisions.

Même s'il savait qu'il ne fallait pas s'enflammer, Luke avait la sensation que Rachel et lui s'installaient ensemble. Cette sensation lui plaisait. Et ce serait encore mieux quand, ce soir, elle dormirait dans son lit.

Rachel observa le contenu du réfrigérateur.

— Tu aimes le ragoût de bœuf ?

— Comme tout le monde, non ?

— Je vais appeler Esther et lui demander sa recette. Son ragoût est absolument délicieux, et je suis sûre qu'elle a des tuyaux à me donner sur les ingrédients à rajouter et le temps de cuisson idéal pour que ce soit parfait.

— Ne te donne pas tant de mal. Nous pouvons nous contenter de faire griller deux steaks.

— Non, un ragoût, c'est ce qu'il nous faut. Un bon plat réconfortant.

Il fut tenté de lui rappeler qu'il leur restait une heure avant que la cavalerie débarque et qu'ils pourraient mieux utiliser ce temps, mais ce n'était pas le moment. Il ne voulait surtout pas lui donner l'impression qu'elle l'attirait seulement physiquement, et elle avait d'autres soucis.

Tandis que Rachel se mettait à faire la cuisine, il prit une bière et sa veste et sortit.

Il se rappela alors que la lettre que lui avait donnée Esther était toujours dans la poche arrière de son jean. Il la sortit, observa l'enveloppe pendant quelques secondes, puis finalement l'ouvrit.

Il s'assit sur les marches et commença sa lecture.

Fils,

Si tu lis ces lignes, c'est que je suis mort. Toutefois, il y a certaines choses que je dois te dire. Je n'ai pas été l'homme que j'aurais voulu être. Sinon, pour toi comme pour moi, tout aurait été différent.

Tu n'as pas connu l'homme qui m'a élevé, et je ne cherche pas à me défausser sur lui. Cependant, c'était quelqu'un d'exécrable et j'ai tout fait pour ne pas lui ressembler. Hélas ! Je n'ai pas réussi.

Je n'ai jamais été capable de vous le montrer, mais je vous aimais, ta mère et toi. Plus que tout au monde. Et je ne t'ai jamais dit non plus que j'étais fier de toi. Pourtant, c'est la vérité.

Je n'ai qu'Arrowhead Hills à te donner. Si tu n'en veux pas, vends-le et garde l'argent. Tu mérites de mener la vie qui te correspond. J'aimerais seulement que tu t'assures, si tu les vends, que les chevaux finiront en de bonnes mains.

Mon testament est dans un coffre à la banque sur Main Street.

Alors même que j'écris ces lignes, les regrets me dévorent. Quand je serai mort et enterré, personne ne me pleurera et c'est normal. Je te demande de ne pas finir comme moi, fils. Si tu tombes amoureux, montre chaque jour à cette femme combien tu l'aimes.

Alfred Dawkins

PS : J'aurais dû venir te voir jouer, ce jour-là.

Luke battit plusieurs fois des paupières pour retenir les larmes qui lui embuaient les yeux. Il replia la lettre et la remit dans sa poche.

Elle ne changeait pas tout, mais c'était la première fois qu'il avait une idée de ce que son père avait dans la tête et le cœur. La première fois qu'il lui disait qu'il l'aimait et qu'il était fier de lui.

Le parking de la supérette de quartier était quasiment vide. Roy vit une femme se diriger vers sa voiture pour y déposer ses courses et son sac à main.

Il attendit qu'elle ouvre la portière avant et s'installe au volant pour approcher discrètement par-derrière. Quand elle ferma sa portière et mit le moteur en route, il s'empressa d'ouvrir la portière arrière et de se glisser sur la banquette.

La femme sursauta.

— Que... Que voulez-vous ? lui demanda-t-elle d'une voix chevrotante.

— Que vous me déposiez un peu plus loin.

— Qui êtes-vous ?

— Votre pire cauchemar.

Il sortit son couteau et le brandit devant elle.

Elle hurla.

D'un geste vif, il lui posa une main sur la bouche et lui appliqua la lame sur la gorge.

— Silence, sinon, je vous égorge. Faites exactement ce que je vous dis, et il ne vous arrivera rien. Laissez tourner le moteur et sortez de la voiture. Et si vous appelez la police je reviendrai vous tuer.

Il enleva sa main et retira la lame. Elle se rua hors de la voiture, se mit à courir comme une folle, se tordit la cheville et tomba. Sa tête heurta le sol. Violemment.

Roy ne chercha pas à déterminer si elle s'était gravement blessée ou pire ; il bondit sur le siège conducteur et démarra sur les chapeaux de roues. Il se cacherait jusqu'à la tombée de la nuit puis se rendrait à Winding Creek en empruntant les petites routes. Il avait déjà perdu trop de temps. Tout ça pour apprendre que Rachel avait démissionné de son travail. Et elle n'était pas chez elle, à Houston. Il n'avait remarqué aucun signe de mouvement et, même à la nuit tombée, son appartement était resté plongé dans le noir.

Il n'avait pas jugé utile de prendre le risque d'y entrer par effraction pour découvrir qu'elle n'était effectivement pas là.

Si elle n'était pas à Houston, il y avait tout lieu de croire qu'elle se trouvait au ranch Double K, à Winding Creek. Esther Kavanaugh avait certainement accepté de l'héberger et, avec un peu de chance, il découvrirait Esther et Rachel seules dans la vaste maison.

Entendre répéter à chaque flash infos qu'il était impossible qu'il ait réussi à sortir de l'enceinte de l'hôpital psychiatrique hypersécurisé le ravissait. Ils l'avaient sous-estimé. Comme d'habitude.

Il posa le couteau sur le siège passager et passa le doigt le long de la lame. Dire qu'il n'avait même pas eu besoin de s'en servir pour s'échapper ! Le surveillant le plus corrompu de l'établissement avait tout arrangé.

Il l'avait fait sortir en le cachant à l'arrière d'un véhicule transportant des déchets médicaux que personne ne souhaitait voir de près, et encore moins toucher.

Roy, lui, n'avait pas eu peur.

À présent, il ne lui restait plus qu'à assassiner quelqu'un pour le compte de ce surveillant afin de s'assurer qu'il ne parlerait jamais.

Mais, avant, il se chargerait de Rachel Maxwell. Ceux qui l'avaient trahi devaient payer.

Maman serait fière de lui.

19

Luke prit une bouchée de ragoût et sentit sa langue prendre feu. Il se força à avaler.

— Mmm !

— Ça te plaît ?

— J'adore. C'est peut-être un peu épicé et salé mais, moi, c'est comme ça que j'apprécie un plat.

Rachel prit également une bouchée mais, au lieu d'avaler, elle se leva d'un bond, se précipita à l'évier et recracha.

— Mais c'est épouvantable ! Comment peux-tu dire que tu adores ça ?

— Euh... Je cherchais à faire preuve de tact...

— Je ne comprends pas ! J'ai pourtant suivi la recette d'Esther à la lettre. Mais c'est vrai qu'elle n'utilise pas de mesures précises, ses consignes c'est une pincée de ceci, une pointe de cela. Une dizaine de piments.

— Une dizaine de piments ? Mais quel genre de piments ?

— Des *jalapeños*.

— Elle t'a dit de mettre une dizaine de *jalapeños* ?

— Oui, mais je n'en avais pas assez alors j'ai rajouté le piment broyé que nous avons acheté tout à l'heure.

— Je comprends pourquoi c'est aussi fort.

Rachel posa les yeux sur la recette qu'elle avait notée.

— Oups ! Je crois que je me suis mal relue... C'était un ou deux piments, pas dix. Je ne sais pas comment j'ai pu ne pas m'en rendre compte. Pourtant, je me suis dit que, dix, ça faisait beaucoup.

— Je suis sûr que, sans cette petite erreur, ce ragoût aurait été délicieux.

— Je pense que je ferais mieux d'éviter d'en proposer aux hommes de la société de sécurité.

— Si tu veux qu'ils continuent à être en mesure de te protéger, mieux vaut éviter, en effet. Je vais nous préparer des sandwichs. En dehors d'une salle de bains, les gardes du corps ont apparemment tout ce qu'il faut dans leur camionnette équipée.

— Oui, ils m'ont assuré qu'ils n'avaient besoin de rien. Mais un sandwich, moi, je ne suis pas contre. Je peux aussi faire griller du bacon, et je suis très douée pour couper les tomates.

— Et pour mettre des toasts à griller, tu te défends ?

— Tu te moques de moi.

Il lui sourit, s'approcha d'elle pour la prendre par la taille puis l'embrassa dans le cou.

— Jamais je n'oserais me moquer de toi. Que dirais-tu si j'allais faire du feu dans la cheminée pendant que tu prépares le bacon et les tomates, histoire d'ajouter une touche romantique à notre dîner gastronomique ?

— Tu sais que nous devons nous préparer à avoir un peu moins d'intimité, n'est-ce pas ? Un des gardes peut frapper à tout moment à la porte parce qu'il a besoin d'aller aux toilettes.

— Oui, je sais. Mais il y a quelque chose dont je dois te parler, et j'aimerais profiter du fait que nous sommes seuls pour le faire.

— Tu m'as l'air bien sérieux, tout à coup. Est-ce à propos de Roy Sales ?

— Non.

— Alors tu peux aller allumer le feu.

Rachel serra les dents et sentit son estomac se nouer tandis qu'elle retournait le bacon. Lorsqu'un feu démarrait, elle avait toujours cette réaction ; elle n'arrivait pas encore à s'en débarrasser.

Mais elle était avec Luke. Elle ne risquait rien, elle arriverait à surmonter ses craintes.

Au moment où ils s'installèrent ensemble devant le feu crépitant dans la cheminée, serrés l'un contre l'autre pour manger leur sandwich, sa peur avait disparu. Luke parla de tout sauf de Roy Sales et de la présence des hommes à l'extérieur.

Quand ils eurent fini de manger, il se leva pour attiser le feu. Avant de se rasseoir, il sortit une enveloppe de sa poche et la lui tendit.

— Esther m'a donné cette lettre mardi. Elle était censée me la remettre seulement après la mort de mon père, même si je me demande pourquoi il était si sûr qu'il mourrait avant elle et pour quelle raison elle a finalement décidé de ne pas respecter sa volonté... Toujours est-il qu'elle l'a fait.

— Le contenu doit être très intime. Tu es certain d'avoir envie que je la lise ?

— Oui, absolument.

Elle sortit la lettre de l'enveloppe, la déplia et commença sa lecture. Avant même d'être arrivée au bout, elle eut les yeux brillants.

— En quelques mots, il te confie des choses essentielles. C'est l'expression d'une vie entière de regrets.

— Oui, exactement.

— La relation entre vous deux a toujours dû être difficile.

Il se rapprocha d'elle.

— En fait, nous n'avons jamais eu de relation à proprement parler. Je n'ai pas souvenir d'avoir eu une seule conversation importante avec mon père. Je ne l'ai jamais entendu m'adresser autre chose que des reproches. Au point que j'en suis venu à faire des choses dans le seul but de le contrarier.

— Ta mère a dû elle aussi avoir beaucoup de peine.

— J'ai jugé mon père indirectement responsable de sa mort. Par son comportement, c'est lui qui l'a poussée à partir. Et elle est morte avant que nous ayons l'opportunité de repartir à zéro, elle et moi.

— Mais, quand ton père affirme qu'il vous a toujours aimés, ta mère et toi, il semble sincère. J'imagine que ça ne te laisse pas indifférent.

— Non, en effet. J'ignore si nous arriverons à avoir des rapports qui ressemblent à une relation père-fils, mais il est possible que nous réussissions à vivre à proximité l'un de l'autre en bonne entente. Au moins, j'ai envie d'essayer.

Elle serra sa main dans la sienne et une larme roula sur sa joue.

— À quoi fait-il référence dans le post-scriptum ?

— L'équipe de base-ball de mon lycée, dont je faisais partie, jouait un match important du championnat du Texas. Je savais que plusieurs superviseurs de la ligue universitaire seraient là pour me voir jouer. Pour moi, c'était le plus grand jour de ma vie. Un jour qui aurait pu faire basculer le cours de mon existence.

— Et pourquoi n'est-il pas venu ?

— Les travaux de printemps allaient débuter, et il avait engagé des saisonniers avant que la date du match soit arrêtée. Quand je lui ai appris que je ne serais pas là pour le début des travaux, il a explosé. Pour lui, le ranch comptait plus que tout, et il partait du principe qu'il devait en être de même pour moi. Il a dit que, si je persistais à vouloir participer à ce match, ce n'était pas la peine que je revienne à la maison ensuite.

— Et tu l'as pris au mot ?

— Oui.

— Et qu'est devenue cette opportunité de devenir joueur professionnel de base-ball ?

— Je l'ai anéantie moi-même, puisque je ne me suis pas inscrit à l'université. Après le match, je suis parti pour Austin et, après avoir fait quelques petits boulots, je me suis engagé dans les Marines. À cette époque, je refusais d'admettre que je souffrais du fait que mon père ne se soit jamais intéressé à moi. J'étais en colère et je refusais de voir plus loin.

— Si pour toi c'était un jour déterminant, tu ne pouvais que souffrir parce que ton père n'était pas là et te tournait le dos. Tu n'avais que dix-huit ans.

— Le pire, c'est que, maintenant que je suis de retour ici, je me rends compte que le travail dans un ranch me plaît énormément. J'imagine que, comme mon père, j'ai ça dans le sang. Mais, à l'époque, j'en avais assez de la vie qu'il me faisait mener.

— Tellement de souffrance, tellement de malentendus et d'années perdues..., dit Rachel.

Luke lui passa un bras autour des épaules et l'attira à lui.

Au moins, maintenant, il savait ce qu'il souhaitait faire de sa vie. Elle, elle n'en savait encore rien, mais elle doutait d'avoir envie de poursuivre sa carrière d'avocate.

C'était pourtant un noble métier. Beaucoup de gens innocents échappaient à une condamnation injuste grâce à un avocat qui savait mettre en lumière les incohérences ou les failles d'un dossier d'accusation.

Mais, pour elle, ce n'était plus un métier adapté. En tout cas pour le moment. Peut-être ne le serait-ce plus jamais. Seul l'avenir le dirait.

En revanche, en ce qui concernait Hayden Covey, elle n'avait pas le droit de tergiverser. Ce n'était pas juste pour ses parents et lui. Et, qu'elle ait raison ou tort, elle n'était pas convaincue de son innocence. Eric Fitch le représenterait beaucoup plus efficacement qu'elle.

Il fallait qu'elle appelle Claire Covey pour l'informer de sa décision.

Désormais, son seul souci était un fou dans la nature qui voulait sa mort.

Au petit matin, le téléphone de Rachel sonna, la tirant du sommeil. Elle se redressa et prit son téléphone, posé sur sa table de nuit.

— Allô ?
— Bonjour, ici le shérif Cavazos. Je vous appelle au sujet de Roy Sales.

20

Rachel fut gagnée par l'appréhension.

— Que se passe-t-il avec Roy Sales ?

À côté d'elle, Luke se redressa également.

— Il est mort, annonça le shérif.

Elle crut avoir mal compris. Dans son esprit, Sales ne pouvait pas mourir. C'était lui qui donnait la mort et ruinait des vies.

— Vous êtes sûr ?

— Certain, puisque c'est moi qui ai pressé la détente.

— Sales est mort, chuchota-t-elle à Luke. Si vous le permettez, je vais mettre le haut-parleur pour que Luke puisse vous entendre, dit-elle au shérif Cavazos.

Évidemment, si quelques personnes à Winding Creek ignoraient encore que Luke et elle étaient ensemble, ce ne serait plus longtemps le cas. Mais ce n'était pas son souci premier.

— Comment est-ce arrivé ? reprit-elle.

— Eh bien, j'ai eu une bonne intuition. Je me suis dit que, si Sales revenait à Winding Creek pour se venger, il irait d'abord chez Esther. Et, comme les hommes de la société de sécurité que vous avez engagés surveillaient l'entrée du Double K, j'ai demandé à mes hommes de surveiller les accès plus en amont sur la route qui y mène.

— Pourtant, selon le psychiatre qui suivait Sales, celui-ci chercherait avant tout à s'en prendre à Rachel, intervint Luke, surpris.

— Oui, mais nous pensons qu'il s'est rendu chez elle à Houston et a constaté qu'elle n'y était pas.

338

— Comment le savez-vous ? demanda Rachel.

— Un homme qui correspond au signalement de Sales a volé une voiture après avoir agressé sa propriétaire, pas très loin de votre appartement. Grâce aux renseignements qu'elle a pu donner à la police de Houston, qui ont bien sûr été transmis à l'ensemble des forces de l'ordre du Texas, nous en avons conclu qu'il s'agissait bien de Sales. Le véhicule volé a été abandonné à une quinzaine de kilomètres de Winding Creek.

— Ce qui signifie qu'il a changé de voiture avant d'arriver ici, remarqua Luke.

— Absolument. Et il savait que Rachel et sa sœur passaient pas mal de temps chez Esther Kavanaugh. Il était donc logique qu'il se rende chez elle.

Rachel prit une profonde inspiration puis expira lentement.

— J'ai du mal à me convaincre que Roy Sales n'est plus de ce monde, avoua-t-elle.

— Après ce qu'il vous a fait endurer, c'est tout à fait compréhensible, répondit le shérif. Mais ça ne pouvait pas finir autrement. Je suis juste satisfait d'avoir réussi à le neutraliser avant qu'il ait eu le temps de commettre de nouveaux crimes.

— Je dois admettre que je suis moi aussi soulagé, renchérit Luke.

— J'imagine que vous auriez bien aimé lui régler son compte vous-même, Luke, reprit le shérif. Je crois néanmoins que c'est mieux pour tout le monde que ce soit moi qui me sois retrouvé en première ligne.

— Sans doute, fit Luke.

— Je vais aller chez Pierce et Esther pour leur annoncer la nouvelle, leur apprit le shérif. Avec un peu de chance, Esther m'offrira un peu de son délicieux café. Après une nuit aussi longue et éprouvante, ça ne me ferait pas de mal.

— N'ayez crainte, en plus de ses remerciements, Esther vous offrira largement de quoi vous réconforter, j'en suis sûre, dit Rachel. Et je vous prie de croire que moi aussi je vous suis reconnaissante. Je suis encore sous le choc et j'ai du mal à trouver les mots pour vous exprimer ma gratitude, mais elle n'en est pas moins grande.

— Je me joins à ces remerciements, ajouta Luke. J'envisage

de m'installer définitivement à Winding Creek, alors, si un jour vous avez besoin de moi, n'hésitez pas, il vous suffit de m'appeler.

— Soyez prudent quand vous faites une telle offre, répliqua le shérif. Même dans une petite ville comme Winding Creek, on a parfois besoin de renforts. Alors, avoir un ancien marine sous la main, ce pourrait être tentant.

— J'espère néanmoins que vous n'aurez pas à en arriver là, intervint Rachel. J'aspire à la tranquillité.

— Je vous comprends. En tout cas, pour le moment, il n'y a plus à s'inquiéter. Je vais d'ailleurs dire à Pierce qu'il peut demander aux types qui surveillent son ranch de s'en aller. Je vous laisse, je me mets en route sans attendre. À bientôt.

Rachel reposa son téléphone et se jeta dans les bras de Luke. Bien sûr, le traumatisme lié à ce qu'elle avait vécu ne disparaîtrait pas comme par magie, mais désormais elle était encore plus convaincue d'arriver à le surmonter.

Ils restèrent enlacés un long moment. Eux aussi pouvaient aller annoncer aux gardes qui surveillaient la maison que leur mission était terminée. Et Rachel espérait bien ne plus jamais avoir besoin de faire appel à eux.

·

D'où il était, caché par la végétation, Hayden Covey vit une fourgonnette blanche avec deux hommes à bord quitter le ranch d'Arrowhead Hills. Celui qui occupait le siège passager descendit pour ouvrir la barrière puis la referma avant de remonter dans la fourgonnette, qui s'éloigna. Il n'avait pas une allure de cow-boy.

Il portait des lunettes de soleil stylées, un T-shirt noir à manches longues et un jean impeccable. Il arborait également un semi-automatique à la ceinture.

Sans l'ombre d'un doute, il s'agissait d'un agent de sécurité.

Si elle recourait à des agents de sécurité, cela signifiait que la petite avocate devait vraiment avoir peur. Et également que le cow-boy qui lui servait d'escorte, le dénommé Luke, n'était pas de taille à la protéger seul.

De toute façon, il n'avait pas l'intention de s'en prendre à lui. Il préférait se retrouver en tête à tête avec sa cible et prenait toujours soin avant d'agir de s'assurer qu'il n'y aurait pas de complications. Il allait apprendre à cette garce ce qu'il en coûtait de le passer au gril pour, au final, faire savoir qu'elle ne le défendrait pas.

Les flics qui enquêtaient sur le meurtre de son ex lui avaient déjà fait comprendre qu'ils ne le croyaient pas et ne lui cachaient pas leur mépris. Il ne supporterait pas d'être en plus lâché par cette femme. En outre, puisqu'elle avait déjà un psychopathe aux basques, personne ne le soupçonnerait jamais, lui, de l'avoir tuée.

Il mit ses écouteurs et se laissa stimuler par le rythme des basses ; il avait conduit toute la nuit, mais il fallait qu'il reste éveillé encore quelques heures.

Peu après, il vit arriver plusieurs véhicules. Vu l'heure, ce devaient être les hommes qui travaillaient au ranch. Ils seraient occupés et ne lui poseraient pas de problème.

Il patienta encore un peu puis, comme tout semblait redevenu calme, il regagna sa voiture, roula jusqu'à la barrière, descendit l'ouvrir puis se remit au volant et se dirigea vers un épais bosquet où il dissimula sa voiture.

Un véhicule volé, évidemment, qui ne permettrait jamais à la police de remonter jusqu'à lui.

21

Rachel enleva les draps du lit de la chambre d'Alfred. Ils avaient besoin d'être lavés ou, plus exactement, de finir à la poubelle. Elle en achèterait d'autres en ville ou sur Internet.

Dans son esprit, la meilleure façon d'accueillir Alfred à son retour était de faire en sorte que la maison soit impeccable du sol au plafond. En ce qui concernait les aspects purement pratiques, Luke avait son idée.

Il était parti voir les employés qui s'occupaient des chevaux et comptait se rendre ensuite en ville pour se procurer du matériel.

Il y avait fort à faire dans la maison, mais elle se sentait légère et gaie.

Maintenant qu'elle était hors de danger, elle n'avait plus de raisons de rester à Winding Creek. Sauf qu'elle n'avait plus de travail et que rien ne l'obligeait à retourner au plus vite à Houston. Mais, surtout, elle restait pour être avec Luke, même si elle n'allait pas jusqu'à espérer qu'il lui demande de partager sa vie de façon permanente. Il y avait encore trop d'éléments incertains pour qu'ils fassent des projets d'avenir.

Alors qu'elle était dans la salle de bains et s'apprêtait à mettre une machine en route, elle entendit le grincement de la porte d'entrée.

— Déjà de retour ? demanda-t-elle. Tu as oublié quelque chose ?

Il y eut un bruit de pas, mais pas de réponse. Elle retourna à la cuisine et y découvrit Hayden Covey, un porte-documents à la main.

Ses vêtements étaient froissés, comme s'il avait dormi avec, et il regardait autour de lui avec méfiance.

— Je ne vous attendais pas ce matin, dit-elle. Votre mère ne vous a pas dit que je l'avais appelée hier ?

— Le coup de fil pour lui annoncer que vous me laissez tomber et que vous avez vos propres problèmes ?

— Vous savez que ce n'est pas ce que j'ai dit. Je lui ai tout expliqué en détail. Je sais qu'elle était déçue et inquiète, mais je pensais qu'elle avait compris que je n'étais pas en position de vous représenter efficacement. Eric Fitch fera du bien meilleur travail que moi.

— Elle a parfaitement compris. Nous avons compris tous deux. Vous avez déjà conclu que j'étais coupable.

Il posa son porte-documents sur la table.

Rachel croisa son regard et, comme lors de leur toute première rencontre, elle y décela un éclat maléfique. Elle sentit sa bouche s'assécher.

— J'ai décidé de venir m'expliquer en personne, reprit-il.

— Que voulez-vous m'expliquer ?

— Comment ça se passait entre Louann et moi. Louann n'était pas la petite étudiante innocente qu'on décrit partout. Elle aimait le sexe, violent de préférence, avec menottes, fouet, et j'en passe. Vous voyez ce que je veux dire ?

Rachel sentit un frisson glacé lui parcourir l'échine.

— Je ne me plains pas, poursuivit-il. Elle voulait que je lui fasse mal, et je lui ai donné ce qu'elle voulait. Mais ce n'était pas encore assez. Alors elle a trouvé quelqu'un d'autre, un type gentil qui la traitait comme une demoiselle, disait-elle. Et elle n'a plus voulu me voir.

— Cela a dû vous affecter, remarqua Rachel d'une voix incertaine.

— Pas tant que ça. Louann n'était pas extrêmement douée au lit. Et elle était jolie, sans plus. Mais ce qui m'a mis hors de moi, c'est qu'elle a commencé à aller raconter n'importe quoi sur mon compte sur tout le campus. Elle disait que j'étais un vicieux, que j'étais capable de n'importe quoi quand je me mettais en colère.

— Si ce n'étaient que des mensonges, je comprends que vous ayez été blessé.

Rachel tentait de faire preuve d'empathie pour le pousser à continuer à parler.

— Je ne pouvais pas supporter qu'on dise du mal de moi. Je suis la vedette de l'équipe de football, et, si tout se passe bien, je passerai pro.

Lentement, Rachel recula jusqu'au plan de travail. À côté d'elle se trouvait un tiroir où étaient rangés des couteaux.

— C'est pour cette raison que vous l'avez tuée ? osa-t-elle demander.

— Je l'ai mise en garde, mais elle ne m'a pas écouté. Mais vous auriez dû entendre comme elle a hurlé quand j'ai commencé à la lacérer avec le couteau de chasse ! À ce moment-là, elle a enfin compris ses erreurs.

D'un geste vif, elle ouvrit le tiroir et en sortit un grand couteau, qu'elle brandit.

— Sortez d'ici. Maintenant !

— Sinon quoi ? Vous allez me tuer ? Je n'en crois rien.

Il tourna néanmoins les talons et commença à s'éloigner. Le cœur de Rachel battait à tout rompre, elle avait l'estomac noué. Évidemment, elle n'avait aucune envie de se servir de ce couteau, mais, si elle n'avait pas le choix, elle n'hésiterait pas.

Soudain, avant qu'elle ait le temps de réagir, Hayden fit volte-face, attrapa quelque chose dans son porte-documents et, d'un même mouvement, lui saisit le poignet et se jeta sur le sol en l'entraînant.

Il l'immobilisa de son corps et elle tenta vainement de lui échapper. Il était trop fort. Elle se mit à hurler, dans l'espoir que quelqu'un l'entende et vienne à son secours.

Personne ne vint.

À force de se débattre, elle réussit à libérer un de ses bras et lui lacéra le visage de ses ongles. Elle luttait pour survivre, pour voir encore une fois Luke.

C'est alors qu'elle vit que Hayden tenait une corde dans sa main droite. C'était ce qu'il avait pris dans son porte-documents avant de se jeter sur elle.

Furieux, il lui assena un coup de poing à l'estomac qui la fit se plier en deux de douleur. Tandis qu'elle cherchait à reprendre son souffle, il la retourna sur le ventre et lui attacha les mains dans le dos.

— Vous ne vous en sortirez pas, Hayden. En vous en prenant à moi, vous ne faites qu'ajouter un clou à votre cercueil.

— Vous vous trompez. Jamais on ne me soupçonnera de vous avoir éliminée. J'ai un alibi. En ce moment même, je suis avec des amis. Ils me couvriront, comme chaque fois. Par ailleurs, je vous rappelle que vous avez un malade aux trousses. Tout le monde pensera qu'il a fini par vous retrouver.

— Mais Roy Sales est mort !

— Fermez-la, espèce de menteuse !

— Ce n'est pas un mensonge. Il a été tué par le shérif du comté il y a quelques heures.

— Je ne vous crois pas. J'ai tout étudié minutieusement. Je vais mettre le feu à la maison, comme Sales l'aurait fait. D'une certaine façon, je ne fais que lui donner un petit coup de main.

Elle se tortilla pour l'empêcher de lui attacher les chevilles, mais cela ne servit à rien.

Il fixa ensuite la corde à un pied de la table puis la fit rouler sur le dos pour qu'elle le voie sortir un petit bidon d'essence de son porte-documents et en déverser méthodiquement le contenu autour d'elle.

— Prête pour le feu d'artifice, petite avocate ?

La terreur s'empara d'elle. Bien qu'il n'ait même pas encore craqué une allumette, elle avait déjà la sensation que des flammes dansaient devant ses yeux et qu'une odeur de fumée lui emplissait les narines.

De nouveau, elle était en enfer.

Luke avait déjà parcouru quelques kilomètres, mais le fait que la barrière à l'entrée du ranch n'ait pas été refermée le taraudait. Les employés de ranch refermaient toujours les barrières derrière eux. C'était pour ainsi dire inscrit dans leurs gènes.

Les hommes qui travaillaient pour lui étaient tous arrivés après le départ des agents de la société de sécurité. Alors qui d'autre pouvait bien être entré sur le domaine ? Et pourquoi ?

Il appela Rachel, qui ne répondit pas.

Roy Sales était mort. Pourquoi penser que quelqu'un d'autre viendrait au ranch avec de mauvaises intentions ? Qu'il se tracasse autant à propos de cette barrière était certainement un reste de la paranoïa qu'avait instillée Roy Sales en lui, mais il n'arrivait pas à se débarrasser de son inquiétude.

Il fit demi-tour et reprit la direction de la maison.

Il appela encore une fois Rachel.

De nouveau, il n'obtint pas de réponse. Enfonçant la pédale d'accélérateur, il roula aussi vite que possible.

Quand il arriva, tout semblait normal. Il descendit de sa voiture et se dirigea en hâte vers la porte d'entrée, qui, malgré la température encore fraîche, était entrouverte.

Il la poussa et eut l'impression de basculer dans un cauchemar.

Une odeur d'essence flottait dans l'air, et Hayden Covey était penché au-dessus de Rachel, une allumette à la main, se délectant de la terreur qu'il lui inspirait. Il était tellement absorbé par ce qu'il faisait qu'il ne l'avait pas entendu entrer.

Luke sortit son revolver et le pointa devant lui.

— Lâchez cette allumette, ou je vous abats sans hésiter !

Covey se retourna et blêmit en le voyant. Sa main se mit à trembler.

Mais au lieu de le supplier de l'épargner, comme Luke pensait qu'il allait le faire, il craqua l'allumette. Tout son corps était maintenant secoué de spasmes incontrôlés. Il était terrorisé, mais il tenait la vie de Rachel entre ses mains.

Au cours de sa carrière dans les Marines, Luke s'était retrouvé maintes fois dans des situations dangereuses et extrêmement délicates. Pourtant, jamais il n'avait eu aussi peur.

S'il tirait, l'allumette tomberait et embraserait l'essence répandue. Il ne disposerait alors que de quelques secondes pour sauver Rachel.

Mais il y arriverait. Il n'avait pas droit à l'échec.

Il arma son revolver.

Covey entendit le cliquetis caractéristique ; il se releva d'un bond, lâcha l'allumette et se précipita vers la porte arrière.

Luke se jeta sur l'allumette et l'éteignit du pied avant que l'essence s'enflamme. Au même instant, Covey glissa sur l'essence et perdit l'équilibre. Sa tête heurta le coin du plan de travail et il s'affala, assommé.

Méfiant, Luke garda son arme pointée sur lui, ramassa le couteau qui était près de Rachel et s'empressa de trancher les cordes qui lui enserraient chevilles et poignets.

— Tu es blessée ? lui demanda-t-il.

— Non. J'ai mal au ventre, mais ça va passer.

Il l'aida à se lever puis, de son bras libre, la serra contre lui. Tant d'émotions l'avaient submergé qu'il n'arrivait plus à parler. Alors il continua de tenir Rachel enlacée, comme s'il ne voulait plus jamais la lâcher.

Elle désigna Covey d'un mouvement de la tête.

— Il est mort ?

— Non, il respire. Il est manifestement venu pour s'en prendre à toi.

— Oui, son intention était de m'éliminer. Et il m'a avoué avoir tué Louann.

— Heureusement, en arrivant, il a laissé la barrière ouverte.

— Pardon ?

— Je t'expliquerai plus tard. Nous devrions contacter le shérif. Notre patient ne va pas tarder à reprendre conscience.

— Je vais l'appeler, dit Rachel.

À contrecœur, il la laissa s'écarter de lui. Il était passé tout près de la perdre. Il n'imaginait même pas ce qu'il aurait ressenti si le pire était survenu.

Un quart d'heure plus tard, le shérif, flanqué de deux adjoints, fit son entrée. Un de ses hommes repartit avec Covey dans une ambulance.

Lorsque le shérif et son autre adjoint s'en allèrent à leur tour après avoir pris leur déposition, Luke avait décidé quoi faire. Ça ne pouvait plus attendre.

Son père n'avait jamais su trouver les mots et l'avait regretté toute sa vie. Il refusait de commettre la même erreur. Toutefois, si Rachel le repoussait, le coup lui serait fatal.

Il s'approcha d'elle et ouvrit les bras. Elle s'offrit à son étreinte sans hésiter.

— Je t'aime, Rachel. Je sais que ce n'est sans doute ni le lieu ni le moment mais tant pis, je me lance. As-tu déjà envisagé de te marier avec un cow-boy ?

— Non, jamais. Et jamais je n'y songerais, sauf si, le cow-boy en question, c'était toi.

— Tu m'as fait peur ! J'ai cru que mon cœur allait s'arrêter.

— Même si ta question n'était pas aussi directe, la réponse est oui, Luke Dawkins. Oui, j'accepte de t'épouser. Je t'aime de tout mon cœur. J'ai encore du mal à réaliser que ça a pu arriver aussi vite, mais je sais ce que je ressens.

Il l'embrassa avec passion.

Pour la première fois depuis longtemps, Rachel pouvait penser à l'avenir sans crainte, bien au contraire.

La prochaine fois qu'elle irait en ville, elle s'achèterait une paire de bottes. Car elle n'était pas près de repartir.

Vous avez aimé ces romans ?
Retrouvez en numérique l'intégrale de votre saga
« Le secret des Kavanaugh » :